【臺灣現當代作家研究資料彙編】23

聶華苓

國立台灣文學館
出版

主委序

近年來，臺灣文學創作與出版的旺盛能量，可說是國內讀者與華人文化圈有目共睹的事實；然而，文學之花要開得繁麗燦爛，除了借助作家們豐沛文思的澆灌，亦需仰賴評論者的慧眼與文學史料的積累。是以，國立臺灣文學館「臺灣現當代作家研究資料彙編計畫」第二輯的出版，格外令人振奮。

為具體展現臺灣現當代文學的發展與既有研究成果，奠定詳實、深入的臺灣文學史料基礎，國立臺灣文學館於 2010 年規劃並執行「臺灣現當代作家研究資料彙編計畫」，秉持堅毅而勤懇的馬拉松精神，在卷帙繁浩的文獻史料中梳理 50 位臺灣現當代重要作家的生平資料、年表、評論文章，各自彙編成冊，以期呈現作家完整的存在樣貌、歷史地位與影響。此計畫首先在 2011 年完成第一階段，包括賴和等 15 位作家的研究資料彙編，歷經將近一年的悉心耕耘，在眾人引頸期盼中，於 2012 年春天再度推出 12 位臺灣文學前輩作家：張我軍、潘人木、周夢蝶、柏楊、陳千武、姚一葦、林亨泰、聶華苓、朱西甯、楊喚、鄭清文、李喬的研究資料彙編。

這群主要出生於 1920 年代的作家，雖然時間座標相近，然因歷史軌跡、時代局勢與身處地域的殊異，而演繹出不同的生命敘事；無論成長於日治時期的臺灣，或是在 1949 年前後由中國大陸渡海來臺者，他／她們窮畢生之力，筆耕不輟，在詩、散文、小說、戲劇、兒童文學、文學評論等方面作出貢獻，共同形塑出臺灣文學紛繁多姿的面貌。

由於有執行團隊地毯式蒐羅及嚴謹考證，加上多位專家學者的戮力協助，我們才能懷抱欣喜之情，向讀者推介這一套深具實用價值的臺灣文學工具書，提供國內外關心、研究臺灣文學發展者參考使用；我們期待以此為基礎，滋養臺灣文學綻放出更為璀璨亮麗的花朵。

行政院文化建設委員會主任委員　**龍應台**

館長序

作家是文學的創作主體，他在哪些主客觀因素的影響下，走上了寫作之路？寫出了什麼樣的作品？而這些作品，究竟對應著什麼樣的心靈狀態以及變動中的客觀環境？一般所說的作家研究，即是要解答這些問題。進一步說，他和同時代，或同世代的其他作家之所作，存有什麼樣的異同？和前行代的作家之所作，又有什麼樣的繼承與創新？這些則是有關文學史性質的討論。著名的、重要的作家，從其自身的文學表現，到文壇地位，到文學史的評價，是一個值得全方位開挖的寶庫。

現當代臺灣文學的討論，原本只在文壇發生，特別是在文藝性質的傳媒上，以書評、詩話、筆記、專訪等方式出現；隨著這個文學傳統形成且日愈豐厚，出版市場日漸活絡，媒體編輯也專業化了，於是我們看到了各種形式的作家專（特）輯，介紹、報導且評論他的人和文學，而如何介紹？如何報導？如何評論？所形成的諸多篇章形式，竟也逐漸規範化：包括小傳、年表、著譯書目（提要）；人和作品的總論、分期和分類的作品群論、單一作品集和個別獨立文本的個論；其他更有比較分析，或與他人合論等，都有相對比較嚴謹的學術要求。

將臺灣現當代作家的研究資料加以彙編，應是文壇及學界很多人的期待。2010 年，在《臺灣現當代作家評論資料目錄》（16 開，8冊）的基礎上，國立臺灣文學館再度委託臺灣文學發展基金會組成顧問群及工作小組，進行《臺灣現當代作家研究資料彙編》的工作，準備出版 50 位作家的研究資料彙編（一人一冊），第一批計 15 冊於 2011 年 3 月出版，包含賴和、吳濁流、梁實秋、楊逵、楊熾昌、張文環、龍瑛宗、覃子豪、紀弦、呂赫若、鍾理和、琦君、林海音、鍾肇政、葉石濤。我仔細看過承辦單位的期中、期末報告書，從其中的工作手冊、顧問會議的紀錄等，可以看出承辦諸君是如何的敬謹任事。

現在，第二批 12 冊也將出版，他們是：張我軍、潘人木、周夢蝶、柏楊、陳千武、姚一葦、林亨泰、聶華苓、朱西甯、楊喚、鄭清文、李喬。由於有工作小組執行資料的蒐集整理，且又由對該作家嫻熟者主編，各書都相當完整，所選刊的評論文章皆極富參考價值；我個人特別喜歡包含影像、手稿、文物的輯一「圖片集」，以及輯三的「研究綜述」，前者頗有一些珍品，後者概括性強，值得參考。這是臺灣文學研究界的大事，相信有助於這個學科的擴大和深化。

國立臺灣文學館館長　**李瑞騰**

編序

◎封德屏

緣起

1995 年 10 月 25 日，在臺灣師範大學教育大樓的 201 室，一場以「面對臺灣文學」爲題的座談會，在座諸位學者分別就臺灣文學的定義、發展、研究，以及文學史的寫法等，提出宏文高論，而時任國家圖書館編纂張錦郎的「臺灣文學需要什麼樣的工具書」，輕鬆幽默的言詞，鞭辟入裡的思維，更贏得在座者的共鳴。

張先生以一個圖書館工作人員自謙，認真專業地爲臺灣這幾十年來究竟出版了多少有關臺灣文學的工具書，做地毯式的調查和多方面的訪問。同時條理分明地針對研究者、學生，列出了十項工具書的類型，哪些是現在亟需的，哪些是現在就可以做的，哪些是未來一步一步累積可以達成的，分別做了專業的建議及討論。

當時的文建會二處科長游淑靜，參與了整個座談會，會後她劍及履及的開始了文學工具書的委託工作，從 1996 年的《臺灣文學年鑑》起始，一年一本的編下去，一直到現在，保存延續了臺灣文學發展的基本樣貌。接著是《中華民國作家作品目錄》的新編，《臺灣文壇大事紀要》的續編，補助國家圖書館「當代文學史料影像全文系統」的建置，這些工具書、資料庫的接續完成，至少在當時對臺灣文學的研究，做到一些輔助的功能。

2003 年 10 月，籌備多年的「台灣文學館」正式開幕運轉。同年五月《文訊》改隸「財團法人台灣文學發展基金會」，爲了發揮更大的動能，開始更積極、更有效率地將過去累積至今持續在做的文學史料整理出來，讓豐厚的文藝資源與更多人共享。

於是再次的請教張錦郎先生，張先生認爲文學書目、作家作品目錄、文學年鑑、文學辭典皆已完成或正在進行，現在重點應該放在有關「臺灣現當代作家評論資料目錄」的編輯工作上。

很幸運的，這個計畫的發想得到當時臺灣文學館林瑞明館長的支持，於是緊鑼密鼓的展開一切準備工作：籌組編輯團隊、召開顧問會議、擬定工作手冊、撰寫計畫書等等。

張錦郎先生花了許多時間編訂工作手冊，每一位作家的評論資料目錄分爲：

（一）生平資料：可分作者自述，旁人論述及訪談，文學獎的紀錄。

（二）作品評論資料：可分作品綜論，單行本作品評論，其他作品（包括單篇作品）評論，與其他作家比較等。

此外，對重要評論加以摘要解說，譬如專書、專輯、學術會議論文集或學位論文等，凡臺灣以外地區之報刊及出版社，於書名或報刊後加註，如中國大陸、香港、新加坡等。此外，資料蒐集範圍除臺灣外，也兼及中國大陸、香港、新加坡、日本、韓國及歐美等地資料，除利用國內蒐集管道外，同時委託當地學者或研究者，擔任資料蒐集工作。

清楚記得，時任顧問的學者專家們，都十分高興這個專案的啓動，但確定收錄哪些作家名單時，也有不同的思考及看法。經過充分的討論後，終於取得基本的共識：除以一般的「文學成就」爲觀察及考量作家的標準外，並以研究的迫切性與資料獲得之難易度爲綜合考量。譬如說，在第一階段時，作家的選擇除文學成就外，先考量迫切性及研究性，迫切性是指已故又是日治時期臺籍作家爲優先，研究性是指作品已出土或已譯成中文爲優先。若是作品不少而評論少，或作品評論皆少，可暫時不考慮。此外，還要稍微顧及文類的均衡等等。基本的共識達成後，顧問群共同挑選出 310 位作家，從鄭坤五、賴和、陳虛谷以降，一直到吳錦發、陳黎、蘇偉貞，共分三個階段進行。

張錦郎先生修訂的編輯體例，從事學術研究的顧問們，一方面讚嘆「此目錄必然能成爲類似文獻工作的範例」，但又深恐「費力耗時，恐拖延了結案時間」，要如何克服「有限時間，高度理想」的編輯方式，對工作團隊確實是一大挑戰。於是顧問們群策群力，除了每人依研究領域、研究專長認領部分作家外（可交叉認領），每個顧問亦推薦或召集研究生襄助，以期能在教學研究工作外，爲此目錄盡一份心力。

「臺灣現當代作家評論資料目錄」專案計畫，自 2004 年 4 月開始，至 2009 年 10 月結束，分三個階段歷時五年六個月，共發現、搜尋、記錄了十餘萬筆作家評論資料。共經歷了三位專職研究助理，近三十位兼任研究助理。這些研究助理從開始熟悉體例，到學習如何尋找資料，是一條漫長卻實用的學習過程。

接續

「臺灣現當代作家評論資料目錄」的專案完成，當代重要作家的研究，更可以在這個基礎上，開出亮麗的花朵。於是就有了「臺灣現當代作家研究資料彙編暨資料庫建置計畫」的誕生。爲了便於查詢與應用，資料庫的完成勢在必行，而除了資料庫的建置外，這個計畫再從 310 位作家中精選 50 位，每人彙編一本研究資料，內容有作家圖片集，包括生平重要影像、文學活動照片、手稿及文物，小傳、作品目錄及提要、文學年表。另外每本書分別聘請一位最適當的學者或研究者負責編選，除了負責撰寫五千至一萬字的作家研究綜述外，再從龐雜的評論資料中挑選具有代表性的評論文章，全文刊載，平均 12～14 萬字，最後再附該作家的評論資料目錄，以期完整呈現該作家的生平、創作、研究概況，其歷史地位與影響。

由於經費及時間因素，除了資料庫的建置，資料彙編方面，50 位作家分三個階段完成。第一階段出版了 15 位作家，此次第二階段出版了 12 位作家的資料彙編。體例訂出來，負責編選的學者專家名單也出爐了，於是展開繁瑣綿密的編輯過程。一旦工作流程上手，才知比原本預估的難度要高上許多。

首先，必須掌握每位編選者進度這件事，就是極大的挑戰。於是編輯小組在等待編選者閱讀選文的同時，開始蒐集整理作家生平照片、手稿，重編作家年表，重寫作家小傳，尋找作家出版品的正確版本、版次，重新撰寫提要。這是一個極其複雜的工程。還好有認真負責的宇霈、雅嫺、宸婷，以及編輯老手秀卿幫忙，讓整個專案維持了不錯的品質及進度。

在智慧權威、老練成熟的學者專家面前，這些初生之犢的年輕助理展現了大無畏的精神，施展了編輯教戰手冊中的第一招——緊迫盯人。看他們如此生吞活剝地貫徹我所傳授的編輯要法，心裡確實七上八下，但礙於工作繁雜，實在無法事必躬親，也只好讓他們各顯身手了。

縱使這些新手使出了全部力氣，無奈工作的難度指數仍然偏高，雖有第一階段的經驗，但面對不同的編選者，不同的編選風格，進度仍然不很順利，再加上整個進度掌控者雅嫺遭逢車禍意外，臥病月逾，工作小組更是雪上加霜。此時就得靠意志力及精神鼓舞了。我對著年輕的同仁曉以大義，告訴他們正在光榮地參與一個重要的文學工程，絕對不可輕言放棄。

成果

雖然過程是如此艱辛，如此一言難盡，可是終究看到豐美的成果。每位編選者雖然忙碌，但面對自己負責的作家資料彙編，卻是一貫地認真堅持。他們每人必須面對上千或數百筆作家評論資料，挑選重要或關鍵性的評論文章，全面閱讀，然後依照編選原則，挑選評論文章。助理們此時不僅提供老師們所需要的支援，統計字數，最重要的是得找到各篇選文作者，取得同意轉載的授權。在第一階段進度流程初估時，我們錯估了此項工作的難度，因爲許多評論文章，發表至今已有數十年的光景，部分作者行蹤難查，還得輾轉透過出版社、學校、服務單位，尋得蛛絲馬跡，再鍥而不捨地追蹤。有了第一階段的血淚教訓，第二階段關於授權方面，我們更是如臨深淵、如履薄冰，希望不要重蹈覆轍。

除了挑選評論文章煞費苦心外，每個作家生平重要照片，我們也是採高標準的方式去蒐集，過世作家家屬、友人、研究者或是當初出版著作的出版社，都是我們徵詢的對象。認真誠懇而禮貌的態度，讓我們獲得許多從未出土的資料及照片，也贏得了許多珍貴的友誼。遠在中國大陸的張我軍的長子張光正；潘人木的女兒黨英台及在她身後一直持續整理她的遺作及資料的周慧珠；陳千武的長子陳明台、後輩友人吳櫻；姚一葦的女兒姚海星；林亨泰女兒林巾力、兒子林于竝；遠在美國的聶華苓、女兒王曉藍；朱西甯的夫人劉慕沙、女兒朱天文；住得很近卻常常被我們打擾的鄭清文、女兒鄭谷苑；在苗栗的李喬，以及幫了很多忙的許素蘭……，我們和他們一起回憶、欣賞他們或父祖、前輩，可敬可愛的文學人生。

研究綜述部分，許俊雅敘述在中研院臺史所楊雲萍數位典藏建置完成後，她才讀到一封 1946 年 5 月 12 日張我軍在上海給楊雲萍的一封信，不僅感受到一位離家 20 年的臺灣遊子，熱切盼望返鄉的心情，也印證了張我軍與楊雲萍早在 1920 年代相識，1943 年再度於京都相逢。林武憲在〈縱橫於小說創作與兒童文學之間〉一文中，對潘人木研究資料的謬誤提出細部的更正及檢討，對她小說創作、兒童文學的貢獻及價值再度給予肯定；曾進豐寫周夢蝶，已超越一個學者的研究論述，情動於中而發爲文，情理交融，令人動容。

林淇瀁論柏楊，短短一萬字，對其豐富的創作類型、多樣的文風、浩瀚如海的研究概述，鞭辟入裡；阮美慧揭示陳千武一生的文學志業及作品精神樣貌，讓陳千武那種質樸、更貼近普羅大眾語言風格的特殊價值彰顯出來；王友輝將姚一葦的研究分爲「人、文、理、育」四方面來檢視、探索的同時，也充分顯示姚一葦一生春風化雨、提攜後進，並專注尋找自己創作和研究上新出路的特質。

呂興昌在〈林亨泰研究綜論〉中，特別舉出劉紀蕙〈銀鈴會與林亨泰的日本超現實淵源與知性美學〉一文所言：紀弦爲林亨泰提供延續銀鈴會現代運動的管道，而林亨泰則成爲紀弦發展現代派的支柱，此觀察「可謂機杼別出，言人之所未言」；應鳳凰將聶華苓研究的三個時期，與聶華苓文學事業的三個時期，相互呼應與比較，也凸顯了聶華苓研究領域幅員遼闊，有待來者；陳建忠開宗明義即謂「朱西甯及其文學在臺灣當代文學史上的定位，仍有待重估」，當抽絲剝繭的評析朱西甯研究不同的研究路徑後，期待「朱西甯研究的進展，也實在到了朝更有彈性而務實的方向轉變的時機」。

須文蔚在〈唱出土地與人們心聲的能言鳥——臺灣當代楊喚研究資料評述〉一開始，就將 24 歲楊喚遇難當天驚悚的故事錄下，從此許多年輕早慧的心靈中，在閱讀楊喚天才的、靈巧的詩篇同時，也都記得了詩人早夭與不幸的命運。楊喚留下的作品不多，須文蔚認爲他的作品得以傳世，除了友人的幫忙與努力，楊喚真誠的創作與動人的人格，應該是另一項重要的原因；李進益寫鄭清文，一句「他所有作品都在寫臺灣」，道盡鄭清文一生創作，所描繪與建構的文學世界，正是來自他立足的臺灣；彭瑞金在細分李喬研究概述後，輕輕帶上一筆「欲知李喬文學究竟，得閱讀近千萬字文獻」，真實反映出李喬評論及創作的豐盛，但他最終希望選文能「掌握李喬創作脈絡，反映李喬各階段的重要作品成果」。

1987 年 7 月臺灣解嚴，臺灣文學研究的風潮日漸蓬勃。1990 年 4 月 23 日，《民眾日報》策劃「呂赫若專輯」，標題爲〈呂赫若復出〉；1991 年前衛出版社林文欽出版「臺灣作家全集・短篇小說卷・日據時代」；1997 年自真理大學開始，臺灣文學系所紛紛成立，臺灣文學體制化的脈動，鼓舞了學院師生積極從事日治時期臺灣文學史料的蒐集。這股風潮正如陳萬益所言，不只是文獻的出土，也是一種心態的解嚴，許多日治時期作家及其家屬，終於從長期禁錮的氛圍中解放。許俊雅認爲，再加上當初以日文創作的作家作品，也在 1990 年代後被逐漸翻譯出來，讀者、研究者在一個開放的空間，又免除語文的障礙，而使臺灣文學研究開始呈現多元的風貌。

1990 年開始，各地縣市文化中心（文化局），對在地作家作品集的整理出版，以及台灣文學館成立後對日治時期作家以迄當代重要作家全集的編纂，對臺灣文學之作家研究，也有了很好的促進作用。《龍瑛宗全集》、《吳新榮選集》、《呂赫若日記》、《楊逵全集》、《葉石濤全集》、《鍾肇政全集》，如雨後春筍般持續展開。「臺灣意識」的興起，使本土文學傳統快速的納入出版與研究行列。

經過近二十年的努力，臺灣文學的研究與出版，也到了可以驗收或檢討成果的階段。這個說法，當然不是要停下腳步，而是可以從「臺灣現當代作家評論資料目錄」所呈現的 310 位作家、10 萬筆資料中去檢視。檢視的標的，除了從作家作品的質量、時代意義及代表性去衡量外、也可以從作家的世代、性別、文類中，去挖掘還有待開墾及努力之處。因此在這樣的堅實基礎上，這套「臺灣現當代作家研究資料彙編」，每位編選者除了概述作家的研究面向外，均有些觀察與建議。希望就已然的研究成果中，去發現不足與缺憾，研究者可以在這些不足與缺憾之處下功夫，而盡量避免在相同議題上重複。當然這都需要經過一段時間、去發現、去彌補，因此，有關臺灣文學研究的調查與研究，就格外顯得重要了。

期待

感謝台灣文學館持續支持推動這兩個專案的進行。「臺灣現當代作家評論資料目錄」的完成，呈現的是臺灣文學研究的總體成果；「臺灣現當代作家研究資料彙編」套書的出版，則是呈現成果中最精華最優質的一面，同時對未來的研究面向與路徑，做最好的建議。我們可以很清楚的體會，這是一條綿長優美的臺灣文學接力賽，我們十分榮幸能參與其中，我們更珍惜在傳承接力的過程，與我們相遇的每一個人，每一件讓我們真心感動的事。我們更期待這個接力賽，能有更多人加入。誠如張恆豪所說「從高音獨唱到多元交響」，這是每一個人所期待的。

編輯體例

一、本書編選之目的，爲呈現聶華苓生平、著作及研究成果，以作爲臺灣文學相關研究、教學之參考資料。

二、全書共五輯，各輯內容及體例說明如下：

輯一：圖片集。選刊作家各個時期的生活或參與文學活動的照片、著作書影、手稿（包括創作、日記、書信）、文物。

輯二：生平及作品，包括三部分：

1.小傳：主要內容包括作家本名、重要筆名，生卒年月日，籍貫，及創作風格、文學成就等。

2.作品目錄及提要：依照作品文類（論述、詩、散文、小說、劇本、報導文學、傳記、日記、書信、兒童文學、合集）及出版順序，並撰寫提要。不收錄作家翻譯或編選之作品。

3.文學年表：考訂作家生平所進行的文學創作、文學活動相關之記要，依年月順序繫之。

輯三：研究綜述。綜論作家作品研究的概況，並展現研究成果與價值的論文。

輯四：重要文章選刊。選收國內外具代表性的相關研究論文及報導。

輯五：研究評論資料目錄。收錄至 2011 年 6 月底止，有關研究、論述臺灣現當代作家生平和作品評論文獻。語文以中文爲主，兼及日文和英文資料。所收文獻資料，以臺灣出版爲主，酌收中國大陸、香港、日本和歐美國家的出版品。內容包含三部分：

1.「作家生平、作品評論專書與學位論文」下分爲專書與學位論文。

2.「作家生平資料篇目」下分爲「自述」、「他述」、「訪談」、「年表」、「其他」。

3.「作品評論篇目」下分爲「綜論」、「分論」、「作品評論目錄、索引」、「其他」。

目次

【輯五】研究評論資料目錄

1957年，聶華苓全家合影。左起：王正路、聶華苓、王曉藍、王曉薇。翻攝自《三輩子》，聯經出版公司）

1959年，《自由中國》慶祝創刊十週年。前排左起：戴杜衡、傅正、聶華苓、夏道平、殷海光、宋英、程積寬；後排左起：馬之驌、雷震、金承藝、宋文明。（翻攝自《三輩子》，聯經出版公司）

1959年，蕭孟能於自宅宴請《文星》特約作者。左起：林海音、聶華苓、蕭孟能。（翻攝自《三輩子》，聯經出版公司）

約1950年代後期，聶華苓（左二）與文友合影。左一夏祖焯、左四琦君、右一夏祖美、右二林海音、右三王琰如、右六張明。（文訊資料室）

1961年，應邀參加當時臺灣省主席黃杰將軍舉辦之宴會。前排左起：黃杰、張秘書、聶華苓、馮放民、章君穀、后希鎧、孫如陵；後排左起：郭嗣汾、高陽、許希哲、余光中、墨人、王藍、王臨泰。（文訊資料室）

1962年，聶華苓（左二）與母親（右）及兩個女兒合影。（翻攝自《三生影像》，明報出版社）

1963年，聶華苓（左）與Paul Engle（保羅．安格爾）合影於臺北。（翻攝自《三生影像》，明報出版社）

1964年，聶華苓（左四）初抵愛荷華，與Paul Engle（左三）、Richard McCarthy（左五）及其友人合影。（翻攝自《三生影像》，明報出版社）

1965年，聶華苓（中）與甫抵愛荷華的女兒王曉藍（左）、王曉薇（右）合影。（翻攝自《三生影像》，明報出版社）

1966年冬，聶華苓（中）赴芝加哥參加「全美詩人大會」，與瘂弦（左）、Paul Engle（右）合影。（瘂弦提供）

約1960年代後期，聶華苓（左）與Paul Engle合影於芝加哥藝術館。（聶華苓提供）

1971年，聶華苓與Paul Engle舉行婚禮。左起：王曉藍、聶華苓、保羅・安格爾、王曉薇。（翻攝自《三輩子》，聯經出版公司）

1974年，聶華苓返臺，於臺北機場與參加過愛荷華國際寫作計畫的臺灣作家合影。左起：殷允芃、殷張蘭熙、Paul Engle、聶華苓、王禎和、林懷民、姚一葦、瘂弦。（翻攝自《三生影像》，明報出版社）

1977年，參與愛荷華國際寫作計畫的各國作家於聶華苓（前左三）宅合影。（翻攝自《三生影像》，明報出版社）

1980年，聶華苓夫婦與文友合影於愛荷華自宅。左起：吳晟、艾青、Paul Engle、聶華苓、李怡、王蒙。（聶華苓提供）

1980年，聶華苓（左）赴中國探親，與沈從文合影。（聶華苓提供）

1982年，聶華苓（右三）及Paul Engle（右二）於大西洋城獲頒「文學藝術傑出貢獻獎」。（翻攝自《三生影像》，明報出版社）

1982年，聶華苓與文友合影。左起：管管、袁瓊瓊、聶華苓、劉賓雁、朱紅、Paul Engle。（管管提供）

1983年，聶華苓與文友合影於愛荷華。左起：王安憶、茹志鵑、聶華苓、吳祖光。（翻攝自《三輩子》，聯經出版公司）

1984年，聶華苓夫婦與柏楊夫婦合影於愛荷華自宅。左起：聶華苓、柏楊、Paul Engle、張香華。（聶華苓提供）

1986年，聶華苓和弟弟聶華桐一同返鄉，與送行的文友合影於上海。左起：聶華桐、聶華苓、茹志鵑、白樺。（翻攝自《三輩子》，聯經出版公司）

1987年，聶華苓（右）與Paul Engle於慶祝愛荷華國際寫作計畫二十週年宴會上宣布退休後，在家中合影。（王曉藍提供）

1988年，聶華苓返臺，與文友於陽明山聚會。左起：聶華苓、Paul Engle、商禽。（翻攝自《三生影像》，明報出版社）

1988年，聶華苓返臺，於柏楊宅與文友聚餐。前排左起：柏楊、張香華、Paul Engle、聶華苓；後排左起：羅智成、高信疆、陳宏正。（翻攝自《三輩子》，聯經出版公司）

1991年2月，聶華苓（右）與Paul Engle合影於聶華桐宅外。（翻攝自《三生影像》，明報出版社）

1999年6月11日，聶華苓與文友同遊雲南。左起：林美音、聶華苓、黃春明。（李渝提供）

2005年，聶華苓及劉賓雁於紐約長島共慶八十大壽。左起：朱虹、劉賓雁、聶華苓、蘇端儀（弟媳）、余梅芳、鄭愁予、聶華桐（弟弟）。（王曉藍提供）

2007年10月，愛荷華國際寫作計畫四十週年，聶華苓與文友合影於Paul Engle肖像前。前排左起：鄭愁予、余梅芳、聶華苓、瘂弦；後排左起：Chris Merrill、李銳、西川。（王曉藍提供）

2008年7月，聶華苓出席於北京三聯書店舉行的《三生影像》新書發表會。左起：蘇童、聶華苓、遲子建、畢飛宇。（王曉藍提供）

2009年，聶華苓獲二等景星勳章。前排左起：李渝、陳若曦、夏君璐、聶華苓、馬英九、黃碧端、方梓；後排左起：向陽、駱以軍、季季、林懷民、般允芃、蔣勳、陳濟民。（陳安琪提供）

2009年，聶華苓返臺，與文友合影於明星咖啡廳。前排左起：林美音、黃春明、聶華苓、季季；後排左起：陳安琪、林懷民、般允芃、李渝、王曉藍、蔣勳。（王曉藍提供）

2009年8月22日，聶華苓獲「第五屆世界華文文學獎」（《星洲日報》舉辦），於吉隆坡舉行頒獎典禮。左起：李歐梵、聶華苓、張曉卿。（文訊資料室）

2011年5月17日，聶華苓應邀出席趨勢教育基金會、文訊雜誌社於臺北中山堂共同舉辦的「百年文學新趨勢——向愛荷華國際寫作班致敬」文學茶會。前排左起：吳晟、應鳳凰、瘂弦、鄭愁予、余梅芳、白先勇、聶華苓、季季、楊青矗、向陽、董啟章、蔣勳；後排左起：格非、愛荷華大學校長Sally Mason、管管、尉天驄、方梓、王拓。（文訊資料室）

2011年5月24日，聶華苓（左）與總統馬英九於總統府會面。（聶華苓提供）

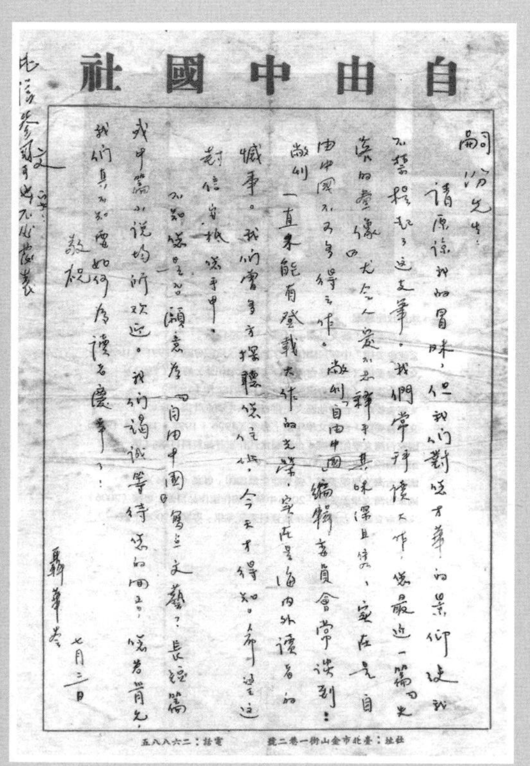

自由中國社

嗣汾先生：

請原諒我的冒昧，但我們對您才華的景仰使我不禁提起了這支筆。我們常拜讀大作，您最近一篇〈史蒂的塑像〉尤令人愛不忍釋，其味深且濃，實在是自由中國不可多得之作。敝刊《自由中國》編輯委員會常談到：敝刊一直未能有登載大作的光榮，實在是海內外讀者的憾事。我們曾多方探聽您之住址，今天才得知。希望這封信會抵您手中。

不知您是否願意為《自由中國》寫點文藝？長短篇或中篇小說均所歡迎。我們誠[illegible]等待您的回音，您若肯允，我們真不知要如何為讀者慶幸了！

敬祝

聶華苓　七月三日

此信發[illegible]大文[illegible]

社址：臺北市金山街一巷二號　電話：二六八八五

聶華苓致郭嗣汾信函。（郭嗣汾提供）

李渝：

（6月間在[illegible]和[illegible]（他和[illegible]）[illegible]、[illegible]、映真相聚，[illegible]你和松棻看看，都是你們[illegible]的朋友。）

我已收到，希望寫出一篇好的東西，才配得上你在台的[illegible]。

我非常喜歡你的小說，恨不得一篇一篇的來分析（有一兩篇應算是散文）。當然不可能！

很驕傲看到有你這樣一個學生。

你真應該不斷寫下去：論技巧，[illegible]的小說（現在在寫的），沒有一個比得上你；

請向松棻好！享受這幸福的夫妻，也是不多。你們倆是有福的人，我和paul也是！

華苓　八月廿九日

聶華苓致李渝信函。（李渝提供）

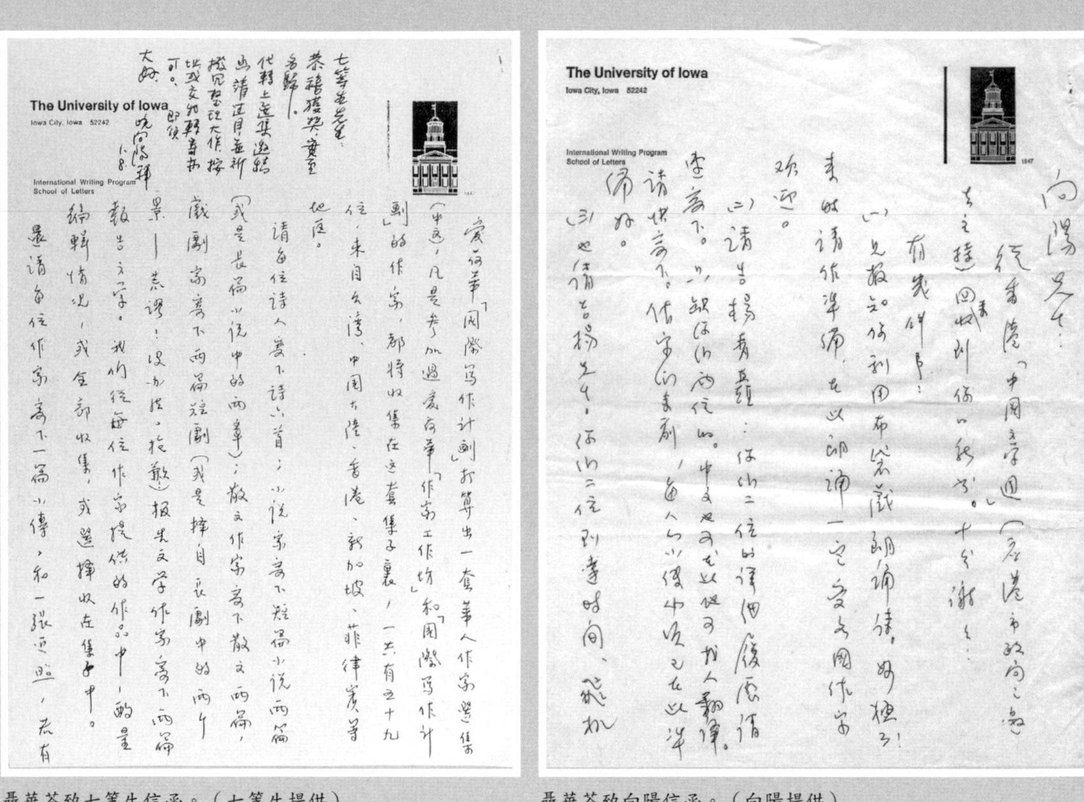

The University of Iowa
Iowa City, Iowa 52242
International Writing Program
School of Letters

七等生先生：
恭禧獲獎，實至名歸！
安格爾「國際寫作計劃」打算出一套華人作家選集（中文），凡是參加過安格爾「作家工作坊」和「國際寫作計劃」的作家，都將收集在這套集子裏，一共有五十九位，來自台灣、中國大陸、香港、新加坡、菲律賓等地區。
請每位詩人寄下詩六首；小說家寄下短篇小說兩篇（或是長篇小說中的兩章）；散文作家寄下散文兩篇，戲劇家寄下兩篇短劇（或是摘自長劇中的兩個景——[illegible]）報告文學作家寄下兩篇報告文學。我們從每位作家提供的作品中，酌量編輯情況，或全部收集，或選擇收在集子中。
最後請每位作家寄下一篇小傳，和一張近照，若有代表[illegible]上述集選結出，請註明[illegible]，或文[illegible]亦可。
即頌
大好
聶華苓
1.8

The University of Iowa
Iowa City, Iowa 52242
International Writing Program
School of Letters

向陽先生：
從香港「中國文學週」（在港市政局之邀）[illegible]回，收到你的信，十分謝謝：
有幾件事：
（一）見報知你剛回[illegible]朗誦詩，好極了！來時請作準備，在此朗誦一定受各國作家歡迎。
（二）請告楊青矗：你們二位的詳細履歷請速寄下。以便介紹你們兩位。中文也可，在此可找人翻譯。請供寄下你們的書刊，每人的小傳中[illegible]在此準備好。
（三）也請告楊先生，你們二位到達時間、飛機

聶華苓致七等生信函。（七等生提供）

聶華苓致向陽信函。（向陽提供）

No. 1

劉賓雁——我的朋友

聶華苓

「賓雁以前是美男子呀！」王蒙說。

「他現在也是美男子呀！」我說。

賓雁笑笑。「華苓，你在前天的宴會上，講到親人，發音不準，說成情人。我們都成了你的情人。」

我和賓雁、王蒙第一次對話就是那樣子開始的。那是一九八〇年四月十九日，我與安格爾邀他們兩位在北京飯店一同吃午飯。

早在七十年代初期我倆譯一套五十年代百花齊放時期的文選，其中就有王蒙的〈從組織部新來的年青人〉和賓雁的〈本報內部消息〉，由哥倫比亞大學出版。一九七八年，我在三十年後第一次回大陸探親，到處探聽王蒙和劉賓雁的消息，得不到任何確定的回答。那時他們還是未改正的摘帽右派。一九八〇年，我們居然在一起「美男子」「情人」地談笑，歡快，安格爾在一旁連連嘆賞：「妙極了！妙極了！」我簡直不敢相信這是真的。

那時，賓雁已在一九七九年發表了〈人妖之間〉。那是他在「新聞不常的社會生活和政治二十

〔20×20〕

聶華苓〈劉賓雁——我的朋友〉手稿。（愛荷華大學中文特藏部提供／Hualing Nieh Engle Papers, The University of Iowa Libraries, Iowa City, Iowa.）

桑青與桃紅

聶華苓

目錄：

楔子

第一部

桑青日記——瞿塘峽（一九四五年七月二十七日——八月十日）

桃紅給移民局的第一封信

第二部

桑青日記——圍城北平（一九四八年十二月——一九四九年三月）

桃紅給移民局的第二封信

第三部

桑青日記——台北一閣樓（一九五七年夏——一九五九年夏）

桃紅給移民局的第三封信

第四部

桑青日記——美國獨樹鎮（一九六九年七月——十二月）

桃紅給移民局的第四封信

跋

聶華苓〈桑青與桃紅〉手稿。（愛荷華大學中文特藏部提供／Hualing Nieh Engle Papers, The University of Iowa Libraries, Iowa City, Iowa.）

附帶的話

千山外，水長流共三十萬字，分成三部，各部自成一体。

第一部寫的是中美混血兒蓮兒從中國到美國來揹着歷史的、个人的精神包袱，尋根[illegible]，时间是一九八二年五月——六月，背景是一場大火燒留下的白雲石山莊廢墟。

第二部是柳風蓮寫給女兒蓮兒的一束信，在一九八二年回想一九四四——一九四九內戰中年輕知識份子的心路歷程，而以她和美國記者彼爾的愛情故事為主线。在她回想往事时，正為「右派」丈夫金炎申請平反，終於得知他在「四人幫」垮台以後，因「心臟病」死於新疆勞改營中。金炎在內戰时是學生運動的地下領導。這一部附有蓮兒眉批，反応她的心理變化過程。在金炎的遺物中，有一个空空的骨灰盒，上面放着一支舊金星牌鋼筆，和一副斷了腿的近視眼鏡。

第三部又回到現在——一九八二年七月、八月的白云石山莊廢墟和愛荷華河上，寫的是蓮兒轉化為自我肯定的故事；也有其他人物心理轉化的故事。這一部寫的就是个「愛」字。在血腥的二十世紀，[illegible]戰亂和人世倉桑，我絕望过，虛無过，但我始終不可救藥地信仰「愛」。

沒有安格爾的支持与呵護，我寫不成這本書。謹以之書獻给我的丈夫保羅·安格爾。

一九八四年春、愛荷華、木蘭花開时節

聶華苓〈千山外，水長流——附帶的話〉手稿。（愛荷華大學中文特藏部提供／Hualing Nieh Engle Papers, The University of Iowa Libraries, Iowa City, Iowa.）

高老太太的週末（廣播劇）

音樂：[illegible]

高老太太母女[illegible]吃過晚飯，天还沒黑。女兒文琪[illegible]

[illegible]

光復大陸設計研究委員會

(12×25)

聶華苓〈高老太太的週末（廣播劇）〉手稿。（愛荷華大學中文特藏部提供／Hualing Nieh Engle Papers, The University of Iowa Libraries, Iowa City, Iowa.）

輯二◎生平及作品

小傳◎作品◎年表

小傳

聶華苓（1925～）

聶華苓，女，籍貫湖北應山，1925 年 1 月 11 日生，1949 年來臺，1964 年赴美旅居至今。

南京中央大學外文系畢業，在美國取得柯羅拉多大學、可歐學院、杜布克大學三個榮譽博士學位。來臺後，任《自由中國》編輯委員和文藝版主編。曾任教於臺灣大學及東海大學。1964 年赴美，受聘爲美國愛荷華大學「國際作家工作坊」顧問，1967 年和美國詩人保羅・安格爾一同創辦愛荷華大學「國際寫作計畫」。1976 年，三百多位各國作家曾推薦聶華苓和安格爾爲諾貝爾和平獎候選人。1981 年，兩人一同得到美國 50 州州長所頒發之「文學藝術傑出貢獻獎」。1990 年，小說《桑青與桃紅》英文版獲得「美國書卷獎」（American Book Award）。曾獲匈牙利政府「文化貢獻獎」、波蘭政府文化部「國際文化貢獻獎」、馬來西亞「花蹤世界華文文學獎」等。

聶華苓創作文類有小說、散文及翻譯等。其小說內容多圍繞在抗戰時的回憶、來臺人士內心的迷惘與失落、中國人（尤其女性）在動盪時代中的境遇等，刻劃失根的心境，反映作家自身的漂泊。早期小說以寫實爲主，後期則有現代主義傾向，善於使用象徵手法。代表作《桑青與桃紅》，寫一個女性於中國、臺灣、美國等地輾轉流亡，終致人格分裂的結果。聶華苓自言：「我不僅是寫一個人的分裂，也是寫一個在中國變難之中的分裂，和整個人類的處境：各種的恐懼、各種的逃亡。」小說中的性描寫及敏感題材不見容於 1970 年的臺灣，於是連載遭禁、漂泊海外，直到 1988 年才正式在臺灣出版。小說家郝譽翔認爲：「不管是在內容上的多樣構思，抑或是追求寫實與象徵相結合的故事布局，聶華苓皆以其真實典型的細節描寫展現出個人的文字與創作魅力，不僅遙契了時代歷史境遇，同時亦具有強烈而豐富的社會意涵。」

散文方面，聶華苓多懷舊之作，內容可分爲中國、臺灣、愛荷華時期的生活經驗，以及返臺、返鄉時的歷程。她以敏銳的筆調書寫故人往事，文字細膩、辭藻豐富，感情真摯而深刻，創作小說的功力使她善於捕捉意象、以細節刻劃人物，深情中有節制，冷靜卻令人動容。她的作品在臺灣、美國、中國大陸、香港、新加坡、馬來西亞等華文地區出版，亦被譯爲英、義、葡、波蘭、匈牙利、南斯拉夫、韓國等多國文字發表。

擔任《自由中國》編輯時，聶華苓受雷震、殷海光等人影響，追求自由民主，反對反共八股的作品，與當時任《聯合報》副刊編輯的林海音同爲當時的臺灣文壇開創新局。後赴愛荷華主持「國際寫作計畫」，邀請世界各地知名作家同堂共聚，超越黨派與國族，共同創作、相互交流，開拓眾多海外作家的視野與心靈，對國際文化交流的貢獻卓著。走過半世紀的文學之路，聶華苓在創作、編輯、推動國際寫作計畫各方面皆能貫徹自由主義的理念，獲得各方人士的敬重。

作品目錄及提要

【散文】

正文出版社

仙人掌出版社

大林出版社

夢谷集

香港：正文出版社
1965 年，32 開，107 頁
現代文叢

臺北：仙人掌出版社
1970 年 1 月，40 開，171 頁
仙人掌文庫 35 •「現代」叢書之 3

臺北：大林出版社
1973 年 5 月，40 開，171 頁
大林文庫 84

本書爲作者於 1954～1963 年在臺期間於期刊、報紙發表之散文結集，題材多元，筆觸細膩，兼有隨筆、日記、書信及評論等。全書收錄〈寄母親〉、〈蜻蜓及停屍間〉、〈夢谷〉等 11 篇文章。

1970 年仙人掌版分爲三輯，新增〈紀德與《遣悲懷》〉、譯作〈遣悲懷〉二篇。

1973 年大林版內容與仙人掌版同。

三十年後——歸人札記

武漢：湖北人民出版社
1980 年 12 月，32 開，236 頁

本書爲作者於 1978 年偕同丈夫和女兒赴中國探親，返美後所作之文章結集。全書分二輯：第一輯敘寫省親點滴及沿途之人事景物，收錄〈我們跟著「跳舞的」走上了中國的泥土〉、〈我回到中國了〉、〈月臺會親人〉、〈軍號〉等 43 篇文章；第二輯記錄與夏衍、曹禺、冰心等前輩作家會晤之概況，收錄〈姚雪垠與《李自成》〉、〈一段漫—長、漫—長的歲月——曹禺和楊沫〉等五篇文章。正文前有聶華苓〈前言〉。

愛荷華札記——三十年後

香港：三聯書店
1981 年 8 月，32 開，376 頁
回憶與隨想文叢

本書爲湖北人民出版社《三十年後——歸人札記》之更名改版，原〈聶家的子孫們〉一篇併入〈唱個歌，好不好？〉，並新增〈憶雷震（附雷震夫婦來信十封）〉一篇。

三十年後：夢遊故園

臺北：漢藝色研文化公司
1988 年 12 月，25 開，323 頁
詩文之美 36

本書爲湖北人民出版社《三十年後——歸人札記》之更名改版，原〈聶家的子孫們〉一篇併入〈唱個歌，好不好？〉。正文後有聶華苓〈三十年的鄉愁——「三十年後」後記〉、〈小傳〉。

三聯書店

花城出版社

黑色・黑色・最美麗的顏色

香港：三聯書店
1983 年 9 月，25 開，236 頁
海外文叢

廣州：花城出版社
1986 年 2 月，32 開，294 頁
海外文叢

臺北：林白出版社
1986 年 9 月，新 25 開，335 頁
島嶼文庫 30

全書分兩部分：「我在愛荷華」輯錄作者於愛荷華的見聞感想，收錄〈黑色・黑色・最美麗的顏色〉、〈七十年代的故事〉、〈憶雷震

林白出版社

——附雷震夫婦來信十封〉等 19 篇文章；「我在臺灣」集結作者於臺灣發表之文章，收錄〈夢谷〉、〈溪邊〉、〈山居〉等 12 篇文章。正文前有聶華苓〈前言〉、〈聶華苓小傳〉、〈聶華苓著作〉。

1986 年花城版內容與三聯版同。

1986 年林白版分二卷，刪去〈浪子的悲歌——《桑青與桃紅》前言〉、〈漫談臺灣和海外文學〉、〈《沒有點亮的燈》——美國短篇小說選序〉，新增〈結緣〉、〈寒夜・爐火・風鈴〉、〈想起徐訏〉三篇文章。正文後有〈聶華苓的著作〉。

人，在廿世紀

新加坡：八方文化公司
1990 年 12 月，25 開，276 頁

本書輯錄作者 1987～1990 年的札記文章，內容多爲對文壇故舊的評論與舊時生活的懷想。全書收錄〈漪瀾堂畔晤艾青〉、〈發光的臉上彷彿有歌聲——抒情詩人蔡其矯〉、〈一段漫—長、漫—長的歲月——曹禺和楊沫〉等 24 篇文章。

聶華苓札記集

高雄：讀者文化出版公司
1991 年 10 月，新 25 開，276 頁

本書正文目次與新加坡八方文化公司《人，在廿世紀》同。

人景與風景

西安：陝西人民出版社
1996 年 3 月，32 開，369 頁
海外著名華文女作家散文自選集

全書分二部分：「黑色，黑色，最美麗的顏色」收錄〈漪瀾堂畔晤艾青〉、〈憶雷震（附雷震夫婦來信十封）〉、〈中國知識分子的形象——夏衍〉等 16 篇文章；「事事歡歡行行」收錄〈七十年代的故事〉、〈我們跟著「跳舞的」走上了中國的泥土〉、〈軍號〉等 16 篇文章。正文前有聶華苓〈我的家在安格爾家園——代序〉，正文後有〈聶華苓主要著作目錄〉。

時報文化出版公司

上海文藝出版社

鹿園情事（與安格爾合著）

臺北：時報文化出版公司
1996 年 6 月，新 25 開，280 頁
人間叢書 236

上海：上海文藝出版社
1997 年 7 月，32 開，287 頁

本書為作者追憶與夫婿安格爾共同生活的點滴。全書分三部分：「情事」收錄〈風雪話相逢〉、〈馬伕的兒子和壞女孩〉等九篇文章；「浮游」收錄〈事事歡歡行行〉、〈霧夜牛津〉等六篇文章；「軼事」〈我是賣報童〉、〈該死的猶太人〉等五篇文章。正文前有聶華苓〈我的家在安格爾的家園〉、〈鹿園〉。1997 年上海文藝版內容與時報版同。

楓落小樓冷

南京：江蘇文藝出版社
2008 年 1 月，32 開，276 頁

本書文章選錄自《夢谷集》、《三十年後——歸人札記》、《黑色·黑色·最美麗的顏色》、《鹿園情事》等書。全書分四部分：「情事」收錄〈我的家在安格爾家園〉、〈風雪話相逢〉等五篇；「人景」收錄〈漪瀾堂畔語艾青〉、〈春風歲歲還來否——懷念許芥昱〉、〈這個國家使我年青——冰心〉等十篇；「風景」收錄〈霧夜牛津〉、〈浮游威尼斯〉等五篇；「片羽」收錄〈一個流浪孩子講的故事〉、〈和尚舅舅的梔子花〉等九篇文章。

【小說】

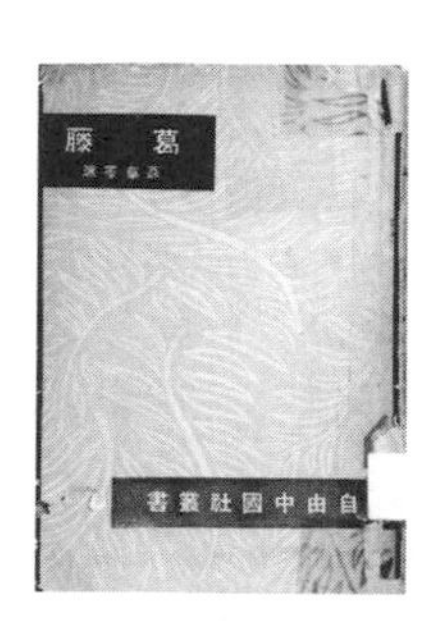

葛藤

臺北：自由中國雜誌社
1956 年 11 月，32 開，97 頁
自由中國社叢書

中篇小說。本書爲作者首部出版之小說作品。故事表面是一個愛情故事，實際上則是藉由人物的遭遇，抒寫當時臺灣極度壓抑的政治氛圍下，人們的精神與生活面貌。

翡翠貓

臺北：明華書局
1959 年 7 月，17.3x12.7 公分，168 頁

短篇小說集。本書題材多描寫小人物與小事件，深入刻劃角色情感，揭露人性背後隱含的弱點。全書收錄〈翡翠貓〉、〈高老太太的週末〉、〈樂園之音〉、〈晚餐〉、〈卑微的人〉、〈中根舅媽〉、〈愛國獎券〉、〈再叫我一聲〉、〈永不閉幕的舞臺〉、〈窗〉共十篇小說。正文前有彭歌〈序〉。

學生書局

文星書店

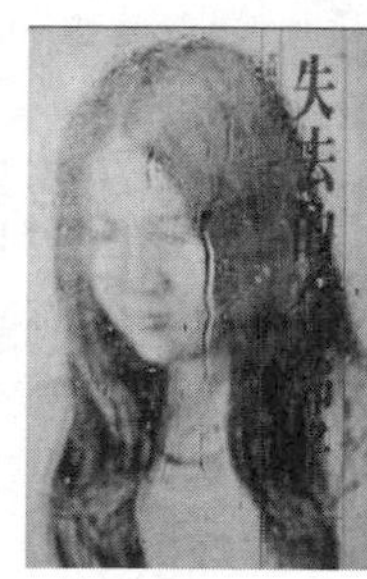
大林出版社

失去的金鈴子

臺北：學生書局
1961 年 12 月，32 開，223 頁

臺北：文星書店
1964 年 8 月，40 開，256 頁
文星叢刊 76

臺北：大林出版社
1969 年 7 月，32 開，258 頁
大林文庫 19

北京：人民文學出版社
1980 年 10 月，32 開，209 頁

臺北：林白出版社
1987 年 4 月，25 開，279 頁
島嶼文庫 40

人民文學出版社

林白出版社

長篇小說。本書為作者自傳性小說，藉由小說人物追憶自身離亂的生命經驗。書中描寫主角苓子在抗戰時期高中畢業後，來到三斗坪生活的種種遭遇和感悟，以及成長過程中追尋與失落的痛苦、掙扎、憂傷與寂寞。
1964 年文星版正文前有聶華苓〈再版序〉，正文後有聶華苓〈苓子是我嗎？〉、葉維廉〈《失去的金鈴子》之討論〉。
1969 年大林版內容與文星版同。
1980 年人民文學版正文前新增聶華苓〈寫在前面〉。
1987 年林白版正文前有聶華苓〈苓子是我嗎？（代序）〉，正文後有向陽〈洶湧著的噴泉——讀聶華苓小說《失去的金鈴子》〉。

文星書店

大林出版社

水牛出版社

一朵小白花

臺北：文星書店
1963 年 9 月，40 開，188 頁
文星叢刊 8

香港：文藝書屋
1968 年，32 開，188 頁

臺北：大林出版社
1972 年 10 月，32 開，188 頁
大林文庫 59

臺北：水牛出版社
1992 年 12 月，32 開，194 頁
創作選集 51

短篇小說集。作者以 11 個短篇捕捉人與人相處時隱藏於內在的陌生與疏離，突顯出人際之間無法真正親近、調合的落寞與孤獨。全書收錄〈一捻紅〉、〈寂寞〉、〈爺爺的寶貝〉、〈珊珊，你在哪兒？〉、〈綉花拖鞋〉、〈君子好逑〉、〈橋〉、〈一朵小白花〉、〈蜜月〉、〈李環的皮包〉、〈月光・枯井・三腳貓〉11 篇小說，正文前有徐訏〈序〉。
1972 年大林版、1992 年水牛版內容均與文星版同。

友聯出版社

中國青年出版社

華漢文化公司

漢藝色研文化公司

春風文藝出版社

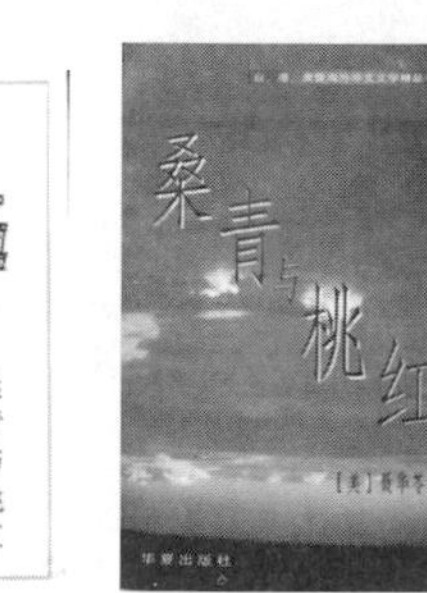

華夏出版社

時報文化出版公司

青年書局

桑青與桃紅

香港：友聯出版社
1976 年 12 月，32 開，328 頁

北京：中國青年出版社
1980 年 8 月，32 開，190 頁

香港：華漢文化公司
1986 年，25 開，272 頁
名家系列

臺北：漢藝色研文化公司
1988 年 8 月，25 開，344 頁
詩文之美 24

瀋陽：春風文藝出版社
1990 年 1 月，32 開，266 頁

北京：華夏出版社
1996 年 1 月，32 開，211 頁
臺港澳暨海外華文文學精品書系

臺北：時報文化出版公司
1997 年 5 月，25 開，287 頁
新人間叢書 2

太原：北嶽文藝出版社
2004 年 5 月，32 開，263 頁

香港：新加坡青年書局、明報月刊出版社
2009 年 2 月，21×14 公分，405 頁
世界當代華文文學精讀文庫 8

長篇小說。本書敘述主角桑青從中國流離到臺灣，再流亡到美國的歷程。隨著時空變遷，逐漸分裂出另一個人格「桃紅」，與「桑青」相互拉鋸，最終「桃紅」取代了「桑青」，藉由空間與人格上的變化，隱喻二十世紀海外華人之離散現象，以及因此產生的認同矛盾與混亂。正文後有作者〈跋——帝女雀填海〉。
1980 年中國青年版正文前新增聶華苓〈浪子悲歌〉，正文後新增蕭乾〈湖北人聶華苓〉。
1988 年漢藝色研版正文前有聶華苓〈桑青與桃紅流放小記（代序）〉，正文後新增〈小傳〉、〈聶華苓著作〉。
1990 年春風文藝版正文前有〈內容提要〉、〈聶華苓小傳〉、王彥才〈當以詩讀——寫在《桑青與桃紅》大陸版全本之前〉，正文後新增〈新版後記〉。
1996 年華夏版正文前新增董之林〈漂泊者悸動的靈魂——《桑青與桃紅》淺析〉。
1997 年時報文化版正文後新增聶華苓〈桑青與桃紅流放小記〉、白先勇〈世紀性的漂流者〉、李歐梵〈重劃《桑青與桃紅》的地圖〉、〈聶華苓著作列表〉。
2009 年青年書局版正文前新增潘耀明、原甸〈眾手合推的文化巨石——《世界當代華文文學精讀文庫》(總序)〉、廖玉蕙〈逃與困——聶華苓女士訪談錄〉、宗培玉〈關於《桑青與桃紅》的詩學分析〉、蔡祝青〈當賤斥轉換恐懼——論《桑青與桃紅》中分裂主體的生成與內涵〉。

臺灣軼事：聶華苓短篇小說集

北京：北京出版社
1980 年 3 月，32 開，145 頁

短篇小說集。輯錄作者在臺灣創作的短篇作品，題材多為從大陸流落至臺灣的人物處境，描繪角色們無家可歸的思鄉情貌與鄉愁氛圍。全書收錄〈愛國獎券〉、〈一朵小白花〉、〈珊珊，你在那兒？〉、〈王大年的幾件喜事〉、〈一捻紅〉、〈君子好逑〉、〈李環的皮包〉、〈高老太太的週末〉、〈寂寞〉、〈人，又少了一個！〉、〈祖母與孫子〉、〈霓虹燈下〉12 篇小說。正文前有聶華苓〈寫在前面〉，正文後有張葆莘〈聶華苓二三事〉。

王大年的幾件喜事

香港：海洋文藝出版社
1980 年 10 月，18.5x11.5 公分，285 頁
海洋文藝叢書

短篇小說集。收錄〈高老太太的週末〉、〈愛國獎券〉、〈珊珊，你在那兒？〉、〈袁老頭〉、〈一朵小白花〉、〈李環的皮包〉、〈君子好逑〉、〈永不閉幕的舞臺〉、〈橋〉、〈極短篇〉、〈一捻紅〉、〈卑微的人〉、〈晚餐〉、〈王大年的幾件喜事〉14 篇小說。正文前有聶華苓〈寫在前面〉，正文後有陳世驤〈從〈王大年的幾件喜事〉談起〉、葉維廉〈突入一瞬的蛻變裡——側論聶華苓〉。

千山外・水長流

成都：四川人民出版社
1984 年 12 月，32 開，466 頁

成都：四川文藝出版社
1984 年 12 月，20×14 公分，448 頁

香港：三聯書店
1985 年 1 月，大 32 開，381 頁
海外文叢

河北：河北教育出版社
1996 年 4 月，25 開，386 頁
金蜘蛛叢書

長篇小說。本書分三部：第一、三部描述中美混血的蓮兒，在中國歷經磨難來到愛荷華石頭城，接觸到陌生的血親和異國的文化，逐漸釐清自我身分的意義；第二部爲母親來信，追述蓮兒出世前中國戰亂頻仍的時代背景。正文前有〈內容簡介〉，正文後有〈聶華苓小傳〉、〈聶華苓的著作〉。
1985 年香港三聯版正文後新增作者〈附言〉。
1996 年河北教育版正文前新增戴小華〈序〉、聶華苓〈江水啊，流啊流（代序）〉。

四川人民出版社

四川文藝出版社

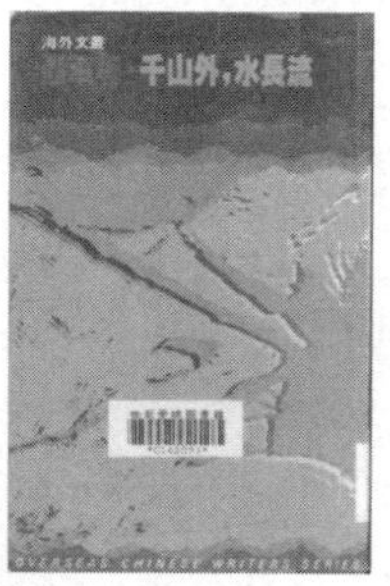

三聯書店

河北教育出版社

THE PURSE and Three Other Stories of Chinese Life

Taipei: Heritage Press
1962 年 6 月，18.3×11.7 公分，95 頁

短篇小說集。收錄 “The Purse”、“Dinner”、“The Suitor”、“Old Lady Kao” 四篇英譯小說。正文前有 R. M. McCarthy “Introduction”，正文後有聶華苓 “Am I the Heroin（我是苓子嗎？）”（Hou Chien 譯）。

Mulberry and Peach: two women of China／Jane Parish Yang、Linda Lappin 合譯

New York: SINO Publishing CO.
Beijing: New World Press
1981 年 12 月，新 25 開，257 頁

London: Women's Press
1986 年，21.5x14 公分，201 頁
Women's Press fiction

Boston, Mass: Beacon Press
1988 年，新 25 開，207 頁
Asian voices

New York: Feminist Press at the City University of New York
1998 年，新 25 開，231 頁

長篇小說。為《桑青與桃紅》英文譯本，正文後有 Peter Nazareth“Experts form an INTERVIEW with Hauling Nieh（聶華苓專訪）”。
1986 年 Women's Press 版刪去 Peter Nazareth“Experts form an INTERVIEW with Hauling Nieh（聶華苓專訪）”，正文前新增作家簡歷。
1988 年 Beacon Press 版內容與 Women's Press 版同。
1998 年 Feminist Press 版，正文後新增 Sau-ling Cynthia Wong “AFTERWORD”。

SINO Publishing CO.

Women's Press

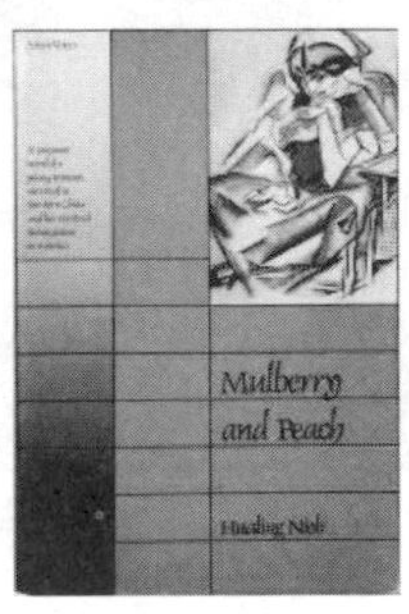

Beacon Press

Feminist Press at the City University of New York

【傳記、評傳】

最美麗的顏色——聶華苓自傳
南京：江蘇文藝出版社
2000 年 1 月，32 開，356 頁
海外暨港臺作家自傳叢書

本書收錄作者在各個不同時期寫作之文章，依題材分「在故國」、「在臺灣」、「在愛荷華」、「和大陸作家一起」、「談創作」五部分，拼湊出作者一生飄泊三地、動盪流離的人生經歷。正文後有〈聶華苓主要著譯目錄〉、夢花〈編後記〉。

百花文藝出版社

皇冠文化出版公司

三生三世

天津：百花文藝出版社
2004 年 1 月，25 開，377 頁

臺北：皇冠文化出版公司
2004 年 2 月，25 開，349 頁
皇冠叢書第 3340 種

本書爲聶華苓回首過去在中國、臺灣、愛荷華三地所經歷的人生經驗，從 1925 年幼年時期開始，到 1991 年丈夫保羅・安格爾逝世爲止。全書分三部分：「故園春秋（1925～1949）」收錄〈再生緣〉、〈母親的自白〉、〈彩虹小洋傘〉等 19 篇文章；「生死哀樂（1949～1964）」收錄〈雷青天〉、〈一九六〇年九月四日〉等七篇文章；「紅樓情事（1964～1991）」收錄〈小箋〉、〈從玉米田來的人——安格爾〉等八篇。正文前有聶華苓〈我所知道的一點兒民國史〉，正文後有聶華苓〈憶別〉、保羅・安格爾詩作〈當我死的時候——一九九一，待續〉、聶華苓〈跋〉。
2004 年百花文藝版正文前新增王蒙／蘇童／余華／李銳／蔣韻序，正文後新增〈聶華苓作品及相關情況〉、〈愛荷華大學「國際寫作計畫」和「作家工作坊」華文作家名單〉。

Shen Ts' ung-wen

NewYork: Twayne Publishers
1972 年，20.5x14 公分，139 頁
Twayne's world authors series, TWAS 237, China

本書爲聶華苓以英文撰著之沈從文傳記。正文前有 "Acknowledgements"、"Preface"、"Chronology"，正文後有" Notes and Reference"、"Selected Bibliography"、"Index"。

明報出版社

三聯書店

三生影像

香港：明報出版社
2007 年 9 月，22.7x15.2 公分，597 頁

北京：生活・讀書・新知三聯書店
2008 年 6 月，22.6x15 公分，557 頁

本書除收錄聶華苓自傳《三生三世》內容外，新增多篇在美時期所作之文章，以及諸多黑白、彩色的影像紀錄。全書分三部分：「故園（1925～1949）」、「綠島小夜曲（1949～1964）」與《三生三世》同，並新增〈四十年後——姐弟返鄉〉一篇；「紅樓情事（1964～1991）」收錄〈偶然〉、〈小箋〉、〈從玉米田來的人——安格爾〉、〈結婚戒指呢？〉等篇 30 文章。全書篇名或略有更動。
2008 年三聯版內容與明報版同，唯收錄照片略有增刪。

三生三世——中国・臺湾・アメリカに生きて／島田順子譯

東京：藤原書店
2008 年 10 月，32 開，455 頁

本書爲百花文藝版《三生三世》之日譯本，正文後新增島田順子〈訳者あとがき（譯者後記）〉。

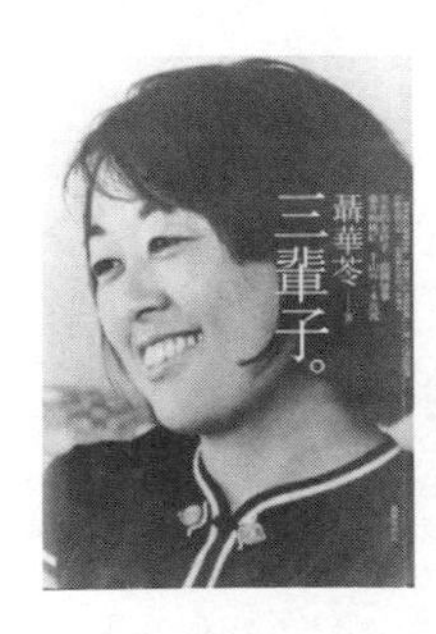

三輩子

臺北：聯經出版公司
2011 年 5 月，18 開，636 頁
當代名家・聶華苓作品集

本書內容與香港明報出版社《三生影像》同，唯收錄照片略有增刪。正文前新增作者〈三生浪跡〉，正文後新增姚嘉爲〈放眼世界文學心——專訪名作家聶華苓女士〉、劉俊〈中國歷史・美國愛情・世界文學〉、向陽〈蒼勁美麗，有情的樹——評聶華苓自傳文集《三生三世》〉、聶華苓〈個人創作與世界文學〉。

【合集】

珊珊，你在哪兒？／曾慶瑞、鄒韶軍編

北京：中國人民大學出版社
1994年9月，32開，351頁
臺港澳與海外華文文學精讀文庫・聶華苓卷

本書爲散文、小說合集。全書分三部分：第一、二部分收錄〈愛國獎券〉、〈珊珊，你在哪兒？〉、〈高老太太的周末〉、〈一捻紅〉、〈失去的金鈴子〉、〈桑青與桃紅〉（第四部節錄）共六篇小說；第三部分收錄〈憶雷震〉、〈春風歲歲還來否——懷念許芥昱〉、〈寄母親〉、〈夢谷〉、〈溪邊〉、〈女作家〉等六篇文章。正文前有曾慶瑞〈《臺港澳與海外華文文學精讀文庫》緣起〉、蕭乾〈序〉、〈聶華苓小傳〉。正文後有〈聶華苓作品繫年〉、編後記〈聶華苓：一個最接近世界的中國靈魂〉。

文學年表

1925 年	1 月	11 日，出生於湖北省武漢市，祖籍湖北應山。父聶洸，母孫國瑛。排行長女。
1934 年	12 月	父親聶洸於貴州任官期間遭中共紅軍槍斃。
1937 年	本年	考入湖北省一女中。
1938 年	8 月	爲避日軍侵略，舉家離開武漢，前往湖北三斗坪避難。
1939 年	本年	轉入恩施屯堡的湖北聯合女子中學。
1940 年	本年	湖北聯合女子中學畢業，爲取得公費，與同學田福垚、嚴群強流亡至四川，後就讀長壽第十二中學。
1943 年	6 月	四川長壽第十二中學畢業。
1944 年	本年	考入因抗戰而暫遷重慶的中央大學經濟系，後轉入外文系。
1946 年	本年	中央大學由重慶遷回南京原址。在學期間閱讀大量文學作品，尤愛老舍的小說和曹禺的戲劇。
1948 年	6 月	中央大學外文系畢業。
	12 月	與中央大學同學王正路於北京結婚。
	本年	以筆名「遠思」發表第一篇散文〈變形蟲〉於《南京雜誌》。
1949 年	5 月	與丈夫、母親、弟弟及妹妹渡海來臺。
		經李中直介紹擔任《自由中國》編輯部稿件管理工作；後轉任編輯委員及「文藝欄」主編，開啓「文藝欄」純文學創作的風氣。
1950 年	2 月	16 日，翻譯 J. F. Morse〈我們如何爭取世界〉及美國國會紀錄〈拉鐵摩爾輩的真面目〉於《自由中國》第 2 卷第 4 期。

5月 1日，翻譯 Wallace Carroll〈以俄制俄〉、喬治〈亞洲當赤禍之衝〉於《自由中國》第2卷第9期。

7月 1日，翻譯 R. D. Toledano & V. Lasky〈美奸希斯叛國原委〉連載於《自由中國》第3卷第1期～第3卷第4期，至8月16日刊畢。

10月 1日，翻譯 Jacob Epstein〈蘇俄的話算數嗎？〉於《自由中國》第3卷第7期。

11月 16日，翻譯喬治〈亞洲赤禍的外在原因〉連載於《自由中國》第3卷第10期～第3卷第12期，至12月16日刊畢。

本年 長女王曉薇出生。

1951年 3月 16日，翻譯 William I. Nichols〈史達林帝國的致命傷〉於《自由中國》第4卷第6期。

4月 1日，翻譯羅素〈格蘭斯頓與列寧〉於《自由中國》第4卷第7期。

5月 16日，翻譯〈蕭伯納與甘地〉、〈鐵幕拾零〉、〈不願做奴隸的人們〉於《自由中國》第4卷第10期。

6月 1日，翻譯〈公文旅行〉、喬治〈麥帥被黜後的共黨世界戰略〉、〈抗俄的秘密武器〉、〈鐵幕裡的「政治犯」〉、〈郵戰〉於《自由中國》第4卷第11期。

16日，發表〈鐵幕擋不住音波〉、〈蘇俄理髮師的閒話太多〉、〈憶〉於《自由中國》第4卷第12期。

7月 1日，發表〈集中寺院〉、〈同志！讓我吻你的手〉於《自由中國》第5卷第1期。

8月 1日，發表〈覺醒〉，翻譯〈自由的意義〉於《自由中國》第5卷第3期。

16日，翻譯〈愛好清潔的尼德魯〉、〈蘇俄小女孩的幽怨〉、

〈如此真理報〉、〈驚人的造謠〉、〈不能撒謊的記錄〉於《自由中國》第 5 卷第 4 期。

9 月　1 日，發表〈自由與奴役的分野〉於《自由中國》第 5 卷第 5 期。

16 日，翻譯 Hans Kelsen〈辯證法和黑格爾的歷史神學〉於《自由中國》第 5 卷第 6 期。

10 月　16 日，翻譯〈邱吉爾的生意經〉於《自由中國》第 5 卷第 8 期。

12 月　1 日，發表〈和平頌〉、〈世界無雙的典禮〉、〈鐵幕中的「新式」計算器〉、〈日皇太子的生活〉於《自由中國》第 5 卷第 11 期。

16 日，翻譯〈霍夫曼論自由〉於《自由中國》第 5 卷第 12 期。

本年　次女王曉藍出生。

1952 年　1 月　16 日，發表〈黃昏的故事〉於《自由中國》第 6 卷第 2 期。

4 月　1 日，翻譯 Bruce Winton Knight〈自由是不可分的〉於《自由中國》第 6 卷第 7 期。

5 月　1 日，翻譯陶英貝〈歷史的治亂〉於《自由中國》第 6 卷第 9 期。

6 月　1 日，翻譯 A. E. Hotchner〈生・死・哀・樂〉於《自由中國》第 6 卷第 11 期。

7 月　16 日，翻譯 James Burnhan〈太平洋學會如何幫助史達林赤化中國〉連載於《自由中國》第 7 卷第 2 期～第 7 卷第 3 期，至 8 月 1 日刊畢。

9 月　16 日，翻譯 Lesley Conger〈青春戀〉於《自由中國》第 7 卷第 6 期。

	11 月	16 日，發表〈謝謝你們——雲、海、山！〉於《自由中國》第 7 卷第 10 期。
1953 年	5 月	16 日，發表〈綠藤〉於《自由中國》第 8 卷第 10 期。
	8 月	1 日，發表〈一顆孤星〉於《自由中國》第 9 卷第 3 期。
	11 月	1 日，發表〈綠窗隨筆〉於《自由中國》第 9 卷第 9 期。
	12 月	16 日，翻譯 Bertram D. Wolfe〈沒有史達林的第一個十一月〉於《自由中國》第 9 卷第 12 期。
1954 年	6 月	16 日，發表〈山居〉於《自由中國》第 10 卷第 12 期。
	9 月	14 日，發表短篇小說〈灰衣人〉於《自由中國》第 11 卷第 6 期。
1955 年	1 月	1 日，發表短篇小說〈母與女〉於《自由中國》第 12 卷第 1 期。
		16 日，翻譯〈民主的巴西總統費爾約〉於《自由中國》第 12 卷第 2 期。
1956 年	6 月	1 日，短篇小說〈葛藤〉連載於《自由中國》第 14 卷第 11 期～第 15 卷第 5 期，至 9 月 1 日刊畢。
	10 月	20 日，發表短篇小說〈高老太太的週末〉於《文學雜誌》第 1 卷第 2 期。
	11 月	中篇小說《葛藤》由臺北自由中國雜誌社出版。
1957 年	3 月	16 日，發表短篇小說〈晚餐〉於《自由中國》第 16 卷第 6 期。
	4 月	15 日，發表〈母親的菜〉於《聯合報》副刊。
	7 月	16 日，發表〈卑微的人〉於《自由中國》第 17 卷第 2 期。
	11 月	18 日，發表〈海濱小簡〉於《聯合報》副刊。
	12 月	20 日，發表小說〈珊珊，你在那兒？〉於《文學雜誌》第 3 卷第 4 期。

1958 年	1 月	16 日，發表〈綠窗漫筆〉於《自由中國》第 18 卷第 2 期。
	9 月	1 日，發表短篇小說〈中根舅媽〉於《文星》第 2 卷第 5 期。
		10 日，發表短篇小說〈雙龍抱柱〉於《聯合報》副刊。
	10 月	5 日，發表短篇小說〈樂圓之音〉於《聯合報》副刊。
		16 日，發表短篇小說〈賣麵茶的哨子〉於《自由中國》第 19 卷第 8 期。
1959 年	1 月	16 日，發表短篇小說〈愛國獎卷〉於《自由中國》第 20 卷第 2 期。
	5 月	16 日，發表短篇小說〈窗〉於《自由中國》第 20 卷第 10 期。
	7 月	10 日，發表〈山中小簡——溪邊〉於《聯合報》副刊。
	8 月	20 日，發表短篇小說〈寂寞〉於《文學雜誌》第 6 卷第 6 期。
	本年	短篇小說集《翡翠貓》由臺北明華書局出版。
		翻譯亨利・詹姆斯（Henry James）《德莫福夫人》，由臺北文學雜誌社出版。
		短篇小說集《李環的皮包》英文版由香港 Heritage Press 出版。
1960 年	6 月	20 日，翻譯 Willa Cather〈老農羅世基〉於《文學雜誌》第 8 卷第 4 期。
	8 月	16 日，發表短篇小說〈爺爺的寶貝〉於《自由中國》第 23 卷第 4 期。
	9 月	4 日，《自由中國》遭查封，雷震、傅正、馬之驌、劉子英四人被捕，聶華苓與外界隔離一年。
		9 日，翻譯曼斯菲爾（Katherine Mansfield）〈深夜〉於《聯合報》副刊。

	10月	16 日，發表〈紀德與〈遣悲懷〉〉，翻譯紀德（André Paul Guillaume Gide）〈遣悲懷〉連載於《聯合報》副刊，至 11 月 9 日止。
	本年	編譯《美國短篇小說選》由臺北明華書局出版。
		長篇小說《失去的金鈴子》由臺北學生書局出版。
1961年	2月	1 日，發表短篇小說〈李環的皮包〉於《文星》第 7 卷第 4 期。
	7月	2 日，發表長篇小說〈失去的金鈴子〉連載於《聯合報》副刊，至12月20日止。
	10月	發表短篇小說〈高老太太的周末〉於《幼獅文藝》第 15 卷第 4 期。
	12月	20日，發表〈苓子是我嗎？〉於《聯合報》副刊。
1962年	7月	編譯 *Eight Stories by Chinese Woman*（《中國女作家小說選》），由香港 Heritage Press 出版。
	10月	1 日，發表〈一篇短篇小說的分析〉於《文星》第 10 卷第 6 期。
	11月	25日，母親孫國瑛因肺癌逝世。
	12月	1、14、23 日，發表〈寄母親——第一信〉、〈寄母親——第二信〉、〈寄母親——第三信〉於《聯合報》副刊。
	本年	應臺靜農之邀至臺灣大學教授小說創作課程；後應徐復觀之邀至東海大學，和余光中共同教授一門創作課程。
		擔任《現代文學》主編。
1963年	6月	6日，發表〈松林坡與美國文學〉於《聯合報》副刊。
		24 日，發表短篇小說〈月光・枯井・三腳貓〉於《聯合報》副刊。
	7月	1日，發表〈書與人〉於《文星》第12卷第3期。

	9月	25日，短篇小說集《一朵小白花》由臺北文星書店出版。
		29日，發表短篇小說〈繡花拖鞋〉連載於《新生晚報》副刊，至10月3日刊畢。
	10月	1日，發表〈寫在於梨華《歸》的前面〉於《文星》第12卷第6期。
		4～7日，短篇小說〈蜜月〉連載於《新生晚報》副刊。
	12月	1日，翻譯〈美國當代女作家桃樂瑟·芭爾克訪問記〉於《文星》第13卷第2期。
	本年	應邀參加於美國駐臺領事館舉行的酒會，與美國詩人兼愛荷華大學「作家工作坊」主持人保羅·安格爾（Paul Engle）相識。
1964年	8月	1日，發表〈《失去的金鈴子》再版序〉於《文星》第14卷第4期。
	9月	1日，翻譯 Julian Scheer〈桑德堡談瑪麗蓮夢露〉於《文星》第14卷第5期。
	11月	20日，發表〈依阿華的風鈴〉於《聯合報》副刊。
	本年	赴美國愛荷華大學擔任「寫作工作坊」顧問，並教授「現代中國文學」課程，同時進行寫作和翻譯工作。
		長篇小說《失去的金鈴子》由臺北文星書店再版。
1965年	本年	短篇小說集《李環的皮包》葡萄牙文版由智利 Editora Globo 出版。
		《夢谷集》由香港正文出版社出版。
		與王正路離婚。
1966年	本年	獲愛荷華大學「作家工作坊」文學藝術碩士。
1967年	8月	與保羅·安格爾共同創辦愛荷華大學第一屆「國際寫作計畫」，邀請了12位來自世界各國的作家赴美訪問數月，藉由寫

作、朗讀、座談、旅行等活動進行文學交流。

1969年 12月 發表〈淺談小說的觀點〉於《作品》第3卷第3期。

1970年 12月 1日，長篇小說〈桑青與桃紅〉開始於《聯合報》副刊連載，因部分內容遭警備總部質疑夾帶不利政府的思想，隔年2月6日遭臺灣政府當局禁止刊行。

長篇小說〈桑青與桃紅〉連載於《明報月刊》第60～76期，至1972年4月刊畢。

本年 翻譯契訶夫等著短篇小說集《牽著哈叭狗的女人》，由臺北大林出版社出版。

1971年 5月 14日，與保羅・安格爾在愛荷華結婚。

本年 翻譯紀德《遣悲懷》，由臺北晨鐘出版社出版。

1972年 9月 與保羅・安格爾合作翻譯毛澤東詩詞作品，結集成 *Poems of Mao Tse-Tung*（《毛澤東詩詞》），由美國紐約 Simon and Schuster 出版，後由法國巴黎 Editions Pierre Seghers、英國倫敦 Wildwood House 相繼再版。

本年 擔任愛荷華大學東亞系系主任。

Shen Tsung-wen（《沈從文評傳》）由美國紐約 Twayne Publishers 出版。

1973年 5月 30日，《夢谷集》由臺北大林出版社出版。

1974年 本年 返臺停留五天，與出獄四年的雷震會面。

1975年 10月 16日，發表〈一顆孤星〉於《南北極》第65期。

1976年 5月 〈愛荷華寄簡〉連載於《海洋文藝》第3卷第5期～第5卷第2期，至1978年2月10日刊畢。

12月 長篇小說《桑青與桃紅》由香港友聯出版社出版。

以南斯拉夫作家阿哈密德・伊瑪莫利克爲首的26位作家（代

		表 24 個國家）倡議推舉聶華苓與保羅・安格爾爲諾貝爾和平獎候選人，得到 270 位各國作家的響應。
1977 年	12 月	30 日，長篇小說《失去的金鈴子》由臺北大林出版社出版。
	本年	保羅・安格爾自「國際寫作計畫」退休，由聶華苓接替主持。
1978 年	5 月	發表〈七十年代的故事〉於《七十年代》第 100 期。
		與保羅・安格爾及女兒返回中國北京探親，拜訪夏衍、曹禺、冰心等作家，並於各地進行專題演講。
	8 月	10 日，〈三十年後——歸人札記〉連載於《海洋文藝》第 5 卷第 8 期～第 7 卷第 7 期，至 1980 年 7 月 10 日刊畢。
	9 月	發表〈七十年代的故事——漪瀾堂畔晤艾青〉於《七十年代》第 104 期。
	12 月	發表〈姚雪垠與「李自成」〉於《七十年代》第 107 期。
		臺美斷交，臺灣作家因而喪失赴美參與「國際寫作計畫」資格，後因聶華苓、保羅・安格爾積極向各大企業募款，臺灣作家方能持續赴美進行文學交流。
1979 年	3 月	發表〈憶雷震〉於《七十年代》第 110 期。
	9 月	14～17 日，於愛荷華大學藝術館主辦「中國週末」文會，邀請世界各地的華人作家，共同探討華語文學創作的議題。
	10 月	發表〈一段漫—長、漫—長的歲月——曹禺和楊沫〉於《七十年代》第 117 期。
	11 月	發表〈一個脊骨挺直的中國人——陳映真〉於《明報月刊》第 167 期。
1980 年	2 月	發表〈發光的臉上彷彿有歌聲——詩人蔡其矯〉於《七十年代》第 121 期。
	3 月	短篇小說集《臺灣軼事》由北京北京出版社出版。
	4 月	29 日，發表〈寫在《臺灣軼事》之後〉於《人民日報》。

受邀參加麻薩諸塞州衛斯理大學舉行的國際女作家研討會。

5月 獲美國杜布克大學（Dubuque University）、科羅拉多大學（University of Colorado）授予榮譽博士。

8月 短篇小說集《王大年的幾件喜事》由香港海洋文藝出版社出版。

9月 發表〈法治與愛情〉於《七十年代》第128期。

10月 發表〈一九八〇「中國周末」開場白〉於《七十年代》第129期。

長篇小說《失去的金鈴子》由北京人民文學出版社出版。

12月 《三十年後——歸人札記》由湖北湖北人民出版社出版。

本年 發表〈三十年後〉於《青春》第6期。

長篇小說《桑青與桃紅》由北京中國青年出版社出版。

翻譯亨利・詹姆斯《德莫福夫人》，由上海上海譯文出版社出版。

發表〈浪子的悲歌——中篇小說《桑青與桃紅》前言〉於《花城》第6期。

1981年 4月 發表〈關於改編《桑青與桃紅》〉於《文匯月刊》1981年第4期。

6月 《愛荷華札記——三十年後》由香港三聯書店出版。

編譯 *Literature of the Hundred Flowers*（《百花齊放文集》，共二卷），由美國紐約 Columbia University 出版。

本年 擔任美國紐斯塔國際文學獎評審委員，至1982年。

翻譯美國短篇小說集《沒有點亮的燈》，由北京北京出版社出版。

長篇小說《桑青與桃紅》英文版由美國紐約 Sino Publishing Company 與北京新世界出版社聯合出版。（Jane Parish Yang 與

Linda Lappin 合譯）

1982 年 2 月 長篇小說《桑青與桃紅》由香港友聯出版社出版。

3 月 發表〈春風歲歲還來否——懷念許芥昱〉於《七十年代》第 146 期。

6 月 與保羅・安格爾同獲美國五十州州長所頒發之「文學藝術傑出貢獻獎」。

發表〈黑色，黑色，美麗的顏色〉於《七十年代》第 149 期。

9 月 發表〈殷海光——一些舊事〉於《七十年代》第 152 期。

1983 年 6 月 1 日，〈談談沈從文的小說——人物、主題、意象和風格〉連載於《明報月刊》第 210～211 期。

發表〈林中、爐邊、黃昏後——丁玲談去延安之路〉於《七十年代》第 161 期。

9 月 《黑色，黑色，最美麗的顏色》由香港三聯書店出版。

訪談烏干達作家比德・乃才瑞士（Peter Nazareth），發表〈聶華苓與非洲作家談創作〉於《明報月刊》第 213 期。

本年 獲美國柯爾學院（Coe College）授予榮譽博士。

1984 年 1 月 訪談烏干達作家比德・乃才瑞士，訪談紀錄〈聶華苓與非洲作家談《桑青與桃紅》〉（上、下）連載於《明報月刊》第 216～217 期。

7 月 長篇小說〈千山外，水長流〉連載於《明報月刊》第 223～230 期，至 1985 年 2 月刊畢。

12 月 長篇小說《千山外，水長流》由四川人民出版社出版。

本年 擔任美國哥倫比亞大學翻譯顧問委員會委員，至 1985 年。

1985 年 5 月 發表〈尋傢司，補破網——悼念楊逵先生〉（後改題爲〈尋家補破網——悼念楊逵先生〉）於《九十年代》第 184 期。

	6 月	發表〈想起徐訏〉於《明報月刊》第 234 期。
	本年	長篇小說《千山外，水長流》由香港三聯書店出版。
		長篇小說《桑青與桃紅》克羅埃西亞文版由南斯拉夫 Globus 出版。
1986 年	5 月	24 日，發表〈幾句心底話——《楊青矗與國際作家對話》代序〉於《自立晚報》。
	9 月	15 日，《黑色，黑色，最美麗的顏色》由臺北林白出版社出版。
	本年	與胞弟聶華桐展開返鄉之旅，自中國重慶乘船而下，尋找抗戰期間流離各地的記憶。
		擔任北京廣播學院榮譽教授。
		《黑色，黑色，最美麗的顏色》由廣州花城出版社、香港三聯書店聯合出版。
		長篇小說《桑青與桃紅》由香港華夏出版社出版；英文版由英國倫敦 women's press 出版，匈牙利文版由匈牙利 Artisjus 出版。
1987 年	4 月	長篇小說《失去的金鈴子》由臺北林白出版社出版。
	5 月	1 日，發表〈劉賓雁，我的朋友〉於《九十年代》第 208 期。
	8 月	1 日，發表〈聶華苓吹捧老柏楊——愛荷華的爐邊瞎話〉於《天下事雜誌》第 1 期。
	10 月	發表〈二十二年，重回臺灣〉於《九十年代》10～11 月號。
	本年	擔任美國紐斯塔國際文學獎顧問，至 1988 年。
1988 年	3 月	12～15 日，短篇小說〈死亡的幽會〉連載於《中國時報》「人間副刊」。
	4 月	22 日，發表〈六〇年代——梁實秋〉於《中國時報》「人間副刊」。

23～24 日，〈梁實秋給聶華苓的 23 封信〉連載於《中國時報》「人間副刊」。

5 月　1 日，翻譯保羅‧安格爾〈又回臺灣〉於《中國時報》「人間副刊」。

3 日，應《中國時報》創辦人余紀忠邀請，與保羅‧安格爾重返臺灣，《中國時報》同時以大篇幅報導聶華苓返臺消息。

4 日，與潘人木、陳幼石、張曉風、簡媜、廖玉蕙等十餘位女作家舉行「茶話會」，探討大陸文壇情況。

8 日，與保羅‧安格爾應邀參加由高信疆、柏楊、陳映真、瘂弦等人共同創辦的「美國愛荷華大學國際寫作計畫在臺作家聯誼會」成立大會。

12 日，發表〈與自然融合的人回歸自然了——臺北旅次驚聞沈從文辭世〉於《中國時報》人間副刊。

23 日，發表〈臨別依依——臺北印象〉於《中國時報》「人間副刊」。

8 月　22 日，發表〈桑青與桃紅流放小記〉於《中國時報》「人間副刊」。

自「國際寫作計畫」退休，並繼續擔任顧問。

長篇小說《桑青與桃紅》自 1970 年在臺灣被禁止刊行，事隔十餘年後，由臺北漢藝色研文化公司首度在臺出版。

11 月　25～26 日，〈布拉格的冬天〉連載於《中國時報》「人間副刊」。

12 月　17 日，發表〈親愛的爸爸媽媽——三百孩子最後的呼喚〉於《中國時報》「人間副刊」。

29 日，發表〈聽來的笑話〉於《中國時報》「人間副刊」。

《三十年後——夢遊故園》由臺北漢藝色研文化公司出版。

《人，在二十世紀》由美國八方文化出版社出版。

本年 擔任上海復旦大學顧問教授。

長篇小說《桑青與桃紅》荷蘭文版由阿姆斯特丹 Uitgeverij An Dekker 出版。

1989 年 2 月 1 日，發表〈俄羅斯民族的悲愴——我所見到的諾貝爾文學獎得主布洛斯基〉於《中國時報》「人間副刊」。

19 日，發表〈怎一個情字了得〉於《中國時報》「人間副刊」。

3 月 3～4 日，發表〈和一位放逐的蘇聯作家談放逐〉連載於《中國時報》「人間副刊」。

7 日，發表〈舊時路——懷念雷震先生〉於《中國時報》「人間副刊」。

5 月 26 日，發表〈全世界都睜亮了眼睛在看〉於《中國時報》「人間副刊」。

本年 獲匈牙利政府頒發「文化貢獻獎」。

長篇小說《桑青與桃紅》英文版由波士頓 Beacon Press 出版。（Jane Parish Yang 與 Linda Lappin 合譯）

擔任美國飛馬國際文學獎顧問，至 1990 年。

1990 年 1 月 8 日，發表〈哈維爾的啓示〉於《中國時報》「人間副刊」。

2 月 5～11 日，〈俄羅斯散記〉系列文章連載於《中國時報》「人間副刊」。

21 日，發表〈俄羅斯散記——再見，莫斯科（10 月 7～8 日）〉於《中國時報》「人間副刊」。

5 月 長篇小說《桑青與桃紅》英文版（Beacon Press 出版）獲 1990 年「美國書卷獎」。

9 月 與保羅・安格爾應邀赴韓國漢城參加世界詩人大會。

	11 月	24 日，發表〈悼念臺靜農先生〉於《中國時報》「人間副刊」。
	12 月	《人，在廿世紀》由新加坡八方文化公司出版。
1991 年	3 月	22 日，丈夫保羅・安格爾於芝加哥奧海爾機場候機準備飛往歐洲時，因心臟病發猝逝。
		27 日，發表〈永遠活在安格爾家園〉於《聯合報》副刊。
	8 月	11 日，獲波蘭政府文化部頒發「國際文化交流貢獻獎」。
	10 月	《聶華苓札記集》由高雄讀者文化公司出版。
	本年	長篇小說《桑青與桃紅》韓文版於韓國首爾出版。
1992 年	1 月	8 日，發表〈江水啊流啊流〉於《中國時報》「人間副刊」。
	3 月	21 日，發表〈有一枝筆——評論安格爾的語錄〉於《聯合報》副刊。
	7 月	3 日，發表〈霧夜牛津〉於《聯合報》副刊。
	本年	短篇小說集《一朵小白花》由臺北水牛出版社出版。
1993 年	11 月	12～15 日，赴馬來西亞吉隆坡參加第三屆世界海外華文女作家會議，與會者有陳若曦、伊犁、叢甦、於梨華、王克難、淡瑩、饒芃子、李子雲、齊邦媛、田新彬等人。會中就「海外華文文學的前途」、「九十年代華文文學研究思考」、「邊緣作家」、「文化認同與國族認同」、「女作家小說中的戀鄉情結」等議題進行討論，會後決議將「海外華文女作家聯誼會」改名爲「海外女作家協會」。
1994 年	1 月	6 日，發表〈女作家〉於《臺港文學選刊》第 1 期。
	2 月	24 日，發表〈邱吉爾在牛津〉於《中國時報》「人間副刊」。
	3 月	1 日，發表〈鹿園情事〉於《聯合報》副刊。
		29 日，翻譯保羅・安格爾〈鹿園情事——紐約在黑暗中〉於

《聯合報》副刊。

30 日，發表〈安格爾軼事——決鬥〉於《中國時報》「人間副刊」。

4 月　10～11 日，〈鹿園情事——馬伕的兒子和壞女孩〉連載於《聯合報》副刊。

21 日，發表〈音樂與我〉於《中國時報》「人間副刊」。

發表〈相逢——安格爾回想起〉於《明報月刊》第 340 期。

7 月　13 日，翻譯保羅‧安格爾〈鹿園情事——夕陽無限好〉於《聯合報》副刊。發表〈安格爾軼事——也是英國人〉於《中國時報》「人間副刊」。

8 月　26～27 日，〈兩位作家競寫一位通靈的傳奇女子之二——奇女子伊莉莎貝〉連載於《聯合報》副刊。

9 月　2～3 日，翻譯保羅‧安格爾〈魂歸古城〉連載於《聯合報》副刊。

7～8 日，〈該死的猶太人〉連載於《中國時報》「人間副刊」。

短篇小說集《珊珊，你在哪兒？》由北京中國人民大學出版社出版。

12 月　1 日，發表〈愛，是個美麗的苦惱〉於《明報月刊》第 348 期。

本年　受聘擔任國立臺灣文學館臺灣文學獎評審。

1995 年　1 月　1～2 日，〈安格爾軼事——失去的聖誕（上、下）〉連載於《中國時報》「人間副刊」。

22 日，發表〈高伯母，你莫走！〉於《中國時報》「人間副刊」。

2 月　1～3 日，發表〈我是賣報童〉連載於《中國時報》「人間副刊」。

		28日～3月1日，發表〈情事二題〉於《聯合報》副刊。
	6月	19～23日，〈浮游威尼斯一九八七〉連載於《聯合報》副刊。
1996年	1月	長篇小說《桑青與桃紅》由北京華夏出版社出版。
	3月	2日，發表〈夏道平的微笑〉於《中國時報》「人間副刊」。
		《人景與風景》由西安陝西人民出版社出版。
	4月	長篇小說《千山外，水長流》由河北河北教育出版社出版。
	6月	《鹿園情事》由臺北時報文化出版公司出版。
	7月	1～2日，〈雷震說：我有何罪？〉連載於《中國時報》「人間副刊」。
	本年	整理保羅・安格爾遺稿，結集為 *A Lucky American Childhood*，由美國愛荷華 University of Iowa Press 出版。
1997年	5月	長篇小說《桑青與桃紅》由臺北時報文化出版社出版。
	7月	《鹿園情事》由上海上海文藝出版社出版。
1998年	1月	發表〈失去金鈴子的年代〉於《聯合文學》第159期。
		以美國愛荷華大學亞太研究中心顧問身分，隨同愛大校長 Mary Sue Coleman、副校長 Michael McNuity 等人來臺進行學術訪問。
	5月	發表〈再走上另一段旅程〉於《九十年代》第340期。
	本年	翻譯史提芬・克瑞因（Stephen Crane）短篇小說集《海上扁舟》，由臺北洪範出版社出版。
		長篇小說《桑青與桃紅》英文版由紐約 Feminist Press 出版。（Jane Parish Yang 與 Linda Lappin 合譯）
1999年	1月	2日，發表〈一個作家誕生了〉於《中央日報》副刊。
2000年	1月	8～9日，〈癡情嘆息——讀《應答的鄉岸》〉（李渝著）連載於《聯合報》副刊。

《最美麗的顏色——聶華苓自傳》由南京江蘇文藝出版社出版。

2001年　7月　發表〈小說的實與虛——以《桑青與桃紅》爲例〉於《明報月刊》第427期。

8月　發表〈一尊特出的雕像——雷震太太宋英〉於《香港文學》第200期。

9月　11日，發表〈鹿園說夢之一——再生緣〉於《聯合報》副刊。

12日，發表〈鹿園說夢之二——魂歸來兮〉於《聯合報》副刊。

11月　發表〈春風吹度玉門關〉於《香港文學》第203期。

2002年　2月　發表〈滿堂紅〉於於《明報月刊》第434期。

3月　14日，發表〈母親的告白〉於《聯合報》副刊。

發表短篇小說〈一對紅帽子〉於《明報月刊》第435期。

4月　28日，發表〈放在案頭的一封信〉於《中國時報》「人間副刊」。

11月　4日，發表小說〈真君〉於《聯合報》副刊。

2003年　1月　4日，發表〈彩虹小陽傘〉於《聯合報》副刊。

5月　13日，發表〈我的戲園子〉於《聯合報》副刊。

12月　16日，發表〈雷震與胡適〉於《聯合報》副刊。

2004年　1月　《三生三世》由天津百花文藝出版社出版。

2月　發表〈再見雷震〉於《讀書》2004年第2期。

《三生三世》由臺北皇冠文化出版社出版。

3月　發表〈踽踽獨行——陳映真〉於《讀書》2004年第3期。

5月　長篇小說《桑青與桃紅》由太原北岳文藝出版社出版。

11 月 發表〈小說家是個騙子〉於《讀書》2004 年第 11 期。

本年 發表〈人，又少了一個〉於《今日中學生》第 Z2 期。

發表〈爺爺和偷詩的小丫頭〉於《中學生閱讀（初中版）》第 3 期

發表〈母與子〉於《中學生閱讀（高中版）》第 1 期

2005 年 5 月 發表〈遊子吟——二十世紀〉於《讀書》2005 年第 5 期。

10 月 發表〈母女同在愛荷華〉於《讀書》2005 年第 10 期。

2006 年 1 月 發表〈《明月》救了它〉於《明報月刊》第 481 期。

2 月 2 日，發表〈我家的彩虹〉於《聯合報》副刊。

4 月 15 日，應邀參加哈佛中國文化工作坊暨北美華文作家協會紐英倫分會所舉辦的「華文文學國際研討會」，於會中發表演說「談《桑青與桃紅》、《三生三世》」，與會者有王德威、張鳳、李渝、施叔青、也斯、平路、黎紫書、駱以軍、紀大偉等人。

5 月 16 日，發表〈驀然回首——有序爲證〉於《中國時報》「人間副刊」。

30 日，發表〈牆裡牆外〉於《聯合報》副刊。

6 月 發表〈牆裡牆外——二十世紀的故事〉於《讀書》2006 年第 6 期。

發表〈鄉下人沈從文〉於《讀書》2006 年第 6 期。

8 月 20 日，發表〈三生三世〉於《人間福報》副刊。

7 月 發表〈《桑青與桃紅》與《三生三世》〉於《明報月刊》第 487 期。

9 月 1 日，發表〈我倆和女兒們〉於《香港文學》第 261 期。

9 日，發表〈拈花人〉於《聯合報》副刊。

20 日，發表〈戈艾姬和卡梨菲——我的猶太和巴勒斯坦朋友〉

《中國時報》「人間副刊」。

發表〈「文學行旅與世界想像」工作坊紀要〉、〈我家的彩虹〉於《上海文學》2006 年第 9 期。

11 月 5 日，發表〈泰皓瑞——一則愛情與政治的故事〉於《聯合報》副刊。

2007 年 1 月 發表〈愛情與政治〉於《讀書》2007 年第 1 期。

2 月 5 日，發表〈廢址——戰爭歲月〉於《聯合報》副刊。

6 月 4 日，發表〈郭衣洞和柏楊〉於《聯合報》副刊。

7 月 7～8 日，〈回不了家的人——劉賓雁二三事〉連載於《中國時報》「人間副刊」。

發表〈郭衣洞和柏楊〉於《上海文學》2007 年第 7 期。

9 月 《三生影像》由香港明報出版社出版。

2008 年 1 月 《楓落小樓冷》由南京江蘇文藝出版社出版。

3 月 28 日，發表〈東西一才子〉於《中國時報》「人間副刊」。

5 月 1～3 日，應邀出席美國加州大學聖塔芭芭拉分校所舉辦之「重返現代：白先勇、《現代文學》與現代主義」國際學術研討會，與會者有白先勇、施叔青、葉維廉、李渝、杜國清、張錯等人。

6 月 1 日，發表〈柏楊，我的朋友〉於《明報月刊》第 510 期。

26～27 日，〈柏楊，我的朋友，兼記余紀忠先生〉連載於《中國時報》「人間副刊」。

《三生影像》由北京三聯書店出版。

10 月 《三生三世》日文版由東京藤原書店出版。

本年 獲選入愛荷華州婦女名人堂。

2009 年 8 月 15～16 日，返臺參加紀念殷海光逝世四十週年及雷震逝世三十週年的「追求自由的公共空間——以《自由中國》爲中心」討論會。

17 日，於總統府獲總統馬英九頒授二等景星勳章，並發表演說「今天，我回來了」。

22 日，獲馬來西亞「第五屆花蹤世界華文文學獎」。

10 月 1 日，發表〈浪子歸宗——花蹤世界華文文學獎致詞〉於《聯合報》副刊。

11 月 1 日，發表〈今天，我回來了〉、〈三生影像〉於《印刻文學生活誌》第 6 卷第 3 期。

5 日，受邀前往香港浸會大學訪問。於香港浸會大學主辦之「華人作家與世界文壇」和「兩岸三地與個人創作」座談會擔任主講人，與會者有古兆申、潘耀明、李歐梵、劉紹銘、潘國靈、畢飛宇、尉天驄等人。

10 日，獲香港浸會大學授予榮譽文學博士。

本年 長篇小說《桑青與桃紅》由香港明報月刊、新加坡青年書局聯合出版。

2010 年 1 月 1 日，發表〈個人創作與世界文學 〉於《聯合報》副刊。

2011 年 5 月 16 日，應邀出席臺灣大學文學院主辦的「聶華苓學術研討會」，發表專題演講「又回臺大」。

17～22 日，趨勢教育基金會、臺北市文化局、文訊雜誌社、南村落於臺北市中山堂光復廳共同舉辦「百年文學新趨勢——聶華苓文物展」。

21 日，應邀出席趨勢教育基金會、文訊雜誌社於國家圖書館國際會議廳共同舉辦的「百年小說研討會」，發表專題演講「愛荷華國際寫作計畫的過去、現在、未來」。

自傳《三輩子》由臺北聯經出版公司出版。

參考資料：

- 薛化元《《自由中國》全 23 卷總目錄暨索引》，臺北市：遠流出版公司，2000 年 7 月。
- 蔡淑芬〈郭良蕙、聶華苓與李昂、平路對照年表〉，《解嚴前後臺灣女性作家的吶喊和救贖——以郭良蕙、聶華苓、李昂、平路作品爲例》，成功大學歷史學系碩士論文，2003 年 7 月。
- 樊洛平《當代臺灣女性小說史論》，臺北：臺灣商務印書館，2006 年。
- 應鳳凰〈聶華苓年表〉，《文學風華：戰後初期 13 著名女作家》，臺北：秀威資訊公司，2007 年 5 月。
- 周秀紋《聶華苓自傳性小說研究——從《失去的金鈴子》、《桑青與桃紅》、《千山外水長流》出發》，政治大學國文教學碩士在職專班，2009 年。
- 聶華苓《三輩子》，臺北：聯經出版公司，2011 年 5 月。

輯三◎

研究綜述

聶華苓研究綜述

◎應鳳凰

2011 年 5 月臺北「百年文學新趨勢：向愛荷華國際寫作計畫致敬」系列活動，聶華苓以 86 高齡返臺，親自接受第二故鄉對她文學貢獻與成就的敬意。能親蒞現場接受掌聲與會見文友，既是人生快事也是她漂流過「三生三世」最美好豐盈的禮物。

一、聶華苓文學概述

聶華苓在幾種自傳書的扉頁上都寫著：

我是一棵樹。

根在大陸。

幹在臺灣。

枝葉在愛荷華。

將其一生文學事業用「三輩子」來劃分，輪廓同樣清楚。

（1）大陸時期（1925～1949 年）

1925 年出生於湖北武漢的聶華苓，適逢中國內亂外患最動盪的時代。她幼年失怙，避戰亂顛沛流離，不幸中的大幸是，總算讀完大學，1948 年自重慶中央大學外文系畢業。但青春年華大半在逃難中度過，雖有文學才華，也難有創作環境。中國內戰中逃離家鄉來到臺灣，這年她才 24 歲。她是家中長女，已婚，上有母親下有女兒，可以想見動亂歲月裡，她是如何堅強地扮演著一個家庭脊樑的角色。

（2）臺灣時期（1949 年～1964 年秋）

臺灣時期短短 15 年，卻是聶華苓一生編、寫、譯「三管齊下」成果豐碩的黃金時期。編輯檯十年歲月，更為臺灣 1950 年代留下質量可觀的文學文本。她來臺不久即進入雷震主持的《自由中國》半月刊，主編雜誌「文藝欄」。此刊與臺大外文系夏濟安主編的《文學雜誌》並稱會聚文壇學院「自由主義知識菁英」兩大期刊，作者群幾乎重疊；更與島上軍中作家陣營形成鮮明對比。

聶華苓編輯生涯時間雖短，卻受到文學史家一致好評，原因是她在威權時代開風氣之先，提倡純文學創作。除了編，同時創作小說，個性開朗喜歡朋友的她，還形成一個沙龍式的「春臺小集」，成員全是活躍的小說作家，如彭歌、林海音、琦君、孟瑤、潘人木、郭嗣汾、郭衣洞（柏楊）等。

這一段也是她小說盛產期：計出版兩部短篇小說集，以及中篇、長篇小說各一部。1953 年推出中篇《葛藤》（自印），1959 年《翡翠貓》，與 1963 年的《一朵小白花》都是短篇集。兩書分別交「明華書局」「文星書店」出版，都是當時名氣響亮的主流出版社。更受注目的是長篇小說《失去的金鈴子》的完成、修訂與出版。此書出版前後，正逢雷震被抓雜誌關門的失業與惶恐狀態，文星版於 1964 年推出，這年作者離臺赴美，結束人生第二階段的臺灣時期。

《翡翠貓》收入十篇小說。雖早期作品，主旨卻是「針對臺灣社會生活『現實』而說的老實話」（大陸版前言）。小說裡各色人物全是從大陸流落臺灣的市井人物，寫小人物之間遭遇悲喜。1980 年出北京版時，因而改名《臺灣軼事》。書序寫道：這些小市民「全是失掉根的人」，他們不但全患著思鄉「病」，也全渴望有一天回老家。《失去的金鈴子》為第一部長篇，也是「臺灣時期」最後一部作品。小說寫 18 歲女孩「苓子」一段成長旅程，同時經歷一段戀情與幻滅。透過人物情節，作者更揭示周邊許多女性在禮教枷鎖下的壓抑與呻吟。故事高潮迭起，更以「金鈴子」若有若無的鳴叫爲小說象徵，文字俐落，一氣呵成。作者說：「我不單單寫那麼一個愛情故事，我要寫一個女孩子的成長過程。」此書與臺灣文壇同時期長篇：林海音《城南舊事》，徐鍾珮《餘音》，並稱爲三部帶有自傳色彩的傑出女性成長小說。

（3）愛荷華時期（1964 年秋～迄今）

美國時期是她的「第三輩子」，時間最長，文學事業無論硬體軟體都如華蓋般果實纍纍。前者主持愛荷華「國際寫作計畫」，造福全世界文人；後者完成長篇小說《桑青與桃紅》，英文版獲得「美國書卷獎」的肯定。退休後更投入時間寫自傳，一支寫作的筆從未停歇。

1964 年秋天，聶華苓應美國愛荷華大學「寫作工作坊」（保羅・安格爾主持）之聘，前往擔任顧問並教授「現代中國文學課程」，從而得以逃離白色恐怖，追尋理想與愛情。 1967 年與保羅・安格爾（Paul Engle）創辦「國際寫作計畫」（International Writing Program，IWP），每年邀請世界各國作家赴美訪問數月，藉由寫作、朗讀、座談、旅行等活動進行文學交流。此計畫邀請兩岸文學菁英會聚一堂，突破雙邊禁忌，對促進華文文壇作家交流貢獻卓著。

寫於愛荷華的《桑青與桃紅》全書約十三萬字，突破傳統小說形式，以戲劇手法，拼貼書信、日記、地圖等文本，無論技巧主題都有特色。小說以近代中國動亂爲背景，講述女性被迫流亡的心酸旅程，更揭開受創心靈的隱密角落。若說《失去的金鈴子》是女性一首成長之歌，那麼《桑青與桃紅》便是動亂時代一段流亡曲，一部中國女人歷盡滄桑的故事。

小說時空背景跨度很大。時間自上世紀 1940 年代到 1970 年代，空間從中國抗日、國共內戰、遷臺，直寫到美國。作者以四個場景、片段，就像一齣舞臺四幕劇，展演女性知識份子如何在動亂時代一步一步走上人格分裂的悲劇。

創作之初，作者「一本厚厚的筆記記滿了和小說有關的細節」，材料足夠用來寫五部小說。最終只選了四個片段，像是各自獨立的故事，主題卻有連貫性。作者有心「模仿詩的手法來捕捉人物內心世界的真實」。這部小說除了「現實的世界」，更有一個「寓言的世界」。此書大量運用現代主義技巧：意識流、心理描寫、個人獨白、時序倒錯，並非輕鬆好讀的小說。

「桑青」、「桃紅」是同一女主角的兩個名字，也代表兩種身分，更展示其人格分裂的過程。故事開始時她是「桑青」，一個逃家的純真少女，流亡學生。到故事結尾她變成「桃紅」，一個對眼前世界毫不在乎的縱慾女人，遊蕩於美國幾個城市。桑青與桃紅既是一人的「兩種變貌」，作者便有意採用「分裂」的形式手法——桑青的故事和桃紅的故事是雙線並行的，讀者可以兩邊對照。小說藉此呈現 20 世紀中國人流離逃亡的傷痛印記：作者通過女性身體、從生理心理到精神分裂，情節主題穿梭於國族論述縫隙之間。

《桑青與桃紅》的政治隱喻，使得此書初稿發表與出版過程一波三折，下文再詳述。此書有各種外文譯本：除了美國、英國幾經再版有不同版本之外，尚有克羅埃西亞文、匈牙利文、荷蘭文、韓文譯本。此書的研究面向多元，隨著各年代學術熱門議題變化而有不同的研究導向，例如早期偏重其形式技巧，現代主義寫作手法的討論。1990 年代之後，小說涵蓋的主題內容，卻是「女性主義」、「離散文學」的熱門討論議題。英文版尤其被美國幾家大學東亞系選做閱讀教材，因此至今此書仍不斷再版中。波士頓 Beacon Press 版本於 1990 年獲得「美國書卷獎」（American Book Award）的殊榮，是當代臺灣小說家極少的例子。

1988 年以後，聶華苓自「國際寫作計畫」退休，續任顧問。於是開始撰寫回憶錄，出版的傳記書有：《最美麗的顏色——聶華苓自傳》（2000 年）、《三生三世》（2004 年）、《三生影像》（2007 年）、《三輩子》（2011 年）。

關於文學回憶錄，聶華苓很早便開始動筆，以散文的形式陸陸續續發表，尤其與丈夫安格爾的愛情與文學回憶，臺灣讀者最熟悉的，當是 1996 年由時報出版的《鹿園情事》：

> 天空下，有個鹿園。一個美國男子和一個中國女子在鹿園裡，相惜相愛，生死相許。走遍天涯海角，永遠回到鹿園。

對於兩人一路走來的「情」與「事」，他們有說不完的話。書裡有對談，也有獨白與沉思。紅樓鹿園裡，他們各種姿態的生活，只有各種不同的文體才可以表達。所以這本書的文體很雜，有遊記、有日記、有情書、更有軼事傳記。難怪聶華苓自詡說：「我們的婚姻是我這輩子見過的最美滿的婚姻。」

聶華苓自述：「這本書文體『雜』，內容也『雜』。書裡有安格爾和聶華苓兩個不同個性的人。也有中美兩國不同的文化，不同的社會，不同的歷史—她們都在鹿園裡結合了。」理所當然此書的扉頁寫著：「獻給我的丈夫—Paul Engle」。

關於「我在愛荷華」，作者早在出版《鹿園情事》的十年前，即由臺北林白出版社印行一本《黑色．黑色．最美麗的黑色》。此書分兩卷，前半部「我在愛荷華」收 14 篇文章，視野開闊，更加理性；後半部「我在臺灣」，文章選自臺灣時期，「視野只限於四面環海的孤島」，比較感性。作者回顧這部書，彷彿活了兩輩子，這時候她還在國民黨「黑名單」中，看著當年許多人許多事，真是鏡花水月，無蹤也無影。安格爾去世後，更多的想念與傷痛促成她陸續寫出形式更完整的自傳：《三生三世》。

《三生三世》充分運用小說筆法，敘述其人生不同段落。從第一部「故園春秋」，寫出生至去國的「第一生」。第二部「生死哀樂」，寫來到臺灣後與雷震、殷海光的交往，及母親病逝的「第二生」；第三部「紅樓情事」即寫愛荷華小城與詩人保羅．安格爾半生情愛以及婚姻生活種種，將保羅的性格人格寫得栩栩如生，特別迷人。最驚心動魄是全書最末段：夫婦兩人在飛往歐洲領獎半途上，詩人突於機場病發倒地，急救不及，想必讓所有讀者和作者一樣，一瞬間既反應不過來也不能接受——1991年三月詩人於旅途中撒手人寰，恩愛甜蜜的婚姻嘎然而止。

以《三生三世》爲藍本再版的《三生影像》厚達五百多頁，不但比《三生三世》增加了三分之一的文字，更加入 284 張照片，每一張都附有聶華苓親筆解說。這部由北京三聯書店出版的書，銷路極好，出乎作者意料。

2004年臺灣皇冠版《三生三世》的「跋」裡寫道：

> 他一九九一年突然在旅途中倒下。天翻地覆，我也倒下了。十二年以後，我居然寫出《三生三世》，也是死裡求生掙扎過來的。生活似乎老樣子，很生動，很豐富。但是沒有 paul 的日子回想起來，只是一片空白。不寫也罷。

向陽在此書出版後寫有〈蒼勁美麗，有情的樹——評聶華苓自傳文集《三生三世》〉（收錄於聯經版《三輩子》，頁624～625）文中寫道：

> 捧讀聶華苓的這本自傳，卻不讓人有作者誇大個人事功、吹噓往事的感覺；正好相反，在這本以流利順暢且帶感情的文學之筆寫出的回憶錄中，我們很清楚可以看到從聶華苓出生迄於 1991 年（1915～1991）七十多年間一個大時代的重重疊影和繁複圖像，從聶華苓的故園、到青年時期暫寓的臺灣，以至於中年至今落腳的美國，聶華苓寫下三個人生階段、三個年代和三個活動空間中的記憶，這些記憶如此明晰，彷似昨日。……交織出聶華苓作為當代海外傑出華人作家的清晰圖像：在狂雨中、在暴雨下、在愛荷華美麗的深秋之前，漂流的歲月畢竟都已歷盡，留下的是一棵有情的樹的蒼勁與美麗。」

二、聶華苓研究及評論概述

自前述「三段式」文學旅程，看得出聶華苓文學經歷與其他臺灣作家最大不同處，即在於時間與空間的跨度都很大。從時間來看，她從上世紀1950 年代出版第一本書，直到 2011 年在臺北推出新版自傳《三輩子》，文學旅程長達六十年。從空間來看，自 1964 年離臺赴美，定居美國迄今已近五十年，是大陸人眼中典型的「海外華文作家」。此一文學生涯的特殊性，使得其相關研究時間拉得長，空間範圍也大，不只涵蓋華文世界兩岸三地，其作品更譯成多種外文，研究者與研究語言甚至跨越華文地區。

（1）聶華苓研究的三個時期

聶華苓自己分段的「臺灣時期」，寫作階段從出道到成熟，相關研究上不妨列爲第一個時期。時間大略是 1960、1970 年代，雖然此一時期幾部長短篇小說皆已出版，但那時範圍相對狹小的臺灣文壇，得到的回應多爲文友讀後感式的書評書介。那個年代臺灣中文系裡並沒有「當代文學研究」的觀念或課程，即使聶華苓曾經短時間在大學中文系裡教「小說創作」。但這時期同輩文友的書介或書評，由於寫作者同爲文壇作家，如葉維廉、彭歌、王敬羲、徐訏，他們有相當的創作經驗，文字細膩，感受敏銳，不見得比學院冗長嚴肅的研究遜色。

等聶華苓到了美國，由於 1970 年代初期，聶華苓與安格爾共同翻譯了「毛澤東詩選」。這本書在英美出版後，雖揚名於國際，卻造成她遲遲回不了臺灣的主因。1972 年出版的《毛澤東詩詞選》（*Poem of Mao Tse-Tung*）在西方世界出版時，很是轟動，得到西方文化界的注意，尤其美國的漢學研究。此書背後其實費了不少苦功夫：爲了譯詩，她閱讀不少共產黨材料，安格爾也大量閱讀近代中國歷史，兩人因文化背景不同經常辯論。有時爲了四行詩，整整撰寫兩頁的註釋。但她因此而進入「國民黨黑名單」，人與書都被臺灣「禁足」，自然見不到相關討論的文章。直到1980 年代後期，其間費了臺灣老友如柏楊、余紀忠等好多時間與力氣，最終才於 1988 年解禁，使她可以回臺與親朋故舊見面。

20 年間雖然禁止入境臺灣，但她主持著愛荷華國際作家工作坊，文友遍及兩岸三地；加上 1970 年代末她帶著家人回到大陸省親訪友。回鄉及訪問老作家的過程，於 1980 年武漢出版的《三十年後——歸人札記》（臺灣版改名：「三十年後——夢遊故園」）一書中描寫得細膩而清楚。

簡而言之，聶華苓「美國時期」前 20 年，其人與作品雖隔絕於臺灣文壇，卻交流、回歸、熱門於中國大陸。這時期的書介、訪談、報導、研究，此起彼落於中國大陸各省市文藝報刊。其「美國時期」後半段，即從 1988 年解禁回臺算起，歸爲研究的第三個階段。

聶華苓 1949 年離開大陸，繞了一圈回鄉時，遊子離家將近三十年。她離開臺灣後，第一次回臺時也相隔 24 年——1964 年到 1988 年。臺灣的訪談、討論、書評等大多從 1988 年起陸續展開。2000 年以後臺灣文學走上體制化，開始出現當代作家作品的學術研究，臺灣文學系所博碩士論文年年增加，近年的碩士論文多有聶華苓研究，也使這方面成果躍居兩岸三地之冠。換句話說，聶華苓的三生是「大陸—臺灣—美國」，但「聶華苓研究」的三個時期卻必須簡略劃分爲「臺灣—大陸—臺灣」。

把第一個階段規劃在 1970 年以前，相關研究只可能在臺灣與香港。

（2）臺灣早期的相關研究

在臺灣早期文壇，同爲「春臺小集」成員的彭歌，既寫了書評，也寫人。書評是 1959 年寫的，將近五十年之後，他又寫了文學回憶錄——關於早年文壇交遊情況，以及他對老友聶華苓的印象與回憶。書評評的是聶華苓第一部短篇小說集《翡翠貓》，這是迄今少數對這本書的書評。除了彭歌，王敬羲在 1959 年也寫了簡短書評。長期居住香港的徐訏也是聶華苓的文友兼知音。他 1963 年刊於「文星」雜誌的書評，其實是小說集「一朵小白花」（文星書店出版）的序文。

這時期篇幅較長的評論，以葉維廉發表於《現代文學》月刊的〈《失去的金鈴子》之討論〉，以及總論式的「側論聶華苓」形式與視角都細膩嚴謹，兩篇文章收在他個人評論文集，也選入本書作為此一時期聶華苓研究的代表性文章。

葉維廉本身是詩人也是學者，他以評論現代詩的手法評論聶華苓的現代小說：他要「瞭解創作者神思馳騁所依循的線路，要了解作者掌握一瞬的蛻變所採取的手段」，且「不管那手段是潛意識的與否」。他當然知道，成功的小說，「條件不是用一二三那種條例式的方法可以繩墨的」，其細膩的解析方式，在聶華苓小說研究史裡堪稱早期最亮眼的成果。

關於長篇小說《失去的金鈴子》藝術手法之探討，1990 年代以後，以向陽的細讀式論文最具代表性。同樣以詩人的慧眼，深入文本討論作者象徵手法，他認為聶華苓「妥善地運用了象徵技巧」，搭建成小說的有機結構，「在小說場景的鋪設、心理的描繪上」都有可觀的表現，且在文字、氣氛上都掌握得宜。透過少女苓子的追尋，作者寫下了「戰爭時代中一個小街鎮上人們的平凡故事」。

(3)《桑青與桃紅》相關研究

寫於美國，出版於中港臺的《桑青與桃紅》，受到最多研究者的關注，其研究時間橫跨 1980 年代迄今，研究時間長影響範圍也大，應予單獨討論。不說外文譯本，單以中文版複雜的出版流程，書籍誕生本身曲折歷史現象，已足以呈現聶華苓小說作為「海外華文文學」特殊的「政治性與代表性」。

《桑》書初稿完成於美國。依作者過去對臺灣文壇的熟悉程度與投稿習慣，自然先寄回臺北的報紙發表。稿子先寄給《聯合報》副刊，從 1970 年 12 月 1 日開始連載。當時聯副主編已經從林海音換成平鑫濤。作者前一本書稿：《失去的金鈴子》便是在林海音主編時期首次發表的。令人意外的是，小說才連載一半，在 1971 年 2 月 6 日，便硬生生給腰斬了。來自官方的壓力太大，主編扛不住，只能再三向作者致歉。

此時香港《明報月刊》張開歡迎的手臂：臺灣不能刊，我們能。《桑青與桃紅》一書因此是在香港首次全文完整刊畢的，因而 1976 年也由香港

「友聯出版社」印行全球第一個中文版。之後 1980 年由北京中國青年出版社印行簡體字版，可惜被大刀闊斧地刪節，此書因而在各版中顯得最輕薄短小。

臺灣繁體字版在兩岸三地之中，出版最晚，直到聶華苓回臺的 1988 年才由「漢藝色研」正式推出上市。此書曲折的出版歷程，具體而微地說明「聶華苓文學」特殊性或政治性的一面。此書的例子，似乎說明著：書的命運也和小說主題一樣「女性與流離」——流離逃亡於海外的華文作家或「華文文學」，總不免於遭查禁或「修剪」的命運，整個流程充滿象徵意味。難怪作者形容這本書像是一首「浪子的悲歌」——在臺灣唱過，回到老家唱過，「在兩邊都是一支沒唱全的歌」。這是 1986 年香港版書序裡的話，當時作者很感謝香港讓這部小說最早以完整的面貌問市。放眼華人作家，不少像她這樣，每出一本書，兩岸三地各有不同版本。而像七十年代的《桑青與桃紅》一書，以本身出版歷程見證不同華人政府「出版自由」的例子，卻是少之又少。以下將各版誕生時間列表，有利於對照各地的研究狀況。

1.《桑青與桃紅》（初版，完整版）香港：友聯出版社，1976 年
2.《桑青與桃紅》（簡體字首版/刪節版）北京：青年出版社 1980 年
3.《桑青與桃紅》（再版）香港：華漢文化事業公司，1986 年
4.《桑青與桃紅》（臺灣初版）臺北：漢藝色研文化公司，1988 年
5.《桑青與桃紅》（簡體字完整版）北京：華夏出版社，1996 年
6.《桑青與桃紅》（再版）臺北：時報出版公司，1997 年
7.《桑青與桃紅》（再版）太原：北嶽文藝出版社，2004 年

白先勇在 1989 年「重讀」《桑青與桃紅》的時候，認爲這本書與小說主角，同是「世紀性的漂泊者」。小說給中國 20 世紀「流亡文學傳統」描繪出一個全新的面貌，「因爲這本小說的主旨，就在描述 20 世紀中國人因避秦亂，浪跡天涯的複雜過程。」

本身是資深而優秀的小說作家，白先勇以行家身分指出小說象徵手法

運用之精彩。由於此書時空跨度遼闊，從抗日、內戰、遷臺直寫到美國，換成別人可能耗費上千頁的篇幅寫成流亡四部曲，此書卻另闢蹊徑：

> 聶華苓完全放棄了編年體的敘述方式，而採用印象式的速寫，每一部只集中在一個歷史轉捩點上。……而小說的情節也沒有連貫性，作者對於主題的闡述，無疑大量借重了象徵。前三部，每部都有一個中心意象：「瞿塘峽」是一艘逆流而上的船舟，作者花了大量篇幅描寫逆水行舟的艱辛。

有意思的是，這篇文章與討論的小說相同，也是最先發表於香港，而後收入臺灣版，即 1997 年時報再版的《桑青與桃紅》一書中。

《桑》書的研究歷程與出版歷程一樣，有幾個轉折。不妨引用李歐梵在〈重劃《桑青與桃紅》的地圖〉一文中的幾句話，他將各時期的研究特性，交代十分清楚：

> 1970 年代初出版的時候，它的意義是政治性的。到了 1980 年代，女權與女性主義抬頭，這本小說又被視作探討女性心理的開山之作。到了 1990 年代，幾乎不約而同的，幾位在美國大學教中國文學的教授朋友都採用這本小說作教科書，而研究亞美（Asian-American）文學的學者，最後也「發掘」了這本小說並肯定它的價值。

2000 年以後臺灣開始有了「臺灣文學研究」的學術領域，此後發表的相關論文，也印證上述的順序與流程。例如曾珍珍發表於 2001 年的論文，題目便是「《桑青與桃紅》——七十年代前衛女性身體書寫」。而林翠真 2003 年發表的「女性主義的離散美學閱讀——以《桑青與桃紅》爲例」，前者從女性身體、女性主義的角度；後者除了女性，更加入「離散、流亡」的文學理論一併討論。類似的角度，還有 2004 年黃冠儀發表的「鄉關何處——論《桑青與桃紅》的陰性書寫與離散文化」。隔年，李靜玫再發表「越界、去界與流動——論《桑青與桃紅》中女性主體的重建」。離散之外，「空間」與「移動」也是學者常探討的議題，例如本書收入的周芬伶論文「移民女作家的困與逃——張愛玲〈浮花浪蕊〉與聶華苓《桑青與桃紅》的離散書寫與空間隱喻」。

研究《桑》書的碩士論文亦不脫離「女性」「離散」「空間」三大主題。由於學位論文的篇幅較長，研究這些主題不免以兩部或兩位以上作家互相比較。研究者且不約而同拿嚴歌苓小說與聶華苓作品對照比較。巧的是兩位「可比性」高的海外華文女作家，名字竟都有個「苓」字，雖然她們移民美國的時間、寫作風格等皆不相同。

相關研究的碩士論文還不只出現於「臺灣文學研究所」，不少英語系所也加入研究的行列。例如 2002 年有師大英語系馮睿玲碩士論文「聶華苓之《桑青與桃紅》中的空間與認同」；2009 年有中興大學外文系陳涵婷之「詭奇現象——從心理分析觀點論聶華苓《桑青與桃紅》中的女性與國家」。關於聶、嚴兩家的比較，外文系中文系各有一篇，排列一起可觀察其相異的研究角度：

1.林怡君，「重繪移民女性：聶華苓與嚴歌苓作品中的華裔美國移動論述」，交通大學語言與文化研究所（2004 年）

2.倪若嵐，「創傷記憶與敘事治療——《桑青與桃紅》和《人寰》的離散書寫」，中央大學中國文學系在職碩班（2009 年）

2011 年一年裡還有兩篇最新完成的碩士論文，顯見《桑青與桃紅》依然是學院裡熱門的研究議題，同樣中文英文各有一篇：

（英）柯愷瑜，「聶華苓之《桑青與桃紅》中的性展演」，高雄師範大學英語系。

（中）黃湘玲，「國家暴力下的女性移動敘事：以聶華苓《桑青與桃紅》、朱天心〈古都〉、施叔青《風前塵埃》爲論述場域」，中興大學臺灣文學研究所。

（4）關於本書選文

包括兩岸三地，聶華苓各類研究資料合計起來至少有 500 筆，從書評書介、訪談、文友回憶，到嚴謹的學術論文，不同學者作家從各個角度探討其人其書。本書編選過程，以兼顧藝術性學術性爲理想指標，然而取捨之際還是顧及一般讀者，期望選出的文章可讀性高，讀後對於聶華苓其人其作能有進一步認識與啓發。

選文各類別排序，參考本書所錄「研究評論資料」的編排方式，依序是：1.作家對她的描寫；2.訪談；3.作家綜論；4.作品分論。同類之中，再按文章發表的時間順序。由於聶華苓的文學回憶錄、自傳一類的書有各種版本，且出版不久，自述性文章既不難搜尋，本書便不再重覆選入或節錄。

聶華苓很長一段時間在愛荷華主持「作家工作坊」，每年接待來自各地不同種族的作家藝術家。也因此很少人像她一樣，能同時擁有海峽兩岸這麼多知名作家的友誼。1970、1980 年代她一趟返鄉，大陸報刊對她的報導與訪談可說滿坑滿谷，收集資料難度已經很高，齊全更是不可能，選文則盡量照顧各時段的平衡性。

本書前三篇可歸類爲「作家眼中的聶華苓」，作者都是文字高手，不論來自大陸或來自臺灣。入選原因是，它們各代表著不同的寫作與發表年代。殷允芃文章發表的時間是 1967 年，那時聶老師剛到愛荷華不久，殷也才剛成爲愛荷華大學的留學生。遲子建是大陸知名小說家，東北人，2005 年受邀至愛荷華工作坊才認識 80 歲的聶華苓，此文 2008 年寫於哈爾賓，是她回鄉後的追憶散文。三文作者分別是：記者、編輯、小說家，各有各的筆調，從不同角度描寫他們的「聶華苓印象」：殷允芃看見的是「雪中旅人」，小說家遲子建眼中則是「一個人和三個時代」。

第二部分收錄四篇訪談，同樣代表四個不同時段。除了焦桐的越洋訪問，其餘三篇都在不同年代到美國聶華苓家裡作長篇訪問。瘂弦的文章發表於 1968 年的《幼獅文藝》，他是最早受邀赴美的臺灣作家。楊青矗的文章發表於 1986 年，距離前一篇訪談已經 18 年。寫散文的姚嘉為則專程從德州到愛荷華詳談訪問，發表於 2009 年，呈現最靠近現在的資訊與姿態。

第三部分的「綜論聶華苓」多達七篇，除了顧及各時期的代表性，也盡量網羅不同的論述角度。除了學院詩人葉維廉的〈側論聶華苓〉，更有文學史家如葉石濤、陳芳明的論述；也有年輕研究生的綜述與比較，如朱嘉雯的〈漢有游女〉，曾萍萍的比較聶華苓與琦君。此外，大陸的閻純德是資深文學辭典主編，運用資料熟練，有別於學院敘述的文筆與角度。

最後是聶華苓各部作品的討論。每位作家寫出作品有早有晚，受到注目與討論的情況也各不相同，此處選文篇數的分佈，因而相對地也不均衡。評論《失去的金鈴子》的選文兩篇，葉維廉與向陽，分別發表於 1960 年代與 1980 年代。《桑青與桃紅》評論與研究文章多達六篇，除了白先勇與李歐梵文章是書評性散文，其餘四篇很巧地，清一色是女性學者發表於期刊的學術論文。同樣是討論《桑青與桃紅》，有從「國族認同」的角度（郭淑雅），有從「女性身體書寫」的一面（曾珍珍），也有從「帝國／地圖」或空間的視角（梁一萍），最後一篇周芬伶更從「移民女性困與逃」的主題，比較聶華苓與張愛玲作品的離散書寫。

從 2011 年單一年裡，即兩部碩士論文研究《桑青與桃紅》的現象來看，聶華苓研究不僅時間長而且仍在持續進行中。加上「聶華苓研究者」遍及海內外，研究幅員特別遼闊。而凡是「選文」，難免受限於篇幅，掛一漏萬是難免的。好在聶華苓研究本是「現在進行式」，新一代研究者正源源湧入。本書選文在不同時段抽樣選取，已經呈現各種角度的聶華苓研究，其實來自四面八方，它正好說明著「文學研究」領域的多姿多彩與四通八達。作研究與追求藝術的歷程相同，都是沒有止境的，從眾多研究論文中，我們得到這樣的啓發。

輯四◎
重要評論文章選刊

雪中旅人
聶華苓

◎殷允芃*

她，像在雲裡，坐在她的「寶座」上[1]，旁邊堆滿著書。

她，像走在雪地上，極少回顧留下的纖纖足跡，而卻目視前方，尋思，在她已選定的道路上，怎麼才能落好下一步。

她說：「我努力寫作，至於我寫了些什麼，過去之後，就與我不相干了。」

正如同任何一位作家，她會使你覺得很複雜。但有時，她也只是個很簡單的女人。她很精明能幹，但有時又純真憨厚得可笑。

她說，她很喜歡做女人，也很喜歡女人的許多特權——依賴、懶散與心不在焉。而實際上，當有機可乘之時，她也絕沒放棄過這些特權。當然，她也帶著女人的美好特點，慧黠與善解人意，而更具有婦女罕見的寬大容忍。

一個有名的美國小說家，曾用他獨特的語法描述過：「她是一個非常非常中國，非常非常女人的女人。」

的確，她正像典型的中國女人，不是光芒逼人的太陽，不是閃閃爍爍的星星，而是柔美朦朧中透出明朗的月亮。

她不是能和人一見如故的，不是能馬上高談闊論的，也難以立刻就和人熟悉親熱。她就倦倚在沙發上，帶著輕輕的微笑。自然而然的，你就覺得在這略帶零亂的家裡，感到自在舒服，似乎想著要去接近，似乎希望被

---

*發表文章時爲記者，現爲《天下雜誌》董事長兼總編輯長。

[1]那原是個斷了腿的沙發，斜倚在書房的一角，她卻對它有偏愛，而稱爲她的「寶座」。

了解，似乎已經被了解了。

有時你正和她聊著天，忽然發覺對面的她，卻沉醉在自己的思想領域中。帶著慣有的羞澀微笑，凝視著杯中的茶，她是那麼的專注。你忘了沒被注意的尷尬，反而好奇，什麼是她東飄西飄的思想雲彩？她又會忽然驚醒過來，接著你已遺忘的話題，了無痕跡的聊下去。

她家的冰淇淋真好吃，你問在哪兒買的？雖然去過無數次了，但她不記得店名，不記得街名，不記得在哪一帶，也更無法在這小小的大學城中，給你指出一個方向。似乎一切都是那麼理所當然，她說：「每次都是人家開車帶我去買的。」

有人送她一盆粉紅色的聖誕紅，一個男學生信口的說：「澆花的水要用隔夜的。」「噢，是啊！」也不追究原因，她就那麼心悅誠服的點著頭。然後，每天晚上，老老實實的留出一杯水來，放在窗檯上。

有一對好朋友，臨離這小城的時候，把一個空瓶子留給她。「這是幹什麼用的？」她問。「放蒸餾水的。」她帶著一臉莫名其妙：「你是說，灌了自來水，把它放在冰箱裡就成了蒸餾水？」

她的大女兒，開始學開汽車。這位緊張的母親坐在旁邊急得直叫小心，終於，被教車的朋友請到後座，警告她說：「請勿擾亂注意力！」

一次，有人嘗試著講解一點簡單的汽車機械原理。她肅穆專心，努力傾聽。但從她那副孩子氣的惶然莫名表情中，你可看出，那份努力是白費了，對她，那原是「太複雜，太不可思議了。」

但對人，對事，她卻有著出奇敏銳的觀察力與領略力。

有次陪她的朋友上街買旗袍料，那位朋友覺得應該買塊藍的，但心裡又著實喜歡另一塊綠的，決定不下，就問她的意見。她體諒的笑著說：「兩塊都買了吧！」那位朋友感動的拉著她的手，直說：「妳真太好了！」她就那麼靈，那麼善解人意。

但即使在聊天中，她也不容易和你談得深入。然而淡淡的幾句，似乎就正說在心坎裡，短短的一剎，似乎就覺得已經被了解。而她卻常反問：

「我也不懂，爲什麼大家都對我那麼好？」

一位學製電影的美國學生，要把一首詩拍成電影，堅請她當女主角，「那怎麼行，我又不會演。」「妳不必演，」那個男孩子虔誠的說：「那是個曾經生活過的女人的故事。而在妳的臉上，已明明白白的寫著，妳曾經生活過。」

「我是受過苦的，」一屋子人靜靜的聽她說：「我母親得癌症，我瞞著她，嗯，我瞞著她，又得日夜張羅醫藥費，還帶著兩個小孩子，擔子壓得好重！我母親死的時候，還拉著我的手……」她斷斷續續的說著，沒有刻意的描述，而聽話的人，像都感受到了那份壓力。

初讀她的文章，也只感到她那種「與生俱來的寂寞」，與那份「化不開的人生的悲哀」，錯以爲她是憂鬱的。難免驚奇，她怎麼笑得那麼開心，那麼爽朗？她唯妙唯肖的學著女兒的口氣與手勢：「媽，妳知道嗎？我告訴妳一件事，妳別悲哀，有人說妳曾經美麗過！」她笑得那麼開懷，笑得眼淚也流出來，笑得你也受到感染。

生活的壓力重，但並沒有使她屈服；迎面的波浪大，但並沒使她挫倒。生活的體驗，使她容忍堅強，生活的磨練，使她奮鬥而不消沉。她說：「我們是生活在一個有動力的時代裡。苦也好，樂也好，誰都不能停，誰都非往前走不可。」

而既然每個人都要向前趕路，爲什麼不快快樂樂的，健康而充滿活力的向前走自己的道路？因此她能真正的開懷大笑，她能真正容忍人生的錯誤：「人總是有缺點的，但是你要盡量往一個人的可愛處看，慢慢你就會覺得，那些缺點也都是可原諒的。」

而她也是懂得生活，懂得如何照料自己的人。有許多美國婦女曾讚美過：「她多漂亮，她多會穿衣服。」許多美國男士曾驚奇過：「她已是兩個亭亭玉立女孩子的母親？」一位詩人下了結論說：「她不僅曾經美麗過，也仍然在美麗中。」這些話，若描述形體的美，則還不如形容她的內蘊來得恰當。

她要搬家了，她所費盡心力打掃洗刷的，不是新家，卻是舊居。戴著大橡皮手套，拿著刷子，她把爐子烤箱擦洗得不剩一絲油漬，把牆壁用去污水幾乎洗得脫了皮。她拚命的刷，原因？很簡單，也很驕傲：「總不能讓人家說我們中國人不乾淨！」

美國的生活緊張，壓力太大，怎麼去適應呢？也許你問她？「要努力奮鬥，努力後總會有成果的」她堅決的回答。

她不僅是如此信仰著，而也確曾親體勵行過。在雨天，在雪地，往圖書館的路上，都曾留下她的足跡。她的書架上，牆腳邊，堆著滿滿的書。

「我的小說要在《大西洋月刊》上登出來了，」她說，在她嘴角眉梢掛著的，不僅是喜悅，更有那份自己的辛苦成果受到賞識的欣慰。

本來，《大西洋月刊》原是西方文人所力欲躍進的龍門。它的分量不在那每月 20,800 份的銷數，而是以風格嚴謹，立論公正著稱。一個中國作家的作品，不為迎合歐美讀者而犧牲自己原有風格，竟能硬碰硬的被接受，這何止可喜可賀，作者的那份苦心與堅毅豈不更是難得？

與中國人談話，她從不露一句英文，像是毫無英文根柢的。但她卻被一個享譽學術界的英文系請去教小說寫作。她常給人以生疏羞澀的感覺，但卻被請去統管文藝創作班的亞洲學生事宜，而也能發揮她的精明，辦得有條不紊。

「嗯，你知道，就是那種說不出來的」這是她加強語氣的口語。但是在紐約，一次兩千多位教授參加的全美「現代語文大會」上，她被請去講中國文藝批評。她不僅講出來了，而且說得頭頭是道，談得態度從容。

她說，她從小，就是不愛哭的女孩，而她現在仍不向環境低頭。她說她有著與生俱來的寂寞，而她能了解孤獨，也更懂得以一杯熱茶，幾片水果，和些許笑談，解除了許多海外遊子的寂寞，她常感到生命的悲哀，但她卻仍充滿信心的熱愛生命——你非得活下去不可！要快樂的活下去！

她常引用佛羅斯特的一首詩：

這森林真可愛，黝黑而深邃。

可是我要趕去赴約會，

還要趕好幾哩路才安睡，

還要趕好幾哩路才安睡。

而她，不也正是那首詩中的主人翁——那位執拗著，向前趕路的雪中旅客？

——原載於《皇冠雜誌》，1967 年 4 月

——選自殷允芃《中國人的光輝及其他——當代名人訪問錄》
臺北：志文出版社，1971 年 6 月

聶華苓印象

◎張昌華*

聶華苓的大名素仰，她豐富多彩的人生經歷和其丈夫詩人安格爾對世界文化交流所做的貢獻，令人肅然起敬。結識她始於 1998 年，當時我所任職的出版社計畫出版她的一本「自傳」。是年夏，她作金陵之旅，我們始有一面之雅。溫馨的晚宴上，我們做了隨意的交談，她那博識儒雅的氣質、慈藹謙約的風度給我留下了「大家風範」的美好記憶。那時，我正在編輯「雙葉叢書」，她與安格爾是絕好的人選。事後，我將這一想法寫信告訴她，她表示有興趣，「很高興」。但極坦誠地言明她的顧慮：上海文藝出版社剛出版了她與安格爾的合集《鹿園情事》，如文章重複入選，似有雷同之嫌；而且「上海文藝出版社的版權怎麼辦？」一事當前，先爲他人作想。

聶華苓、安格爾是國際文壇上一對雙子星座。他們伉儷共同創辦的「國際寫作計畫」（IWP）飲譽世界，受人仰慕。南京鳳凰臺飯店的總經理蔡玉洗先生，是位熱心文化事業的商界名士，他有意效仿 IWP，在他經營的飯店創辦「鳳凰臺國際寫作中心」，爲海內外作家服務。蔡先生與我有誼，囑我致函聶華苓，誠邀她當「中心」顧問和題寫「中心」的銘牌。聶華苓覆信說：

> 要我當顧問很榮幸！至於寫中心銘牌，我的字實在不能見人。就免了罷！

---

*發表文章時爲中國江蘇省作家協會理事，現已退休。

其實，她的字寫得相當漂亮瀟灑。不事張揚，淡泊名利。

次年春，聶華苓的「自傳」《最美麗的顏色》出版了（那是一部用自述性文字編起來的準自傳）。收到樣書後，她來信云：「題目很好，但一看就知道是一些文章湊起來的，只怕現在的讀者不一定有興趣。但對你們的好意我是非常感激的。」謙約又平和。

後來《人物》雜誌的朋友知道我與她較熟悉，建議我寫一篇較全面介紹聶華苓的文字，以饗讀者。其實，我與她相交甚淺，所知寥寥，便函請聶華苓寄一些相關的個人資料來。她覆信鳴謝，爲不拂我的好意，用航空特快郵寄來一大包資料。有趣的是，在一本她研究資料專輯的書首貼著一張小紙條：「這本書可否看完後寄還給我？平郵即可。這是僅有的兩本之一。」一片溫馨，雅致可人。大概是爲增加我對她生活現況的印象和感受，囑我可向中國中央電視臺李近朱先生索借錄影帶「鹿園一日」（一部記錄聶華苓生活的紀錄片，中央電視臺首播），並示我如何聯繫。準是她同時向李先生打了招呼，時隔不久我便收到了那盤錄影帶。聶華苓待人的熱誠和善解人意，由此略見一斑。

聶華苓曾慨歎自己的一生像活了三輩子，一輩子在大陸（24 年），二輩子在臺灣（15 年），三輩子在愛荷華（時已 38 年），她彷彿覺得自己三輩子生活在三個截然不同的世界裡。我埋首有關她的資料堆中，發現三個人對她一生影響最大：童年時代她的母親孫國瑛、中年時的《自由中國》雜誌主編雷震和後半生的夫君安格爾，便以此爲經線，以大寫意式概述了她顛沛流離、歷盡滄桑和卓有建樹、多采多姿的一生。洋洋 8,000 字，冠名爲〈聶華苓的情愛畫廊〉。我承認標題有取悅讀者之嫌，媚俗了，但總自以爲該文我還是下功夫的。我試從不同角度寫了兩篇，文章的原稿是我用毛筆一筆一畫寫就的。限於水平，文章或失之於對原資料沒有吃透，在理解上有偏差，或疏於粗俗，望文生義做嘩眾取寵的描寫，也有原資料有誤，以致以訛傳訛（如《鹿園情事》一書就把安格爾墓碑上的詩句「我不能移山，但我能發光」，寫成「但我能照亮」），上述種種造成文章「錯誤百出」。後來，我仔細研究了聶華苓的批註，發現她對文稿的前兩頁是認真修改的，幫我糾錯，本意想成全我，認可這篇小文章。大概後來發現失誤太多，改不勝改而大爲不悅，拍案而起，詞嚴利鋒地批評我了。我在描述安格爾前妻瑪莉憂鬱症發病時的一段，沒有掌握好分寸，有誇飾之嫌，她不客氣地批道：「我不願如此貶他前妻！」她的善良令我感動。儘管我有某些小小的委屈之感，但我仍感激她對我的關愛。她否定了我的文章後，又提出她的希望，說還希望我有機會寫一篇對她的「印象」。希望「你用自己特有的風格寫出你的文章」。寫著寫著，她在那封信的結尾，態度緩和了許多：「文章若不發表，我當感激，否則，我會非常不安，不安！」接到這封信後，我沒有做任何辯白（也無白可辯），禮貌地覆她一信，並將借用的資料寄還，順手夾寄了本社新出的兩冊圖書。她收到後當日發來傳真：「總之，我對您只有感激，冒昧之處，請原諒！」今年元旦，給友人分寄賀卡時，我也給她寄了一份。我壓根不想她作回覆的。孰料，她仍寫信來鳴謝，其時還耿耿於懷：「仍請抱歉失禮」，還誇我「你真是氣度很大的」。記得這一時期她的三封來信和電傳，都一再向我表示歉意。她爲一兩句言重的措辭，不斷地自責，這真反倒令我「不安」起來。她是我敬重的文壇前輩啊！

其實，我一點也不見怪，聶華苓先生的率真我早就耳聞。1952 年胡適由美返臺，當時她任職的《自由中國》雜誌主編雷震，委派她到機場迎接、獻花。她不樂意爲之，給雷震留紙條：

> 你要我向胡適獻花，這是一件美麗的差事，也是一個熱鬧的場面。我既不美麗，也不愛熱鬧，請饒了我吧。

聶華苓有一個不趨媚俗的獨立人格。

聶華苓，享譽世界的美籍華人作家，她的長篇小說《桑青與桃紅》曾以七種文字在全世界 20 個國家和地區發行。最令人矚目的是，她與丈夫安格爾共同創辦的愛荷華「國際寫作計畫」，在 21 年內接待世界八百餘位作家。1976 年，他們伉儷同被 24 個國家的 300 名作家聯名推薦爲諾貝爾和平獎候選人。她的爲人與爲文，是受到世人尊敬的原因所在，應該有像樣的大塊文章書寫她。

——選自張昌華《故紙風雪——文化名人的背影》
臺北：秀威資訊公司，2008 年 9 月

一個人和三個時代

◎遲子建*

「我是一棵樹，根在大陸，幹在臺灣，枝葉在愛荷華」，這是聶華苓先生為她自傳體新書《三生影像》撰寫的序言。如果說 20 世紀是一座已無人入住的老屋的話，那麼這 19 個字，就是一陣清涼的雨滴，滑過衰草萋萋的屋檐，引我們回到老屋前，再聽一聽上個世紀的風雨，再看一看那些久違了的臉龐。

我認識聶華苓先生的時候，她已經 80 歲了。也就是說，我是先逢著她的枝葉，再追尋她的根的。2005 年，國際寫作計畫邀請劉恆和我去美國，進行為期三個月的交流和訪問。八月下旬，我們從北京飛抵芝加哥，從芝加哥轉機到西德拉皮茲時，已是晚上 10 點了。從機場到愛荷華，還有 1 小時左右的車程。接我們的亞太研究中心的劉東望說，聶華苓老師囑咐他，不管多晚，到了愛荷華後，一定帶我們先到她家，去吃點東西，我和劉恆說，太晚了，就不去打擾了。劉東望說：「她準備了，別推辭了。」11 時許，汽車駛入愛荷華。聶華苓就住在進出城公路山坡的一座紅樓裡，所以幾乎是一進城，就到了她家。車子停在安寓（安寓，取自聶華苓先生的丈夫安格爾先生的名字）前，下車後，我嗅到了大森林特有的氣息，瀰漫著植物清香，又夾雜著濕潤夜露，是那麼的清新宜人。

門開後，聶華苓先生迎上來，她輕盈秀麗，有一雙顧盼生輝的眼睛，全不像 80 歲的人了，她見了我們熱情地擁抱，叫著：「你們能平安到，太

---

*發表文章時為中國作家協會全委會委員、黑龍江省作家協會副主席，現為中國黑龍江省作家協會副主席。

好了！」她爽朗的性格，一下子拉近了我們之間的距離。紅樓的一層是聶華苓先生的書房和客房，會客室、臥房和餐廳則在二樓。一上樓，我就聞到了濃濃的香味，她說煲了雞湯，要爲我們下接風麵。她在廚房忙碌的時候，我站在對面看著，她忽然抬起頭來，望了我一眼，笑著說：「你跟我想像的一模一樣！」我笑了。其實，她跟我想像的也一模一樣！有一種麗人，在經過歲月的滄桑洗禮和美好愛情的滋潤後，會呈現出一種從容淡定而又熠熠生輝的氣質，她正是啊。應該說，我在愛荷華看到的聶華苓先生的「枝葉」，是經霜後粲然的紅葉，風采灼灼。

安寓的飯桌，長條形的，紫檀色，寬大，能同時容納十幾人就餐。我和劉恆常常在黃昏時，沿著愛荷華河，步行到那裡吃飯。這個時刻喜歡來安寓的，還有野鹿。坐在桌前，可見窗外的鹿一閃一閃地從叢林走出，出現在山坡的橡樹下，來吃撒給牠們的玉米。鹿一來，通常是兩三隻。有時候是一隻母鹿帶著兩隻怯生生的小鹿，有時候則是豎著閃電形狀犄角的漂亮公鹿，偕著幾隻母鹿。這處紅樓寓所又稱爲「鹿苑」，真是恰如其分。鹿精靈似地出現，又精靈似地離去了。華苓老師在蒼茫暮色中，向我們講述她經歷過的那些不平凡的往事。夜色總是伴著這些給我們帶來陣陣濤聲的故事，一波一波深起來的。如今，這些故事，連同二百八十多幅珍貴的圖片，完整地呈現在《三生影像》中，讓我們循著聶華苓先生的生命軌跡，看到了一個爲了藝術爲了愛的女人，曲折而絢麗的一生。

聶華苓出生於 1925 年的漢口，母親是個「半開放的女性」，氣質典雅，知書達理。她嫁到聶家後，直到生下三個孩子，才發現丈夫已有妻兒。英國哲學家羅素，在他關於中國問題的專著中，曾有這樣的論斷：「**中國人的性格中，最讓歐洲人驚訝的，莫過於他們的忍耐了。**」我以爲，「忍耐」的天性，在舊時代婦女身上體現得尤爲明顯。聶華苓的母親雖說是羞憤難當，鬧了一陣子，但最終她還是聽天由命，留在了聶家。聶華苓的父親聶怒夫，在吳佩孚控制武漢的時候，是湖北第一師的參謀長，在軍中擔任要職。桂系失勢之後，聶家人躲避到了漢口的日本租界。舊中國軍閥混戰的情形、聶華苓的母親描述得惟妙惟肖：「當時有直系、皖系、奉系，還有很多系。你打來，我打去。和和打打，一筆亂賬，算也算不清。」聶華苓的童年，就是在租界中度過的。英租界紅頭洋人的滑稽，德租界買辦的傲慢，以及日本巡捕的兇惡，小華苓都看在眼裡。有的時候，她會溜進門房，看聽差們熱熱鬧鬧地玩牌九、擲骰子，聽他們講她聽不懂的孫傳芳、張作霖、曹錕、段祺瑞，也聽他們講她感興趣的民間神話故事：八仙過海、牛郎織女、嫦娥奔月。聶華苓的爺爺是個可愛的老頭，性情中人，他高興了大笑，不高興就大罵。他教孫女寫字，背誦唐詩。有的時候，他還會邀上三兩好友，談詩，燒鴉片煙。小華苓常常躲在門外，偷聽他們吟詩。「甚麼詩？我不懂，但我喜歡聽，他們唱得有腔有調。原來書上的字還可以變成歌唱，你愛怎麼唱，就怎麼唱，好聽就行了。他們不就是各唱各的調調兒嗎？」這段充滿童趣的回憶，天然地道出了詩文的本質。從聶華苓先生對故園的描述中，我們可以看到她是如何捉弄爺爺的使喚丫頭真君的，看到她因爲得不到一把俄國小洋傘而哭得天昏地暗的，看到她如何養蠶，用抽出的蠶絲做扣花、髮簪和書籤。雖然是在租界中，她的童年生活仍然不乏快樂。然而，聶華苓 11 歲的時候，她的父親，在貴州平越任專員兼保安司令的聶怒夫殉難，聶家從此失去了頂樑柱，少了往日的歡聲笑語。對於父親的死，聶華苓在書中是這樣記敘的：「那是 1936 年，農曆正月初三。長征的紅軍已在 1935 年 10 月抵達陝北。另一股紅軍還在貴州，經過平越。」

父親去世了，母親艱難地撐起這個家。這個大度而不屈的女性，無疑對聶華苓的性格成因，有著深刻的影響。1937 年，抗日戰爭開始，在湖北省立一中讀書的聶華苓，跟同學們一道，慰問從抗日前線歸來的傷兵，給他們唱歌，代寫家書，表演街頭劇「放下你的鞭子」。上海、南京相繼淪陷後，日機日夜轟炸武漢，每當空襲來臨時，母親就要把幾個孩子護在身下，反覆唸誦〈般若波羅蜜多心經〉。爲了躲避戰火，1938 年，聶華苓的母親帶著孩子，在長江上乘船闖過鬼門關，逃難到了老家三斗坪。在那裡，她們一家，度過了一段平和恬靜的日子。由於三斗坪沒有學校，指望著兒女們爲她揚眉吐氣的母親，不管女兒多麼貪戀那兒的山水，還是毅然決然把她送到了恩施湖北省立女子中學讀書。伴著飄忽的桐油燈，一群讀書的女孩子，苦中作樂。食物匱乏，她們可以從狗嘴上搶下一塊醃豬肝，來到農家，將它爆炒，痛快地吃一頓。她們還偷廚房的米飯和豬油解饞。她們三三兩兩的，在河畔嬉戲。然而，就在那裡，也有看不見的鬥爭。比如生有水紅嘴唇的音樂老師，是共產黨，她有一天突然失蹤了，據說是被國民黨捕去了；而有著一雙美麗大眼睛的同學聞立武，參與了學生運動，也是地下黨。聶華苓從來都不是一個對政治敏感的人，這樣的事，都是半個世紀之後，她才知曉的。

1940 年，聶華苓初中畢業後，與兩位女生，搭上一輛木炭車，踏上了去重慶的旅途。由於盤纏不足，加之戰亂，旅途受阻，每天只能吃兩個被她們稱爲「炸彈」的硬饅頭。即便這樣，女孩子愛美的天性，還是使她們從嘴下節省出一點錢，各買了一塊花布，自己動手，縫製了一件直筒形的花袍子。輾轉到了重慶後，聶華苓通過考試，在國立中央大學外文系讀書。樓光來、柳無忌、俞大絪，都是外文系的名教。聶華苓堅實的外語基礎，就是在那裡打下的。在那裡，她與六個性情相投的女孩子結爲「竹林七賢」，她們在苦讀的時候，也不忘了到野外玩耍，「去橘林偷橘子，吃了還兜著走，再摘一朵野花插在頭上」。《三生影像》第一部分的插圖，我最喜歡的，就是一群女學生站在稻田的照片。每個人的頭上都插著一朵花，爛漫地笑著。她們的花樣年華既有著淑女氣和書卷氣，又透著股豪氣和野氣，真是迷人。在重慶，聶華苓與同學王正路談起了戀愛，雖然 30 年後，他們最終還是分手了，但他留給了聶華苓一雙可愛的女兒：薇薇和藍藍。

抗戰勝利後，中央大學在 1946 年從重慶回到了南京，聶華苓在南京又讀了兩年，終於畢業了。1948 年底，她和王正路一起到了北平，結爲夫妻。那時人民解放軍已經占領機場，北平圍城開始了。他們的蜜月，是在槍砲聲中度過的。北平解放了，聶華苓、王正路離開故土，飛往臺灣。

聶華苓出生在中國，她離開時，已經 24 歲了。她最早的文學薰陶、所受的教育以及世界觀和藝術觀的形成，與這片土地休戚相關。她用 24 年光陰紮下的這個根，牢牢的，深深的，這是天力都不能撼動的。沒有它，就不會有日後挺拔的軀幹和繁茂的枝葉。

讀《三生影像》的第二部時，我的心是壓抑的。那座寶島，帶給我們的，不是風和日麗的人文景象，而是陰雲籠罩的肅殺之氣。出現在那裡的人，雷震、殷海光、郭衣洞（柏楊），一個個雕塑似的，巍然屹立。他們不是泥塑的，也不是石膏鐫刻的，他們都是青銅質地的，剛毅、孤傲，散發著凜凜的金屬光華。

聶華苓到臺灣後，趕上《自由中國》創刊，雜誌社正缺一位負責文稿的編輯，愛好寫作的她就應聘去了那裡，賺錢貼補家用。《自由中國》是由雷震先生主持的，他 1917 年就加入了國民黨，曾擔任過國民黨政府的許多要職，1949 年到臺灣後，被蔣介石聘為國策顧問。而《自由中國》的發行人，是當時身在美國的胡適先生。對於這個刊物，聶華苓是這樣說的：「是介乎國民黨的開明人士和自由主義知識分子之間的一個刊物。這樣一個組合所代表的意義，就是支持並督促國民黨政府走向進步，逐步改革，建立自由民主的社會。」顯然，這是一份政治色彩濃厚的刊物。對政治並不感興趣的聶華苓，像這個陣地牆角一朵爛漫的小花，安靜地釋放著自己的光芒。經她之手，林海音的《城南舊事》，梁實秋的《雅舍小品》，以及柏楊的小說和余光中的詩，這些已成經典的作品，一篇篇地登場了。如果說《自由中國》是一匹藏青色的布的話，這些作品，無疑就是鑲嵌在布邊的流蘇，使它多了份飄逸和俏麗。然而，政治的颱風，很快席捲了《自由中國》，因為夏道平執寫的〈政府不可誘民入罪〉，《自由中國》和臺灣統治權利者發生了最初的衝突，胡適在此時發表聲明，辭去了發行人的角色。其後，又因為一篇〈搶救教育危機〉，雷震被開除了國民黨黨籍。1955 年，國民黨發動「黨員自清運動」，《自由中國》又發出了批評的聲音。到了蔣介石 70 大壽，《自由中國》在祝壽專號中，批評違憲的國防組織和特務機構時，這本刊物可以說是已成爲風中之燭。《自由中國》除了發表針砭時弊的社論，也登載反映老百姓民生疾苦的短評，雷震成了臺灣島的「雷青天」。胡適回到臺灣後，1958 年就任中央研究院院長。這期間，雷震與志同道合的朋友一起，雄心勃勃地籌組新黨。雷震邀請胡適做新黨領袖，胡適沒有答應。但胡適是支持雷震的，說是他可做黨員，待新黨成立大會召開時，他也會去捧場。我以爲，以胡適的政治眼光和看待歷史的深度，他是看到了雷震的未來的——不可逃避的鐵窗生涯。他沒有阻止，反而推波助瀾，我想他絕對沒有加害雷震的惡意，在他生命深處，真正渴望的，還是做一個自由而有良知的知識分子。徐復觀有一篇回憶胡適的文章，他這樣寫道：「我深切瞭解在真正的自由民主未實現以前，所有的書生，都是悲劇的命運，除非一個人良心喪盡，把悲劇當喜劇來演奏。」這話可謂一語中的。雷震其實就是一面豎立在胡適心牢中的正義和博愛的旗幟，有他，他會受到默默的激勵；而當他倒伏時，儘管胡適也是痛楚的，但因爲這面旗幟是倒在了心中，他便想悄悄把它掩埋了。胡適自稱是個懷疑論者，徐訏在比較新文學運動的領袖胡適和陳獨秀時，有過這樣精闢的論述：「胡適之性格沖和、寬大、平正，陳獨秀性格凌厲，獨斷與偏激」，他指出胡適的性格中有「矛盾性與妥協性」。所以當 1960 年 9 月雷震等人以「涉嫌叛亂」的罪名被捕入獄，殷海光等人挺身而出，爲雷震喊冤時，胡適隱於幕後，只以「光榮的下場」這句「漂亮話」，打發了世人期盼的眼神。胡適以爲他可以苟活，但是他錯了。雷震入獄僅僅一年半以後，他在一個酒會致辭時，猝然倒地，帶著解不脫的苦悶，去了那個也許是「萬籟俱寂」，也許仍然是「眾聲喧嘩」的世界。那一刻，他才真的自由了。

我喜歡《自由中國》的殷海光，這個畢業於西南聯大的金岳霖先生的弟子，正氣、勇敢、浪漫，充滿詩情。受雷震案的牽涉，他雖未入獄，但一直受到特務的監視和騷擾。這個聲稱「書和花，應該是做爲一個人應該有的起碼享受」的知識分子，最初是反對傳統的，主張中國未來的道路是全盤西化；可當他蒼涼離世前，他頓悟：「中國文化不是進化而是演化，是在患難中的積累，積累得異樣深厚。我現在才發現，我對中國文化的熱愛。」

鐵骨錚錚的雷震和傲然不屈的殷海光，最終長眠在「自由墓園」中。以他們的人格光輝，是擔得起「自由」這個詞的。

我想，聶華苓身上的正直和無私，她男人般的俠肝義膽，古道熱腸，無疑受了雷震和殷海光的深刻影響。也就是說，她的軀幹，之所以沒有在非常歲月中，被狂風暴雨摧折，與他們有形無形的扶助，是分不開的。

1951 年，聶華苓的弟弟漢仲在空軍的一次例行飛行中失事身亡，她所供職的《自由中國》蒙難，家門外一直有特務徘徊，接著是母親去世，而她和王正路的婚姻也陷入「無救」狀態。此時的聶華苓，可以說是陷入了生命的低谷。但是命運彷彿格外眷顧這位聰明伶俐的女子，就在這個陰氣沉沉的時刻，她生命的曙光出現了。這道光，照亮了她的後半生。

保羅・安格爾先生，在美國是一位與惠特曼齊名的著名詩人，曾被約翰遜總統聘任爲美國第一屆國家文學藝術委員會委員，並任華盛頓甘乃迪中心顧問。這個馬夫的兒子，出身貧寒，熱愛藝術，中學時就發表了詩作。大學畢業後，他來到愛荷華大學，以一本《舊土》詩集，成爲了美國有史以來第一個用文學作品獲得碩士學位的人。安格爾經歷非凡，當他還在牛津大學讀書時，便遊歷歐洲，結識了很多聲名卓著的作家。1934 年，安格爾創辦「愛荷華作家工作坊」，一步步地把它發展爲美國文學的重鎭。他曾開玩笑地說過：「獵狗聞得出肉骨頭，我聞得出才華。」他「聞」出的最出色的才華，就包括美國著名女作家奧康納。這個修女打扮的怯生生的女孩子，寫出的小說詭異神祕，如夢似幻，已成經典。二戰時臨時搭建的簡易的營房，就是作家們的教室。安格爾給學生上課時，有的學生帶著狗來，還有的甚至用布袋提著一條嘶嘶叫的蛇來。爲著作家工作坊，安格爾先生的足跡遍及世界，尋覓著好作家和好作品。他怎麼也不會想到，1963 年的臺灣之行，會給他帶來永生永世相守的人。我們從安格爾的照片中，可以領略到他迷人的風采。聶華苓是這樣描述他的：「第一次看到他，就喜歡他的眼睛。不停地變幻：溫暖，深情，幽默，犀利，渴望，諷刺，調皮，咄咄逼人。非常好看的灰藍眼睛。他的側影也好看，線條分明，細緻而生動。」而安格爾在晚年的回憶錄中，寫到他初遇聶華苓時的感受，有這樣的句子：「臺北並不是個美麗的城市，沒有甚麼可看的。但是因為身邊有華苓，散發著奇妙的魅力和狡黠的幽默，看她就夠了。從那一刻起，每一天，華苓就在我心中，或是在我面前。」他們一見鍾情。在此之前，他們是一幅被撕裂了的山水畫，各持半卷，雖然也風光旖旎，卻沒有氣韻。直到他們連接在一起，這幅畫才活了，變得生動。

他們結婚後在半山坡上築起愛巢——紅樓，他們一起划船，一起餵鹿，一起談詩，一起舉杯，看日落月升。他們在一起，永遠有談不完的話題。

愛荷華這地方，地處美國中西部，人口不多，安祥寧靜，彷彿世外桃源。按照南非女作家海德的說法：「雞糞那一類田上的事，可能是報紙的頭條新聞」，非常適宜寫作。1967 年的一天，划船的時候，聶華苓望著波光粼粼的愛荷華河，忽發奇想，爲何不在愛荷華大學原有的寫作工作坊之外，再創辦一個國際寫作計畫呢？一個爲世界文學的交流和發展，做出過不可磨滅的貢獻的計畫，就這樣誕生了。地球上不同膚色，不同種族，不同語言，不同文化背景，不同政治遭遇和生活際遇的作家，在其後的 40 年間，以同一個目的，在愛荷華相遇了。我覺得從某種意義來說，這個寫作計畫，就是文學的「奧林匹克」。這個以文會友的盛會，爲消除種族之間的敵視，消除不同社會制度下的人的隔閡，起了積極的作用。難怪 1976 年，安格爾和聶華苓因爲這個寫作計畫，而被提名爲諾貝爾和平獎的候選人。

在愛荷華這個文學大家庭裡，我們看到了丁玲緊握蘇珊・桑塔格的手；看到了以色列作家從最初堅決不肯與德國作家交往，到臨別時主動與他們推心置腹地交談；看到了伊朗女詩人台海瑞與羅馬尼亞小說家易法素克之間臨別之際爆發的深沉的愛戀。曾獲得過諾貝爾文學獎的波蘭詩人米沃什，愛爾蘭詩人希尼，都曾是這裡的座上賓。而諾獎最新得主，土耳其的帕慕克，也是國際寫作計畫邀請過的作家。

但做爲中國人的聶華苓，對於身居海外仍然堅持用母語寫作的她來說，那些用漢語寫作的作家，才是她魂牽夢繫的。國際寫作計畫在 40 年間，共邀請世界各地作家一千二百多位，其中用漢語寫作的作家，就占了一百多位。1979 年中美建交後，蕭乾成爲第一位被邀請到愛荷華的中國作家。從他開始，中國作家的身影就不斷地出現在那裡。我們常常聽聶華苓滿懷深情地講起到過這裡的華文作家的一些逸事。那座紅樓，留下過這樣一些傑出作家的足跡：丁玲、王蒙、汪曾祺、艾青、蕭乾、吳祖光、茹志娟、陳白塵、徐遲、馮驥才、張賢亮、邵燕祥、柏楊、白先勇、鄭愁予、余光中、楊逵、瘂弦、諶容、王安憶、陳映真、阿城等。是她，最早爲新時期中國文學中最爲活躍的作家，打開了看世界的窗口。

聶華苓和安格爾於 1988 年退休，但聶華苓的目光，始終沒有脫離她的「根」和「幹」，她仍然積極地向國際寫作計畫推薦華文作家，1991 年 3 月，聶華苓和安格爾先生離開愛荷華的家，滿懷喜悅地去歐洲，準備領取波蘭政府授予的「國際文化貢獻獎」。他們在芝加哥機場轉機的時候，安格爾先生猝然倒地，離別了他最不忍訣別的人。他在最後時刻，還是倒在了自己的祖國，倒在了他深愛的人的身邊，倒在了他不倦的旅途中，他無疑是幸福的。

安格爾的離去，讓聶華苓覺得「天翻地覆」，她也倒下了。但這個豁達開朗的紅樓女主人，最終還是倚賴著安格爾對她刻骨銘心的愛，慢慢站了起來。看來一個在情感上富足的女人，是不會倒在任何命運的關隘的。2001 年，一度與中國中斷了的國際寫作計畫，在聶華苓的努力下，又恢復了。聶華苓對我說，相隔多年，她想一定要請一位在國際國內都有影響的，將來能立得住的青年作家來愛荷華，她選擇了蘇童。時隔幾年，她驕傲地對我說：「我沒有選錯！」蘇童之後，又先後有李銳、西川、孟京輝、余華、莫言、劉恆、畢飛宇等中國作家來到愛荷華。也許有人不會知道，中國作家去愛荷華的費用，有很大一部分，是由民間募集而來的。當地一些熱愛文學的華人，包括聶華苓自己，爲了讓國際寫作計畫中能有中國作家參與，每年都要捐款。而現在，由於經費不足，對中國作家的邀請，又陷入困境之中，這也讓她感到深深的無奈。

聶華苓說：「我這輩子恍如三生三世——大陸、臺灣、愛荷華」。這「三生」，其實也是她經歷的三個不同時代。她在大陸度過了戰亂中的童年和青年，在臺灣經歷了國民黨的白色恐怖時代。在國際寫作計畫如火如荼之時，美國也正陷入越戰的泥沼，國內的反戰浪潮一浪高過一浪。雖然說與安格爾結合後，她過上了平靜無憂的生活，但是對「根」和「幹」的眷戀，對母語的不捨，還是使她這個定居美國的「外國人」，有著難言之痛。這種內心的矛盾，使她才情爆發，酣暢淋漓地寫出了獲得美國「書卷獎」的長篇小說《桑青與桃紅》。

像聶華苓這樣經過三個時代風雨洗禮，依然能夠笑聲朗朗的作家，實在不多見。2006 年，我在香港遇見臺灣著名詩人鄭愁予先生，與他在蘭桂坊飲酒談天說起聶華苓時，他用了四個字來評價她：「風華絕代」。聶華苓自稱是一個有著小布爾喬亞情調的人，她愛憎分明，愛會愛得熱烈而純真，恨也恨得鮮明而澈底。她是一個藝術至上的人，這也就不難理解爲什麼她父親死於紅軍槍下，而她卻仍然能夠與安格爾合譯毛澤東的詩詞。

國際寫作計畫的前兩個半月以各種話題討論、文學交流、參觀及寫作爲主，後半個月則是旅行，每個作家都可以按個人興趣自行設計旅程。2005 年 11 月，劉恆去了紐約，我去了芝加哥，歸國前，我們又回到愛荷華。冬天來了，雖說還沒下雪，但天兒已冷了。歸國的前一天，我們來到安寓，在山林中拾撿燒柴，抱到紅樓的壁爐旁，以備華苓老師生壁爐火用。天漸漸黑了，我們生起火，圍爐喝酒談天。談著談著，她忽然放下酒杯，引我們來到臥室。她拉開衣櫥，取出一套做工考究的中式緞子衣服，斜襟，帶扣袢的，銀粉色，質地極佳。她舉著披掛在衣架上的那身衣服，笑盈盈地說：「我已經囑咐兩個女兒了，我走的那天，就穿這套衣服！怎麼樣？」那套衣服出水芙蓉般的鮮潤明媚，我說：「穿上後像個新娘！」她大笑著，我也笑著，但我的眼睛濕了。沒有哪個女人，會像她一樣，活得這麼無畏、透明和光華！

安格爾先生安葬在愛荷華的一座清幽的墓園裡，離紅樓並不遙遠。我記得 10 月 12 日安格爾生日的那天，華苓老師駕車，我們帶著他生前喜愛的鮮花和威士忌，一同去看望他。清洗完墓碑，華苓老師將酒撒在墓前，向安格爾介紹著劉恆和我的情況。介紹完了，她莞爾一笑，輕扶著墓碑，無限感慨地對我說：「你看，這裡很好，很寬，將來把我再放進去就是了。」聶華苓已經把自己的名字，提前刻在了碑上。我多麼希望上帝緊緊捏住她的那個日子，永不撒手，雖然我知道對於任何人來說，那一天總會來臨的。那座墓碑是黑色大理石的，圓形。不過它不是徹頭徹尾的圓，而是大半個圓，看上去就像一輪西沉的太陽，在溫柔的暮色中，閃閃發光。

——選自《香港文學》第 291 期，2009 年 3 月

聶華苓訪問記
介紹「國際作家工作室」

◎王慶麟[*]

美國愛荷華大學的「國際作家工作室」（“International Writers’ Workshop”），事實上是該校原有「作家工作室」（“Writers’ Workshop”）的擴大和發展。「作家工作室」始於 1942 年，為著名詩人兼教育家保羅・安格爾（Paul Engle）教授所創。25 年來這個美國現代文學史上具有重要地位的作家研究機構人才輩出，不少從這裡走出去的作家，現在已成為文壇上舉足輕重、光芒四射的人物。如國人所熟知的劇作家田納西・維廉士（Tennessee Williams）、小說家佛蘭妮瑞・奧康納（Flannery O’ connor）、詩人士樂格拉斯（W. D. Snodgrass）等，都先後一次或數次榮獲普立茲文學獎。其他如詩人唐納・傑士蒂斯（Donald Justice）、羅勃特・麥塞（Robert Mezey）、維廉・史塔福（William Stafford），前二位得過「萊蒙詩獎」（Lamont Poetry Award），後一位則是「全美書獎」（National Book Award）的得主。我國作家如余光中、葉維廉、白先勇、王文興、歐陽子、葉珊、王敬羲等，均在此研究過，因此這個機構與我國文壇的關係，也很密切。

由於外國作家人數的逐年增加，原來僅為美國本土作家而設的「作家工作室」實有擴充的必要，又因為本土作家與外國作家的需要不同，勢需另行成立一個機構來處理不同的問題。於是今年[1]九月，在安格爾教授主持下，一個針對外國作家而設計的「國際作家工作室」正式成立，廣邀中華民國、西德、法國、日本、菲律賓、印度、伊朗、土耳其、南斯拉夫、波

---

[*]筆名瘂弦。發表文章時為《幼獅文藝》主編，現旅居加拿大溫哥華。
[1]編按：1967 年。

蘭、阿根廷、巴拿馬、柬埔寨、星加坡、利比亞、伊索匹亞、烏干達等 17 國作家來此，規模宏大，其意義更不限於美國本土，而成為世界性的了。

我國小說家聶華苓小姐於民國 53 年應邀來此擔任顧問（Consultant），並作寫作研究。去年，她的短篇小說〈王大年的幾件喜事〉在《大西洋月刊》（*The Atlantic Monthly*）發表，受到各方面的好評，且為安格爾所倚重。「國際作家工作室」成立後，她即被愛荷華大學聘為該室主要負責人之一（Associate Director），襄助安格爾處理各種工作。我國作家能在如此龐大的國際寫作機構擔任如此重要工作者，聶華苓怕還是第一人，相信透過她的推介，20 年來臺灣的現代文學作品和作家，必能更多的呈現在外人的眼前。過去 10 年中國作家來此研究者有十數人之多，雖然在工作室歷年來外國作家人數的比例上中華民國已超過其他國家，但就臺灣現代文學今日的總成就而言，筆者深覺還未能顯示出我國文壇的「全豹」。

為使國內讀者更進一步了解「國際作家工作室」的實況，筆者特訪聶華苓，除了請她介紹該室的活動情形外，並請她就自己新近的寫作計畫，發表意見。又筆者忝為工作室的一員，對於這個機構的規劃工作情形，自然是知道的（雖然知道的並不詳細），但為使讀者獲致一個清晰的印象，在訪問談話中，自不免有些「明知故問」了。

筆者：聶小姐，可否先請你談談「國際作家工作室」成立的目的？

聶：這是愛荷華大學的一個特別研究計畫，也叫作「國際寫作計畫」（International Writing Program）。這個計畫的目的，是遴選世界各國的優秀作家，邀請他們來到這裡，提供他們一個理想的寫作環境，透過演講、討論、訪問、旅行等方式，來增進作家的文學創作，同時也藉這個機會，使不同國家的作家相互認識、了解。

筆者：請問這個計畫是什麼人支持的呢？

聶：除了愛荷華大學以外，主要的是安格爾教授從美國各種基金會、各企業機構、以及各個熱心文化社團那兒籌募來的。這中間還有一些私人的捐款，其中包括各色人等，有美國巡迴大使哈里曼，還有一位退休了的小學教員。你知道，安格爾是詹森總統 12 位文學藝術特別顧問之一（安氏是文學顧問，其他有音樂、繪畫等），他的聲望和作品對各方面的影響是促成這個計畫實現的重要原因，事實上美國政府以及民間很多在文化上有影響力的人都很支持這個計畫。比如說哈里曼，他今年已經七十多歲了，但是精力充沛，對文化事業興趣很大，他給這個計畫的幫助是定期捐款，每年一次。我在華盛頓曾經拜訪過他，談起「國際作家工作室」，他的勁兒比誰都大。這個計畫就是靠像他這樣心胸開朗、具有世界眼光的人！

筆者：「國際作家工作室」的作家是怎麼徵選來的呢？

聶：唯一的標準就是作品。他們有的是主動被邀的，因爲他們在本國已經很有成就；有的是自己申請，而作品又被認爲是最好的。每年我們收到數以千計從世界各地來的稿件或出版品，通常在年底決定下一年的人選。這跟以前的「作家工作室」的徵選方式大致是相同的。

筆者：可不可以介紹一下今年來的重要作家？

聶：今年是「國際作家工作室」成立的第一年，但在作家徵選這方面，早在兩年前已經開始籌備了。每一位來的作家，都是經過非常慎重的考慮才決定的。今年一共有 27 位作家，來自 17 個不同的國家，他們之中多半在本國已經很有聲望和成就了，另外一些則是比較年輕、有才華、文學生活開始不久而具有發展潛力的作家。今年來的重要作家有：日本詩人田村隆一，他今年 44 歲，是二次世界大戰後日本非常重要的作家之一，他的詩集《四千個晝和夜》、《腐敗性物質，恐怖之研究》、《無語字的世界》等，被認爲是「戰後知識分子精神危機的象徵」。他的風格和他在詩裡頭提出的問題對日本年輕一代作家影響很大。

筆者：兩年前國內《笠》詩刊曾經介紹過他的作品，想臺灣讀者對他不會陌生。

聶：伊麗莎白・艾思康娜・格蘭薇兒（Elizabeth Ascona Cranwell），她是阿根廷正在走紅的女詩人，17 歲開始寫作，至今已出過五本書，她的詩集《談相對》（*On the Opposite*）曾兩度獲得阿根廷國家文學獎，在西班牙語的南美國家中，她的書很風行，批評界對她很重視。波蘭詩人 Z・賓考斯基（Zbiegniew Bienkowski），他是波蘭首都華沙一家重要文學雜誌的主編，是詩人、批評家，又是著名的翻譯家，他的詩和論著已經被翻譯成數種文字，在德國、英國、法國都有他的作品發表。他是法國已故大詩人蘇拜維艾爾（Jules Supervielle 1884～1960）生前的好友（瘂弦按：蘇氏作品我國詩人戴望舒曾翻譯過，創世紀詩刊也有介紹），也是他第一個把蘇拜維艾爾的詩譯成波蘭文字。菲律賓小說家維奧夫瑞多・諾葉朵（Wifredo Nolledo），是有創作才能和前衛精神的作家，年紀很輕，已經寫過不少書，他的小說著重詩意的渲染，意象很豐富，但不穠麗，是沉厚穩健，顯示大氣象魄力的作品。無疑地他在菲律賓具有影響力，菲律賓寫現代文學史的人已經開始在討論他了。南斯拉夫的馬蒂・奧根（Mart Ogen）批評家說他是南國青年一代用詩發言的人，他的詩除了用本國文字寫的 *Dediščina* 之外，並且有書在英國出版。西德青年小說家漢斯・克利斯托夫・布赫（Hans Christoph Buch），他以小說《怪事》（*Strange Events*）崛起德國文壇，並且獲得進入「四七文學社」朗誦自己作品的殊榮。「四七文學社」是戰後西德一個非常嚴格的文學團體，成立於 1947 年，因而得名。據說要到「四七文學社」朗誦作品頗不容易，如果作品不好，朗誦幾句就會被停止。青年作家有因為順利通過朗誦一登龍門身價百倍者，有中途被停止朗誦從此消聲匿跡毀了文學前途的。德國人幹什麼行業都帶點硬派作風。

筆者：這些作家來了以後又幹些什麼呢？

聶：主要的也是唯一的工作當然是寫作。再就是演講、討論、訪問、旅行、聚談，主要的目的是使作家們的文學觀念、表現技巧得到一種沖激和對流。再就是幫助他們翻譯他們自己的作品，和他們國家著名的古典作品或現代作品，然後拿到堂上討論、修改，好的作品「國際作家工作室」盡量協助出版或發表，就是不能發表，也可透過以討論增加國與國之間的文化交流和相互了解。我們有一個特別的組織——「翻譯工作室」（Translation Workshop），專門協助各國作家翻譯他們自己的作品。「國際作家工作室」還有好幾位美國年輕作家，他們的工作之一就是協助外國作家翻譯，這些人之中每人至少懂一種外國文字。

筆者：關於旅行、訪問方面有些什麼活動？

聶：主要的是安排機會使作家們了解美國，美國的文化背景、美國的文學作品和作家。比方座談會、音樂會、戲劇演出、畫展等。前不久我們還去了一趟明尼蘇打州明尼亞波利斯城 Tyrone Guthrie 劇場看根據希臘戲劇家 Aeschylus 悲劇改編的 The House of Atreus。

筆者：最近還有些什麼活動？

聶：元月份我們即將應約翰生基金會的邀請，去芝加哥旅行，遊密西根湖；暢銷 500 萬份的《花花公子》（*Playboy*）雜誌到時候要請我們到他們的俱樂部去吃飯，參觀他們的雜誌社。這個雜誌小說部門的主編羅貝・麥卡萊（Robie Macauley）是安格爾先生的學生，是這裡的小說創作班出身的，一度是《肯楊評論》（*The Kenyon Review*）的主編。《肯楊評論》在美國學術界的地位很高。麥卡萊本人除了是相當重要的小說家外，在美國又被稱爲具有遠見的「名編」之一。《花花公子》現在已經變成世界性的雜誌了，除了一部分消閒性的篇幅以外，小說部分都是請世界第一流的小說家執筆。現在芝加哥大學任教、前年曾被八十幾位批評家公認爲美國第一流小說家的蘇・柏羅（Saul Bellow）就是這個雜誌的撰稿者。他們稿費很高（一篇短篇小說可以拿到 2000～3000 美元），審稿極嚴，一般二流作家很不容易打進去。拋開該刊輕鬆消閒的篇幅不談，在小說方面，還的確不可以視爲等閒呢！春天，我們還打算到伊利諾州春田鎮去憑弔林肯和詩人林賽（V. Lindsay）的故居，並且還計畫到馬克吐溫的老家米蘇里州的漢那堡（Hannibal）去；美洲最大的農具工廠約翰狄耳（John Deere）公司將邀請作家們坐「輪船」（Steamboat）遊密西西比河。最近有不少活動呢。

筆者：中國作家不少人在這裡過，他們的近況如何？我想這是國內讀者所關心的。

聶：以前來的中國作家，那時候「國際作家工作室」沒有成立，沒有專爲外國作家設計的活動，以及種種的計畫，他們只是在這裡念書和寫作，現在的情形自然不相同，我相信以後來的人在各方面都感覺方便多了。至於他們的近況：白先勇在加州大學山達巴布拉（Santa Barbara）分校教中國文學史，生活寫作都很得意。葉維廉離開這裡以後曾獲普林斯頓大學博士學位，今年秋天開始在聖地牙哥一家大學教書了。葉珊在加州大學柏克麗念比較文學的博士學位。他們在這裡都寫了不少新東西。戴天是「國際作家工作室」成立後才來的，他是國內《現代文學》的主編之一，又在香港主持《盤古月刊》，而且替好幾家報紙寫專欄，相當活躍，寫得很多。戴天從香港來到這兒後完全是我們所稱的 Visiting Artist，寫作、喝酒、旅行、戀愛，瀟灑得很。這裡的女孩子都蠻喜歡他哩，阿根廷女詩人格蘭薇兒叫戴天 Chinito，西班牙話，意思是「我小小可愛的中國人」，中國人則叫他「小戴」，但不及 Chinito 來得響，人人都喊他 Chinito！中國作家在這裡的表現都不錯。我們在各國作家中交了很多好朋友，這不僅是他們對我們作品的認識，而且也是他們對我們「人」的認識，文如其人，其人如文，當彼此工作生活在一起的時候，這方面的感受就更加強烈。老實說在這種國際的場合，不僅是作品對作品，而且也是「人」對「人」，任何一個國家的作家到這裡來，從小範圍上說是代表作家個人的藝術存在，從大範圍上說他是他國家「文化使節」，也並非過甚之詞。十年來中國作家在這裡有著很好的聲譽。

筆者：其他各國的作家，他們相處有沒有困難？

聶：沒有困難。最重要的因素就是文學是一種國際的語言，一首詩，一篇小說，一齣戲劇，可以使人跟人之間很快的了解起來，通過文學的國際語言，世界縮小了，視域變大了。

筆者：安格爾教授創辦了 Writers' Workshop，又成立了「國際作家工作室」，請問這兩者的關係是怎麼樣的？

聶：這兩個計畫是平行的。「國際作家工作室」的人可以去 Writers' Workshop 聽課，但是 Writers' Workshop 的人卻沒有各種活動和優待，比如說「國際作家工作室」每個人都得到將近兩百本的贈書（是安格爾向美國全國各出版公司募捐來的），Writers' Workshop 的人就沒有這種優待。美國作家有他們不同的需要，而「國際作家工作室」則是純粹爲了外國作家的需要而設的。

筆者：請教一個題外的問題，有人說作家就是作家，作家是不可以「造」的，你以爲呢？

聶：對的，作家是不可以造的，但是假若他本來就是作家，那麼可以經過培養使他變成更好的作家，這一點是可能的，「國際作家工作室」也就是爲這個目的。

筆者：你在這裡要負這麼大的責任，一定很忙，你喜不喜歡你現在的工作？

聶：我現在的工作是負責國際作家小說創作家小說創作班裡的小說稿，其中包括國外申請人的小說稿，在這裡的作家的小說稿，以及正在編輯的一本創作選集《中原》（Midland Ⅱ）的外國作家小說稿，相當吃重；另外我還負責在這兒各國作家的各種問題，包括寫作上的、生活上的；還有就是安排國際作家到美國各地大專院校去演講、朗誦或座談，以及邀請美國作家到這裡來演講，安排他們與國際作家們見面、聚談。雖然工作很忙，可是我很喜歡我現在的工作，這不僅僅是因爲我對文學的興趣，也是對「人」的興趣。

筆者：小說家總是對「人」有興趣的。

聶：我家住在愛荷華城華盛頓東街的一個小公園旁邊，有一間可以擠下很多人的客廳和地下室，客廳裡有劉國松和莊喆的新派水墨（來的各國作家都好喜歡他們兩個的畫！），臺北親友寄給我的全祥茶葉，凌波的黃梅調和周璇的老唱片，一聽到「山南山北都是趙家莊……」就感覺好像又回到了過去……。

筆者：作家們常到你家玩？

聶：嗨，三天有兩天在我家「瘋」。吃茶、談天、朗誦、唱歌、彈吉他、跳舞、躺在地板上喝酒……。有人說笑話：聶華苓，我看你家簡直變成國際作家中心了嘛！

筆者：聽說你正在寫一部長篇小說，「工程」很大，可不可以就這方面談談？

聶：現在還是不要講的好。不過這部小說是我這輩子注定要寫的一本書，不是一兩年可以完工得了的，這是要把我整個的人和生活都放進去的一本書，我對於寫作的觀念、試驗……等，都想在這本書中加以表現。這本書在完成之後，總有 30、40 萬字，我要全力以赴，好好的寫。你知道我寫東西慢極了，改得很多，因此這篇東西花的時間會很長，怕要三、四年的時間。

筆者：你這部書主要的是寫什麼？

聶：是寫中國人在這個時代的處境，而延伸到「人」的處境。

筆者：去年你的小說在《大西洋月刊》發表以後，不少人說聶華苓的風格好像變了。你自己覺得嗎？

聶：是的，《大西洋》上那篇小說跟我過去的小說是不同的。這可以說是我個人寫作上的一個轉變。

筆者：轉變的過程是怎樣的呢？

聶：主要的是對「象徵」的看法跟以前不同了。以前我寫東西的時候，很注意人物的刻畫，文字的結構和象徵，不過這一切都是透過表面的文字來表達的。現在我把它隱藏在文字的後面，也就是說，我現在用的是「象徵的寫真」手法；讓動作去牽引事件和感覺，而不是用語言，也就是我們中國人常說的「不落言詮」。比如〈王大年的幾件喜事〉，看起來這篇東西只是在描寫兩個老朋友在晚餐桌上閒話家常，把酒言歡而已，而實際上卻是通過這些寫實的白描來完成我的「象徵」，把所謂「人的處境」烘托出來。

筆者：是什麼影響了你寫作觀念的轉變？

聶：這是經過長時期的體驗得來的結果。到了美國之後，有更多的機會接觸歐美有成就作家的作品，他們的新觀點新技巧不時的沖激著我；但我不能寫西方小說的翻版，我是一個中國人，我有做為一個中國人的迷惘，一個中國人的想法，人到了國外，一種家國之情特別強烈。我寫作上的轉變，可以說是這兩種力量衝擊之下產生的。

筆者：你還有什麼別的寫作計畫？

聶：我現在已經和紐約一家出版公司簽了合同，寫一本批評沈從文作品的書。我還在編一本歐美現代小說集，蒐集作家們的初稿和最後定稿，以及他們對自己作品修改過程的解釋。有了這些原始的資料，再根據編書人的意見加以比較、分析和解說。這是為研究小說創作的人編的一本書，也是一種新的批評方式，以前似乎還沒有人這麼做過。

筆者：你選了那些小說家？

聶：瑞奧夫・愛理生（Ralph Ellison），他是美國現在最重要的小說家，以《沒人看得見的人》（*Invisible Man*）一書飲譽文壇，歷久不衰，被八十多位美國批評家公認為美國當今第一本好小說，他是我到美國後認識的作家中在藝術上真正令我心折的人。前年我在紐約第一次看到他和他太太，一見面就談得很痛快，臨走的時候他對我說：「我在紐約住了 14 年，今天是我最愉快的一天，你來使我感覺比什麼都快樂！」他太太是愛荷華大學戲劇系畢業，年前夫婦倆來此作兩天的學術演講，受歡迎的不得了！還有就是納爾遜・奧格蘭（Nelson Algren），《金臂人》（*The Man With A Golden Arm*）的作者，兩年前在這裡教小說創作，現在住在芝加哥，上次去芝加哥我告訴他我要編書，請他支持，他一口答應了。還有就是美國著名的短篇小說家 R・V 卡塞爾（R. V. Cassill），以及詩人、小說家兼批評家的羅勃特・潘・華倫（Robert Penn Warren），他是美國所謂「新批評」（New Criticism）的健將。另外還有小說家俄特・凡・提伯・克拉克（Walter Van Tilburg Clark），很多年前他在這兒教過小說，在臺北時我曾經翻譯過他的〈冬天的風雪〉，收在美新處出版的《美國現代小說選》上。

筆者：這是一部不尋常的書，真希望出版後能譯成中文。

聶：是呀。最麻煩的工作是蒐集材料，令我感動的是這些作家們每一位都那麼熱心支持，當我拜訪他們或寫信給他們的時候，不但很慷慨的答應，而且還盡量幫助我解決資料蒐集的困難，這給我編這本書的鼓勵很大。至於譯成中文，也是我所期望的。

——選自《幼獅文藝》第 169 期，1968 年 1 月

不是故鄉的故鄉

訪保羅・安格爾和聶華苓

◎楊青矗*

說話常帶詩語的情趣和幽默

跟保羅・安格爾和聶華苓夫婦相處是人生一大享受，夫婦倆都很豪爽好客，尤其是保羅，凡有他在的場所就有笑聲，他說話常帶詩語的情趣和幽默，令聽者恍然大笑，他自己也跟著大笑，他的笑聲有森林中獅嘯的豪氣，亦有赤子之心的坦率，加上詩意妙語，盎然生趣，常常逗引滿屋子的客人縱然大笑，在他們家，一切人間糾紛與煩惱，都會在笑聲中消失。

安格爾於 1908 年出生於愛荷華，父母都是德國移民後裔，都是務農人家，都在農場出生。他父親年輕時離開農家，之後一生和馬一起生活。起初他的馬養來拉馬車，後來馬車被電話公司租用。安格爾 14 歲時，每天早晨六點鐘都騎腳踏車到父親的馬房，為馬匹套轠繩安上馬車，坐上一輛馬車一手控制馬另一手執轠控制另一輛馬車，這類事常常可怕又危險，因為臨近鐵道，馬匹一聽到火車鳴叫就會驚跳起來，他必須緊抓轠繩盡力平伏牠們，這種童年生活，他印象非常深刻。

楊：請您談談您受教育的經過？學成後何以一直留在愛荷華？

安：我在愛荷華市西北 25 哩的西達瑞茳史（Cedar Rapids）受完小學到大學的教育後，到愛荷華大學就讀，取得文學碩士的學位。我可能是美國、或是世界第一個以一本詩集取得碩士學位，當時是 1931 年，我畢業時

*本名楊和雄，敦理出版社社長、楊青矗臺語語文工作室負責人。

同時取得耶魯大學年輕詩人獎，後來我去哥倫比亞大學進修一年，又考取了相當於中國庚款公費地位的羅斯（Rhoes Scholarship）獎學金。我想岔道提一下羅斯這個人，他是英國人，在南非開採金礦發了大財，因沒家屬，死後遺贈牛津大學所有財產成立羅斯獎學基金，以此基金每年至歐洲以及說英語的國家甄選最優秀的年輕學生到牛津進修三年，其中美國占有 32 個名額。羅斯成立這個基金的目的，是希望所有英語系國家和德國、法國的最優秀的學生能到牛津進修，一半時間旅遊，另一半時間研讀，在豐厚的獎學金支助下促進年輕學生對各國互相了解，學成回國後就容易影響政府，增進各國的團結，不要發動戰爭；世界就永保和平。但是，事實上有些國家並沒加入此基金，或是回國的留學生無法實質影響政府的政策，世界大戰依然發生。不過，羅斯獎學金很具特色，他要求這些被嚴格甄選出的學生要有最好的心智和體能，除了能讀書之外，運動也要強，我當初在牛津選划船運動，當年那條船上的成員都很好，掌舵的從紐西蘭來，第二位從澳洲來，第三從愛爾蘭來，第四就是我，大家的興趣都很濃厚，在那些日子裡，我到過歐洲各國旅行，學了德文和法文，到了 1937 年，我回到愛荷華大學。何以我要回愛荷華呢？因為愛荷華可能是世界第一個大學以創作給予學位，不論繪畫、音樂或文學，不僅你要能研究藝術，更重要是你能創作，這種狀況對我年輕時的吸引力非常非常強，雖然有許多大學請我教書，我還是決定留在愛荷華。

所有的文學創作都企求語文的強烈表現

楊：您詩的創作觀以及對文學的基本主張是什麼？

安：我除了寫詩外，也寫過小說和一些文學批評。在 1963 年我訪問臺灣，就寫了許多有關臺灣的詩，包括在我的詩作中。我對文學的主張是：文學創作和其他藝術創作大不相同，繪畫有筆和顏料，音樂靠樂器，其他形式的藝術（ART）都是要用特殊的工具。在寫作上，每位作家使用語言和文字，這些媒介屬於每個人，具有廣泛性，不是特殊的工具。但是用一般人的語言就有個問題存在，因爲它是最人性的，運用每個人都要說的話來創作，從很平常的話語中精鍊出寫作的媒介，所有的文學創作，都企求語文的強烈表現，其中各種內涵都要集中並強烈，否則稱不上是文學，這種凝聚非常重要，比如說，我現在正在寫作 1930 年代歐洲的恐怖狀態，我曾生活其中，希特勒正當權得勢，我親見集中營和恐怖特務的行徑，也曾在火車站見過一群人圍聚發抖，一副恐怖的表情，沒有人敢走近他們，這些情景我在詩作中都要表達。在今日，傳播與通訊的工具發達，集權政府無法掩飾他們的暴力行爲，當年的德國政府不讓人民知道發生什麼事情，成千成萬的人愈加殘酷地在受苦受難，我在詩中寫了一行形容那個政府將恐怖隱藏不容外界知曉。在散文中我們可說政府在掩藏真相，在詩中我不能明說，這是如何將散文化成詩作，假如我在詩中當政府在講話，熄滅掉所有的亮光，瞎了所有的眼睛吧！我從一位英國詩人的詩句來解釋：「他說所有的人類都會死亡」，這句話說的很沒味道，不如說：「過了好多個夏天之後，天鵝全死了」（意謂人就滅亡了），我想舉一首寫臺灣的詩說明美麗之島，人民友善，「有一個雨天我手拿著書，滑落到地面，有個婦人，背著孩子，要幫他將書拾起來，在她彎腰時，孩子望著我，在這一刻，這種姿態下，孩子不了解又感興趣的望著，而那婦人拾起書來才奇怪自己怎麼爲外國人撿起一本書，爲自己的行動而驚訝，她退後了一步，她的臉迷惑又害怕，手拿的書好像要爆炸了。」像這種「書要爆炸了」，是用強烈的語言表現強烈的情緒，這是詩的語言。

楊：您平日談吐幽默風趣，講話有許多詩的語言，有些演員日常的生活也很入戲，是否您平日的生活也是和詩結合在一起？

安：我的生活和詩很有關係，我平常所想的和寫詩時候的思想並沒兩樣。譬如，如果我在路上見到一位朋友，我不會說天氣不錯呀這類話，我會說這天色藍的和人的藍眼珠一般。再則，我這一生都很幸運，我曾到過東方和西方許多國家，也去過臺灣兩次，接觸過許多很有意思的人。我的朋友有作家也有政治家；我曾親身體驗邱吉爾的演講，也聽過希特勒講話，也遇見許多有趣的作家，像聶華苓（楊註：聶在一旁直笑道，不要提我、不要提我。安格爾大笑），許多人給我經驗並使我生活喜樂，因爲每個人都有問題，就是我自己，年輕打足球鼻子給打歪了，膝蓋也扭壞了，我幾乎死了兩次，但我的確很熱愛生命，所以生活才有趣味，而且一個人不可能和華苓生活在一起而不快活。我很幸運，有五個孫子。自己有兩個女兒，華苓有兩個女兒，也是我的女兒，華苓的孫子們和我最親近，我感覺生活在不斷地更新，年過 70 還不斷有新的生活。

楊：讀您的詩集有股喜樂的風味，您的言談亦然，平常您是否有隨時作札記的習慣？

安：我每天都做札記，比如眼前我就有四行詩在腦中，和你談完後我就馬上要寫下來。

國際作家寫作計畫使愛荷華成為國際作家交流的聖地

楊：當您和聶華苓一同創辦國際作家寫作計畫（International Writing Program）的動機是什麼？

安：對我而言，以前在牛津曾和許多外國學者生活在一起，接觸世界許多地區的人，那已是國際性的交流，給我許多感觸。當年我是「作家工作坊」的主持人，當華苓 1964 年來此之後，提議創立國際作家溝通的工作，那時我認爲太不可能了，後來我想到在牛津就和世界各國的人生活在一起，或許華苓的念頭可以實現。再者，作家是以語言爲媒介的人，他們在愛荷華可以見到他們在自己國家見不到的人，比如你在臺灣就不可能見到迦納或印度的作家，在此可見識許多許多各國的作家。

楊：自 1967 年創辦至今 18 年來，已有五百多位作家從世界許多地區到愛荷華來過。您覺得這個計畫有何具體的成果？

安：有許多成果。從人與人的溝通來說，世界各地作家在此互相溝通觀念，離此之後還會繼續通信聯繫。他們和我們也有聯繫。比方說，我們剛接到一位日本女詩人的郵片，上面有幅相片是駱駝在河裡喝水，她說剛到埃及去過，見到曾來愛荷華的一位作家，她說她剛在尼羅河游泳，戲水之處就是那隻駱駝游泳的地方。我們要回信給她，告訴她：「希望你游泳的時候要在上游一點，生活的原則就是不要在駱駝飲水的下游游泳。」還有，有一年一位土耳其的女作家受邀來此，我們收到她從香港寄來的信，她去香港見到在此認識的作家。還有，對作家而言，在這裡可以看到許多他們在本國看不到的書，大家又互相贈書，又能買許多書，增加許多了解，再者與其他國家作家接觸過，寫作的態度也會受影響，比如拉丁美洲和歐洲的世界大異，許多各地來的作家來此一趟後都承認他們的寫作都改變了，對美國的看法也不一樣了，親身感受的優點或缺點自有評價，是好是壞也不會只聽宣傳，百聞不如一見。也有許多作家說如果他們國內有這種寫作計畫多好，本來波蘭就想成立這種計畫，後來團結工聯運動爆發，才中止了。還有其他國家也是一樣。

大部分作家由國際新聞交流總署邀請

楊：邀請作家由什麼單位具名邀請？

聶：大部分的作家都由國際新聞交流總署邀請，在各國叫作「美國新聞處」。我們推薦人選由他們同意，他們也推薦當地作家給我們，等到雙方同意後，交流總署就付所有的費用，包括生活費、書籍費，國內國外的旅費，都由他們負擔。

楊：邀請一個作家大約要花多少錢？

聶：大約 8,000 美元。我和安格爾都是學校的教授，祕書和助教都是學校聘的，但是作家來此所有花費，絕大多數都是由交流總署給的錢，叫作寫作獎金。另外，還有少部分的經濟來源是由安格爾和我募捐來的。譬如，如果邀請以色列作家，就邀請巴勒斯坦；邀請西德就會邀請東德，邀請中國大陸相對的一定邀請臺灣的作家，為了達成這種平衡，有些款項就要我們自己設法。還有就是國外的文化機構和我們合作，比如今年來的瑞典作家是交流總署出旅費，瑞典的文化機構負擔大部分花費，我們出一小部分錢。作家們的寫作基金有各種不同的經濟來源。

有些受邀作家的經費是募捐而來

安：我想說一點經費來源問題，比如約翰迪爾農具公司，是世界最大的農機公司，從寫作計畫一開辦就捐了很多錢，還有像洛克斐勒基金會，一些文化機構和一些個人認捐，比如前美國駐蘇大使哈里曼，美國政界聲聞最佳的政治家，他也捐款。

聶：所有的捐款都不是捐給我們，全部是由學校的基金會管理。美國各大學都有個制度，鼓勵各系去外界募款，學校成立基金會管理，你看你所領的錢，全部是學校基金會給你的支票，不是國際寫作計畫，我們只負責告訴基金會有這麼一位作家在這裡，請他們批准付款。

安：我們可能是世界上唯一專門爲其他作家募捐的作家。

聶：我們有些私人捐款很令人感動。在我們創辦這個計畫不久，有一天安格爾突然接到加州來的一封信，一位八十多歲的中學老師，沒有後人，將她辛苦儲存的十萬美金全部捐到這個計畫，世界各地的教書匠都賺不了多少錢，她的捐款實在叫人感動。她說她是愛荷華大學的校友，她對於安格爾在作家工作坊及國際寫作計畫的工作和安格爾的作品，一直很佩服，雖然他們未曾見過面，她願將所有錢捐給國際寫作計畫，一直到她死我們都沒見過面。還有像愛荷華市燕京飯店的裴竹章先生，有次我們談到柏楊，我們都很佩服柏楊，我們想邀請他，裴先生說只要你們請他來我就捐美金 5,000 元，裴先生就負擔了柏楊來這裡大多數的費用，裴先生對於每年來此的中國作家都非常照顧，請吃飯等等特別熱心，他自己呀！是在韓國土生土長的中國華僑，還不是在中國本土長大的人，而他對於中國作家的愛護，實在令人感動，我們有這麼多熱心人士幫助。

安：我想加重一點，我和華苓用我們募來的錢，來邀請一些交流總署沒有邀請，而我們認爲值得邀請的作家，還有他們沒有邦交的作家。我們認爲臺灣作家來此非常重要，雖無邦交，我們每年一定邀請臺灣作家，我們希望臺灣的政府或者一些報紙及文化機構，能負擔一點送作家來此的費用。因爲我們不能確定每年可募多少錢，不敢保證永遠有錢支援。

聶：不過我跟你說，青矗，只要我在這兒一天，我一定會邀請臺灣作家來。

安：我覺得臺灣作家就一個「人」而言，非常精采，都是很有才華的人，只有在這裡，其他國家的作家才能見到臺灣的作家。

楊：請講一下「作家工作坊」和「國際作家寫作計畫」有什麼關係？

聶：「作家工作坊」的英文是 Writers' Workshop，那是早 30 年前就存在的，由安格爾創辦又主持了 25 年，後來辭職和我一起創辦「國際作家寫作計畫」，這是兩個平行的機構。那個作家工作坊目前只收美國年輕作家，著重創作。可以用創作拿學位的。臺灣有一些作家，甚至已成名的作家也是在那裡拿學位的。而國際作家寫作計畫是邀請各國已經出版著作成名的作家來切磋交流，不是讀書拿學位的，我們有各種研討會和交流活動，許多活動由作家決定自己是否參與，像演講及訪問活動等等，作家可自由決定他們的創作生活。

過年正月初三，報紙頭條新聞就是父親被紅軍殺死

楊：現在我就專訪聶教授。據說您父親以前在大陸被共產黨殺害，能否談談。

聶：那時候我才十歲，我父親是貴州平越的行政專員，那是 1934 年。貴州被人形容是「天無三日晴，地無三里平，人無三兩銀」的地方，而平越到現在還一直環境很差。我父親一個人先去，說等安定後再接我們。他去了八個月正好共產黨長征開始，紅軍賀龍的軍隊經過貴州，我父親就被他們殺死了，據說屍首還不全，那時是 1935 年正月初三，我母親出外拜年，親友的臉色都不對勁，回到家中，翻開報紙，頭條新聞就是我父親給紅軍殺死的消息。我父親本來是桂系，很長一段時間沒有工作，國民黨派他行政專員的職務，只有八個月，那個舊曆年真是、真是……。

楊：您之後讀書、成長及到臺灣的情形如何？

聶：當時我祖父還在，我父親有兩個太太，我們有八個姊妹弟兄，一家三代人一下傻了，真不知怎麼應付這個突變。兩年後，1937 年中日戰爭開始，我的母親帶著我們姊妹兄弟幾個離開武漢，躲到湖北省的鄉下，後來我 14 歲，一個人坐船到巴東，到深山湖北聯合中學讀書，一路上步行、搭船，歷盡辛苦。那時我讀初二，15 歲初中畢業，我和兩位女同學坐木炭車，從湖北到了重慶，這一路上很多驚險場面，以後我有時間再慢慢談。我們當時主要困難是沒有錢。我們一路坐的是老牛破車的木炭車，有時爬不上坡我們還要下來推車，山勢陡高，盤旋盤旋盤旋而上，走了一圈，見到下頭山谷，又走一圈，又見到，山谷越來越小。我們越爬越高，非常危險。到了湖北邊境的木炭車給拉去運軍火，我們沒車，就停了一個多月，錢都花光了，每天啃一個和炸彈一樣硬的饅頭。後來我們又生病，我得了瘧疾，就是四川話「打擺子」。又沒有錢。我的同學只好走回頭到恩思城向我家裡的朋友借錢。最後，借的錢也全用光了，旅館費也付不起，連吃飯的錢都沒有了。剛好第五戰區司令長官陳誠從重慶到當時湖北省城恩思開會，經過潛江；剛好他的幾個軍官在路上碰見我們，問我們這三個小女孩從哪兒來的？我們告訴他是學生。有位軍官問我姓什麼，我說姓聶，問我父親叫什麼，我說叫聶怒夫，那個人是陳誠的參謀長，說我父親是他以前在陸軍大學的同學。我們情況已在絕境，當時軍車不能載老百姓。陳誠特別通融我們搭軍車，但不能露面，車子都是敞篷的，我們都偷偷躲在下面，我們是被陳誠默許偷運到重慶的。我到現在還是很感激陳誠。不然三個小女孩真不知怎麼辦？到了重慶，就準備考高中，那時高中就是找飯吃，讀書才有貸金，如果考不取學校那就完了。流亡學生真可憐，好多考不取的學生跳江自殺了，那時候考中學實在好緊張，結果我考上了國立十二中，讀到畢業，我考取西南聯大，可是沒有路費，又生病，最後我進了中央大學經濟系。中大也是四大名校之一，那時經濟系是最紅的一系，出來後可以在銀行工作，待遇最好，我要養家，母親和弟妹常常第二天都沒米下鍋，只種點白菜蘿蔔吃，肉也吃不起，那時，我只想養家，什麼系有好的出路我就讀什麼系。抗戰時經濟系紅得不得了，大家都填經濟系，可是一讀下來，我一點興趣都沒有，以前是靠死記考上經濟系，結果要讀高等數學，高等代數，我都搞不清楚，痛苦不得了。我向來對文字很有興趣，就轉到外文系了。抗日戰爭勝利之後我在南京畢業，1949 年到臺灣。畢業後，我當時的男朋友回北平，我也去那裡，後來結婚。因爲我的家庭背景和父親的慘死，我情緒上一直不能接受共產黨。我在中央大學又一向被左派認爲是反動派的。共黨來了我不會好過，所以我們化妝從北平逃出來，經過各種困難，唉！後來到武漢，和母親及弟弟搭最末一班火車到廣州再到臺灣，那是 1949 年 5 月。

我剛到臺灣是在臺北商職夜校教英文，那時雷震先生創辦《自由中國》雜誌，需要一個管文稿的人，我的朋友叫李中直的介紹我這個工作，因爲我一直不喜歡教書，但是從大學畢業後都是教書。起初在《自由中國》，我管文稿，也寫了一些小說散文，雷先生看我能寫點東西，就叫我當文藝稿編輯，後來又叫我參加編輯委員會，那時我是最年輕的，唯一的女性編輯委員，像胡適先生、毛子水先生、雷震先生都是老前輩，還有戴杜衡先生，戴先生在 1930 年代就寫文章了。還有殷海光先生。我在《自由中國》11 年，直到雷震先生被逮捕。我和雷先生天天一起工作。他有時也問問我意見，看某篇文章是否有問題。但主要的我是負責主編文藝。

做為一個知識分子所應該有的風骨

楊：您在《自由中國》擔任文藝版的編務一共 11 年，從開始到現在已經 36 年了，您回顧這個雜誌，它對臺灣有什麼貢獻？

聶：這份雜誌是臺灣民主運動的先鋒，起初雷先生辦這份雜誌，我們年輕的一輩對他還沒把握，他是老國民黨，又是高官，可能把雜誌當作升官的工具。我們當時真的認爲如此。後來，事實證明我們錯了，他對當局的批評越來越激烈。不過，說老實話，目前臺灣比 1950 年代民主一些了。

那時《自由中國》的批評文章，比現在黨外雜誌的批評文章根本不能比。當時我們批評經濟、憲法和選舉的問題，遠不及現在黨外批評這麼厲害。雷先生做的工作是很好的開端。他的精神我不知對你們年輕一輩是否有影響，對我有很大影響，他這個人可以用幾個字來形容，就是「忠、真、憨、厚、倔」，他是真的全心全意希望國民黨好，才寫那種批評的文章，他是出於「忠」的心情，而且他非常「真」，不會說假話，他非常的「憨」，從不認爲他會被捕的，他總以爲國民黨不會抓他，他不相信，甚至特務追他時，他還嘻嘻哈哈開玩笑，他到社裡來，常說：「剛才一個特務跟我，我上公共汽車他也上車，我看他後門上，我前門就下車，他對我一點辦法都沒有！」雷先生得意的很，像小孩子一樣，就是那麼憨。我們旁邊的人都爲他擔心，他一直不認爲他會出事情。他這個人很「厚」，待人非常厚道，雷先生因爲保了劉子英和馬之驌這兩個人，他就被判了罪。劉子英以前在大陸是雷先生在參政會的文書，入臺灣是他保的，他又介紹劉子英到《自由中國》做管帳的工作。雷先生待人就是這麼厚道。雷先生真是悲劇性的人物。像殷海光和雷震先生，對我做一個「人」，做一個中國人，做一個作家都有很大的影響。我一向不是政治性的人，可是和他們天天在一起，他們的爲人、作風、風骨，對我有一種潛移默化的影響。當時我參加《自由中國》24 歲，一直到 35 歲，這是一個人的思想或一個作家的創作成型的階段。一直到現在，我也不是政治性的。但是，做一個知識分子的風骨和風格，像雷震和殷海光這些人對我的影響很大。我假如要講話，並不是因爲政治，而是做一個中國知識分子應該講的話，應該有的風格。

為了人看人，為了小說家看人

楊：有人說您的政治立場親左，幾年前您去過大陸，有些人更認爲如此，您對這種說法認爲如何？

聶：我想這都是有歷史原因的。雖然我的父親是被共產黨殺死的，我在臺灣卻是獨來獨往的，不參加任何組織，任何協會。我向來是獨立的。

同時，《自由中國》是不受某些人歡迎的雜誌，那時候臺灣某些人對我已經有先入之見了。1964 年我到了美國之後，有個時期我真是認爲臺灣是我的家，因爲大陸我根本就不要回去了，就是能夠回去我也不回去，我對當時大陸的一切反感極了！那時我是非常反共的，我在臺灣也是反共的，我爸爸是給共產黨殺死的嘛！

後來，我在 1978 年回了一趟大陸，那時距我 1964 年到美國已經十幾年了。1978 年我爲何回去呢？我是在大陸生長的，小學、中學、大學都在大陸讀的，我另外一個母親所生的哥哥、妹妹都在大陸，我和他們總是一家人，我想看看他們，甚至我的外祖母現在還在，我母親那輩很多人都在。假如你離開臺灣 30 年你也會想回去吧！是不是？任何人都一樣，很多人回大陸就是因爲他們在那裡土生土長的，而不是因爲政治的原因。1978 年我完全是爲探親而回去的，就是當時大陸也不見得清楚聶華苓這個人，也不知道國際寫作計畫，搞不清楚我是怎麼回事。我當時全家回去，申請了兩年才同意，我只去了三個地方，廣州、武漢和北京，甚至連南京都沒有。那次我是和安格爾以及兩個女兒一起去的。我感覺那兒已經不是我的「家」了，完全改樣了，而且人都變樣了，我覺得非常難受，但另一方面我又很好奇，那時大陸剛開始開放，我希望了解中國是不是有希望，就想多接觸一些人，可是見的人還是不多。

我堅持要見艾青，那時他還沒平反，我說不見艾青我就不走，我曾讀艾青的詩非常佩服他，他的詩非常有力量，我也曾翻譯過他的詩。我堅持要見他，可是他們說不知艾青在哪兒，其實艾青已經在北京，臺灣有報紙說他們把他從新疆弄回來特地來見我，那個又是在撒謊！又是在造謠！因爲他根本就是在北京。那時有一個詩人朋友叫蔡其矯，他很欽佩艾青。從他那裡我知道艾青已經在北京，所以我才要求見艾青。艾青本在新疆是用看眼疾的名義在兩年前就到北京了，借住在一個崇拜他的年輕朋友的屋子裡。我一再一再一再要求見艾青，直到我要走的前兩天，中國的旅行部門說我可以見艾青了，而且如果需要陪同就派人跟我去，不需要我就自己走，我說我不是洋人，不要翻譯，直接可用中國話，不必麻煩陪同，我自己去吧！後來和我家人一起租了部車子去訪問艾青，北京的胡同非常複雜，車子鑽來鑽去，喔！在這之前，他知道我們要去看他，就打電話給我，說：「我是艾青。」我說：「哎呀！艾青，我好感動！能夠聽到你的聲音！」當時他還沒平反，就是在北京的人也很少見他。他還是在黑暗中的一個詩人，只有蔡其矯見過他。我們本說第二天去看艾青，他叫我們兩點就去，我說不行，我和親戚約好了，四點鐘去他那兒，結果親戚也是三十幾年不見，一談一談到了五點鐘才去，我們去的時候他已經在門口站著等我們，一見面他就和安格爾擁抱，兩個人都流淚了。那真是詩人的一種溝通，真是很感人，他說：「我在這裡已經等了你們兩個鐘頭啦，我從三點鐘就等起！」我說：「你就是等也不要從三點就開始呀！」我們走進他的屋子，一間小屋子，兩個雙人牀，上頭堆的都是書，他把在新疆寫的詩稿給我看。後來我們請他們去「北海仿膳」去吃飯，飯後去我們住的「華僑大廈」繼續聊，直到晚上公車要收班他夫婦倆才回去。他說第二天再去看我們，第二天他們帶了一個小宜興壺送我們，又是談到半夜。後來艾青平反以後，他公開講的第一句話就是：「我的大門是聶華苓和安格爾打開的，再也關不上了。」他的年表上，那一天的日子都記上去了，「聶華苓和安格爾來訪」。

大陸已經不是我故鄉的故鄉

所以我到大陸去，主要是探親，去看我生長的地方，去看我的家人親戚和朋友，再麼，我要看像艾青那樣當時還沒有平反的作家，完全是在這種心情下去的，我不是去「朝拜」任何政權或政府，我完全是去看那個已經不是我故鄉的故鄉，已經不是我青年時代的那種朋友的朋友，他們變化很大，比我的變化大，他們是極端變化，經過了這麼多年的政治風暴。從「人」的觀點，從人情的立場，我要去！其次，做為一個小說家我也要去！你知道，假如你離開臺灣 30 年，做一個小說家，你要不要回去看那裡的變化，那裡的風貌，那裡的人，人！人！爲了「人」！我是爲了「人」回大陸的。這個「人」從兩個層面來說，一個是「人」看「人」，一個是小說家看「人」，我完全是爲了這個回去的。到了 1980 年，美國已和中國大陸建交，中國作家協會請我和安格爾去，這次是他們邀請的。那次我見到鄧穎超，她就問我：「你在海外有什麼想法？」我說：「像我這樣人在海外，就是看海峽兩岸的政府民主競爭，哪一邊更開明，我們就向著那一邊！」我就講了這句話。我所認同的是中國歷史、中國文化、中國河山、中國人——炎黃子孫的中國，而不是任何政權中國。我到大陸去也是抱著這種觀點去看他們到底是怎麼回事，是要去看那裡的「人」。而我有這種便利，爲什麼呢？因爲我小學、中學、大學多少同學，遍中國都是，我還有許許多多親戚朋友，我一回去報紙一刊，他們都來了，1980 年我在武漢一個地方就見了一百多位親友。在武漢，我的故鄉，有一次，實在人太多了，就請他們一起來，我母親娘家的人，姑母家的表姊妹弟兄，一下子有 40、50 人，我沒那麼多時間，只有向旅館借個客廳，要他們全來好了，我真是希望和他們每個人談談。我從一般人見不到的人的生活中，可以了解大陸的情況，了解「人」的處境，「中國人」的處境。1980 年我們去了兩個月，16 個城市，每一個城市都有我年輕時代的熟人。我那一輩的人，也是花甲之年了，去年，我又回去，回我的母校，南京中央大學，見到以前教過我的老教授，他們都很感動，他們有的退休了，有的還在工作，因爲我是校友，他們特別的熱情。

一生中最寶貴最重要的年代在臺灣度過

楊：您從臺灣到美國已 21 年了，我來這裡三月中聽到您常常談到臺灣，感覺您很懷念臺灣，但爲何這些年您一直沒回臺灣？

聶：我們 1974 年回去過。我知道臺灣有人對我很不友善，如果這樣子的話，我若回去是不受歡迎的人物，那我又何必去呢？而我對海峽兩岸是同樣的關心。我剛來美國深覺臺灣是我第二故鄉，說老實話，在某些方面和臺灣還容易接近些，因爲制度問題，是我在那種制度生長的，我在美國生活的制度也和臺灣比較接近。大陸三十多年來所實施的制度和我是非常隔閡的，比較之下，許多地方我和臺灣更能溝通，但是我發現臺灣某些人對我不是那樣，在我還沒回去就對我就造謠誣衊，我回去又何必自討沒趣呢？人之常情嘛，到一個人家不歡迎你去的地方幹什麼？找挨罵嗎？另外一個地方歡迎我，我當然去！如果臺灣歡迎我，我也一定去！而且從 1974 年以後，我的母親的墳沒人掃，我的弟弟是國民黨空軍，爲國民黨犧牲的，25 歲就死了，葬在碧潭空軍公墓，有 11 年我都沒掃亡母、亡弟的墓了。僅憑這份心情我也想回去！何況我在臺灣還有很多好朋友，像你這樣的朋友在那兒。我還是要說，也是從「人」看「人」的立場，從一個小說家的立場，我想去看望一個不是我故鄉的故鄉——臺灣。而且我在那兒生活了 15 年，在那兒成家立業，我一生中最寶貴最重要的年代是在臺灣度過，我 24 歲到那兒去，39 歲離開，是不是一個人最重要的一段生活？

楊：最近臺灣的政治開放了許多，我們歡迎您回臺灣看看，臺灣的朋友一定很歡迎你。

楊：另外想請教一下您這些年的寫作狀況，能否告訴我們？

聶：我常常講的，從沒有一個時代海外有這麼多中國作家。我們在海外的作家算是一種支流。我離開臺灣以後，最初幾年根本就沒辦法寫作，因爲心情轉變不過來，後來，又辦了國際寫作計畫，花了很多時間，到了 1970 年代的初期，我又開始寫作。我一共出了 19 本書，有的小說譯成其他文字在意大利、羅馬尼亞、匈牙利、波蘭、以色列、巴西發表。《桑青與桃紅》今年二月全本在南斯拉夫出版。最近的一本 30 萬字的小說叫《千山外，水長流》。《桑青與桃紅》的英文版在紐約出過，明年在倫敦出版。

我到美國已經是 40 歲的人了，人生的經驗和做一個中國人的體驗，我還有一些儲藏，不像一般二十多歲來的年輕人，一下子掉到美國這個社會裡，以前的中國經驗儲藏也比較少一些。我在美國 21 年了，但我在大陸和臺灣時間的總和有 39 年，中國的生活經驗占了我這輩子三分之二的歲月，我還是有得可以寫的，我所要寫的還是中國人。有美國學者批評我對於中國人的處境著了魔，那是批評我的話，可是我認爲是恭維我的話，因爲任何一個作家一定要有一個主題是他著魔的，像你一定要寫工人。作家一定有個主題叫他著魔，也可能寫別的主題，但是，總有一個現象、一個主題或人生的某一面你要著魔，你才能夠寫出東西來，尤其是小說家，對於詩人也許是另一回事。到現在我寫的還是中國人。在臺灣時候我很受西方文學的影響，現在在海外反而逐漸腳踏實地了，簡直像浪子回頭一樣，在臺灣先是摸索流浪，到現在，我受西方文學的影響在那兒，很好，但我要有自己創作的道路。

在海外的作家有海外的創作道路，和大陸不同，和臺灣也不同。甚至海外華人作家有海外華人的語言，也有海外華人的主題，這在以後中國文學史上可能有一點地位，但是我覺得偉大的作品一定還是出在本土，或者是臺灣，或者是大陸。我們的海外華人作家可能有點小地位，一種支流的地位。

臺灣講究文學藝術的作家和鄉土作家應該結合起來

楊：您可否將大陸和臺灣的文學做一比較？

聶：我就講主流吧。臺灣的文學在 1950、1960 年代受西方現代文學的影響，到了 1970 年代，鄉土文學起來了，我覺得鄉土文學論戰以後，受西方現代主義影響的作家和鄉土文學作家都互相影響，西化的作家比較著重本土的問題，比較現實一些了，而鄉土文學作家也比較著重現代文學的技巧了，這是很好的現象，你覺得對不對？而大陸從 1950 年代反右運動到 1976 年以前可以說沒有文學，他們可能有很紅的作家，遵命作家。到了 1976 年之後，尤其 1980 年代之後，湧現了許多年輕的作家，也有一些像張賢亮這樣在 1950 年代就寫作的作家又開始寫作了。張賢亮是 1979 年得到平反，又開始寫作，像這一類的作家，經過很多苦難，有很多的生活經驗，而他們原來能寫作，現在又開始寫作，經過這麼多風波，這麼多暴風雨，這麼多苦難，飢餓、折磨、勞改流放，尤其他們和平民、農民一起生活，這樣一段經歷反而成了他們的寶。他們這種生活經驗是我們所沒有的。大陸有些作家現在也開始著重技巧了。

大致說來，他們的技巧現在還沒有臺灣好的作家那麼好。他們正在那裡摸索，希望在技巧上也能求進步，這是個好現象。我覺得臺灣和大陸的作家越來越接近了。

楊：您覺得臺灣作家以臺灣經驗來創作，以後的寫作該往哪些方面來發展？

聶：我覺得原來講究文學藝術和文學技巧的作家和鄉土作家能夠逐漸的融合起來，形成臺灣文學的主流，我覺得這是臺灣未來文學的希望，你覺得呢？

楊：不錯！

聶：你也許不贊成吧？

楊：我也是希望這樣。

——選自《自立晚報》1986 年 6 月 7 日，10 版

活過三輩子

回臺前夕越洋訪聶華苓

◎焦桐[*]

14 歲開始當流亡學生

聶華苓要回來了。

她去國 24 年，除了 1974 年春天曾經回臺北盤桓五天，這是第二次回來。「我有一種返家的心情。」她滿心歡喜，期待著要和更多睽違四分之一世紀的老朋友重逢：「如果人的一生像一棵樹，我的主幹在臺灣。」

聶華苓在大陸成長、求學，居住過 24 年；來臺灣生活了 15 載；赴美至今也歷經 24 個寒暑了。她總覺得，最不能忘懷的，是那段刻骨銘心的臺灣情感。從 24 歲到 39 歲，她最美麗最值得珍惜的青春年華在臺灣：「我親愛的姆媽和大弟的墳塋在碧潭，我兩個女兒都在臺北出生、長大。」她的親情在臺灣：「我很想念久違的老朋友，像余紀忠、柏楊、高信疆……」臺灣有她懸念的友誼。

這段望鄉的歲月，閱讀臺灣來的報章雜誌是每天固定的晚課。她這 24 年來，是長期陷入土地的苦戀中了。

聶華苓出生於宜昌[1]，年輕時即飽嘗風霜。祖父中過舉，在赴任知縣的半途，爆發了辛亥革命；父親曾在貴州當過八個月的小官，在兵荒馬亂的年月遭共產黨殺害。她 14 歲開始當流亡學生，跟著湖北聯合中學輾轉奔波，一路上盡吃摻雜砂子、老鼠屎的「八寶飯」；後來考上四川長壽國立第

---

[*]本名葉振富，發表文章時爲《中國時報》人間副刊撰述委員，現爲中央大學中國文學系副教授。
[1]編按：據聶華苓《三輩子》（臺北：聯經出版公司，2011 年 5 月）刊載「出生於武漢」。

十二中，畢業後，大學先修班要保送她去西南聯大，但她連一趟木炭車的車資也籌不出，於是就近上了當時在四川的中央大學。

妳教我從火中取木

1949 年，聶華苓甫自中央大學畢業，就拖著母親和弟、妹，一家五口倉皇從戰火中逃到臺灣。為了養家餬口，透過李中直介紹，到剛創刊的《自由中國》當編輯；那是物資匱乏、經濟蕭條的 1960 年代初期。為了貼補家用，她晚上在夜校教英文，並開始寫文章、翻譯外國小說。其實遠在中學時代，她就喜歡舞文弄墨，曾經用「遠思」筆名發表文章。

寫著寫著，她陸續出版了《葛藤》、《翡翠貓》、《失去的金鈴子》、《一朵小白花》，並翻譯了好幾本書。彭歌說她：「不僅表現了不凡的天才，同時也顯露了足以成為大家的工夫，作品中的廣度，已走出了自我中心的範疇；作品的深度，則超越了眼睛的觀察而至於心靈的感應。」說她的作品：「能巧妙地把具體的事實與抽象的觀念聯結在一起，讀起來不但沒有艱澀隱晦之弊，而且趣味盎然。」由於在小說創作上的成績斐然，她先後應臺灣大學中文系主任臺靜農、東海大學教授徐復觀兩位先生之邀聘，教授文學創作。教了一年，又應美國愛荷華大學「作家工作坊」之邀，參加訪問作家，並在那裡修畢藝術碩士學位[2]。

說起當初到美國的事，聶華苓不得不相信中國人常說的「緣分」這兩個字。1963 年，美國詩人保羅・安格爾（Paul Engle）訪臺，這位被余光中戲稱為「繆思的偵探」的教授，那次他應洛克斐勒基金會之邀，旅行世界，會見作家，順便邀請幾個赴愛荷華大學的「詩與小說創作班」研究，提供他們到美國接受現代文學教育的機會，沒想到在求才的旅程中，卻意外尋獲了愛情。

安格爾在臺灣的短期停留中，美國新聞處特地辦了一個酒會，介紹一

[2]編按：獲得文學藝術碩士學位。

些作家給他認識。聶華苓也接到請帖。當時她家逢巨變，心情苦悶，無心參加任何社交活動，但美國新聞處處長麥加地卻極力慫恿她去，說安格爾是美國很重要的詩人，正主持愛荷華大學「詩與小說創作班」，求才若渴。寫小說的聶華苓因此勉強去到會場，認識了寫詩的安格爾。兩個原來陌生的生命在此邂逅，慢慢發展出一個動人的故事。他們認識的第三天，安格爾就束裝前往馬尼拉。才上飛機，他就忍不住開始寫信。此後以每天一封信的頻率，鍥而不捨地追求，幾年之後，終於追走了我們美麗的小說家。

我問她：「這次，安格爾陪妳回來高不高興？」她笑了。

「假如有人要我選擇在這世界的某一個地方定居，」安格爾說：「我願意去臺灣。」聶華苓問他爲什麼？他正容道：「因為我在臺灣邂逅妳。」他們夫妻伉儷情深，是朋輩欣羨的神仙眷侶。安格爾曾經在一首題獻給聶華苓的詩中，把自己的頭顱喻爲一顆定時炸彈，只要一看不見她就爆炸。他這樣寫：

妳教我從火中取木。
妳把一切神奇的愛的真相指點給我；
鷹在高空的勁風中翱翔，一動不動。
愛是開向許多門的一扇門。

培養了一朵甜美的自由玫瑰花

當初那一趟美國之行，聶華苓並無久留的打算，不料一去就使她從此成爲「一個東南西北人，以美國愛荷華為家。」

他們的家坐落在愛荷華城的小山上，面對著愛荷華河，夫婦倆從學校回來，常並坐在陽臺上對著閃動夕陽的河流飲酒、聊天；他們喜歡古典音樂，安格爾也愛聽鄧麗君和紫薇的歌。後院臨著山谷，他們夫婦常餵食出現後院的野生動物，日久成了習慣，往往有鹿、浣熊等芳鄰來訪。那天我打電話給她，話說到一半，她突然說：「窗外有兩隻浣熊在探頭，啊！好可愛！」我問她浣熊不怕人嗎？「不怕！牠們大概肚子餓極了，好像在詢問我為什麼不拿麵包出來呢。」

她習慣夜讀，通常在晚餐之後帶著一疊書報、一包瓜子進書房，她喜歡看完報紙就往地上甩，邊看報紙邊嗑瓜子邊甩報紙。「啊！那種聲音聽起來很痛快。」她笑著說：「保羅給我最大的安靜和寬容。我在書房門口貼了一張字條『狗與美國人勿進』，告訴他，以前上海公園門口被洋人掛過一張牌子——『狗與華人勿進』的故事。」保羅笑得和她一樣開心。

有一次在克拉威爾水庫上划船，聶華苓忽生狂想，建議安格爾辦一個國際性的作家工作室，每年分批邀請世界各國的作家來愛荷華城寫作、討論、旅行。安格爾的第一個反應是「妳瘋了！」但隨即和她商討一切的可能和細節。兩個熱情的人犧牲寫作時間，向學校、朋友、公司行號和政府部門募款。1967 年，一個國際文學界絕無僅有的機構「國際寫作計畫」（International Writing Program）於焉創立。從此，每年 9 月至 12 月，愛荷華城的五月花公寓就出現三、四十位說著各國語言，穿戴各族服飾，來自世界五大洲的名作家。21 年來，這個機構已經接待了七百多位作家，他們夫婦爲文化交流所貢獻的心力，得到國際文學界的讚揚和支持。

1977 年，以南斯拉夫作家阿哈密德・伊瑪莫利克爲首的三百多位各國作家，聯合推薦他們二人爲諾貝爾和平獎候選人。推薦書上說：「安格爾夫婦是實現國際合作夢想的一個獨特的文學組織的建築師。在藝術史上，從沒有一對夫婦這樣無私的獻身於一個偉大的理想。」那一年安格爾退休改任顧問，「國際寫作計畫」的重任由聶華苓繼續主持。

去年[3]是「國際寫作計畫」20 周年，《紐約時報》特別刊登一篇文章，報導外國作家的返校活動。他們彼此談到別後曾獲的獎項，碰過的白痴出版商，大多數人追憶愛荷華對自己的意義。一位阿根廷作家說，他在那裡

[3]編按：1987 年

學會了餵浣熊；一位希臘詩人表示，愛荷華在他心目中是天堂夢境，但夢是有止境的，它比夢還生動；一位捷克人說，他在該地不必害怕陌生人；一位不被批准返鄉的波蘭作家則說，愛荷華是一朵甜美的自由玫瑰花。

懷抱了太多家國的憂思

當年初到愛荷華時，聶華苓不免有著傷感，但是，離開本土愈久愈遠，那種魂牽夢縈的鄉思，都已凝爲深沉的文學懷抱。長期從事文化的交流工作，更開拓了她的視野；不斷接觸世界各地的作家，使過去的中國經驗，慢慢擴大爲寬闊的世界觀。以前有美國批評家說她的作品像「著了魔」般地關心中國問題，她覺得不要緊：「美國黑人作家 Ralph Ellison 有一部小說《隱形人》(*Invisible Men*)，寫的雖是黑人問題，但他超越了種族立場，去探討人的處境，令人感動。」

「我是一個寫作的人，對人特別感興趣。」每一年，他們夫妻總要旅行世界各地，「我們去看人。」他們的交遊廣闊，朋友滿天下，這一切也是緣於對人的興趣，關心人的處境，「特別是中國人的處境。」聶華苓說。

她說：「文學除了提供欣賞樂趣外，最重要的是使人思索，使人不安，使人探究。」到目前爲止，聶華苓已出版了 22 本書，包括長篇小說、短篇小說、中譯英、英譯中，以及散文和評論；並被譯爲英文、義大利文、葡萄牙文、羅馬利亞文、希伯萊文在各國發表。特別是她的《桑青與桃紅》，曾引起許多討論。她善用象徵技巧來處理人性的弱點和尊嚴；這部寓言體的小說，綜合了中國傳統及西方的現代手法，以桃紅的書信和桑青的日記兩種形式，交融貫穿現在與過去的故事；通過這兩個二而一的女主角，暗喻動亂中國的悲劇。她寫這本書，無疑的是懷抱了太多家國的憂思。

退休後有許多寫作計畫

在美國，聶華苓先後得過科羅拉多大學（University of Colorado）、可學院（Coe College）和杜布克大學（University of Dubuque）三個榮譽博士學位，並曾擔任美國唯一國際文學獎「紐斯塔國際文學獎」（Nestadt International Prize for Literatrure）評審；1981 年與安格爾同獲美國 50 州州長頒發「文學藝術傑出貢獻獎」。今年 8 月，聶華苓想要提早退休，專心寫作。

——退休後有什麼寫作計畫？

「我想寫一部自傳體的小說。以前長期居住過三個地區，好像活過三輩子，我想統合三種截然不同的地區的主觀經驗，寫一部客觀的自傳體小說。」她沉吟了一下：「當然，這是一個大計畫，我還在考慮採取什麼形式來寫。另外，我也有一部比較短的小說正在構思，寫三個中國女性在美國的故事。」

——那麼，安格爾呢？

「他正在寫回憶錄；另外有一計畫是整理、撰寫 Engle's Country，其中詩集已完成，散文集完成三分之一。他的生活經驗太豐富了，我每天跟他對談，把那些寶貴的文學記憶開發出來。」

聶華苓要回來了，同她的夫婿安格爾回到相思的臺灣，帶著回娘家的心情。聶華苓說，安格爾同樣的滿心歡喜，期待著要和睽違的老朋友相見，這裡有許多他關懷過、培育過、鼓舞過的作家朋友；在現代西方，恐怕沒會比他對此地文壇的友愛更多的吧。

聶華苓，1925 年生，湖北人，她將於 5 月 3 日回臺灣，看看老朋友們，並到碧潭祭掃母親和大弟的墳塋。

——選自《中國時報》1988 年 5 月 1 日，18 版

放眼世界文學心
專訪聶華苓

◎姚嘉為*

終於如願去愛荷華拜訪聶華苓了。多年來，她深居簡出，很少接受採訪，電話中她問：「爲什麼要來？」我囁嚅地說，到鹿園訪問，聽她談文學與人生，國際寫作計畫，參觀愛荷華大學，是許多文學愛好者的願望，我也不例外。她開始心軟了。

2008 年 5 月去愛荷華之前，我先在加州聖芭芭拉見到了她。那是一場慶祝白先勇 70 歲大壽的學術會議，平日不愛開會的聶華苓特地來了。我趨前自我介紹，她笑了：「讓你跑那麼遠，當晚就住我家吧！」那三天，她興致很好，會場中不時傳來她輕快的笑聲。在臺上她暢談主編《自由中國》半月刊文藝欄的往事，並把白先勇和她多年的通信交還給他。生日晚宴中，白先勇風度優雅的請她跳第一支舞，她舞姿輕盈，衣裙飄飄，滿臉的笑，吸引了全場的目光。

兩星期後，我前往愛荷華，轉了兩趟飛機，再搭車行過空曠的田野，時值早春，未能看見玉米纍纍的景象。車子經過一塊刻著「愛荷華城」的石碑，河面寬闊，水量豐沛的愛荷華河緩緩流著。爬上小坡，高處的樹林間閃過一抹紅色，露出屋宇一角，鹿園到了。

門開處，聶華苓一身水藍衣裙，外罩同色薄外套，領口別了胸針，神清氣爽。她招呼我在壁爐前的黑漆圓桌旁坐下，壁爐右方牆上掛著黃永玉的畫，桌上的鼎是雷震送給她和安格爾的結婚禮物。牆上、屋樑上，掛滿

---

*發表文章時爲美國雪夫龍石油公司電腦分析師，海外華文女作家協會會員，現已退休，定居美國。

了世界各地的面具。落地窗外，胭脂紅的陽臺上，一溜木凳，足可容納二、三十人。

坐在黑漆圓桌前，響亮的名字飛過腦際——瘂弦、鄭愁予、陳映真、王安憶、莫言……，都曾在此把盞言歡吧！聶華苓娓娓談著文學心路，豐富的三生三世，國際寫作計畫的今昔，不覺間日影西斜，她建議去愛荷華大學走走。八十多歲的她動作敏捷，開車駛下小坡，左右稍加環視，便直衝過街，十分神勇，五分鐘就到了校園。

愛荷華城是大學城，聶華苓 1964 年剛來時，人口兩、三萬，現在六萬多。這裡文化集中，思想開放，每天有各種演講與文化活動，如普立茲獎得獎人演講系列，諾貝爾獎得獎人演講系列等。2008 年它被聯合國教科文組織（UNESCO）命名爲文學城。

聶華苓在一棟大樓前停下，以前瘂弦、鄭愁予和陳映真時代，國際寫作計畫的辦公室就在這棟大樓裡。我們經過現在的辦公室，一棟白色的木屋，大門深鎖，廊上鞦韆靜止不動，學期剛結束，主任 Christopher Merrill 出城去了。聶華苓已退休 20 年，仍是國際寫作計畫仰仗的顧問，Merrill 不時向她當面請益。

天黑了，聶華苓在廚房裡把草莓切片，倒入酒和楓汁攪拌，將獨家祕方雞湯在爐上加熱，這是她出名的兩道拿手菜。從前她在廚房裡做飯，安格爾總在一旁看報聊天，她燒中國菜，和女兒、中國朋友講中國話，他從不抱怨，「總是讓我很自在，大家都喜歡他，提起他還會掉眼淚。」

坐在餐桌前喝紅酒，吃晚餐，那時柏楊剛去世，她談起柏楊夫婦 1984 年來愛荷華的情景，談她與柏楊之間肝膽相照的情誼。1983 年最熱鬧，茹志鵑與王安憶母女、陳映真、吳祖光、七等生和潘耀明都來了，住在附近的五月花公寓，常來鹿園聚餐談天。還有 1979 年舉行的中國週末，兩岸三地華文作家第一次交流的盛況。這張餐桌前曾有多少世界的名家雲集，多少的談笑風生，如今一室蕭然，只有咬著筆桿的安格爾，從相框中調皮地望著她。

後院的坡地上，不見鹿的蹤影，近年牠們不常來了。陽臺上，愛荷華河的波光依然穿過樹林閃爍，角落裡鄭愁予送的烤肉架已冷落多年。聶華苓婉拒了妹妹邀她搬去加州的好意，情願守著鹿園度日，「這裡充滿我和安格爾的生活，支持我活下去。」

在充滿半生美好回憶的屋裡，她日夜在電腦前寫作，近年問世的回憶錄《三生影像》，不僅是她個人的生命歷程，也呈現了三個歷史時空中，她所親聞目睹的，人的處境與時代的記憶。

《自由中國》半月刊

1925 年聶華苓在湖北武漢出生，11 歲時，任貴州平越行政專員的父親被紅軍殺害，由寡母撫養她和弟妹們長大。1948 年畢業於南京中央大學外文系，1949 年輾轉來臺，同年進入《自由中國》半月刊工作，擔任編輯，一年後被邀參加編輯委員會，是編輯委員中最年輕的，也是唯一的女性。

《自由中國》半月刊創刊於 1949 年 11 月，胡適爲名義上的發行人，雷震是實際的主持人，創辦時編輯委員有國民黨的雷震、教育部長杭立武、學者毛子水、張佛泉、血氣方剛的殷海光、文人戴杜衡、經濟學者夏道平、臺銀總經理瞿荊州，宋文明是後來加入的。這個「界乎國民黨的開明人士和自由主義知識分子之間的刊物」，書生論政，督促政府邁向民主與自由。然而日益尖銳的社論終究不能見容於當局，1960 年 9 月雷震等四人被捕，《自由中國》停刊。聶華苓失去了工作，也處於孤立狀態，在家中寫作和翻譯。

在《自由中國》11 年，聶華苓深受自由主義知識分子的感染，「他們做人的風骨，獨立的風格，幾十年來影響我的為人處世。」回憶錄《三生影像》第二部，主要是寫她在《自由中國》半月刊的經歷和見聞，書中附有雷震的十封信，是爲那段歷史做見證吧！「我寫的是人物，那段歷史很重要，我一定要根據事實來寫人物，這事實不能錯。有那樣的時局在，有那樣的情況，才能襯托出這些人物，雷震、殷海光是那樣的挺立，一定要有時空襯托出來，這是必然的，是我生活過的。」

最好的文藝編輯

1950 年聶華苓接掌《自由中國》文藝欄時，反共文學當道，她堅持以純文學的標準取捨稿件，爲非反共文學作品提供了一個發表的園地。「凡是有政治意識，反共八股的，我都是退！退！退！」

正是這樣的堅持，文藝欄刊出一流的純文學創作，如梁實秋〈雅舍小品〉、林海音〈城南舊事〉、徐訏〈江湖行〉、吳魯芹〈雞尾酒會〉、陳之藩〈旅美小簡〉、余光中的詩，思果、琦君、張秀亞、徐鍾珮、鍾梅音的散文，潘人木和孟瑤的長篇小說，聶華苓被譽爲最好的文藝編輯之一。

陳芳明在《臺灣新文學史》中指出，聶華苓主編《自由中國》文藝欄後，豐富了自由主義傳統的內涵，邀請作家的多元，造成散文的大量出現，內容上增添了異國想像，對情感與情緒的細緻掌握，作家的創作技巧完全異於制式、僵化的文藝教條。

應鳳凰分析《自由中國》文藝欄十年的作品，指出它的文學類型與題材多元，作家多且質精，女作家輩出，散文成就引人注目，因此她認爲 1950 年代的文學被概括爲「反共文學」有待商榷。文藝欄的內容也提醒我們，1950 年代文學與五四新文學傳統間的關係。

1950 年代的文壇身影

1950 年代臺灣的文藝團體，如中國文藝協會、青年作家協會、婦女作家協會，均爲黨政主導的機構，聶華苓「一概不參加，我不愛開會，尤其是政治性的會議，所以我很孤立，來往的作家只有孟瑤、琦君這幾個人。」

聶華苓與梁實秋、柏楊的交往，可謂肝膽相照，她在回憶錄中有專文寫他們之間的情誼。《自由中國》停刊後，聶華苓陷於孤立，梁實秋不時請她和林海音、孟瑤去家裡打麻將，梁師母以拿手好菜款待，梁實秋扮小丑說笑話，惹得她們開懷大笑。1964 年她離臺赴美，梁實秋主動借路費給她，後來她申請到研究費還給他。

1950 年代初聶華苓已認識柏楊，那時他是郭衣洞，在《自由中國》發表了小說〈幸運的石頭〉和其他小說。他在救國團工作，又辦中國青年寫作協會，「我不太理他，覺得純文學不該和政治搞在一起。」後來柏楊被捕，坐了幾年牢，出獄多年後，1984 年終於來到愛荷華，兩人成了很好的朋友。1988 年聶華苓得到余紀忠的邀請，終於走出了黑名單，重回臺灣訪問，柏楊的四處奔走起了很大的作用。

穿旗袍教西洋文學

1962 年臺靜農教授登門邀聶華苓到臺大教小說創作課，等於給她開了禁。接著徐復觀請她去東海大學，教「現代小說」，余光中教「現代詩」，課在星期五晚上，他們當天一起結伴從臺北坐火車去臺中，再搭車上大度山。

東海大學外文系畢業的作家陳少聰回憶當年上聶華苓小說課的情景：「和當時其他的洋老師比起來，她的教學方法很新穎。她用 20 世紀的西洋名家作品為教材，介紹敘述者的人稱，作者如何使用意象來描述內在的心理真相。當時這些對我都是新觀念，我從聶老師那裡學到很多。她曾經要我們交一篇短邊小說，她給我的評語是，敘述人稱好像『出了軌』，給我很深的印象。此後，我寫短篇小說一定先仔細思考所要使用的敘述人稱。」

她形容聶華苓當年的穿著和丰采：「總是一身旗袍，看起來很傳統，很中國味道，氣質舉止優雅。看到她踏著細碎的步子走進教室，開始講解那奧祕又遼闊的西方文學，我總感到驚奇又有趣。」

創辦國際寫作計畫

1963 年是聶華苓人生一個極重要的轉折點。美國詩人安格爾獲得洛克斐勒基金會贊助，訪問亞洲作家，來臺灣時，結識了聶華苓。次年聶華苓應邀到愛荷華，擔任「作家創作坊」顧問，1967 年她與安格爾創辦「國際寫作計畫」，1971 年兩人結爲連理。

「國際寫作計畫」與「作家創作坊」是愛荷華大學兩個不同的文學計畫，對象與目標都不一樣。

1941 年安格爾接掌「作家創作坊」一直到 1966 年，25 年間發展爲美國文學重鎭，主要對象爲美國年輕作家，修完兩年文學創作課後，獲得碩士學位。也有外國作家參加，余光中、葉維廉、白先勇、王文興和歐陽子都獲得創作坊的學位。1967 年創立的「國際寫作計畫」，是聶華苓向安格爾提出的建議，每年邀請外國優秀作家到愛荷華來訪問交流數個月，寫作、討論、朗讀、旅行，他們是駐校作家。

來訪作家由國際寫作計畫挑選，40 年來，已有一千二百多位作家，從世界各地來愛荷華。譬如諾貝爾文學獎得主 Czeslaw Milosz 推薦了不少很有分量的東歐作家，2006 年獲諾貝爾文學獎的土耳其作家 Orhan Pamuk，1985 年也是國際寫作計畫的駐校作家。

臺港大陸作家參加者逾百人，如臺灣的瘂弦、鄭愁予、商禽、陳映真、柏楊、張香華、張大春、高信疆、楊逵、楊青矗、王拓、七等生、李昂、駱以軍等，大陸的王蒙、吳祖光、丁玲、艾青、汪曾祺、徐遲、古華、張賢亮、諶容、阿城、白樺、劉賓雁、北島、李銳、莫言、余華、茹志鵑、王安憶、劉索拉、殘雪、遲子建、蘇童、畢飛宇等，香港的戴天、李怡、潘耀明等，均爲當代文壇之佼佼者。

1978 年聶華苓第一次回大陸，拜訪了夏衍、曹禺、冰心等名家。1979 年美國與大陸建交，兩岸三地作家首次在愛荷華「中國週末」相聚，二十多位臺港大陸和美國作家應邀參加，開啓了兩岸三地作家在海外交流的先河。

「國際寫作計畫」在華人世界享有極高的聲譽，是臺港大陸作家與國際文壇接軌的平臺。1976 年安格爾與聶華苓被三百多位世界作家推薦爲諾貝爾和平獎候選人，1982 年同獲美國 50 州州長頒之文學藝術傑出貢獻獎。聶華苓多次擔任國際文學獎評審，2008 年被選入愛荷華州婦女名人堂。

這個計畫帶給聶華苓最大的滿足是「接觸面廣了，看的人多了，寫作視野變得更廣闊。我不只看中國人的處境，而是人的處境。作家在一起，談的都是人的問題。」

時空環境與政治解讀

自稱「我不要政治，政治偏要纏我」的聶華苓，始終堅持純文學不該牽涉政治。然而幾十年來，政治偏要纏她。讓我們看到了時空環境與作家作品之間的弔詭關係。

1960 年代經歷過白色恐怖後離臺赴美，1970 年代發表的小說《桑青與桃紅》，她以精神分裂的人物象徵中國的分裂，在《聯合報》副刊連載時被腰斬。1974 年她回臺探視出獄後的雷震而被監視，1970 年代翻譯毛澤東詩詞，1978 年去大陸探親訪問，1979 年舉辦「中國週末」，都引起了臺北的關注，而被列入臺灣的黑名單。1980 年代後期，政治氛圍開始鬆動，由於余紀忠的奔走說服和邀請，聶華苓終於在 1988 年重訪臺灣，走出了黑名單的陰影。

談到翻譯毛澤東詩詞，聶華苓說「是偶爾談起的，是我和 Paul 茶餘飯後的消遣。那天我在做晚飯，他在一旁閒聊，說起毛澤東的詩詞寫得不錯，要我譯給他看，他自己是詩人嘛！我譯了一兩首，他覺得不錯，我們就一起翻譯起來了。不知怎麼傳了出去，紐約的出版公司向我們要稿。就這麼簡單，沒有任何政治目的，那時我真是反共的。」

媒體說她「左右不討好」，面對這些政治性的解讀與干擾，她一貫是「你罵我、禁我、批判我，我問心無愧。久而久之，他們也沒勁了。時代不斷變化，當年罵我『親匪』的人，現在也『通匪』了。」

創作求新求變

聶華苓著作等身，有長篇小說《失去的金鈴子》、《桑青與桃紅》、《千山外，水長流》、短篇小說集《翡翠貓》、《一朵小白花》、《聶華苓短篇小說集》、《王大年的幾件喜事》、《臺灣軼事》、散文集《夢谷集》、《黑色，黑色，最美麗的顏色》、《三十年後——歸人札記》、《鹿園情事》、英文《沈從文評傳》、《三生三世》、《三生影像》等。

成名作《失去的金鈴子》1961 年在《聯合報》副刊發表，不僅是一個愛情故事，也是一個女孩的成長過程，引起了熱烈的討論。1964 年葉維廉以新批評的手法評論此書，指出聶華苓「能活用中國文字去構成相當精采，準確的意象、意念、情緒和事件，語言上能藉高度的印象主義之筆觸，與『萬物有靈論』之神祕結合，而深入心理深處。」聶華苓說，「這本小說的創作手法確實受到現代主義相當大的影響。」

代表作《桑青與桃紅》，以精神分裂的女孩，象徵分裂的中國，有大量的性描寫，在當時的臺灣文壇引起爭議。1970 年在《聯合報》副刊連載被腰斬後，在香港《明報》刊登，1988 年才在臺灣出版。目前坊間有七個華文版本，第八個華文版本即將在香港和新加坡出版。英文版在 1990 年獲美國國家書卷獎，譯成多國文字，是漢學界研究亞裔漂泊文學的讀本。

這本小說醞釀的過程很久，她說：「我寫了厚厚一本細節、事物、人物、特點、結構等等。開始寫了，一邊寫一邊變。後來看了心理分析家 Karl Menninger 的書 Man Against Himiself，分析精神分裂不同程度的個別病例，不同的輕重病徵，簡直就是一個個人心理變態的故事，我讀得著迷，邊看邊做眉批，突然領悟：每個人都有或輕或重的精神分裂，中國也是分裂的，我的生活歷程也是分裂的，中國人一直處在分裂狀態中。我用一個人物的分裂，象徵 20 世紀人的處境。那麼好的小女孩，演變到分裂狀態很厲害的時候，變成了性變態。」

這本書在海內外遭遇的不同，她認爲「主要是政治因素，我寫的是人，20 世紀的人的處境。這種小說不容易看，不是暢銷書，年輕的讀者不看，覺得格格不入。我寫的是另一個時代，在文化上、歷史上，年輕的一代根本接不上。」

2004 年，回憶錄《三生三世》在臺灣和大陸出版。2008 年，《三生影像》在香港和大陸出版，扉頁上寫著「我是一棵樹，根在大陸，幹在臺灣，枝葉在愛荷華」，是包容更廣的《三生三世》，有 284 張照片，每張照片附加速寫，增加了寫沈從文、梁實秋、艾青、柏楊、茹志鵑和王安憶母女、楊逵的文章。「流放吟」一集寫的是蘇聯控制下的東歐作家，和其他地區的作家。她要呈現的是「20 世紀人的處境：逃與困」。

寫作與翻譯

聶華苓自幼喜歡寫作，1948 年在南京，以筆名發表處女作〈變形蟲〉，至今依然寫作不輟。她想寫時就寫，從來不規定每天要寫多少，也完全沒有市場壓力。寫作對她是樂事，苦的只是生活細節上，寫長篇小說時，「整天在寫，吃飯有一餐沒一餐的，情節發展不下去了，睡不好，這種苦其實也是樂，心甘情願！」

定稿前，她最少要改寫三遍，以前用手寫，「手寫有感覺，有感情。現在用電腦寫，沒有精雕細琢的味道，但容易改，乾乾淨淨，不需要重謄。」手稿都捐給了愛荷華大學特別收藏部。

在臺灣時，她翻譯了亨利詹姆斯的《德莫福夫人》、曼殊斐爾的作品、福克納的《熊》，這些小說對她都有影響。福克納的《喧嘩與騷動》對她寫《桑青與桃紅》影響很大，不只是意識流的手法，還有整個小說的敘述觀點和語言。年輕的桑青和後來的桃紅，兩個完全不同的人物的敘述觀點和語言，就是受到福克納的影響。她以英文寫《沈從文評傳》，和安格爾合譯《毛澤東詩詞》。

她覺得兩岸三地年輕作家的語言都不如上一代的作家精緻。「大陸有些作家的語言受到壞翻譯的影響。他們受到文革的摧殘，都是靠自己磨煉。

但他們在本土生長，生活在本土文化中，整個生活經驗厚實，語言差一點，但還是本土的語言，現在臺灣作家的語言，我總覺得有點格格不入。」大陸成名的作家壓力很大，一定要出書，每天都要努力寫。不像她那一代，想寫才寫，沒有成名的壓力。

異鄉與故鄉

初來美國時，她曾有過疏離感，現在沒有了。汪曾祺曾說：「聶華苓比中國人還中國。」她覺得自己很中國，但也很美國，並不衝突。她和中國人一起吃喝談笑，和美國人一起也很自在。「我在美國、大陸、臺灣，就像一個女人穿衣服，什麼樣式都很合身。我已經融入美國社會了，不是努力的要融入，而是工作、婚姻、個人的交往，很自然的融入了。」在國際寫作計畫慶祝 40 周年紀念會上，主持人要她第一個上臺講話，她講得全場大笑，「我很自在，他們也很欣賞。」

她和安格爾「性格很合得來，在一起經常大笑。」語言跟文化的差異從來不是問題。只有兩件事有差異，一是政治，聶華苓批評美國，安格爾一定維護美國，他批評中國，她一定維護中國，「我們不翻臉，只是辯論。」二是翻譯，他們一起翻譯毛澤東詩，詩中有很多革命的歷史，共產黨的歷史，爲了四行詩，常要寫兩頁注釋，更看很多歷史資料。安格爾也看參考書，但不像她感受那樣深。翻譯時有些想法不同，兩人會經常辯論，「翻譯時是兩個文化歷史的區別。」

回憶錄中寫的三個地區在她心中都有分量，但城市在變，以前在大陸和臺灣的家不在了，成了另一個世界。「故鄉在回憶裡，我在美國生活比其他兩地久，愛荷華就是我的家。」

離開鹿園前，我請求去安格爾墓前憑弔，她爽快的答應了。車子轉進一條磚頭路，她指著一棟屋子說：「這是白先勇在愛荷華念書時的住處。」愛荷華城裡處處有作家昔日的步履，也只有聶華苓能一一指認吧！

車子進入綠草如茵的墓園，一片靜謐，偶爾從林木間傳來風的歎息，和清亮的鳥鳴。小徑蜿蜒，我們來到安格爾墓前，一面黑亮的大理石碑上刻著他的名字，還有她的。碑上有一道雨漬，她連忙趨前細細擦拭，我繞到墓碑背面，上面是安格爾的詩句：I can't move mountains, but I can make light.（我不能移山，但我能發光。）

——選自《文訊》第 283 期，2009 年 5 月

突入一瞬的蛻變裡
側論聶華苓

◎葉維廉*

你是停車后幌動的雨刷子

祇有你才是寂靜，因為你是唯一的聲音

——商禽〈龍舌蘭〉

單調的螺槳葉把飛機內乘客的沉睡的呼吸撫得無比的平和，太陽還沒有出來，窗外的雲層在無聲中競飛，或許是它們還未受到白日的光所沾污，它們把飛機內一度曾洶洶湧湧的情緒洗滌得如此的乾淨，或許是因爲這是一種絕對的靜，一如窗下地面上一切的活動被隆冬的大雪所擒住，一個未睡的乘客不知不覺的變爲靜的本身，而彷彿聽見了大雪降落的聲音，和那還未來到、但正在來臨的陽光的移動的聲音，和那現在完全冬眠、但即將復甦的花開的聲音。時間的界限，空間的界限都不存在這個乘客的意識裡，他彷彿有了另一種聽覺，另一種視境，聽到我們尋常聽不到的聲音，看到我們尋常看不見的活動和境界。

在這一種「出神」的狀態下，觀者與自然的事物之間的對話用的是一種特別的語言，其語姿往往非一般觀者的表達語姿所能達到的，因爲他所依從的不是外在事物因果的程序，而是事物內在的活動溶入他的神思裡，是一刻的內在蛻變的形態。於是我們聽見德國現代詩人里爾克唱著：

---

*現旅居美國，美國加州大學聖地牙哥校區比較文學系教授。

一棵樹升起。啊，純然的超升！

奧菲斯歌唱，啊，耳中高伸的樹！

而一切寂然。甚至在這種中止裡：

新的開始，新的意象，新的變化。

不只是獨特的聽覺和視境而已，對這一個出神的觀者而言，這只是進入事物核心的門，這只是陸機由莊子的「喪我」的意念（見〈大宗師〉篇）而引申的：

其始也，皆收視反聽。耽思傍訊，精騖八極，心遊萬仞。

進入了核心以後，事物自身的生命由此展開、伸張，（那都是進入這一刻之前所無法看見和聽見的。）這一個在一刻的內裡生長、變化的姿勢才是現實的本身，肉眼的現實是要被湮沒的物理世界。於是，讓我們再借里爾克的聲音或視觸——其實是第六感：

花的筋絡一一的打開

秋牡丹整個草原的早晨

直到洪亮的天空的複音的光

傾瀉在它的懷抱

承受無窮的筋絡——

如此為靜止的星華所繃緊

有時為如此的豐滿所征服——

落日安息的呼喚

幾乎無從返回你

撤向無際的掰邊：

你，多少個世界的決斷與偉力！

我們，狂暴者，或可久存
但何時何世
我們可以開放和承受？

對這樣一個觀者而言，他不僅看見樹液的流動，星辰的和聲，而且變爲樹液，變爲天籟，變爲那跳動無間的自然超視聽的內在生命。

要身、世兩忘而變爲風景的本身，讓風景說話和演出，讓靜寂爲音，是我們中國詩最高的理想，歐洲要到 19 世紀末始進入這種純然的境界，但進入了以後，仍是逃不了玄學的焦急的靜慮，如上面里爾克的十四行，如里氏之前全力追求「靜寂的音樂」（比較陸機的「叩寂寞而求音」）的馬拉梅的天鵝。但讓我們聽、看王維所代表的純然的境界：

人間桂花落
靜夜春山空
月出驚山鳥
時鳴春澗中

身世兩忘，讓風景說話和演出。作者不介入（忘身——或喪我），沒有玄學的懸慮，沒有外加的思維（忘世）去擾亂景物的內在生命的展張、變化的姿態。（這裡暫不談哪一種詩較爲偉大。）

以上所描述的視境和聽界幾乎完全是詩人獨有的活動。詩人常把心全力支配一瞬的內在的機樞，往往出神、忘我、忘世，進入了機樞，空間時間便消失，所視所聽超乎聲色，最重要的是整個秩序的形成（應該說生長）是由內而外的演出。

但我們稱之爲小說的藝術——甚至現代小說，除了吳爾芙夫人，喬義斯和一些法國新小說家以外——一般說來是一種外在的模擬和造型。往往不是全力支配一個剎那，而是許多剎那造成的行動和事件，行動與行動間、事件與事件間的關係，和它們之間的衝擊所產生的轉折起伏，至於在這個敘述和描摹的過程中（往往仍依賴肉眼之所能見），偶有出神的狀態而進入某一剎那的內在的機樞時，也只不過是小說裡的一小片斷而已——我們可以稱吳爾芙夫人的小說爲詩也正是她拋棄了事件而全心於一瞬的內在的機樞。（現代小說中這個趨向很明顯。）

我在論王文興的小說時曾經提及小說所牽涉到的「敘述」上的問題。小說不能完全割去敘述性；詩可以。小說不能超越文法或錯亂語法；詩可以。小說不能（似乎也不應）放棄某種故事型態的骨幹（事件、行動）；詩可以。例外當然是有的，喬義斯對以上的三種外在性都打破了，吳爾芙的小說往往只求一瞬的展露，有時幾乎沒有故事，只有情緒的本身，也就是這個緣故，我們有意稱它們爲詩小說或抒情小說，（因此，我們或應稱喬叟的詩爲小說。）但即就喬義斯、吳爾芙來說，他們的小說仍不能完全從內向外的演出，它們仍然保留了許多外在的描述。

小說既有了上述的限制，它在於捕捉一瞬的內在的機樞和詩所採取的方法差別在哪裡呢；小說既無法完全脫離「外在的模擬」的型態，它所依賴的手段往往是由外向內放射的程序，亦即是說，小說家亦非常關心一刻的真實的顯現，但他們往往由外象的經營爲開始而求突入內象，他們很少像詩人一樣由內象開始而終於內象。

聶華苓是個相當安分而相當成功的小說家，所謂「安分」並無「保守」之意。她不隨意悖離小說做爲藝術品的限制，但要在其間另闢途徑。她的小說依藉敘述性——相當傳統的敘述性；她的小說依藉故事的骨幹；她的小說裡沒有奇異的語法。但她循著外象的經營，仔細的依著事件進展的弧度，而成功地突入一瞬的真質及其間的蛻變。

數年前，我在一種非常匆促的情況下，寫了一篇有關聶女士的《失去的金鈴子》的文字，當時談到她的表現手法時，只粗略的提出了喬義斯在

Stephen Hero（喬氏 A Portrait of the Artist as a Young Man 的草稿）裡所談及的「顯現法」（“epiphany”），其間最重要的一點正是要通過事物的經營而突入一瞬的真質。現在有了上面所述的外在的模擬及內在的模擬的分別，和對外象內射、內象自成所各具的表現型態的了解，再看當時所舉的例子，便很容易看出聶華苓表現的個性來。譬如下面的一段：

> 乍醒時候，幾乎不知自己在哪兒。突然一陣鳥叫，好像迸濺的火星，洒滿了山野。四方的小窗口，好像一小塊剪貼，貼在土牆上，藍色的發光紙黏著幾根蒼勁的枝椏，黏也沒黏牢，葉子是虛飄飄的。

所謂事物進展的弧度，在這裡是最清楚、最戲劇化了。我們只要在這裡作一種試驗性的改寫，便知道：作者要能保持該弧度的律動的明澈性，始可突入一瞬的實質。改寫部分加上括號：

> 乍醒時候，（腦裡昏昏然），幾乎不知道自己在哪兒。（那時窗外）突然一陣鳥叫，好像迸濺的火星，洒滿了山野。四方的小窗口，好像一小塊剪貼，貼在土牆上，（藍天像）發光紙（上面）黏著幾根蒼勁的枝椏，黏也沒黏牢，葉子是虛飄飄的。

兩段一比較，讀者馬上會說，不，不能這樣寫，這樣寫是一種損失——是的，而且是重大的損失！但不知多少作家在這種情況下偏偏就加上了括號裡那些句子！連聶華苓自己有時也逃不了，譬如她的一篇短篇〈寂寞〉，寫袁老先生一個人坐在門口，「瞇著眼，對天噴一口煙」。然後接著這一句是：「天上正有兩隻鳥兒玩過。」不錯，鳥兒也來得合時，也合乎事件進行的程序。但作者說了一些有關兒子新婚的事以後：

> 袁老先生望著天上的一對小鳥緩緩地飛著。小鳥也有個伴兒呢！

「小鳥也有個伴兒呢！」就是強加於事物的進展的弧度上的多餘的枝椏。它破壞了那一個弧度的純粹性和完整性。

前面兩段（聶文及改寫）的比較顯露一個事實：所謂明澈性，往往不是「剖腹」那種明說；明澈性往往見於最曖昧的一刻；明澈性是指事物本身發展的跡線，而非作者指述事物發展的跡線。而且，事物發展的因，亦由其發展的弧度去暗示，而不應由作者去說明。（說明是屬於教條文字的範疇。）「乍醒時候，幾乎不知道自己在哪兒」的心理狀態，其實際境況，又哪止於「腦裡昏昏然」而已！最重要的是，要突入那一刻的複雜而又很直接的心理狀態，事物的弧度就不能受到理性的沾污。我們必須讓事物演出它們的命運與關係。

依從著外象的弧度而突入內心的世界，往往不需要象徵手法去支持，有時甚至可以廢棄比喻（雖然不可以完全廢棄），一如王籍的名句：

風定花猶落
鳥鳴山更幽

我們不問喻依（風定、花落、鳥鳴、山幽）的喻旨為何，更不問它們象徵什麼。它們什麼都沒有說（明），但什麼都說了。回到事物本身的行動（或動態）裡，回到造成某一瞬的心理真實的事物之間既非猶是的關係（鳥鳴：聲響、山幽：靜寂）這一個形象就具有這一瞬所包含的一切可能性的拋物線。聶華苓的小說（當指成功的時候）就是要捕捉構成某一瞬的心理真實的外物之間獨特的動態與關係，而盡量避免過於明顯的象徵或說明。上面所提到的短篇〈寂寞〉，尤其可以看出由外突入內的微妙的進度。

雖然我們指出了〈寂寞〉裡一些多餘的說明性的枝椏，但在整篇的跡線說來，卻是相當完整的。在王籍的詩裡，聽者要在聲音的衝擊裡才覺出山的極靜；同樣地，〈寂寞〉裡的袁老先生要在喜氣洋溢得要到處向人傾訴的高峰裡才覺出他之「被棄」（情緒上完全的孤立和寂寞）。全篇小說就是要經營這份「喜悅」所牽連的一串表面的忙碌，而求射入內在的相反的心理事實。我們要特別強調〈寂寞〉裡所採取的程序，不同於詩對於一瞬的捕捉，詩人早已溶入了那一瞬裡，一開始就在那內在的機樞裡；〈寂寞〉卻是全然的「外在」的活動的雕塑，是外在活動的延長——長得有點瑣碎，瑣碎得令人煩厭。當我們讀到

> 袁老先生楞楞地坐在那裡，一隻手擱在桌子上。手背上滴了點兒甚麼。他用另一隻手在臉上抹了一下，迷惑地說道：
> 「這——這是為什麼呢？我很快活。」

我們（跟著袁老）同時領悟到連袁老的兒子及新婦（他喜悅的對象及理由）都不分享他的喜悅，而且知道他的喜悅是向藍天拋出而墜回他心中的石塊：他是完全孤立的，雖然他不但接二連三的向隔壁的朱太太，朱太太的小女兒小琴，倒豬水的女人，跳恰恰舞的萬考萱和朱先生傾訴他的「快樂」，但沒有人肯聽他的話；到後來他向屋角的小鴨子自言自語的時候，他原有的那份快樂已變了質，而使他由「快樂」驚悟到「真正」的孤立——使他覺得那份喜悅是遙遠的火車的笛聲，是收買舊衣服的叫聲——是喜悅的對象（兒子及新婦）和他之間的心感的完全切斷。

當我們隨著袁老突入這一瞬的領悟時，前面一切，原是表面化的活動，所有瑣碎、煩厭的描述現在都變成心理的事實：他在喜氣洋溢中所看到的細節（幾乎令人難以相信的詳細又瑣細：朱太太洗衣服時的打扮；他自己吐痰的壞習慣……）正是反映他那份本來就是「空」的歡喜，本來就是「瑣細」的，不實在的歡喜；本來就是空的，才有把瑣細的外在活動來填入。但這些事件所反映的心理事實只在最後一瞬的突入以後（不是以前）才產生，在這個之前，它們是完全外在的、表面的。換言之，聶華苓依著小說的限制，由外象開始，仔細的依著事件進展的弧度，突入一瞬的真質和其間的蛻變。在「寂寞」裡，雖然那種心理現象很常見：在聲音裡

才覺得極靜，在熱鬧裡才覺得寂寞的實在性，或如商禽的詩句：「祇有你才是寂靜，因為你是唯一的聲音」；但〈寂寞〉所顯現的跡線，其所以能由外射入以後，再覆射全個外象，這卻要依賴作者對事物的弧度的進展有適度的領悟，要知道在機要的地方不要做不必要的介入，不要做過早的內射。（在〈寂寞〉裡至少有兩個地方幾乎破壞了它的弧度：第一、「忽然覺得他的一生就和小孩子吹的泡泡一樣……美是美，只是一個也抓不住。」；第二、「普天之下，就沒有一個人了解他的快樂，就沒有一個人肯聽他說點兒甚麼。」前者象徵過顯，後者太明說，都應刪去。）下面我們來看聶華苓如何用外在氣象的弧線覆射內在感情蛻變的弧線：〈橋〉

我們在本文之始曾拈出一種以純然的境界爲理想的詩，這種詩求身世兩忘，作者的情感和思慮不介入詩中，如王維的超然物外的詩（見前例）。但小說裡，至少到現在爲止，仍要以人的感受和命運爲對象，純然的境界仍未爲小說家所追求。

但我們的傳統裡還有一種詩，個人的感受和內心的掙扎溶入外在事物的弧線裡；外在的氣象（或氣候）成爲內在氣象（氣候）的映照，杜甫正是這樣的一個詩人，他的〈秋興〉八首，是外在氣候和內在氣候交溶的最好的例子，全詩藉兩種氣象的弧線的相交相溶而塑造他個人內心的戲劇，我們在此只擇頭四句爲例：

玉露凋傷楓樹林
巫山巫峽氣蕭森
江間波浪兼天湧
塞上風雲接地陰

內外氣象的交溶是顯而易見的，已入暮年的老邁的杜甫，一如楓林（秋）之被凋傷，被困在夔州而回不了長安，一如詩人被困於上衝的波浪和下壓的風雲之間的甬道裡。外在的風暴和內在的風暴所拋出的線條的律動是一樣的，作者只要緊緊依著那些線條的律動，我們就自然可以目擊道存，不必追問這個外象究竟指示什麼。因爲外象已溶入內象，讀者無需作解說者；因爲外象與內象之間的距離已經消失，因而變得極爲直接。

由〈秋興〉轉過來談聶華苓的小小的作品〈橋〉，表面看來是不適切的。第一、〈橋〉所寫的是靈犀一點通的微妙的生長過程，但這個過程中並沒有杜詩中那種刀攪欲絕的內心的掙扎；第二、杜詩中的視觸和聽界是破除時空，在宇宙的氣流裡往復，一如詩中所說的「萬里風煙接素秋。」〈橋〉是受限於時空的一個小小的事故（但並非說它無永恆的意義）。第三、杜詩是他過去人生經驗和藝術意識的綜合，〈橋〉在聶華苓的小說裡只是一個片斷和過渡的作品。

但我們這裡所探求的，不是最終的價值，而是要了解創作者神思馳騁所依循的線路，要了解作者掌握一瞬的蛻變所採取的手段（不管那手段是潛意識的與否）。換言之，在〈橋〉這篇小說裡，我們要看作者如何使「靈犀一點通」的萌芽，生長，繁殖而爲一複雜的心理狀態溶入外在氣候逐步的變化裡。是的，讀者很容易反對這篇小說，包括我自己在內。

「橋」這一個意象的象徵意義太顯著了：艾丹（一個中國女孩子）和彼爾（一個路過的美國青年，他同時研讀過中國文學的學生——一個築橋者）；從橋的一頭走到另一頭的行爲也是築橋的行爲——情感的橋與文化的橋，好像「走」本身就是「築」，到走盡時，靈犀也通了，雖然艾丹因著某種外在的理由而毅然拒絕給與這條已建立的情感的橋以實體（艾丹最後逃開結合的可能），但我們都知道不同的文化及種族所造成的隔膜之河已經緩緩的被這段步行所築的橋所消除。作者不讓艾丹的決定有明確的理由，因而使那一刻所產生的後來的可能性有一種曖昧的豐富性，小說的結尾是如此的：

……她已走到巷子中央。她的家在巷底。她再也掙扎不下去了！驀地轉過身。巷口有一個黑影，開始向她跑來。她也用盡全身力量向那團黑影跑去。

「彼爾！」

「艾丹！」

他們幾乎是同時大聲喊著，倆人跑到一起，喘咻咻的，都說不出話來。

「彼爾！」

「啊，艾丹！」

「我——」艾丹喘了一口氣，手蒙著胸口。

「你要說什麼？艾丹。」

「我——明天不去機場送你了。」

「為什麼？」

艾丹沒有回答他，也沒有再看他一眼，霍然轉過身，低著頭走了。披肩又由頭上，溜在肩上。這一次，她沒有拉起來。雨，飄飄灑灑的，落在她的頭髮上，落在她的臉上，落在她的手臂上……

她越走越快，甚至跑了起來。

艾丹沒有回答，是此刻的心理複雜得不能解釋，是因為事情來得太突然使她無法相信這份情感的深邃和真實性（才走一段橋的距離！）？還是她懼怕於外在的因素？但作者讓那一刻停在不解中，反而保存了那一刻的完整。但我們仍然覺得「橋」的象徵性的過顯是一種損失，因為它使讀者把這一瞬的感受智性化了，智性化了的感受就產生了距離——就是有跡可求了。

但〈橋〉仍有一種引人入勝的地方（尤其是，如果我們棄題目來讀的話）。這就是這兩個人由情感的距離的縮短以至溶入——由平淡無動的感情漸漸萌芽，生長，至複雜的拋物線的律動，正由外在氣象的蛻變的律動所托出。

艾丹開始在橋上走的時候，情感上還未起微波：彼爾由一個宴會上送艾丹回去，幾乎是一種禮貌上的事。情感沒有微波，夜是靜的，橋上冷清清，橋下的流水聲越來越清亮，好比「叩寂寞而求音」，像渾沌裡見光，情感萌芽的開始的一種狀態；後來談話慢慢進入了解的程度（作者特別在小說裡不談情愛的主題，以求那一瞬蛻變是屬於一般性的了解），而雨開始下了，這是情感微波的盪漾；到了他們由談話的事物中進入了交感時，雨就更大了，這就是平靜的自然受到了騷動，一如平淡的情感起了騷動而變得更加的複雜：

> 他們倆，手牽手，一捽一捽的，談著，笑著，最後倆人終於大聲嚷了起來。艾丹身上披著潮濕幌盪的男人西裝；彼爾的襯衫也濕透了，雨越下越大了……

自然的律動和內心的律動（外在的氣候和內在的氣候）是同樣的節拍，在他們走到橋頭，上了車以後：

> 雨下得更大了，車在雨中奔馳，車輪下發出吱吱的聲音。那是一條僻靜的街道，只有三兩個行人。雨打在玻璃上，一條條地流了下去；車外的街道，路燈，行人……都是模模糊糊的……她扭開車窗，雨一陣陣飄了進來，飄到她臉上，她沒有揩掉……彼爾扶著的方向盤的手上也灑了一顆顆的雨，他也沒有揩掉……。

作者沒有用很多的話去「解說」主角內在的感受的蛻變和內心的掙扎，她讓內在的複雜的線條（在這個例子中幾乎是網）溶入外在氣象的線條裡（雨所構成的形象也幾乎是網）。

成功的小說，條件當然不是用一二三那種條例式的方法可以繩墨的。但不管小說仿詩的方式是由內象開始終於內象只寫純然的境界（這種小詩目前鳳毛麟角，全世界文學中亦不多見），或是由外象的經營而突入一瞬的蛻變，最基本的條件就是要依循事物、事件進展、顯露的弧度，作者必須要溶入其間的律動裡，方可讓其脈膊有聲，方可使其姿式燦然。聶華苓突入一瞬的蛻變時正是如此。

——57 年於加州大馬鎮

——選自葉維廉主編《中國現代作家論》
臺北：聯經出版公司，1979 年 7 月

聶華苓及其作品（節錄）

◎閻純德*

1980 年春，新華書店的櫥窗裡，擺著由北京出版社剛出版的《臺灣軼事》，但很快出售一空；同年秋後，書店裡又出現了丹紅封面的長篇小說《桑青與桃紅》（中國青年出版社出版）和寶藍色封面（上有印花圖案）的《失去的金鈴子》（人民文學出版社出版）。它們的作者，是湖北人——聶華苓。

我第一次聽到聶華苓的名字是在 1977 年春天的巴黎。那時，我結識了參加美國愛荷華國際寫作計畫，返回香港，途經法國的詩人何達，從他那裡聽到了關於聶華苓的故事。

1978 年，她同丈夫——美國詩人保羅．安格爾一同回國探親，結識了不少國內作家，從此我便常從這些作家和香港文藝界的朋友那裡聽到關於她的消息、她的家世、她的爲人、她的創作和她的故事。後來，我們不斷有書信來往，每次她都熱情地回答我詢問的一些問題。

1980 年初，我讀到一篇香港女作家夏易寫的文章〈看聶華苓，聽聶華苓〉，說「看聶華苓的照片，就知道她是個能支配環境，而不甘被環境支配的人。從眉梢、眼角，從笑容、風度，甚至從那微微向兩邊翹起的太陽眼鏡的邊緣，往往包藏不住地要洩露出她的聰明與能幹來。」不久，在金燦燦的迎春花開的時候，她同丈夫又來中國探親訪問。4 月 17 日，在北京飯店，我訪問了她。

*發表文章時爲北京語言大學人文學院副教授，現爲北京語言大學人文學院教授。

聶華苓於 1925 年 1 月 11 日生在湖北省應山縣。她在《三十年後——歸人札記》裡自我介紹說：「聶華苓——寫小說的。生在中國，長在中國，在臺灣寫作、編輯、教書十五年；現在是一個東西南北人，以美國愛荷華為家。三十年後，和丈夫安格爾以及兩個女兒薇薇、藍藍回中國探親。」70 個字，概括了她的一生，寫盡了由詩的形象構成的歷史，她的腳印，就散落在這部歷史的各頁上。

聶華苓的祖父是個開明的文化人，能寫一手好詩，中過舉，但放知縣赴任途中，爆發了辛亥革命，宣統皇帝被推翻了，這時他積極參加了討伐袁世凱的鬥爭。「我父親是桂系的，長期在家賦閒。」她說，「偏偏在一九三四年去貴州當了八個月不大的官。紅軍長征經過那裡，兵荒馬亂的年月，誰分得出他是桂系嫡系，就把他當作蔣家的人辦理了。」

飢餓、貧窮的舊中國，在聶華苓的心上投印過極爲濃重的陰影，那些不能忘懷的往事，時常在她的記憶裡展現，而且越來越清晰：

> 小時候，家住在漢口日租界；大熱天，我和弟弟去買雪糕；我們得走過日租界、德租界、英租界、俄租界——長征五個租界，為吃一根雪糕！扎紅頭巾的印度巡捕、矮小凶悍的安南巡捕，拿著棍子趕黃包車和叫化子。德明飯店（現名江漢飯店）在德國租界邊上，我們走到那兒，一根雪糕早已舔光了！門前那一篷綠色的蔭涼沒有我們的份兒！飯店裡住著洋人和中國買辦，閑人免進。汽車一聲不響地開到飯店門口，穿白制服、戴白手套的「汽車夫」跑出車子，打開車門，哈著腰站在一邊，高鼻子洋人向德明飯店裡走，皮鞋打在水門汀上得得響，一直走上大門那一抹又寬又長的樓梯，走進那沉重神秘的大樓裡去了。
>
> ——《三十年後——歸人札記》

這是舊社會在她心靈深處寫下的至今未能忘卻的記憶。是一幅殖民地半殖民地的悲涼圖畫。但當「七七」事變爆發，錦繡河山遭受到日本帝國主義蹂躪的時候，她的心像掉進了黃蓮裡，痛苦極了。

聶華苓的童年和少女時代是在武漢渡過的。大江滾滾流，白雲空悠悠。日本水兵的狂叫，夾雜著高麗女人的媚笑，那是日本妓院。

有個姓黃的男孩子，是聶華苓的鄰居，有許多迷人的童話書。她讀的第一部童話《格林童話集》，就是從他那裡借來的。當她在武昌紫陽橋的一女中讀書時，家患愁人，國難如山，每星期六乘船回家，都有不少眼淚拋入江面。當抗日戰爭的烽火在祖國大地燃燒的時候，母親帶著四個兒女在日本的戰火裡逃生。

1939 年，她剛滿 14 歲，就跟著湖北聯合中學打起「游擊」來，一路上吃的是「八寶飯」——砂子、老鼠屎，什麼都有。長了一身瘡，常常打擺子。爲了不當亡國奴，生活再苦也在所不辭。一路上所看到的那些名山大水，在她那愛國的心盤上添加了新的砝碼。後來她來到天府之國——四川，考上了長壽國立第十二中學。她原想畢業後去上西南聯大，但當時太窮，連木炭車錢都沒有；長壽離昆明雖不遠，而沒有錢卻是寸步難行的。這樣，她考進了從南京搬遷到四川的中央大學。抗戰勝利後，學校又搬回南京，她於 1948 年在這所大學的外文系畢業。她的青春是和長江聯繫在一起的。她回憶說：「我年青的日子，幾乎全是在江上度過的。武漢、宜昌、萬縣、長壽、重慶、南京。不同的江水，不同的生活，不同的哀樂。一個個地方，逆江而上；一個個地方，順流而下——我在江上活過了四分之一世紀的戰亂。」(《三十年後——歸人札記》)

從中學到大學，她都喜歡讀小說，寫文章。在南京，寫過幾篇，這是她創作生涯的開始，如 1949 年，以「思遠」爲筆名，發表過一篇諷刺投機者的文章〈變形蟲〉。這篇文章雖無影響，但卻是她創作的嘗試。

聶華苓說，自從她父親被辦理以後，便一直對革命、對共產黨懷著恐懼的心理。

1949 年，聶華苓 24 歲，作爲老大，她拖著母親、弟弟和妹妹，一家五口，至了臺灣。爲了一家人的生計，她拚命工作，生活的重載把她壓得透不過氣來。但就在這時，弟弟在一次飛行練習中失事而死，母親又偏偏因癌症與世長辭。「禍不單行」是一種迷信，但生活對聶華苓的打擊，確實是一下接著一下，而且是一次比一次更殘酷無情。她不幸的第一次婚姻，給她的生活又增加了更多的不幸，但她並沒有因此沉淪，而是沿著一條曲折的生活之路，探索著人生。她獨立撫育、教養兩個幼小的女兒，辦事、教學、管家、寫作，命運的鞭子不斷地抽打她，年輕的聶華苓頑強地生活著，拖著一個家！

爲了養家，她在臺北參加了雷震主編的《自由中國》半月刊的工作。這個刊物的發行人是在美國的胡適，實際主持人是雷震，編委有十人，其中有國民黨員、官僚，也有學者名流如毛子水，也有理想的鬥士，如殷海光。開始，聶華苓管理文稿，業餘寫文章，搞翻譯。雷震愛才，當時並不知道她能寫文章，後來見到她發表的作品寫得漂亮，就對她說：「聶小姐，從今以後，你就做編輯吧，負責文藝稿。」從此，她成了該刊文藝編輯。

1952 年底，胡適從美國到臺灣那天，雷震要她到機場獻花，她對胡適在《自由中國》與統治勢力衝突的時候擺脫一事，頗有看法。爲了《自由中國》一篇〈政府不可誘民入罪〉的社論，胡適辭去了發行人的名義，明明是「抗議」政府，實則是「擺脫」雜誌。聶華苓說：「這是胡適先生的一箭雙鵰之功」。於是，她在雷震的桌上留了個字條：

儆寰先生：

您要我去向胡先生獻花，這是一件美麗的差事，也是一個熱鬧的場面。我既不美麗，也不愛湊熱鬧。請您饒了我吧！

聶華苓上

此舉使得殷海光十分讚賞，他拍著桌子連聲說好：「你怎麼可以去給胡適獻花！你將來要成作家的呀！」

那天晚上，雷震宴請胡適和《自由中國》全體同仁。當聶華苓出現在門口時，雷震就大聲說到：「來了，來了！就是她！胡適先生！就是她不肯給你獻花！」胡適笑了兩聲，手裡拿著聶華苓寫給雷震的字條，說：「你寫得好！」雷震說：「我們正傳觀你的字條呢！」

由於聶華苓工作出色，成績顯著，於 1953 年，升爲《自由中國》的編輯委員會委員至 1960 年該刊被封閉，雷震被逮捕投入監獄爲止。整整十年的編輯生活，使她結識了許多臺灣作家，思想也由單純逐漸成熟起來。她說：「我們不登那些反共八股，不參加黨部組織的作家協會，就一直受到干擾和攻擊。什麼『自由』呀！刊物上一點改革的話也不許登。雷震這位 1917 年就加入國民黨的忠實老黨員，擔任過國民黨政府的許多重要職務，曾代表蔣介石參加國共和談，幫助國民黨制訂憲法，只因寫了篇《搶救教育危機》，立刻給開除了黨籍。」

1956 年，蔣介石做七十大壽，《自由中國》在「祝壽專號」裡批評了他在人格上的缺陷和臺灣的特務統治，那期刊物再版了七次，讀者痛快了，但是「忠、真、憨、厚、拙」的雷震，孤立地挺立在寒冷的冬天，他以「煽動叛亂罪」，被軍法判刑，整整坐了十年監獄，「成爲民主運動的殉道者，也是人性中殘酷、自私、怯懦的犧牲者。」《自由中國》被封閉，其他同事也多被逮捕，聶華苓整天被人監視，成了一個「小孤島」，過著揪心的失業的日子，連給朋友寫信都不能。

1962 年，臺灣大學中文系主任臺靜農教授冒著風險，邀請聶華苓去做副教授，教文學創作，這使她有碗飯吃；不久，東海大學教授徐海觀教授也邀她去教文學創作。

她講課的寬大教室，總是擠滿了慕名而來的學生。當時，她年輕、漂亮，又是已有中篇小說《葛藤》、短篇小說集《翡翠貓》和長篇小說《失去的金鈴子》三部作品行世的女作家。她像臺灣文壇上一顆光芒四射的彗星，在許多讀者的思想中留下了燦爛的烙印，尤其對青年學生，她有真才實學，課講得好，要求嚴，受到學生的歡迎。

爲了教課，她經常在臺北與臺中之間奔波。這期間，在來往奔馳的火車上，她偷偷讀了一些大陸上的文學作品。魯迅的書在臺灣是被禁止的，也沒有人敢公開看。東海大學圖書館的地下室藏有魯迅的書，只借給教現代文學和創作的教師，不借給學生。她第一次聽到魯迅《吶喊》就是在這個時候。

從 1940 年代到 1950 年代，聶華苓雖然有過生活的艱辛，對生活也有認識，但中國幾千年文明史的黑幕，究竟有多厚多寬，並不了解。

「……我翻開歷史一查，這歷史沒有年代，歪歪斜斜的每頁上都寫著『仁義道德』幾個字。我橫豎睡不著，仔細看了半夜，才從字縫裡看出字來，滿本都寫著兩個字是『吃人』！……我是吃人的人的兄弟……」魯迅的成名之作《狂人日記》給她啓開了認識社會的一扇天窗，接著她又聽見九斤老大的口頭禪——「一代不如一代」，阿 Q 大聲的叫嚷：「造反了！造反了！……我手執鋼鞭將你打……」，她還看見〈藥〉裡的小栓吃著浸了死人血的紅饅頭，〈故鄉〉裡的閏土，〈祝福〉裡的祥林嫂。一個殘破的舊中國展現在她的面前，幾乎碎了她的心。「唉！誰不愛自己的祖國！」這是她心海裡引流出來的一條誠篤的河。

聶華苓有個人的恩怨，但這恩怨如一塊冰，終被時間的力量所溶化。

《自由中國》，她沒有看到自由；雷震事件，傷了她的心。

1963 年，美國詩人保羅．安格爾走訪亞洲。在美國駐臺北領事館舉行的酒會上，聶華苓第一次認識了他。翌年，聶華苓跳出特務、孤獨和痛苦築成的囹圄，到了美國，在愛荷華大學作家工作室，從事教學、寫作和翻譯。

新的生活，往往影響著人的道路和思想。到了美國，她那塊巨大的「恩怨之冰」加快了它的溶化速度。她說：「在那兒，我可以清醒地看海峽兩岸的社會，可以讀各方面的報紙刊物和書籍，可以接觸世界各國的作家和作品，這使我的視野擴大多了，感情冷靜多了，看法客觀多了！用『不識廬山真面目，只緣身在此山中』的名詩句來說明我的過去，大概是正確的。」

每個人都有一部歷史，簡單的，或複雜的，含辛茹苦的，或一帆風順的。

聶華苓喜愛佛羅斯特的一首詩：

> 這森林真可愛，黝黑而深邃。
>
> 可是我要趕去赴約會，
>
> 還要趕好幾哩路才安睡，
>
> 還要趕好幾哩路才安睡。

詩中的主人公是一位不肯停步的執拗的旅人，在人生的旅途上不倦地跋涉著。

逝去的光陰是苦澀的，它只是回憶錄裡的陰影，今天和未來是美好的！詩，像她的座右銘；她，酷似詩語的主人公。

「要努力奮鬥，努力後總會有成果的。」她總是這樣鼓勵人，也鼓勵自己，與人奮鬥，與環境奮鬥。風裡，雨裡，白茫茫的雪地上，通往圖書館的道路上，都有她奔忙的足跡；書架上、牆腳邊，堆放著各種中外文書籍，她不停地寫作，不倦地工作；在火車上、飛機裡也不例外，寫信，發電報，處理各種事情；聶華苓，每天見她見不完的人，做她做不完的事。

她聰明、精明、開明、能幹、勇敢！何達說：「她是一個能夠創造奇蹟的人。那些看來似乎不可能的事情，對她都是創造奇蹟的材料。」

美國愛荷華「國際寫作計畫」就是她和安格爾創造的奇蹟。

聶華苓思想敏捷。她心裡總是裝著許多形象、畫稿，時刻都會跳出新的思想。

碧藍的克拉威爾水庫是「國際寫作計畫」的誕生地。那偉大工程的第一磚就是聶華苓在遊船上置下的。她向安格爾提出了這個想法，建議創辦一個國際性的作家工作室，每年分批把各國作家請到愛荷華城來，為他們提供寫作條件。作家們帶著濃厚的本民族的文化和地方色彩相會在一起，感情上沒有芥蒂，超越橫的國家關係，縱的歷史關係，真正自由地交換意見，取他國之長補己國之短，達到促進作家思想、藝術交流，增進友誼。

當時安格爾認爲這個想法太大膽了，每個人的吃、住、路費就要好幾千美元，那是一筆多大的款項啊！但在聶華苓的多次爭辯之下，安格爾被說服了，同意了，由於聶華苓鍥而不捨地奮鬥，將「國際寫作計畫」作爲愛荷華大學的一個附設組織，於 1966 年得到了學校當局的贊同。於是他們開始到處寫信，到處旅行，八方奔走，從私人到大企業，這樣把大小數目加在一起，募得 300 萬美元的基金。1967 年，舉行了第一屆「國際寫作計畫」，邀請了來自世界各國的 18 名作家。自此以後，每年 9 月 1 日至 12 月整整四個月的時間，愛荷華城的五月花公寓便住進了三、四十位穿著各種民族服裝，操著各種語言的來自五大洲的作家。

五月花公寓依山傍水，環境幽美閑雅，那條日夜不息地向遠方流淌的愛荷華河，那山林、草坪和雪花，更有醇酒一般的友情，都曾出現在許多詩人和作家的筆下。在聶華苓的安排下，作家們一起度過難忘的日日夜夜：暢遊密西西比河，到大城小鎮領略美國風土人情，訪問農場，每逢星期二、四的聚會上，輪流講述自己國家的文學創作，或朗誦自己的作品，或爲創作理論、流派而自由地交換意見或辯論。談論廣泛，無所不包。

聶華苓雖然在 1970 年代加入了美國籍，但她是一位地地道道用中文寫作的中國作家，寫的是中國人，中國事，再現的是中國社會的苦難，中國人民的精神，她的影響在臺灣、香港、大陸和海外。

她的創作是中國文學的一個細胞，她時刻關懷著中國文學的前途和發展。當「國際寫作計畫」第一次向各國作家發出邀請時，便邀請了臺灣作家陳映真，但陳被當局逮捕，蹲了監獄。爲了陳案，她和安格爾全力營救——給蔣經國寫信，向香港和美國新聞界爭取輿論聲援，出資聘請美國律師爲其辯護。她先後還邀請了臺灣作家王拓，詩人瘂弦、吳晟等（有的因故未能成行），大陸的作家蕭乾、王蒙、丁玲、陳明，詩人畢朔望、艾青等人。由她操辦的「中國週末」，是「國際寫作計畫」的高潮。參加「中國週末」活動的，不僅有來自海峽兩邊的中國作家，而且有來自香港和從臺灣旅居美國的中國作家群。1979 年，「國際寫作計畫」所舉辦的為全世界矚目的第一次「中國週末」討論會上，聶華苓激動地向大家致詞：

> 今天我們大伙兒在一起，這是中國文壇一件大喜事。我們這些人，分離了三十年，二十年，十年。不論多少年，在我們的感覺上，那是一段很長、很長的日子。太長了！在那一段日子裡，中國人可以說歷盡滄桑。我們每個人的歷史不同，經歷不同。我們對各種問題，對「中國文學創作的前途」的看法和態度自然也會不同。
>
> 但是，在目前這一刻，我們在一起，我們從不同的地區，有的千山萬水，從北京，從臺北，從香港，從新加坡，從美國各地，到愛荷華來。僅僅這一點，就說明了：我們還是有相同的地方——那就是我們對整個中華民族的感情；我們對中國文學前途的關切。
>
> 現在，我們就從這份深厚的民族感情作起點，來談談「中國文學創作的前途」，來表達各種意見，來聽各種意見。我們不是來交「鋒」，而是來交「流」，來互相了解，互相認識。我們今天不可能得到任何具體結論。我們現在這一刻在一起，那就是結論！

「國際寫作計畫」占去了聶華苓的主要的時間和精力，為世界各國作家的交流和創作，慷慨地貢獻著自己。雖然她從未停止過自己的創作，但如果不是這項工作，她的創作無疑會數倍地增加。

「國際寫作計畫」引起了各界人士的重視，許多私人和大公司解囊資助，1970 年又得到美國國務院的幫助，於是這個國際作家寫作室便發展成有著很高國際聲譽的龐大的文化機構。在過去的十多年中，已經先後接待了中國、法國、日本、東德、西德、菲律賓、印度、伊朗、南斯拉夫、羅馬尼亞、波蘭、土耳其、香港、阿根廷、巴拿馬、柬埔寨、南朝鮮、新加坡、利比亞、烏干達等近六十個國家和地區的四百多位詩人和作家，成就巨大。由於聶華苓和安格爾創辦和主持的「國際寫作計畫」對世界和平與人類進步做出了貢獻，1976 年世界各國三百多名作家曾提出他們夫婦爲諾貝爾和平獎金的候選人。倡議書說：「安格爾夫婦是實現國際合作夢想的一個獨特的文學組織的建築師。在藝術史上，從沒有一對夫婦這樣無私地獻身於一個偉大的理想。」

聶華苓，有過生活的不幸，在坎坷的風雨之途，除了痛苦，長期沒有一個使之安心的歸宿。但在異邦，她有了個頗爲美滿的家庭。她和詩人保羅·安格爾，相親相愛，爲了共同獻身的事業——文學，從播種，到收獲，從探索，到開闢，到建設，攜手努力！

養馬人家出身的安格爾，是一位近似傳奇的人物。他從小喜歡文學，愛寫詩，有豪俠氣質，擁有許多土地。有人認爲他是一位莊園詩人，但他喜歡和「人」交往，喜歡研究人，喜歡號靠幻想做事情。他，影響過聶華苓，在創作中。

1927 年，在愛荷華州的華盛頓中學，安格爾以班上詩人的名義寫了一首詩，埋在給學校新植的一棵樹下，但是樹死了，而他的詩名卻大了起來。同年，該詩奪得耶魯大學青年詩人獎鰲頭。之後，赴英國牛津大學學習，周遊歐洲列國。1941 年回愛荷華大學，創辦寫作碩士學位，這在教育史上是一種革命，學生僅憑一部小說，一首長詩，一個劇本，就可以得到學位，同長篇論文有著同樣的價值。多年來，安格爾創辦的作家工作室培養了像寫《欲望號街車》的田尼西·威廉斯那樣的劇作家，菲利普·萊文那樣的小說家和 W. D. 斯諾德格拉斯那樣的詩人。

1964 年，聶華苓從臺灣飛到愛荷華大學，當了作家工作室顧問，成爲安格爾的得力助手。感情是在生活裡產生，又在共同的事業中建立的。他們的結合，如魚似水。當他們創辦了「國際寫作計畫」後，更是以一種無私的崇高精神，創造各種條件，推動世界範圍的文學創作。1977 年，69 歲的安格爾退休後，聶華苓接替他，成爲「國際寫作計畫」的主持人，而他爲全時間的工作顧問。

在北京，我兩次訪問聶華苓，都由年逾七十，被稱爲「旋風」一樣的詩人安格爾招待，端茶倒水、照相，還忙著接電話。他笑著對我說：「我是華苓的秘書，真的！」聶華苓樂呵呵地看著他。我覺得，他們是如此和諧，相愛，如此體貼，彼此攙扶著人生的路，渡歷史的河！

每個人都有自己的性格和愛好。樂觀的安格爾是一位永遠不肯清閒的人，在創作上，他走到哪寫到哪，至今也沒改自己的愛好——搜集世界各國的襯衫和臉譜。這其中，大概可以看出各民族文化的一個側面吧？！

慣於羞澀地微笑和沉思的「聶華苓」，許多人談「她」，許多作家寫「她」。一位著名的美國小說家描述說：「她是一個非常非常中國，非常非常女人的女人。」她愛穿中國衣服：入冬，一件銀白色襖，琵琶袖，元寶領，或是淡黃色的中式短襖；入夏，一件中式旗袍。愛子女，愛母親，她有一顆母愛的心！

有人這樣寫她：「……像走在雪地上，極少回顧留下的纖纖足跡，而卻目視前方、尋思，在她已選定的道路上，怎樣才能落好下一步。」她正像典型的中國女人，不是光芒逼人的太陽，不是閃閃爍爍的星星，而是朦朧中透出明朗的月亮。」

聶華苓是世界文壇名人，但她又像一位「謙謙君子」，對誰都那麼好，平易近人，不過也不是同誰都能一見如故。世界上的一切都是有缺陷的，她能容忍人生的錯誤，她說：「人總是有缺點的，但是你要盡量往一個人的可愛處看，慢慢你就會覺得，那些缺點也都是可原諒的。」

每天，她都有千頭萬緒的事情。大腦，像一塊銀幕，生活不停地在她的思想裡顯現出各種各樣的人和事。在她辦理這件事時，往往還想著另一件事。所以，曾有人這樣寫她：「有時你正和她聊著天，忽然發覺對面的她，卻沉醉在自己的思想領域中。帶著慣有的羞澀微笑，凝視著杯中的茶，她是那麼的專注。你忘了沒有被注意的尷尬，反而好奇，什麼是她東飄西飄的思想雲彩？她又會忽然驚醒過來，接著你已遺忘的話題，了無痕跡的聊下去。」

「她是真誠的。」許多見過聶華苓的人都這麼說。

有一次她陪別人去買旗袍衣料，那位朋友想買一塊藍的，但又喜歡另一塊綠的，一時猶豫不決，於是徵詢她的意見。她善解人意，一眼就看透了朋友的心意，十分體諒她笑著說：「兩塊都買了吧！」那位朋友激動地拉著她的手，感謝地說：「你真太好了！」

作爲一個中國人，她的自尊心是極強的。「中國人」，那是一種驕傲。無論在什麼地方，只要是遇到中國人，她總是講普通話；對身在美國的妹妹，她講家鄉話；對她的外孫，她認真地教他們中文。在她搬家的時候，她總是費盡心力地打掃就要離開的舊居。她戴著大橡皮手套，拿著刷子，把爐子、烤箱洗了又洗，擦了又擦，不讓炊具上留下一點油漬，把牆壁用去污水幾乎洗得脫了皮。她所以滿頭大汗地拚命刷洗，只有一個簡單而自豪的原因：「總不能讓人家說我們中國人不乾淨！」

聶華苓，過去有過與生俱來的寂寞和孤獨、「化不開的人生的悲哀」。生活壓迫她，環境壓榨她，但她沒有屈服，沒有趴下。「我從小就是不愛哭的女孩！」她不消沉，總是不停地同環境奮鬥！她說：「我們是生活在這樣一個時代，苦也好，樂也好，誰都不能停，誰都非往前走不可。」所以何達說，在聶華苓的性格中，有三個最強的動力：第一是喜歡戰鬥，第二是喜歡給予，第三是喜歡勝利。遊子的悲哀已消融在她的奮鬥之中，歲月磨練了她的心志，她頑強地走著路，三十年後，帶著一家人，微笑著，出現在故鄉的揚子江畔。

宇宙有無數星體。

如果把宇宙比作文學的宇宙，聶華苓則是一顆燦爛之星。三十餘年，她運轉著，也探索著；黑夜，孤獨。寂寞，痛苦，她都經歷過。但逆境沒有扭折她的筆，她已經出版了 14 本書，其中包括中篇小說《葛藤》（1953 年由臺北《自由中國》出版），短篇小說集《翡翠貓》（1959 年由臺北明華書局出版）、《一朵小白花》（1963 年由臺北文星書店出版）、《王大年的幾件喜事》（1980 年由香港海洋文藝出版社出版）、《臺灣軼事》（1980 年由北京出版社出版），長篇小說《失去的金鈴子》（1960 年由臺北學生出版社出版，1964 年臺北文星書店再版，1965 年三版；1980 年又由文學出版社出版）、《桑青與桃紅》（1976 年由香港友聯出版社出版，1980 年又由中國青年出版社出版），散文集《夢谷集》（1965 年由香港正文出版社出版、《三十年後——歸人札記》（1980 年由香港海洋文藝社出版；同年，湖北人民出版社出版），英文專著《沈從文評傳》（即 *Acritical biography of Shen Ts'ung—Wen*，1972 年由紐約的 Twayne Publishers 出版），英譯中《德莫福夫人》（亨利・詹姆士著，1959 年由臺北文學雜誌社出版）、《美國短篇小說集》（1960 年由臺北明華書局出版）、《遣悲懷》（1970 年由臺北晨鐘出版社出版），中譯英 *The Purse*（其中收有聶華苓的小說三篇；1963 年由香港 Heritage Press 出版）、*Eight Stories*（其中收有聶華苓的作品；1963 年由香港 Heritage Press 出版）、《百花文集》（兩卷；1980 年由美國哥倫比亞大學出版社出版）。她的這些作品，有的已被譯成英文、葡萄牙文、波蘭文、匈牙利文、意大利文發表，短篇小說《王大年的幾件喜事》英譯曾在以風格嚴謹、立論公正著稱的美國著名雜誌《大西洋月刊》刊出，後來收入哥倫比亞大學出版的《二十世紀中國小說》和在紐約出版的《國際短篇小說》中；她的另一短篇小說《珊珊，你在哪兒？》也收入《國際短篇小說》和在意大利出版的《世界小說集》中，並於 1979 年 3 月又由《上海文學》轉載，成爲臺灣海外中國作家在國內發表的第一篇作品。

在創作上，聶華苓的主要成就是小說。《臺灣軼事》是她從 1949 年到 1964 年十幾年臺灣生活裡所寫的短篇小說的精華，是從那個時期所出版的短篇小說集中選出來的。

《失去的金鈴子》和《桑青與桃紅》是她的代表作。作者是一位慣用象徵手法的寫實主義作家。

《失去的金鈴子》是她於 1960 年在臺北寫成的，並在《聯合報》上連載。那時，由於雷震事件，形成了她一生中最暗淡的時期：「恐懼，寂寞，窮困」，像三隻餓狼一樣困繞著她，威脅著她。但她以巨大的毅力埋頭寫作，沒想到這部長篇小說竟成了她和外界默默溝通的工具——《失去的金鈴子》在讀者中引起了較大的反響，臺北的學生書局、文星書店、大林出版社都曾陸續再版數次。暗夜裡，讀者給了她光明；孤苦的心，得到了安慰和溫暖。她，更加振作起來！

《失去的金鈴子》裡的中心人物是苓子，通過她的莊嚴而又痛苦的成長，反映了抗日戰爭時期中國社會的一個側影。

這部小說，寫得冷靜而深沉。小小的三星寨連著全國，那裡的男男女女都是社會的細胞。小說一開頭，作者便以濃重之筆，在讀者的心裡繪了一個暗淡的時代：

> 我站在三斗坪的河壩上，手裡提著麻布挑花口袋，腳邊放著一捆破行李捲。媽媽在哪兒呢？她並沒有來接我。我由重慶一上船，就是驚險重重：敵機的轟炸，急流險灘，還有那些不懷好意的眼睛。
> ……漠然流去的長江；夏夕柔軟的風；一股血腥、泥土、陽光的氣味。誰都有個去處。至於我呢？

小說的開頭和結尾是照應的，這不是純屬技巧問題，技巧是爲內容服務的。當苓子離開三星寨這個小小社會舞臺時，「我」（苓子）和媽媽有幾句精彩的對話和描寫：

> ……「到什麼地方也沒有自己的家。」
> 「這樣才好，媽媽！我們可以從頭開始。」
> 媽媽的眼睛盯在我臉上，搜索了一陣子，然後掠過一陣喜悅和驚異，還透著點憂鬱。
> 「嗯，長大了，真的長大了！」
> 我微笑著，沒有作聲。河壩逐漸模糊了。茶館、麵攤、小飯館、賣縴繩的鋪子、岸邊大大小小的木船、傷兵、縴夫、挑水夫……全模糊了。那

一股霉濕、爛木料、枯樹葉、火藥、血腥混合的怪氣味也聞不著了。我在戰亂中走過許多地方，每離開一個地方，我都認為我會再到那兒去。彷彿人生是可以自由安排的。只有這一次，我離開三星寨的時候，我知道永遠也不會再去了。生命有一段段不同的行程，走過之後，就不會再走了，正如同我的金鈴子，失去之後，也不會再回來了。

開頭和結尾都是令人難忘的。戰爭給社會帶來創傷，三星寨是當時現實的一個縮影。社會環境塑造了「人」，他們在多變的社會中生活著，希冀著。

《失去的金鈴子》寫的全是平常的人和事。除主人公苓子外，還有尹之舅舅、寡婦巧姨、丫丫、莊大爺、莊家姨婆婆、鄭連長、新姨、黎姨、黎家姨爹等，都是好人，他們都同在一個天地裡生活，「每個人都有各自的想望和希求，每個人都各自被某些飄忽的東西所迷惑，所愚弄；他們每個人最後都失望。」（葉維廉《中國現代作家論》，〈評《失去的金鈴子》〉）

小說是要含有矛盾和衝突的。「但使本書成功的不在這些人之間的衝突，而是由於作者把衝突隱藏起來。作者在呈露角色時用著極其自然、幽默及毫不急迫的進度，而又不強調任何明顯的衝突。一切事物看來那樣靜態、那樣調和；然而，由於作者有一種捕捉氣氛的獨特的能力，把思想、行為都極其不同的兩代之間存在的氣氛呈現於讀者的感受網中，使讀者在表面祥和的生活中，意識到某種必將引起衝突的『惡兆』。所以當這個表面相當和諧的家庭開始破碎時，讀者就能深深的共感其哀，而作者東一把西一把的印象派的筆觸此時都能相互的產生有效的和鳴作用，使整個悲劇的情況加深」（同上）。

《失去的金鈴子》的故事多半是聶華苓從母親那兒聽來的。她在〈苓子是我嗎？〉一文中說：「我常常捧著一杯茶，坐在她臥房的椅子上聽她閑談往事，瑣瑣碎碎，沒有條理，沒有頭緒。我忽忽悠悠地聽著，也許根本沒聽進去，人的思想有時真像有鬼似的，要抓也抓不住，東飄一下，西飄一下。……我常常在這種半睡眠的狀態中，突然為母親的一句話震動了，清醒了。《失去的金鈴子》也就是在這種狀態下得來的。……抗戰期中我到過三斗坪，那時我才十三歲（小說中的苓子是十八歲），沒想到多少年後，那個地方與那兒的人物如此強烈地吸引著我，使我渴望再到那兒去重新生活。也許就是由於這份渴望，我才提起筆，寫下三斗坪的故事吧。在回憶中，我又回到那兒，又和那些人生活在一起了。我彷佛又聞著了那地方特有的古怪味——火藥、霉氣、血腥、太陽、乾草混合的氣味。」

聶華苓在三斗坪那段生活，成了她進行創作的一個源泉。當母親講三斗坪的人和事時，原來思想裡茫昧的東西，得到了印證，都清晰起來，早已沉入靈魂深處的人、物、事，都被鈎了出來，活了！當即便產生了強烈的創作欲望，立刻就照著故事的本來樣子寫出了大綱。「我不單單寫那麼一個愛情故事，我要寫一個女孩子的成長過程。」成長的過程是莊嚴而痛苦的，是主人公在與現實搏鬥中一場無可奈何的掙扎。爲了陪襯巧巧的個性，作者才「加進一個狂放、野性的女孩子。」

法國文學批評家蒂波岱（Thibaudet）關於小說創作講過幾句頗爲精彩的話：

> 真正的小說家用他自己生活可能性中無盡的方面去創造他的人物；冒牌小說家只按現實生活中唯一的途徑去創造人物。小說的天才不在使現實復活，而在賦可能性以生命。

實際上，這正是我們常說的：所謂文學作品，它源於生活，又高於生活，它只能是生活的再創造，而絕非現實的照相或翻版。創造，是創作的靈魂。聶華苓說，她創作苓子這個角色就是照蒂波岱這段話創造的。

聶華苓將小說寫好後，它的真正面目已與原來的大綱相去甚遠（對於創作來說，乃屬正常現象）。她說：「三斗坪成了我自己的小天地，那些人物也變樣了。但是，無論如何，我始終是那麼膽小地揪住現實……」她還說：「文學除供人欣賞的樂趣之外，最重要的是使人思索，使人不安，使人探究。」是的，看完《失去的金鈴子》，讀者會有不同的思考和探索，通過小說中的人物的命運，自然會想到「現實」及矛盾中的社會前途。這正是這部小說成功的最重要的標誌。

聶華苓的小說中有許多詩。她以細膩的文筆、新穎的構思，為讀者描寫了許多迷人的風景：

> ……忽然聽見一個聲音，若斷若續，低微清越，不知從何處飄來，好像一根金絲，一匝匝的，在田野上繞，在樹枝上繞，在我心上繞，越繞越長，也越明亮，我幾乎可以看見一縷細悠悠的金光。那聲音透著點兒什麼，也許是歡樂，但我卻聽出悲哀，不，也不是悲哀——不是一般生老病死的悲哀，而是點兒不同的東西，只要有生命，就有它的存在，很深，很細，很飄忽，人會感覺到，甚至聽得到，但卻無從捉摸，令人絕望。

這是作者在寫秋蟲金鈴子的聲音，其形象力達到了奧妙的奇境。再如「突然一陣鳥叫，好像迸濺的火星，灑滿了山野。」這等令人叫絕的詩的語言，在聶華苓的作品裡是俯拾皆是的。

小說要收束了，但故事並沒有完結，作品中每個人物都在走自己的路。這正像大地上的小河，有的將消失在無垠的沙漠之中，有的經過在萬山叢中的艱苦跋涉，曲曲折折，最終匯成巨流，奔騰咆哮。作品中的人物都走什麼路？沒有指明，其實作者也不可能指明。但是，「三星寨的故事還沒完。」「我要跳上那條大船，漂到山的那一邊，漂到太陽升起的地方，那兒也許有我的杜鵑。」

關於苓子這個形象，曾有不少讀者問聶華苓：「《失去的金鈴子》是你的故事吧？」「苓子是不是就是你？」她的回答是「苓子是我嗎？不是我！她只是我創造的。但是，苓子也是我！因為我曾經年輕過。」這是個絕妙的回答。苓子是她，也不是她，這才是「小說」！因爲小說反映的是那樣一個時代，那樣一種現實。

聶華苓的另一部代表作是 1970 年寫的長篇《桑青與桃紅》。蕭乾稱它爲寓言體小說，「在創作方法上，她企圖綜合中國傳統的以及現代西方的技巧。」（蕭乾〈湖北人聶華苓〉，見 1980 年 4 月 19 日《人民日報》）熟悉魯迅作品的人，在讀這部長篇時，那象徵寫實的手法，會使人常常想起《狂人日記》。

這部小說於 1971 年在臺灣《聯合報》連載時半途遭禁，但它卻同時在香港的《明報月刊》上得以全本連載。

《桑青與桃紅》發表和出版後，有人說它是現實主義，有人說它是印象主義，有人說它是象徵主義，有人說它是超現實主義，有人說它是意識流。聶華苓說：「我不懂那些主義。我所奉行的是藝術的要求；藝術要求什麼寫法，我就用什麼寫法。我所追求的目標是真實。《桑青與桃紅》中的『真實』是外在世界的『真實』和人物內心世界的『真實』溶合在一起的客觀的『真實』。」

這部小說是以寫一個經歷了動亂又遭流放的女主人公的精神分裂的悲劇，來象徵國家政治上的動亂在一代中國人心靈上所留下的創傷。桑青和桃紅是同一女主人公的不同時期的，反映了不同人格的名字。故事發生在 1945 年至 1970 年，作者把 25 年間發生的故事加以濃縮和集中於桑青的一生。桑青的一生分爲四個生活階段，每個階段各自成爲一個獨立的故事，「但在表現主題那個目的上，四個故事又有統一性、連貫性。」

小說的第一部是「瞿塘峽」。純樸的桑青爲了躲避日寇，同一批流亡學生在三峽險惡的激流裡顛簸漂蕩，他們被「困」在一條舊木船上，而船又「困」在風浪滔滔的瞿塘峽裡，小說中的老先生說：「咱們就困在古蹟裡呀！」聶華苓說：「那不就是那個時代中國人的處境嗎？老先生象徵舊社會；流亡學生象徵新生力量。」小說的第二部寫圍城（被解放軍包圍）中舊制度的崩潰，背景是 1949 年兵臨城下的北平，思想腐朽、全身癱瘓的翁姑，及她的胡言亂語，正是舊制度復滅的徵兆。聶華苓說：「垂死的沈老太太就象徵舊制度；真空地帶的破廟象徵新制度建立前的荒涼。」第三部寫臺北閣樓人的內心世界，時間是 1957 年夏至 1959 年夏，作者利用外在的真實物象來反射人物內心的真實，甚至用了臺灣報紙上的廣告和新聞，如荒山黃金夢，三峰真傳固精術，分屍案，故都風物等，以及那些塵埃滿布、老鼠橫行、時鐘停擺、僵屍出墳吮生人血等細節，都反映了主人公的精神死亡，從而烘托出一個人們熟悉的殘酷現實。作者說：「但也是一則寓言故事：臺灣那個孤島也就是一個閣樓。」小說的第四部，寫走投無路的桑青逃到美國的生活，這時變成了「桃紅」。她到處受到美國移民局的追緝。小說家白先勇說〈流浪的中國人——臺灣小說的放逐主題〉一文中說：「當移民局官員問她若被遞解出境會去哪兒時，她的回答正具代表性：『不知道！』這話道破了現代流浪的中國人的悲劇，他們沒有地方可去，連祖國也歸不得，由北平流徙到臺北再到美國，沿途盡是痛苦與折磨。桑青精神分裂，搖身一變成了桃紅，這是精神上的自殺，她的傳統價值，倫理觀念全粉碎了，道德操守轉瞬拋諸九霄之外，沉淪到精神上的最低點，陷入半瘋癲狀態。到故事結尾時，她還在逃避移民局的緝捕，在美國的公路上，一次又一次兜搭順風車，任由人帶她往別處去。」

這是一個頗令人悲淒的結局。1980 年，中國青年出版社出版了《桑青與桃紅》，但作者有意刪掉了第四部分。聶華苓在前言〈浪子的悲歌〉中解釋說：「《桑青與桃紅》在國內出版，給了我一個反省的機會。哥德對一位年輕詩人談藝術創作時說：『永遠尋求節制。』我在《桑青與桃紅》中要表達太多的意義，要作太多的『不安分』的嘗試。那小說需要『節制』。因此，我把第四部兩個分裂的人格互相鬥爭的故事刪掉了。」

作者強調，這部長篇是一個安分的作者所作的一個不安分的嘗試。她借傳統小說敘述手法來描摹外在世界的「真實」，用戲劇手法講故事，以詩的手法捕捉人物內心世界的真實，而隨時又用那種發人深思的寓言筆法，這幾種手法的融和，使她的作品呈現出特有的風格和異彩。聶華苓說：「我在《桑青與桃紅》的創作中所追求的是兩個世界：現實的世界和寓言的世界。」爲了達到這種藝術境界和效果，作者用不同語言來描寫歷史的演進，事件的發展，桑青的變化。小說裡奇特的語言（單字、單句、以至畫兒等）是爲作者要表現的主題服務的。作者說：「不同的精神狀態需要不同的語言來烘托。《桑青與桃紅》裡的語言從第一部起，張力逐漸加強，到了第三部桑青一家人逃避警察的追蹤，躲在臺北一閣樓，他們的語言就不可能是一般人正常的語言了。閣樓裡的語言是：一字、一句，簡單，扼要，張力強，甚至連標點符號也成了一律的句號了——那是恐怖的語言。」

「桑青」與「桃紅」——一個一片純真的少女桑青到一個縱欲狂人桃紅，這是兩種截然不同的人格和身分。這部小說，無論是思想上，還是藝術探索上，在作者的創作道路上都是一座里程碑。白先勇說：「這篇小說以個人的解體，比喻政治方面國家全面瓦解，不但異常有力，而且視域廣闊，應該算是臺灣芸芸作品中最具雄心的一部。」他還說：「透過創造並刻畫這精神分裂患者破碎的世界，聶華苓深刻地比喻了現代中國極端悲慘複雜的命運，這篇小說異常有力，因為其中運用了不少象徵，作者把心靈上與社會方面的情況連起來，使二者互為輝映；小說中所描寫的本來只是個人人格的病態，但透過了連串的投射與轉置作用，卻象徵了整個國家的混亂狀況。」這些評語，說明了桑青一生悲劇的社會意義。

大陸—臺灣—美國，這是著名女作家聶華苓在人生道路上三個重要的歷史階段。1949 年，當她離開家鄉時，她沒有想到能在 30 年後又看到魂縈夢繞的老家。她在散文集《三十年後——歸人札記》的〈前言〉裡說：

> 一九七八年五月十三日，我順著「往中國」的箭頭向前走。走到羅湖橋上，我站住了，回頭看看——我走了好長好長的一段路啊。
>
> 六月十九日，我順著「出中國」的箭頭向前走。走到羅湖橋上，我站住了，回頭看看——中國走了好長好長一段路啊。

隔著浩淼的太平洋，她把在北京出版的幾本書寄給我；她說：「現在，我坐在愛荷華窗前，看著河水靜靜流去，想著國家的滄桑，歷史的演變，個人的遭遇——我知道我會不停地寫下去，但是，不會再為排除恐懼和寂寞而寫了。我要為故鄉的親人而寫。」

1980 年底，她在信中告訴我，她正在創作一部新的長篇小說。我們期待著這位為世界文壇做出貢獻的作家以更佳之作，饗海內外的讀者。

——1981 年元旦

——選自閻純德《作家的足跡》

北京：知識出版社，1983 年 10 月

談聶華苓的小說和散文

◎葉石濤*

1950 年代前後是臺灣歷史上第二次壯大的民族大移動，移民來臺灣最多的時代。第一次當然是 1662 年明鄭驅逐荷蘭人帶了 2 萬人到 3 萬人士兵進攻臺灣的時候。1950 年代前後的民族大移動規模更大，大約有 150 萬到 200 萬的跟軍、黨、政有關係的大陸人來到臺灣。

聶華苓也就是這個時候來到臺灣的。1949 年來到臺灣的聶華苓當時 25 歲，已經結婚，不久生下女兒。同當時來臺灣的許許多多大陸人一樣，她必須在這陌生的地方重新開始生活，更重要的是重新評估生命的意義和中國人的命運。1950 年代是反共抗俄意識膨脹的時代，在嚴厲的思想箝制和清共政策雙管齊下中，大陸來臺知識分子不是噤若寒蟬就是搖旗吶喊，做急先鋒，沒有多少思想的自由。跟時代動向懷有異質和不同見解的知識分子，幾乎沒有生存的餘地。不幸，聶華苓因偶然的機會，經人介紹進去雷震所辦的《自由中國》裡當編輯委員和文藝主編。從此，接二連三的噩運也就降到她身上。

當我們閱讀聶華苓的散文集《黑色，黑色，最美麗的顏色》時，我們除驚歎於聶華苓的敏銳的感覺和豐富的辭藻之外，更能驟然瞥見躲在時代背景陰影裡的許多大陸人如履深淵般的辛酸和絕望。1950 年代的許多作品中，描寫大陸原鄉，懷鄉情緒強烈的文學司空見慣。但描寫當時的臺灣政治情況，透過本身實際的生活來反映時代動向，帶有嚴正評估的作品卻不多。在這個集子裡的兩篇文章〈憶雷震〉以及〈殷海光——一些舊事〉就

---

*葉石濤（1925～2008），臺南人。散文家、小說家、翻譯家、文學評論家。筆名葉左金、鄧石榕等。發表文章時為高雄縣甲圍國小教師。

是含有震撼人性的這種好文章。描寫雷震的文章不少。雷震本身也寫過回憶錄，但是聶華苓的這篇文章更直接地透露了雷震的爲人和思想動向，不同凡響。文中提起的有關胡適的描述，更令人覺得這位「偉人」的某種否定層面。〈殷海光——一些舊事〉更精采，這篇散文套用小說的技巧，精確的剖析了殷海光奇特的行爲及其爲真理而不屈服的中國知識分子的頑強抵抗精神。

另外一本長篇小說《失去的金鈴子》此次也重新刊行。這本長篇小說 1964 年曾經由文星書店再版，是描寫生爲人的悲哀最深刻的小說。這生爲人的悲哀也就是人類的原罪吧？這篇小說的思想背景和西方小說中的基督教倫理或佛教的無常感似乎有密切的關係。但是還缺乏更深入的討論。我們期待她的另一本重要小說《桑青與桃紅》能得重新刊行，否則解嚴對作家的好處並不大。

——選自葉石濤《走向臺灣文學》

臺北：自立晚報社文化出版部，1990 年 3 月

聶華苓的復活

◎葉石濤

聶華苓是民國 53 年離開臺灣到美國去的。她參加了美國詩人保羅・安格爾在愛荷華大學領導的「作家工作坊」的工作。民國 55 年保羅・安格爾退到幕後當顧問，聶華苓所主持的「國際作家寫作室」成立。獲得美國國務院經費的支持，致力於各國作家的文化交流、意志的溝通，有卓越的成就。她特別注重屬於第三世界和共產圈內被壓迫的作家，跟他們建立了濃厚的友誼。她近年來的工作重點似乎放在臺灣、大陸、香港、新加坡等華文作家的互相認識和溝通，曾舉辦了「中國週末」的文會，讓臺灣海峽兩岸的作家有討論中國文學前途的機會。臺灣作家受邀參加的以瘂弦爲首，已有好多位。

去國二十多年的聶華苓，已經和臺灣文壇絕了緣：我說的「絕了緣」，並不是說她跟臺灣文學脫了節或有隔閡的意思。她對臺灣文學的現況可能比我們更有透徹的了解。她的接觸層面廣又能做到旁觀者清，當然對臺灣文學也就瞭如指掌了。

這二十多年來，大陸陸續出版了她的許多小說，如《失去的金鈴子》、《桑青與桃紅》、《臺灣軼事》等。可是在臺灣，她的作品已絕跡，再也看不到。這一、兩個月來又在某報副刊上看到她的兩篇文章，寫的是被放逐和流亡的作家的故事。這種主題，聶華苓有切身之痛，所以寫起來得心應手，充滿了正義感和人道主義關懷。似乎經過了傳奇似的各種痛苦和折磨之後，聶華苓的作家精神並沒有消退。當我們回憶民國 52 年她的母親因肺癌去世無錢安葬的情形，以及她逃難來到臺灣的悲慘流程就知道，聶華苓有多堅強的作家精神。

聶華苓的代表作品是《桑青與桃紅》。民國 60 年在《聯合報》連載，中途被腰斬，所以此作是在《明報》連載完畢的。《桑青與桃紅》的主題跟白先勇小說的主題類似，是描寫被放逐而流浪的中國人的悲劇。「桑青」與「桃紅」是同一個女人的兩個名字。桑青本是一個純真的少女，爲了逃避日軍沿長江西上逃亡，後來又從北平跟其丈夫逃到臺灣。最後又逃到美國。爲了避開美國移民局的通緝，她就改名爲桃紅。這不幸的流亡使她變成一個色情狂。當她遭到美國移民局驅逐要她回答到哪兒去的時候，她只能回答「不知道」。桑青的悲劇是這一代一部分中國青年的悲劇，反映了歷史的播弄[1]下失去生存目標的精神淪喪和絕望。

——民眾日報，1986 年 9 月 29 日

——選自彭瑞金主編《葉石濤全集・隨筆卷二》

高雄：高雄市文化局，臺南：國家臺灣文學館籌備處，2008 年 3 月

[1]編按：撥弄。

橫的移植與現代主義之濫觴
聶華苓與《自由中國》文藝欄

◎陳芳明*

潛藏在 1950 年代反共文學之下的伏流，包括現代主義作家、臺籍作家、女性作家等等，都在等待適當時機綻放生命的花朵。現代文學在 1960 年代開花結果，鄉土文學在 1970 年代禮讚豐收，女性文學在 1980 年代姹紫嫣紅，這些不同時期的文學主流之形成，其實都可在反共文學當道的年代尋找到其各自的歷史根源。隱隱充滿生機的這些文學，在官方文藝政策下受到邊緣化，但是其生命力之蓬勃發展則不可能受到全面封鎖。最早能夠破土而出的，當首推現代主義文學。

現代主義文學在臺灣的傳播，有其複雜的歷史源流。論者恆謂，現代主義之介紹來臺，與美援文化有極其密切的關係。這種簡單的見解，並不能概括臺灣現代主義之孕育。在反共文藝政策高度支配的階段，現代主義是以迂迴的方式次第在臺灣開展。在初期階段（1953～1956），以紀弦爲首組成的現代派，正式與臺灣殖民地時期的現代主義者林亨泰從事結盟。在這個階段，法國現代主義的影響力特別旺盛。在後期階段（1956～1960），美國現代主義才漸漸占上風，這種趨勢非常明顯表現在夏濟安所主編的《文學雜誌》之上。現代主義與美援文化的掛勾，必須在 1950 年代的後半階段才看得清楚。縱然兩種不同根源的現代主義有其各自發展的路線，但是現代主義者的集結，無疑是爲了抗拒官方文藝政策的領導。充分追求高度自由的文學想像，是具有自由主義傾向的作家，無論本省外省，都一致

*發表文章時爲政治大學中國文學系教授，現爲政治大學講座教授兼臺灣文學研究所所長。

憧憬的。

對本省作家而言，他們無法接受「光復」後在思想上繼續受到囚禁。對外省作家而言，他們也無法接受在逃避共黨統治後竟然在精神上遭到束縛。然而，自由主義思潮卻不是國民黨政府樂於歡迎的；由自由主義而延伸出來的現代主義文學，更加不是文藝當權者所樂於見到的。因此，文學上現代主義受到的抨擊，並不遜於政治上自由主義之受到圍剿。因此，對於臺灣現代主義的回顧，不能只是放置在美援文化的下游來觀察，而應放置在自由主義傳統的脈絡裡來考察。

《自由中國》在臺灣戰後史上的重要意義，乃在於它積極批判 1950 年代以降的戒嚴體制，而努力爭取思想與言論的自由空間。創辦於 1949 年 11 月的《自由中國》，發行人名義上是胡適，但實際是由雷震主導。這份刊物問世時，臺灣社會正面臨了中國內戰與全球冷戰的兩大政治漩渦。在發行初期，《自由中國》猶能配合官方的反共政策，但自 1952 年以後，這份刊物的成員逐漸發現反共體制與該刊所尊崇的民主自由理念背道而馳。自由主義思潮不容於反共的國度裡，自屬一大諷刺，正因爲有《自由中國》的存在，才鑑照出戒嚴體制與海峽對岸的共黨統治並無二致。自由主義傳統的意義，就在這樣的大環境中彰顯出來。

歷來有關 1950 年代自由主義的評價，都是以男性知識分子的思考爲主軸，其中尤以胡適、雷震、殷海光爲著。但是，《自由中國》文藝欄主編聶華苓接掌之後，也豐富了自由主義傳統的內涵，這個事實，一直受到史家的忽視。聶華苓（1925～），湖北人，是一位相當有女性自覺的作家。這位外文系畢業的編輯，對於當時反共文學的陳腔濫調已有高度的不滿。因此，接編《自由中國》文藝欄後，開始邀請作家撰寫與官方文藝政策悖離的作品。她在後來的〈憶雷震〉一文中回想：「那時臺灣文壇幾乎是清一色的反共八股，很難看到一篇反共框框以外的純作品，有些以反共作品出名的作家把持臺灣文壇；非反共作品很難找到發表的地方。《自由中國》就歡迎這樣的作家，反共八股絕不要。」這段回憶指出兩個事實，一是反共作家把持了文壇的發言權，一是純文學作家找不到發表的空間。聶華苓的出現，改變了《自由中國》的文學方向，並且對後來的文壇也產生了刺激與影響。

從作者群來看，文藝欄在 1953 年之前，誠然刊登不少反共作品。陳紀瀅的《荻村傳》，便是在這份刊物上分成 14 期連載完畢。朱西甯早期所寫的反共小說，頗受好評，也都是在文藝欄發表，包括〈糖衣奎寧丸〉、〈拾起屠刀〉、〈大火炬的愛〉、〈何處是歸宿〉等。另外，王平陵的小說與劇本，也都刊登在聶華苓接任編輯之前。等到她主編文藝欄後，內容開始有顯著的變化。

散文的大量出現，是 1953 年後文藝欄的主要特色。散文文體的開發，在戰後文學史上是作家版圖擴張的象徵。在日據時期散文隨筆等作品雖偶有出現，卻未見有專精的營造者，把散文當作嚴肅的藝術去追求，必須等到 1950 年代之後，在《自由中國》發表作品的散文家，都是以大陸籍爲主。這群作家並不必然接受官方權力支配，如吳魯芹、思果與陳之藩，因此無需受到反共文藝政策的影響。他們生活的天地遼闊，從而文學思考的空間也較諸當時在臺灣的作家還更自由開放。他們爲臺灣讀者帶來異國的想像，而更重要的是，他們的創作技巧完全異於制式、僵化的文藝教條。

與吳魯芹同時期出現於《自由中國》的另一位散文家是陳之藩。在 1950 年代末期風行於文壇的這位作家，全然偏離反共政策，寫出那個時代留學生文學的最早篇章。陳之藩（1925～2012），河北人。本行專攻工程，卻擅長散文創作，自由主義的思想頗受胡適的啓發。第一篇散文〈月是故鄉明〉，發表於 1955 年 1 月的《自由中國》，他的文字潔淨精確，絲毫不拖泥帶水。他的散文在臺灣發表時，正是美援文化日益抬頭之際。留學生風氣也開始在島上吹拂，青年知識分子對於歐風美雨的迎接，日盛一日。陳之藩適時在文藝欄上連載系列的留美散文，正好滿足了當時許多年輕讀者的憧憬與崇拜。他的筆調感傷、寂寞、孤獨、苦悶，卻又暗中傳達一種意志、自信與昇華。他在美國費城的留學生活，後來都紀錄在第一冊散文集

《旅美小簡》。之後，他又出版了《劍河倒影》，描寫他初履英國時的心情；也完成了《在春風裡》，其中有九篇在於紀念思想啓蒙者胡適。他與吳魯芹都同樣是自由主義的作家，側重寫實與浪漫的雙重風格。他們的作品之受到歡迎，恰如其分地反映了臺灣社會對自由天地之想像與渴望。

其他的散文作家如張秀亞、黃思騁、王敬羲、琦君、思果，都是《自由中國》的主要作者。其中以張秀亞的收穫最豐。張秀亞（1919～2001），河北人，來臺前曾經擔任過重慶《益世報》的編輯。在文藝欄發表的散文，都圍繞在懷舊感傷的獨白，如〈舊筆〉、〈懷念〉、〈絮語〉等，後來都收在散文集《感情的花朵》。散文寫作在 1950 年代以後會成爲重要的文體，這段時期作家的開拓，可謂功不可沒。他們開始注意到細膩的情感與內心情緒的掌握，他們也強調生活的枝節與想像的釋放。這些寫作方向的開發，爲後來的各種美學思潮提供了豐富的管道。現代主義思潮，正是藉由這些管道引進了臺灣。

這些自由主義作家，都是透過聶華苓的邀請才與臺灣文壇有了接觸。身爲編輯的聶華苓，終於與臺灣自由主義傳統結盟，也許是出於偶然。不過，由於她的加入行列，使得自由主義的發展脈絡顯得更爲豐碩。自由主義運動自始至終都停留在爭取發言權的政治層面，而聶華苓則把這種爭取發言權的努力與文學創作結合起來，從而在人文方面拓展了遼闊的版圖。

聶華苓的自由主義文學觀，不僅表現她所邀請作家的多元性，而且也表現在她個人的文學思考上。她的自由主義傾向固然在於抗拒中國大陸的思想統制，同時也在於迂迴批判國民黨的文藝政策。在《自由中國》上發表的作品，都是針對當時苦悶的現實抒發作者的抑鬱心聲。尤其是跟隨國民黨政府來臺的許多外省籍公務人員，大都生活在流亡狀態之餘，又陷於經濟的掙扎。他們對於政治口號與反共體制不時流露懷疑的態度。在如此封閉的環境下，聶華苓的小說也同樣表達了對國家體制的惶惑。她可能是早期女性作家中對性別議題最具敏感性的，她的小說洞察了政治權力所挾帶而來的男性至上、道德倫理與婚姻規範，毋寧是在束縛女性的身體與精神。她的早期小說如〈黃昏的故事〉、〈母與女〉、〈窗〉，都彰顯了既有的價值觀念與男性中心論具有緊密的關係。從表面上看，反共政府努力維持一定的社會秩序，都是透過儒家思想、傳統禮教、宗法觀念來加強鞏固。而傳統的禮教與宗法，卻是以深化男性權力為最主要目標。因此，越是擁護反共的國家機器，就越使男性中心論獲得提升，從而也使女性越淪於被支配、被邊緣化的境地。聶華苓在 1950 年代的小說創作裡，大膽揭露封建男性文化的虛矯與虛構，並且也露骨女性的情慾解放，甚至觸及了婚外情。對於反共文學的侷促格局而言，聶華苓的筆法誠然有了重大的突破。她在 1950 年代出版的短篇小說集《葛藤》（1955 年）與《翡翠貓》（1959 年），正是她這段時期的文學思考之最佳展現。

聶華苓在自由主義運動中的另外一個突破，便是在現代主義的技巧上進行嘗試。在 1950 年代末期，她的幾篇小說如〈李環的皮包〉與〈月光・枯井・三腳貓〉，都是文學史上極具現代主義實驗的早期作品。她寫出了女性肉體的撕裂，靈魂的破碎，以及生命的不完整與生活的不確定。這種染有現代主義色彩的作品，在某種程度上也是反共體制的一種負面回應。在傳統道德的裁判下，肉慾是一種邪惡的呈現。然而，這種肉慾卻是構成女性生命完整的一部分。當她這樣寫時，現代主義的思考就隱約浮現出來了。她的現代主義作品，後來就收入《失去的金鈴子》（1960 年）與《一朵小白花》（1963 年）兩冊小說集中。最令人震撼的是，她在 1976 年寫出了長篇小說《桑青與桃紅》，是一部描寫女性肉體與精神雙重流亡的意識流作品。這部小說出版時，受到中國與臺灣兩地官方的查禁。這個事實說明，主張社會主義的共產黨與標榜自由主義的國民黨，無論意識形態是如何分歧，但是在壓制女性思考的行動上卻相當一致。男性政權的脾性，果然禁不起聶華苓小說的檢驗。這部小說，寫出女性在離亂年代的人格分裂，「桑青」與「桃紅」是同一個女人的兩個名字，她有雙重的生命經驗，雙重的心理世界，以及雙重的認同。透過縱慾，而獲得解放；透過流亡，而獲得救贖，這種辯證的書寫策略，有其諷刺的義涵，也有其嚴肅的證詞。20 世紀的女性流亡圖，具體而微地濃縮在《桑青與桃紅》之中。

《自由中國》的小說群，較具代表性的作家包括司馬桑敦、彭歌與徐訏。他們都是在現代主義臻於高峰之前就寫出值得議論的作品，例如司馬桑敦《山洪暴發的時候》，便是成名之作。同樣的，連載於《自由中國》的彭歌小說《落月》，也是他在臺灣文壇的登場之作，都同樣具備了現代主義的傾向。司馬桑敦是駐日特派記者，在 1967 年出版長篇小說《野馬傳》，竟遭到國民黨的查禁，理由是「挑撥階級仇恨」。自由主義作家之受到打壓，由此獲得明證。

——選自《聯合文學》第 202 期，2001 年 8 月

漢有游女
聶華苓

◎朱嘉雯*

南有喬木，不可休思；
漢有游女，不可求思。
漢之廣矣，不可泳思；
江之永矣，不可方思。

——《詩經・周南・漢廣》

我夢見的天壇，景象完全不同了。祈年殿、皇穹宇、圜丘，到處是難民的草蓆、褥子、單子。漢白玉石欄桿晾著破褲子。皇天上帝的牌位扔在地上，祈穀壇上到處是大便。

——聶華苓

自由主義和民族主義在西方近代政治思想史的展演歷程中，占有重要的地位。以義大利建國爲例，當馬志尼以啓蒙運動的信念完成了艱鉅的國家統一之後，隨即發現國家仍受到警察制度的監控，使人民失去人身自由。世人因而體認到自由主義與民族主義往往存在著既能合作推翻封建舊制，卻又因此產生衝突的事實。以中國近代歷史而言，「啓蒙」與「救亡」何嘗不是兩種存在於知識分子思想中揮之不去且相互角力的政治概念。

由於國家利益與個人自由之間所可能產生的衝突往往導致知識分子雖

*佛光大學文學系副教授。

受自由民主的洗禮，卻在內憂外患的重重壓力下，被迫暫時甚或永久地選擇以國家自由為優先的政治抉擇，因此使得一部世界近代史充斥著如蘇聯的史達林、德國的希特勒，以及義大利的莫索里尼等獨裁政治的慘痛經驗。

西方古典自由主義的發展向來為人所熟識的發展主軸，分別是以洛克及孟德斯鳩為代表的兩種典型。前者以啓蒙運動為開端，亦即「個人」為主體的自由主義型態；後者則將國家及社會既定的秩序視為自由存在的先決條件。洛克基本上認為人與生俱來的自然權力（natural power）的維護與保障，是社會共同的政治責任。在此思維下，國家組織即成為保障人民自由的工具。因此當它侵害了人民的自然權力時，國家機器乃至於統治者存在的正當性隨即被質疑，同時人民也具備了推翻政府的正當理由。

前述近代史演進中，救亡與啓蒙激烈辯證的同時，在學理上所反映出的問題關鍵正是知識分子在自由主義兩條路線之間所作的分配比重。而戰後之初臺灣自由主義及其在文學作品上的表現，大抵也是循此兩條路線之爭而展開的辯證歷程。本文將從哲學、政治，以及文學等三個層次，循序討論從西方、中國到臺灣，自由主義與女性離散書寫的關係，進而考察女性主體在時代亂離中所尋獲的自由意義。

一、學人的自由主義

(一)胡適之融貫中、西

胡適的自由主義思想背景大致可從中、西方的文化與哲學理論加以綜述。他幼年所受的教育無疑來自傳統人文思想的基礎。1945 年，他在哈佛大學的演講會場中曾說：

> 回想到安徽南部山中我第一進入那個鄉村學校。每天從高凳上，我可以看見北牆上懸掛的一幅長軸，上面有公元八世紀政治家和書法家顏真卿的一段書札印本。當我初認草書時，我認出來那張書札開頭引用的就是

立德、立功、立言的三不朽論。

——胡頌平編著，1981 年

胡適談及這段往事時，人生已匆匆過了 50 年。他幼年時期所受的傳統教育與薰陶已在他的觀念中根深柢固。稍長後，嚴復與梁啓超等人所譯介的自由主義也隨之進入他的邏輯思維底層。兩相結合的結果表現在他以公共事業爲重的理路上。他說：

我這個小我不是獨立存在的，……是和社會的全體和世界的全體都有互為影響的關係的……。

此外，《中庸》所云：「君子動而世爲天下道，行而世爲天下法，言而世爲天下則也。」同樣爲胡適所引以爲一生行事的準則。他於《中國古代哲學史》中說：「在人生哲學一方面……，我與人同是人，故『己所不欲，勿施於人』，故『惡於上，毋以使下』，『故所求乎子以事父』，故『老吾老，以及人之老』。」由於儒家的「三不朽論」及「恕道」將個人的生命意義提升到社會上崇高的神聖地位，因而使胡適肯定個人在社會中的積極性角色。這一點是中國式自由主義和西方個人、社會之間形成某種對立與隔閡的差別所在。它避免了個人主義擴充到放任、利己的程度；所堪虞的則是以社會爲優先考量時，對自由主義健全化所可能造成的阻礙。五四學人整合「己所不欲，勿施於人」的儒家精神與穆勒所說的：「自由以勿侵他人之自由爲界」而形成中國式的自由主義思想體系，自嚴復以來，到胡適才完成其理論建構。

(二)雷震的自由思想在臺灣

當胡適強調以社會基礎啓蒙民眾，以達成自由民主國家的建設目標時，集權中央化的專制民主也悄然在海峽兩岸之間成形。歷史幾度重演，一旦民主政治缺乏社會監督機制，多數的統治者便拋棄了自由主義中「有限政府」的原則，而趨向集權化的道路。

戰後初期臺灣的民主政治發展事實上也就是自由主義與民族主義互相衝擊的結果。延續胡適自由主義思想的代表人物，首推雷震，由他掌舵的代表性刊物《自由中國》於 1950 年代初期，曾嘗試在「一個中國」的原則下，尋求國際力量介入臺灣海峽，以幫助中華民國反攻大陸。因此這份刊物的立場是拒絕接受臺灣海峽停火協議的，儘管在 1955 年共軍攻下一江山，造成臺海情勢高度緊張的時刻，這份刊物的立場依然不變。

1950 年代中期以後，隨著反攻的客觀環境愈來愈窘困，《自由中國》便開始以社論檢討「反攻大陸」與「自由人權」之間的衝突問題。當時他們的論點是，臺灣既一時無法收復大陸，而海峽兩岸對峙的情勢也成定局，則當務應以推動民主政治的發展爲優先考量。「反攻無望論」在自由主義發展中的意義可解釋爲學界企圖將國家自由的準則調整到個人自由身上，其思想脈絡將有助於臺灣民主政治的落實。當時殷海光曾指出，國家處於非常時期而需要個人犧牲自由來換取群體利益的理由是不夠充分，「團體」與「國家」的定義到底是空泛而令人迷惘的，所謂「國家自由」，對外可與國際間其他國家相互約束，對內則缺乏犧牲個人自由以維護其運作的正當性。[1]

在《自由中國》處理國家角色定位問題時，「群己」課題又再度浮上檯面。雖然雷震、殷海光等未曾言明，然其亟欲從穆勒理論走回洛克的古典自由主義道路，將國家視爲維護人民自由之工具的意圖，已不言可喻。臺灣的自由主義者希冀建構古典自由主義的國家觀，以維護個人自然權利爲優先考量，至於以臺灣統一中國的基調則放爲長遠目標。《自由中國》因而提出：「國家應爲個人利益而存在，不是個人應爲國家利益而存在。」前者是自由民主的體現，後者便是極權與獨裁。釐清這層觀念，臺灣便不至於在反共的立場上混淆觀瞻。然而這場官方國家自由主義與個人自由主義的

[1]殷海光，1954 年。

論戰，卻以軍中政戰系統透過機關報紙攻擊胡適，並將雷震下獄十年爲終。這段情勢的演變，影響了外省女作家的渡海書寫，以及尋求自由的堅強理念。

(三)從《自由中國》到《文星》雜誌

《自由中國》雜誌原本是由官方輔導的政論性兼文藝路線刊物，其後轉而抨擊國民政府之高壓封閉，並強烈要求民主開放。此時除了雷震之外，殷海光亦是主要關鍵人。殷海光的專長在研究邏輯實證論，這門講究方法學的理路，使他欲以方法論來涵蓋全體哲學。臺灣於戰後初期，從學界以至政壇，基本理性原則仍未確立，邏輯實證論顯然無從展現其精釆。事實上邏輯實證論的內在法則具有一種反神話、反大敘述、反模糊口號的傾向，其實是與文學中的陰性書寫特質相唱和。

殷海光以此評論當時的臺灣政局，注定了與當權的主流意識形態產生嚴重扞格的歷史命運。在這場衝突中，除了邏輯實證論與臺灣當局的不相容，我們還應注意《自由中國》學人吸納了西方自由主義的信念，使得他們對政治上各種口號謊言的不信任。因此，雷震、殷海光等人愈不能忍受爲了政治目的，而不顧現實，以不合邏輯的語言，訴諸威權、暴力並以套套邏輯玩弄群眾。在他們的眼裡，中國式的政治語言簡直是最粗糙的邏輯示範，其效果也就自然是最徹底的愚民。

1950 年代起殷海光等《自由中國》派的知識分子展開了面對當時威權體制的最大挑戰。《自由中國》在 1960 年被勒令停刊，雷震以共諜案被捕下獄，殷海光則以胃癌早逝，然而他們左批共產黨、右批國民黨的自由主義言論，卻潛藏在臺灣社會，啓發了民主的動力與思維。(殷海光，1990年)。

繼此之後，《文星》雜誌是 1960 年代影響臺灣思想界的一本重要刊物，它帶動了青年勇於衝破傳統向權威挑戰的思潮，同時亦打破了雷震被捕，《自由中國》被禁後，臺灣思想界沉悶的氣氛。爲此，臺大哲學系陳鼓應說道：「《自由中國》代表老一代的自由主義，雷案發生後受到重挫；在這時候，青年的一代在《文星》登上發言臺。」然而 1961 年 11 月李敖正式進入《文星》寫下第一篇文章〈老年人與棒子〉卻因此扭轉了《文星》的方向，此後五年間陸續引發了繼五四之後的另一場中西文化論戰，以及李敖與胡秋原兩人長達 13 年的紛爭。主張復興中華文化的胡秋原以爲李敖有外國人撐腰而攻擊蔣介石，這場筆戰一度提高了《文星》的銷售量，以及李敖本人的知名度，同時胡秋原也因此創辦了《中華雜誌》以爲論戰的場域。

1965 年《文星》雜誌終因李敖的文章而遭到停刊的命運。當事人李敖說：「原因是我們寫文章批評了國民黨中央，蔣介石下令查禁我們的雜誌。當時查禁是給我們一年的停刊命令，一年以後還可以復刊，一年以後就不准復刊了。」《文星》的停刊，也象徵了自由主義在臺灣的另一次挫敗。較之五四時期的《新青年》，《文星》在很多方面思想深度跟成熟度都還有加強的空間，但前後兩份自由主義刊物的相同命運，卻如實地反應了戰後初期，「自由」傳統的發展空間及論述場域在現實陰影下，難以展現原貌的事實。而渡海女作家所表現出來的五四自由主義精神，也在此空氣下，夾雜著國家至上與個人主義相依違的矛盾心理。直至聶華苓的創作、編審與赴美廣邀兩岸三地人士及世界各色人種參與其國際寫作計畫，女作家的自由主義才呈現出其理論的精純，並還給文學空間應有的奔放風貌。

二、女作家的自由追求與離散書寫

聶華苓出生於湖北宜昌，正是《詩經・廣漢》所吟：「漢有游女」的地方。她自敘生逢亂世，從小便過著流離張惶的生活，顯然成了「游女」的最佳寫照。在《失去的金鈴子》裡，她寫出了一個抗戰時期中國女子——苓子的流浪與成長。在〈苓子是我嗎？〉一文中，她說：「她是我創造的。但，也是我！因爲我曾年輕過。」

聶華苓於 1949 年抵臺，1964 年移居美國，代表作《桑青與桃紅》，描寫一名中國女子從大陸到臺灣，再到美國的坎坷歷程。白先勇分析道：

桑青逃到了美國……當移民局官員問她若被遞解出境會去那兒時，她的回答正具代表性：「不知道！」這話道破了現代流浪的中國人的悲劇……。

聶華苓的文學特色在於筆觸細膩，善於運用細節描繪人物並抒發感情。她的母親 30 歲守寡，家中尚有年幼的弟妹，母子相依爲命，感情至深。她回憶母親過世前的情景：「您還坐在床上看著《亞洲雜誌》上我的一篇英文文章。每逢在醫生或是護士走過，您都招招手，把雜誌給他們看，撇著嘴說：『我自己可是半個字也不認得！』說完之後望著他們一笑。您的頭髮已經落光，您的臉已經瘦削得變了形，但是啊，姆媽，您那一笑，卻是我見到的最美麗的笑。」

她與丈夫——美國著名詩人安格爾（Paul Engle）相知相愛 27 年。定居美國後，在愛荷華大學創辦國際寫作計畫，每年邀請世界各地成名作家到愛荷華城進行訪問與交流。1991 年 3 月，安格爾撒手而去，聶華苓傷痛莫名，「我在寫我們在威尼斯的回憶，有時實在寫不下去了，只好停筆。這些都引起種種回憶，又逢深秋，落葉一地。我也成了一片落葉，飄落在這小山上。無限淒涼。現在我才知道：夫婦白頭偕老，才是最大的福。」

聶華苓回顧創作歷程時說：文字是用淚水流出來的。而文學的作用除了使人思索、使人探究外，最重要是使人不安。

(一)女性編審的反「反共八股」

聶華苓於 1949 年渡海來臺，1952 年進入《自由中國》擔任編輯委員，審核該刊每一期所登出的文章。她在追求自由民主的風氣中深受學者雷震、殷海光等人的習染，對針砭政治以及推動民主憲政頗有心得，同時以女性身分橫跨文學與政治批評雙重領域，在當時的知識界也是相當凸出的現象。在政治上，她與《自由中國》的立場一致；在文學上則因爲對自由主義的浸淫而自創一格，獨立於 1950 年代的反共文藝之外。

聶華苓曾在〈憶雷震〉一文中提及 1950 年代臺灣文壇由反共作家所獨

占，而寫作者亦斷絕了與大陸 1930、1940 年代的中國文學傳統淵源，尤其是毛澤東發表〈在延安文藝座談會上的講話〉之後，國民黨政府也積極以張道藩爲首，組織「中國文藝協會」，以政治運作結合政壇與文壇。當時臺灣社會的嚴峻氣氛致使作家難以進入文協，並在具有影響力的各大報擔任要職，以把持文學發表的管道。

聶華苓所屬的《自由中國》，其成員多半是隨國民政府撤退來臺，具有反共理想的自由主義人士。然而在文學思想上卻是反對做「反共八股」的。在全島擁蔣、反共的浪潮中，聶華苓等人以理性批判的態度追求自由與民主，並於編審文章的操作中，表達她對於國家和個人自由的看法。她與殷海光持相同的論點：不以大我之名侵占個人自然權力。

（二）聶華苓與五四文人

1960 年代她因雷震案而移居美國，事後陳若曦回憶道：

> 聶華苓說：「自由中國」事件〔1960.9.4〕時，雷震被抓，很多人希望胡適能回臺灣去跟老總統求情，但是胡適不願意。她接著說：「我們到今天都不原諒他！」

儘管在「雷震案」上，聶華苓對胡適不諒解，又未及親身參與「五四」，然而自由思想與人道關懷卻是她文學生涯中一以貫徹的信念。對於五四人物的景仰與懷念，也充分顯示在她的文章裡：

> 我認識梁實秋先生，正值我一生最黯淡的時候。在 60 年代初，生活宛如孤島。我在臺灣大學和東海大學兩校教創作，在臺大校園和大肚山上和學生們在一起，是我枯寂生活中最大的樂趣。再就是和海音、孟瑤一同於週末去梁先生家。

他們在吃喝談笑中，暢論五四文壇舊事。聶華苓、孟瑤、林海音等人因而從梁實秋口中得知「五四文人」的光采。

> 問到徐志摩、陸小曼、冰心、老舍、沈從文，三、四十年代的作家們，那時他們都好像是另一個世界的人。我們對那些身為作家的「人」，遠比任何文壇事件有興趣。例如，我們會問：「冰心是什麼樣兒？」梁先生笑笑，想起了他的秋郎時代吧？」「長得不錯。」他沒多說。從他那一笑之中，我就可以想像冰心年輕時清麗的模樣。

聶華苓與梁氏夫婦感情深厚，甚至於 1964 年她隻身前往美國的旅費都由梁家協助，這也讓驚恐於雷震事件中的聶華苓感受到五四文人溫情的一面：

> 我由臺灣來美國之前，去看梁先生和梁師母。
> 「你沒有路費吧？」梁先生在談話中突然問我這麼一句話。
> 「您怎麼知道？」
> 「我知道。你需要多少？」
> 我到美國的路費，就是梁先生借給我的。……
> 我和梁先生通信多年；信雖不多，但一紙短箋，寥寥數語，卻給我這海外遊子無限鼓勵和溫暖，我也對至情至性的梁先生多了點認識。

此外，梁實秋的婚姻與戀愛也是這位追求自由民主的女作家對五四人物的情感世界最感念的部分：1974 年 6 月，聶華苓接到梁實秋的英文信，內容述說著他的喪妻之痛。這封信正是在 5 月 4 日寫的，離梁師母過世不到一星期。

> 梁先生的信是 5 月 4 日寫的，正是為梁師母悼祭的日子。讀著梁先生的信，我可以看到在心中哭泣、掙扎活下去的梁先生。我非常擔心他如何

> 打發以後的日子，因為我知道他如何依賴梁師母。
>
> 幾個月之後，1975 年初，我又收到梁先生從西雅圖來的信，告訴我他在臺灣認識了韓菁清女士，並已結下不解之緣。「我的友好幾乎都持反對或懷疑我的態度」我將信譯給安格爾聽。我倆立刻各自給梁先生寫了信，告訴他我們十分高興他又找到幸福，不必為外間閒言閒語所擾。

去國多年，聶華苓愈加堅信，年齡的差別不是幸福的障礙，甚至文化的區別也不是，重要的是彼此了解、尊重、體諒、寬容和忠誠。因爲她和安格爾的婚姻就是如此。爲此，梁實秋又來了一封信，表示「感激涕零」。聶華苓對梁實秋與韓菁清戀愛的支持，其實亦就是她對婚戀自由的一種抒發。

1978 年聶華苓隨梁實秋回大陸尋根，見到了她心儀已久，同時也和梁實秋有深厚友誼的五四作家——冰心。

> 她是我想像中的模樣：一座非常典雅的象牙小雕像。年代久了，象牙雕像變色了，但還是細致得逗人喜愛。她愛說：「是嗎？」尾音往上一揚，眼角、嘴角輕輕一翹。她說話很好聽，一個個字珠圓玉潤地溜出來。她談至到文革以後第一次文聯大會：「我去了，見到好多老朋友。有的人殘廢了；有的人身體很弱；有的人拄著拐杖上臺去講文革受迫害的情形。臺上哭，臺下也哭。」

1980 年代，聶華苓在一次作家的宴會間，見到梁實秋的另一位五四友人——沈從文。

> 年輕人已不知沈從文是何許人也。……多年前曾將《從文自傳》的片斷譯給安格爾看。他十分佩服沈先生。宴會上有一位紅光滿面、微笑不語的老人。我要安格爾猜他是誰。安格爾猜不出來。我對他耳語。

「啊，沈從文！」他大叫，熱烈握他手。

沈從文平時愛吃糖多於菜。他告訴聶華苓一個有關「糖」與「愛情」的親身小故事：

「因為以前我愛上一個糖坊的姑娘，沒有成，從此我就愛喫糖。」

三、女性的身體與流亡

1970 年代完成了截至目前爲止最重要的女性離散文學之一——《桑青與桃紅》。許多人都說，這部小說的出版史恰似故事中女主角桑青的流亡過程。這部作品原本連載於《中國時報》「人間副刊」，卻突然因聶華苓翻譯毛澤東詩作而被列入黑名單，以至連帶小說也遭到腰斬的命運，此後直到 1988 年臺灣解嚴，本書才由漢藝色研正式出版。1989 年，英譯本的《桑青與桃紅》更以女性主義、少數族裔等跨文類的多重論述而獲得美國書卷獎。

《桑青與桃紅》描寫流亡少女桑青乘船過瞿塘峽時，一方面忐忑於身懷家中辟邪玉而逃家的罪惡，一方面又徜徉在無知的快樂境界裡，終於初試了流亡學生的江上雲雨情。故事中的「她們」以少女的姿態出現，在女性的敘述意識中，這個由少女想像所投射出來的世界，其實是內在心理與外在整體家庭社會對決的反映。在此結構中作者試圖保留少女恬適、純真與封閉的形象。女性作家因而透過少女原型的書寫，嘗試展現自我的另一面。同時也藉由少女的書信與日記形式，意圖擺脫性別與身分的僵局。在作者獨特的女性主體意識觀照下，小說中儼然建立起一套不同於現實秩序世界下的女性，因而呈現了具有愛欲本質的自我。作家的創作意圖在以少女式的單純與天真，解消整體社會長期以來的政治鬥爭及其所由生的人世變化。

小說中將流亡主體以精神分裂的筆法一分為二，其中桑青歷經對日抗戰到國共內戰，她的流亡路線從四川、北京到臺北，最後移居美國。少女失卻的歡顏與徘徊不去的精神分裂，更加深了女性在家庭、社會層層倫理關係面前進退維谷的感受。女作家企圖以走出家園的身影，及少女自傳式的書寫，重新審視性別位置在成長史之中的意義。特別是有關「人」和「女性」命題的反思與醒覺。女性自我的呈現，透過「主體」及「認同」的處理與敘述，嘗試突破以往男性架構下的偽女性意識，並藉由看似散漫的文體形式，重寫一反過去男性書寫主導下的女性主體位置。

是故，小說人物雖因戰爭而四處流竄，但卻未予人家國興亡的沉重感，取而代之的是天真浪漫的女性情懷。一群難民漠視禮教，以歡樂、做愛解消了集體文化記憶對流亡者的約束，聶華苓於此透露臺灣女性自由主義者對家國觀念的解構。而這一層體認足可視為「後五四」以來，女性離散主體在解放與自由的追尋中，再度向前跨越了一個進程。書中聶華苓以女性之筆解構了中國傳統國家主體具有象徵性與神聖地位的建築——天壇：

> 我夢見的天壇，景象完全不同了。祈年殿、皇穹宇、圜丘到處是難民的草席、褥子、單子。漢白玉石欄桿晾著破褲子。皇天上帝的牌位扔在地上，祈穀壇上到處是大便。

國家的權柄被女作家棄如蔽屣，郭淑雅在〈「喪」青與「逃」紅？——試論聶華苓《桑青與桃紅》／國族認同〉一文中指出：

> 此無疑是徹底顛覆了代表整個國家典儀及其背後繁複幽微的文化系統，這種毀滅群眾的「想像的共同體」之精神寄託，的確宣告了聶華苓自由主義思考中共同的歷史文化及集體記憶在民族主義裡所占分量的微乎其微。

以《自由中國》對國家自由的棄絕，與對民族大義的扞格，印證了《桑青與桃紅》中無視於國家的戰亂危亡而尋求個人歡愛的書寫策略，是藝術性地道出女性離散主體在追逐自由過程中的主觀心境。她們不僅失去了從屬感，漂洋過海之後，她們甚至發現了一個道理——其實她們從不需要任何國家文化主體以為憑藉。國家定位與國族認同才是虛無飄渺的幻影。聶華苓藉桃紅之口說出：

> 我是開天闢地在山谷裡生出來的，……我那兒都是外鄉人。但我很快活。這個世界有趣的事可多啦！

從胡適的「君子動而世為天下道」，至雷震等人強調個人自由建立在國家群體之上，男性流亡學人肩負民族與歷史的沉重包袱，似乎在女作家身上卸下。亂離人的形象在女性書寫中被轉化為更積極、活潑、主動的創造者。她表示個人不需要國家民族來彰顯她的價值，於是女性意識終於走出男性流亡者的自尊、自憐與感時憂國。在去國家、去民族、去認同之後，女性的家國觀如同脫韁野馬，在開放的空間裡奔放馳騁。

四、「她」的離散路線

1949 年之後，聶華苓在創作上的主要成就是小說。《臺灣軼事》是她在臺灣生活，有感於社會現實，並對各種各樣人所做的觀察，進而寫就的短篇小說集。作者於〈寫在前面〉的序文裡說：

> 那些小說全是針對臺灣社會生活的「現實」而說的老實話。小說裡各種各樣的人物全是從大陸流落到臺灣的小市民。他們全是失掉根的人；他們全患思鄉「病」；他們全渴望有一天回老家。我就生活在他們之中。我寫那些小說的時候，和他們一樣想「家」，一樣空虛，一樣絕望——這輩子回不去啦！怎麼活下去呢！

儘管小說的人物和故事是虛構的，然而其真實性卻也隱含其中。聶華苓把〈王大年的幾件喜事〉等《臺灣軼事》交付北京印刷出版時，作者筆下所承載的大批思鄉遊子的情感，以及她所接受的臺灣社會，似乎找到了抒發的窗口。聶華苓的一生與國民政府和共產黨之間的糾葛，及對胡適等人的錯綜情緒，均是她渡海書寫的重要歷史背景。

1952 年，胡適由美返臺，雷震欲派她赴機場獻花，然而她卻對胡適在處理《自由中國》與當局衝突的問題上頗不以爲然。尤其是胡適爲了一篇〈政府不可誘民入罪〉的社論而辭去了發行人的職銜，使她懷疑胡適有「擺脫」《自由中國》之意。因此她留字予雷震，說道：

> 儆寰先生：
>
> 您要我去向胡先生獻花。這是一件美麗的差事，也是一個熱鬧的場面。我既不美麗，也不愛湊熱鬧。請您饒了我吧！
>
> 聶華苓上

殷海光對她刮目相看，她也同時獲得胡適本人的嘉許。1953 年聶華苓因創作升任《自由中國》的編輯委員會委員。直至 1960 年該刊因雷震被捕入獄而停刊爲止，整整 10 年的編輯生涯，使她結識了許多臺灣作家，自由主義的思想也逐漸成形。她曾說：

> 我們不登那些反共八股，不參加黨部組織的作家協會……。

雷震於「五四」前兩年已加入國民黨，並擔任過許多重要職務，亦曾代表蔣中正參加國共和談，並參與制訂憲法。後因〈搶救教育危機〉一文觸怒權力核心。1956 年，蔣中正 70 華誕，《自由中國》在「祝壽專號」中批評了他的特務統治，致使他以「煽動叛亂罪」被軍法判刑十年。《自由中國》被禁，其他同事也相繼被捕，聶華苓在失業的日子等待黎明。

1962 年，她獲得臺灣大學中文系主任臺靜農教授冒險相邀任教文學創作課程。須臾，東海大學徐復觀也跟進，請她去擔任文學創作的教學工作。當時她的代表作之一《失去的金鈴子》於 1960 年代連載於《聯合報》。由於雷震案，使她在人生中最暗淡的時期裡以巨大的毅力埋頭寫作，而竟完成此長篇巨著。同時也再度接續她和外界讀者溝通的橋樑。《失去的金鈴子》在臺北文化圈裡引起了回響，相繼有學生書局、文星書店、大林出版社等再三出版。此時成為聶華苓重振起人生目標的一段特殊文學經歷。

本書的中心人物——苓子，在她莊嚴而又痛苦的成長過程中，反映出中國抗戰時期社會的一個縮影。小小的三星寨連著動蕩的全中國，小說一開頭，作者的濃重之筆，便將讀者帶入了一個黑暗的時代：

> 我站在三斗坪的河壩上，手裡提著麻布挑花口袋，腳邊放著一捆破行李捲。媽媽在哪兒呢？她並沒有來接我。我由重慶一上船，就是驚險重重：敵機的轟炸，急流險灘，還有那些不懷好的眼睛。

當苓子最後離開了三星寨時，聶華苓又寫道：

> 到什麼地方也沒有自己的家。

然後透過母親之口對女兒說：

> 嗯，長大了，真的長大了！

女性在戰亂離散中每離開一個地方，彷彿意味著人生將「重新開始」。女作家因而意識到自己的成長與離散是多麼密不可分。作者在流離中一再強調她的離開是出於主體意識的自由安排，而每一段不同的行程，無論走到哪兒，戰爭帶給社會的創痛，卻也同時使得女性無意間發現打開桎梏女性傳統枷鎖的鑰匙。《失去的金鈴子》通過主人公苓子的成長，反映出寡婦巧姨、丫丫、莊家姨婆婆、新姨、黎姨等眾多女性在抗日戰爭時期中的生活天地，「每個人都有各自的想望和希求，每個人都各自被某些飄忽的東西所迷惑，所愚弄；他們每個人最后都失望。」（葉維廉《中國現代作家論》，〈評《失去的金鈴子》〉）而作者「東一把西一把的印象派的筆觸此時都能相互的產生有效的和鳴作用，使整個悲劇的情況加深。」

聶華苓在〈苓子是我嗎？〉一文中，回憶道這些故事實得自於從母親之口。她說：

> 我就捧著一杯茶，坐在她臥房的椅子上，聽她閒談往事，瑣瑣碎碎，沒有條理，沒有頭緒。我忽忽悠悠地聽著，也許根本沒聽進去，人的思想有時真像有鬼似的，要抓也抓不住，東飄一下，西飄一下。……我常常在這種半睡眠的狀態中，突然為母親的一句話震動了，清醒了。

聶華苓在三斗坪那段生活，成了她進行創作的一個源泉。母親講述的人和事在歲月的洗滌下竟逐漸清晰起來，或許可說是早已沉入作者的靈魂深處。於是這些人、物、事便活絡起來，引得作者產生了強烈的創作欲望。聶華苓說：

> 我不單單寫那麼一個愛情故事，我要寫一個女孩子的成長過程。

渡海女性的成長過程，及其與現實搏鬥而掙扎的故事，在——巧巧——一個狂放、野性的女孩子身上展露無遺。作品中每個人物都在走自己的路，恰如作者自我的人生要求。即使是大地上的小溪、無垠的沙漠，甚或萬山叢中的艱苦跋涉，苓子的形象正是小說做爲特定時代的反映，也是1960 年代女性自由主義作家在亂離渡海經驗中，種種心境與生活的投射。

1963 年，美國詩人保羅・安格爾走訪亞洲，無意間解脫了聶華苓心繫囹圄的痛苦。他們雙雙赴美，並於愛荷華大學中展開了教學、寫作與翻譯的文學生涯。1970 年他們一同翻譯了《毛澤東詩集》，其間參考了不少有關中國革命的書籍，對於現代歷史事件，作了詳細的研究，同時因而解除了她多年來的恐共心態，她說：

> 我對新中國從怨到愛這個重新認識歷史的過程才算完成。

美國愛荷華碧藍的克拉威爾水庫，成了她和安格爾創造「國際寫作計畫」的發祥地。

聶華苓思想敏捷。她心裡總是裝著許多形象、畫稿，時刻都會跳出新的思想。這是一個國際性的作家工作室，每年把各國作家請到愛荷華城來，在有利的寫作條件下，促使作家們盡情地揮灑其濃厚的民族文化與地方色彩，並以超越家國的關係，自由地進行思想與藝術的交流。

他們於 1966 年得到學校當局的同意，並且致函各大企業，募得 300 萬美元基金。在 1967 年展開了第一屆「國際寫作計畫」，邀請世界各地名作家。這個計畫並於 1970 年得到美國國務院的協助而聲譽斐然。此後，每年 9 至 11 月，愛荷華城的五月花公寓便陸續進駐各種民族與各方語言人士。在每逢星期二、四的聚會上，作家們或交換其文學創見，或朗誦自己的作品，或論述其創作理論與流派，亦有互相辯論的場景。

此計畫第一次向各國作家發函相邀時，便請來了臺灣作家陳映真，當時陳映真正被逮捕入獄。聶華苓和安格爾致信蔣經國，並為他出資聘請美國律師辯護。其後更陸續邀請了王拓、瘂弦、吳晟（因故未能成行）等人，大陸方面則有蕭乾、王蒙、丁玲、陳明、劉賓雁、張洁、畢朔望、艾青等。在她所舉辦的「中國週末」活動中，兩岸三地的作家群聚一堂，討論文學創作的前途。

從北京、臺北到香港，甚至於新加坡及美國各地作家，三代同堂都在愛荷華這座超越黨派、國族的新天地裡，暢敘他們曾經走過的 20 世紀中國社會的變動、興衰與人世滄桑。由於聶華苓的創新設計，與超越國族的自由理念，使華文作家們聚首於海外，和世界其他地區的文學人共同創作，彼此習染，在海外華文文壇上堪稱創舉。同時，這樣熱情的文學活動，出自一位自稱「海外流浪兒」的女性流亡作家之手，又值得關心女性華文寫作的人們深思與重視。

——選自朱嘉雯《追尋，漂泊的靈魂——女作家的離散文學》
臺北：秀威資訊公司，2009 年 2 月

一種鄉思兩般情
論琦君與聶華苓的懷舊主題散文

◎曾萍萍*

一、前言

就散文作品分量而論，琦君與聶華苓或許不宜同日而語[1]。但是，從懷舊主題散文關心的層面和質素來看，兩人各具之擅場，同樣令人驚豔。

琦君和聶華苓有不少相似的生命歷程：聶華苓是中央大學外文系畢業，琦君曾在臺灣復校的中大執教。她們同隨政府轉徙來臺，同爲 1950 年代以來重要作家，文章裡同樣有一種化不開的鄉思，兩人卻表現出並不一般的情懷。她們還曾經同是「春臺小集」的親密友朋。

> 臺灣五〇年代的「文化沙漠」的確寂寞。為《自由中國》文藝版寫稿的一小撮作家，常常聚在一起，喝杯咖啡，聊聊天。後來由周棄子先生發起，乾脆每月聚會一次，稱為「春臺小集」。[2]

「春臺小集」可以說是《自由中國》外圍的一個文人圈組織，不具規約，初時也沒有政治風向。聶華苓回憶：

---

*發表文章時爲中央大學中國文學系兼任講師，現爲桃園文昌國中教師。

[1]琦君，1917 年生，浙江永嘉人。本論文所參酌其散文集，至少有 24 本。聶華苓，1925 年生，湖北武漢人，本論文所參酌其散文集，計有 4 本。

[2]聶華苓，〈寒夜．爐火．風鈴——柏楊和他的作品〉，《黑色．黑色．最美麗的顏色》（臺北：林白出版社，1986 年 9 月），頁 149。又及，引文中錯誤標點，逕訂正之。

> 「春臺小集」這名稱和我與彭歌有點兒關係。我們的生日都在正月，好像也是同年。我們三十歲那年，周先生預先邀了十幾位文友，在臺北中山北路美而廉，為我與彭歌來了一個意外的慶生會。從此，我們就每月「春臺小集」一次，或在最便宜的小餐館，或在某位文友家裡。[3]

聶華苓提到的文友家裡聚餐，獨獨盛讚琦君，說：「輪到她召集『春臺小集』，我們就到她在杭州南路溫暖的小屋中去『鬧』一陣子，大吃一頓她精緻的菜餚。」[4]她眼中筆下的琦君是嫻雅多能的：「琦君散文寫得好，也做得一手好菜。她的杭州『蝴蝶魚』——教人想到就口饞。」[5]

然而，琦君觸及的聶華苓，卻是筆端閃爍，與讀者自以爲熟稔的琦君形象容有出入。琦君在〈美國主婦生活〉之「勤儉美德」子題中寫道：

> 若有人認為美國是個富有的國家，女人們衣著一定非常講究，化錢很多，那就冤枉她們了。……因為美國人工太貴，所以她們樣樣都自己來。……。這使我想起在愛荷華大學停留時，中國友人華苓每兩周都請該大學教育研究所一位美國準碩士來幫忙清潔工作。在中國人來說，真是一種非常的豪舉了。不過華苓的夫婿是位有錢的美國人，自然又當別論了。[6]

其實 1960 年代的琦君，在臺期間也雇有傭人[7]，卻在上述中輕誚聶的行事。

[3]同上註，頁 149～150。另外，郭嗣汾回憶：「在小聚中，唯一不談的是政治，因爲大家對政治都沒有興趣，但是不談政治並不等於不牽涉到政治……，有人把它變成了政治話題，把小集同人歸類於『自由中國派』，而且彭歌和筆者還特別被點名。」，〈五十年間如反掌——追憶「春臺小集」的一麟半爪〉，《聯合報》副刊，2003 年 8 月 20 日。

[4]同上註，頁 150。

[5]同上註。

[6]琦君，〈美國主婦生活〉，《千里懷人月在峰》（臺北：爾雅出版社，1978 年 9 月），頁 78。

[7]琦君，〈休假記〉，《煙愁》（臺北：爾雅出版社，1981 年 9 月），頁 153～158。

琦君和聶華苓本是好友，與聶母更是情擬母女。琦君在〈與友人書〉上對聶華苓說過：「你的朋友中，她對我的身世和性格知道得很清楚，因而我和她老人家也格外有話好談。」[8]不過，這一篇弔念聶母、寬慰華苓的書信很特別，是琦君所有寫給師友親人作品中，唯一不具對象名字的文章。[9]而寫於 1992 年高陽死後的〈星辰寥落念高陽〉，其中述及的「春臺小集」與華苓前述亦別有差忒。[10]

回溯 1979 年，琦君爲文懷念許芥昱的〈一面之緣〉，有短短篇幅提及在波士頓意外碰頭的聶華苓。琦君說：「我和華苓故友重逢，彼此都有難言的今昔之感。」[11]如今看來，雖很難詳知兩人之間的幽微處，但其質變隱約可感。是什麼樣的世勢與心緒領她們各自走開，造成毫釐而千里的表情？時代的氣壓如何俯穿過兩人裙裾搖搖？從這裡爲起點，我想探究她們所表露的舊時風光。

二、懷舊主題散文之一：家庭與婚姻

（一）三更有夢，千里壞人

從小指頭接過老師的拳擊之後，琦君不僅開啓了童蒙，並一肩擔起母親的付託。母親鼓勵琦君耐苦讀書：「別像你媽似的，這一輩子活受罪」[12]。讀書是當時女孩子進入新世界的通行證，對於母親更有一個重大目的：「好替媽爭口氣。免得爸爸總說媽沒大學問，才又討個有學問的外路

---

[8]琦君，〈與友人書〉，《煙愁》，頁 191。引文中關於琦君身世，應見出版於 1998 年的《永是有情》（臺北：九歌出版社）之序文〈大媽媽敬祝你在天堂裡生日快樂〉，而聶母早在 1962 年過世之前就知悉。

[9]文中所述：「薇薇與蘭蘭一看到我就哭」及其他敘述，足以證明文章是寫給聶華苓的。兩女孩是聶華苓與前夫王正路所出，在聶書中作「薇薇、藍藍」。

[10]琦君在〈星辰寥落念高陽〉寫道：「我與高陽非屬深交，但當年在臺灣曾是時常見面的文友。記得在 1950 年代時，明華書局老闆劉守宜先生出資創辦一份高水準的《文學雜誌》，由夏濟安教授任主編。爲了提高朋友們寫文章的興趣，劉先生幾乎每個月都在他府上召飲暢聚一次。……當時與會的有司馬桑敦、林適存、夏道平、夏濟安、黃中、周棄子、高陽、郭衣洞、郭嗣汾、彭歌、聶華苓夫婦、林海音夫婦，我們也忝陪末座。」摘自《媽媽銀行》，臺北：九歌出版社，1992 年 9 月，頁 214。案：「春臺小集」先是由《自由中國》因緣而聚，但琦君始終未提及。

[11]琦君，〈一面之緣〉，《燈景舊情懷》（臺北：洪範出版社，1983 年），頁 78。

[12]琦君，〈啓蒙師〉，《煙愁》，頁 4。

人，連哥哥一起帶到北平去了。」[13]所以，所以，「媽是把你當個男孩子看的喲」這話一直記在琦君心裡，成爲日後支持她堅強、奮進的力量。[14]

琦君的父親是陸軍大學第一期畢業生，曾留學日本，在時人眼中是遠非武夫能及的儒將，是「不可多得的軍事家」。[15]不過，琦君說：

> 我幼年時對他的印象是巍峨，英俊，嚴肅而冷酷。他很少和媽說話，更少伸手撫摸一下哥哥和我。……。爸爸一身綠呢軍裝，帽上束著白纓，手扶腰間的指揮刀，踏著馬靴，咯咯咯地走進來，一臉迫人的威嚴裡找不到絲毫慈愛。[16]

父親像山嶽一般高不可攀，琦君用直率童真的眼瞄過，還啐一口：「做師長有什麼好呢！連飯都不跟大家一同吃。」[17]

威儀的父親與鄉下母親感情不好，不識字的母親卻有一本珍愛的橡皮書，書中夾藏著父親的來信。

> 母親當著我，從不抽出來重讀，直到花兒繡累了，菜油燈花也微弱了，我背論語孟子背得伏在書桌上睡著了，她就會悄悄地抽出信來，和父親隔著千山萬水，低訴知心話。[18]

然而，這是母親單向的傾訴。母親 30 歲生日宴上，叔叔告知父親翌日返家的消息，「媽的臉色頓時變得慘淡」。日思夜盼的爸爸回來，媽爲什麼要哭呢？琦君耳聞目睹了家庭迭起的風波：

[13]同上註。
[14]琦君，〈毛衣〉，《煙愁》，頁 64。
[15]琦君，〈父親〉，《桂花雨》（臺北：爾雅出版社，1976 年），頁 18。
[16]琦君，〈小玩意〉，《琴心》（臺北：爾雅出版社。1980 年），頁 70。
[17]同上註。
[18]琦君，〈母親的書〉，《留予他年說夢痕》（臺北：洪範出版社，1980 年），頁 2～3。

> 這一天家裡靜悄悄的沒一點聲音，媽也沒下廚燒菜，只聽得廚子在和女傭說：「從此以後不好侍候了，大太太有大太太的口味，二太太有二太太的口味，依誰的呢？」[19]

隨父親回家的是一位嬌滴滴的年輕女子，滿頭珠翠，一張白胖臉蛋兒，紫絳緞襖、粉紅羅裙，花旦似的。原來父親也有臉相慈和的時候，但那是衝著二媽的。

父親在琦君八歲時退休，一家人在杭州短暫團聚復行分手。父親帶哥哥北上，叫母親領琦君南歸故里。隔年，哥哥就患了急性腎臟炎死了。及至哥哥不幸夭折，父親家居，才「把我當寶貝兒般寵愛著，我也就牛皮糖似的黏在他懷裡，肆無忌憚起來」[20]。琦君是官家小姐，稍不如意，也會尖起喉嚨大聲嚷鬧。

> 母親總是用手輕柔地撫慰我，以比平時更慈和的聲調與我說：「孩子，不要哭，只要你決心學好，我相信你一定有毅力克服你這易怒的敵人的。」[21]

母親的溫良儉讓，足可證明她「一生兒愛好是天然」，「卻三春好處無人見」[22]，不濟於夫妻愛情。記憶中，母親便是自而立那年被父親冷落在一旁。琦君回想一次從姨媽家趕夜路回家，走到後門口，後門已經落了鎖，敲打了好久都沒人應。

> 母親知道那是誰有意這樣做的，但她仍舊是抿緊了嘴一聲不響，帶我到

---

[19]琦君，〈小玩意〉，《琴心》，頁 71。
[20]琦君，〈油鼻子與父親的旱煙筒〉，《琴心》，頁 27～28。
[21]琦君，〈一生兒愛好是天然〉，《琴心》，頁 45～46。
[22]同上註，頁 45～48。

> 嬸嬸家過了一夜。[23]

母親的自苦，終其一生只換得父親幾次點頭稱是。歸結母親之於婚姻對應方式的僵化、寬待家人的態度，以及她所煥發出來的生命情調，對於琦君的成長自然投下深重的影響。因此，琦君透過作品，爲母親樹立起一個忠貞、堅韌、慈悲的指標性形象。

不過，我們若單是這樣去認識琦君和她的母親，是不周全的。琦君文中所謂父親潘國綱，字鑑宗，原是伯父；筆下之母葉夢蘭，應是伯母。年屆 80 那年，琦君在《永是有情人》序文中首度披露：

> 我一歲喪父，四歲喪母，生母於奄奄一息中把哥哥和我這兩個苦命的孤兒託付給伯母，是伯母含辛茹苦撫育我們兄妹長大的。[24]

五年之後，在接受廖玉蕙訪問時卻石破天驚地如此應答：

> 我出生時，爸爸出外經商，一直沒回來，我媽媽認為我不祥，就把我丟在地上，是大伯母把我抱起來，從那時起，她就成為我的媽媽，把我養大。[25]

琦君對原生家庭的態度，時或選擇性失憶，時或選擇性記憶，似乎可見這樁祕辛在她內心所產生的煎熬。亦可推想在作品上表現慈藹、樂觀的琦君，其實時常悲從中來卻只願暗自飲泣。

1938 年，國綱父親去世之時，琦君年甫 20，便被迫面對一個現實的大家庭。大學業師夏承燾在日記裡所載片段，有助於還原家庭背景塑造下琦

---

[23]琦君，〈與友人書〉，《煙愁》，頁 194。
[24]詳見《永是有情人》序文〈大媽媽敬祝您在天堂裡生日快樂〉，頁 5～6。
[25]廖玉蕙，〈在彩色與黑白的網點之後——到紐澤西，訪琦君〉，《聯合報》副刊，2001 年 11 月 9～1 日。

君的人格特質：

> 聞希真哭其伯父，暈厥數次。晚往視之，知其於鑑老逝時，曾飲洋墨水自殺，幸無恙。希真父母兄弟皆早逝，孑然一身，依其伯父，鑑老以為己女，而臨終無一遺囑，後日不知如何處置。[26]

夏承垮燾對琦君的生活既關心又同情理解，日記中爲琦君多發感觸：1940 年間記有「其家庭人多，殊難處置也」。1942 年記有「早，希真來，談家事啜泣」。1943 年寫著「希真……欲隨予入閩，以在鄉家庭煩惱太多」。1946 年錄有「午後希真與烈蓀先後來。希真訴家庭鬱伊，語次泣下。予與烈蓀、心叔皆勸其不可長此屈伏於不道德之積威。對小人一味巽順，於人已皆無益處」云云。[27]

父歿之後六年，夢蘭母親亡故。童年的悲喜情愁，在琦君筆下卻化爲一篇又一篇淡淡的遺憾和濃濃的甜蜜。廖玉蕙問：「妳的散文裡，對怨恨、憤怒這類的情感似乎是抱定原則不想多寫，固然有人稱讚妳的溫柔敦厚，但是，也有人因此批評妳的文章因爲過度的溫柔敦厚，筆下常成是非不分的菩薩心腸。」[28]琦君回應：

> 我覺得社會上壞事情已經很多了，所以為什麼不把好的一面表現出來呢？……。我現在經驗多了，體會深了，我想如果我再寫，也會把壞的一面寫出來。不過我先生就講：「算了吧，妳這麼大年紀，還去寫壞事情。」所以，這恐怕是很難的，因為這筆已經成習慣了，寫好的寫慣了，一寫，心裡想到的都是溫馨的。[29]

---

[26]錄自章方松，《琦君的文學世界》（臺北：三民書局，2004 年 9 月），頁 272～273。
[27]同上註，頁 264～283。
[28]同註 25。
[29]同上註。

以菩薩心腸渡人渡己，是琦君想透過作品滌淨心緒吧，也是有受丈夫李唐基不菲的影響吧。回顧母親與父親徒具形式的婚姻，認真而論是說不上誰錯得多：

> 其實父親的臥室就在母親的正對面，中間隔了一座富麗的大廳，擺滿了紫檀木的桌椅。這些笨重的桌椅，長年冰冷冷的沒有人去坐，大廳裡也很少有人走動，因此，這兩間屋子就像離得很遠很遠了。[30]

跨近一步，天涯即咫尺，母親對應婚姻的方式，卻寧可守禮而認命，這未嘗不可嘆為「禮教殺人」。殷鑑於此，琦君自有對愛情與婚姻的領悟。1941 年，23 歲的琦君在夏承燾日記中，已是對終身大事饒有見地者。

> 希真言一男同學求婚事，介紹者屢稱其家財勢，希真夷然不屑。[31]

琦君與李唐基以文會友，個性互補相輔[32]。李唐基理性、務實，朋友形容他是「老虎追來了，還得回頭看看是公的還是母的」[33]琦君卻是「急性子加上健忘」，連李先生有心分擔家務，琦君都耐不住性子等他。

> 星期天一早起來，他一定說：「今天我有一件大事要做，就是幫你拖地。」如是者起碼要唸上三遍，唸到第三遍時，我的地已經拖乾淨了。[34]

等不得的人搶先去做了，就是家庭溫暖的理由。李唐基引古人詩云：

---

[30]琦君，〈一朵小梅花〉，《琦君小品》（臺北：三民書局，1966 年 12 月初版；2004 年再版），頁 80～81。
[31]詳見章方松，《琦君的文學世界》，頁 274。
[32]同上註，頁 283～296。
[33]琦君，〈我的另一半〉，《三更有夢當枕》（臺北：爾雅出版社，1975 年），頁 152。
[34]同上註，頁 156。

「一室莊嚴妻是佛，六時經濟米鹽茶」來稱美琦君，琦君顯然努力從父母舊式婚姻悲劇中解脫出來。[35]

然而，生命的歷程，無時不有磨鍊。緬想獨養子楠兒小時的戲言：「媽媽，你不要老，等我長大了，我們一同老。」長大後的楠兒「遠在異國，逢年過節不來信，平時更不來信」，似乎印證了母親的慨歎：「一代管一代，茄子拔掉了種芥菜。」可是，她對母親的感懷是不同的，她說：「下一代可以不要我，可是我卻無時無刻不在追念您的撫育之恩。」[36]琦君的懷舊主題散文，因此莫不處處點染著母心與佛心。

（二）三生三世，執子之手

從 1925 年愛恨到 1991 年，從 1991 年著墨到 2003 年，聶華苓歸結自己的「三生三世」：「我是一棵樹。根在大陸。幹在臺灣。枝葉在愛荷華。」[37]

走遍天涯路，1978 年聶華苓「懷著三十年的鄉愁」首次回大陸探親，曾以配角身分為自己下過一個小小的注腳：

> 聶華苓——寫小說的。生在中國，長在中國；在臺灣寫作、編輯、教書十五年；現在是一個東西南北的人，以美國愛荷華為家。三十年後，和丈夫安格爾以及兩個女兒薇薇、藍藍回中國探親。[38]

聶華苓不是一個溫婉而多愁善感的人，自小她就表現出強悍的氣魄。三歲時，逢弟弟抓周，家裡大宴賓客，聶華苓同弟弟擠在堂屋正中大紅氈毯上。

---

[35]琦君，〈一室莊嚴妻是佛〉，錄自言曦等著《我的另一半》（臺北：中華日報社出版部，1977 年），頁 208。
[36]以上詳見琦君，〈母親節禮物〉，《永是有情人》，頁 161～164。
[37]聶華苓，《三生三世》（臺北：皇冠出版公司，2004 年），扉頁。
[38]聶華苓，《三十年後——夢遊故園》（臺北：漢藝色研文化公司，1988 年），頁 259。

> 姑娘家，不抓周。我要抓！我要抓！滿屋的人全怔住了。你就讓她抓這桌子上的東西吧，父親說。我看了一眼：不要！我都不要！母親說：你要什麼？要那把俄國小洋傘。母親笑了：她要的東西，非要到手不可。[39]

這就是聶華苓。即使到了上小學，從賴床開始，一天作息諸端，她都故意刁難，胡攪蠻纏。

> 江婆拿來白襪子，我要黑襪子。洗臉水太燙，加點冷水吧，又太涼。荷包蛋太嫩，再煎一下吧，又太老。書包呢？不知道放在哪兒？……。母親說我在家裡是沒籠頭的馬，出了門就成了吃虧的啞巴。[40]

果然，生逢亂世，聶華苓隨即面對的是人稱青黃不接、天崩地坼的一個時代。她就這樣走進現實，走進曲曲折折艱辛的追尋。

聶華苓的父親聶洸，字怒夫，保定軍校第一期、陸軍大學第五期畢業。1935 年中，父親自武漢奉派至貴州平越第七區行政督察專員公署，擔任行政專員兼保安司令，官拜少將，戍守平越區。途中因遭遇共軍長征部隊，激戰而亡。時聶華苓十歲，打那兒起，聶華苓少而更事，最怕失去母親。

> 母親是半開放的女性。她的腳也是半放的，穿著青緞繡花鞋，玲瓏輕巧。母親談笑潑刺，豪爽不羈，戴著玳瑁眼鏡，很文明的樣子，好像五四女性，喜歡新鮮事物，也喜歡讀增廣賢文。[41]

在華苓看來，母親與父親的愛情婚姻彷彿一卷母親愛讀的戲本《再生

---

[39]聶華苓，〈彩虹小陽傘〉，《三生三世》，頁 37。
[40]同上註，頁 54。
[41]聶華苓，〈再生緣〉，《三生三世》，頁 20。

緣》；有時又不像。

> 我說：姆媽，你不像孟麗君，你是孫太太，還有一個張太太，又都姓聶。我們住漢口，他們住武昌。[42]

的確，母親和父親何嘗有再生之緣？華苓母親在娘家「是個抓尖要強的人」[43]，是個讀過私塾又趕著放腳的時代新女性，卻不明不白地嫁入聶家做二太太。

> 你說你爹是騙婚，一點也不錯！你爹是規矩人。我也不是絕代佳人。爺爺當年為太爺爺的墳看風水，找到一塊臥虎藏龍的旺地，注定聶家必出貴子。他只有一個兒子，一個媳婦，孫子是有兩個。他要兒孫滿堂，跟賭博一樣，多下幾份賭注，總有一份會贏吧。兒子總在外地，那就娶兩個媳婦吧。老子一聲令下，兒子馬上找媒人。[44]

明媒正娶嫁做聶太太的母親，在生下華苓七、八個月之後，竟發現父親荷包裡一封「父親大人敬稟者」的家書，天作之合的愛恨情仇頓時碎做一場錯生緣。母親頓時想死！在父親回家之前死！吞鴉片煙、吞金子，一杯水結果了好。然而「想到他對我的好，離不了，也丟不下你」，一旦眷戀，「我沒有死，還跟他生了八個兒女！」[45]

聶母在新舊時代夾縫中，有時隱忍、有時掙扎，爲的是要強抓尖不肯認輸。因爲這樣，她特別照顧所謂的「摩登女性」，母親的一個獨身朋友陶耀珠，是中學教師，三天兩頭來，跟太太朋友們熟稔，後來竟熟稔到與父親共用一頂雙人床珍珠紗帳子。父親脫罪說：「她告訴我，從小就許願要嫁

[42]同上註，頁 19。
[43]同上註，〈母親的自白〉，頁 25。
[44]同上註，頁 24。
[45]同上註，頁 25～26。

我。我也就糊裡糊塗栽進去了。」[46]

不過，這回父親碰到的不是死心蹋地認命認情的武昌太太和漢口太太。一天，父親看完一封信，轉頭對母親說：陶耀珠失蹤了，原來她是地下共產黨！難怪我在武漢衛戍司令部的時候，她用盡所有的魅力和心思來接近我。[47]

「唉，想起來，做女人真沒意思。」母親沉默了一會兒說。[48]

自謂是「辣燥性子」的母親，婚後顛覆了本性，在面對家人以及看待生命的態度上，她懂得要巧要忍才能當門抵戶，去應付那麼一個複雜的家庭。

武漢事變之後，武昌那一房搬來同住漢口日租界。華苓眼中的家庭風景殊異：

父親不大說話。我沒看見他笑過。他好像總在逃，逃政治的迫害，逃家庭的壓力，逃爺爺的嘮叨，逃兩個妻子的鬥爭。兩個妻子的房，隔一條走道，他從沒越過走道，永遠耽在母親房裡。母親在他面前總佔點兒上風。[49]

母親和另一個太太從沒說過話，華苓大哥是那位太太生的，是長子，就以大少爺自居，處處表現其威風。

母親靈巧解人，對他不即不離，只要他不過分，盡量迎合他的意思，倒

[46]同上註，頁 30。
[47]同上註，頁 31。
[48]同上註。
[49]同上註〈我的戲園子〉，頁 52。

> 也相安無事。他看到我，就會狠狠罵一句：死丫頭。[50]

父親死後，武漢各界在江漢關舉行追悼會，漢仲、季陽、華桐三個母親骨血生養的兒子披麻戴孝。大房的大哥、二哥站一頭，「兩邊對立，三比二，分起家產來，母親佔了上風」。華苓呢？「女兒是不算數的」。[51]

屈居在舊時代的女人如果不堅強，只得任人擺佈。想起被架空了軍權去貴州送命的丈夫，母親說：

> 你爹就像八字不好的女人，嫁一個，死一個，嫁一個，死一個，他嫁的人太多了，又都是挨打的人。你爺爺說大丈夫一怒而安天下，兒子就取名怒夫。安天下？妻子兒女都安不了，命也白白送掉了。[52]

母親 32 歲守寡，終不改嫁，因爲「心老了」。心老了，人不老，家變還是必然要發生。華苓聽到母親房裡碰的一聲捶桌子響，大哥大叫：「把所有的帳目和房地產契約全交出來！兩邊平分！」[53]母親說：家產是爺爺交給她，她要交回給爺爺。又說：長子也要服家法，爺爺是家長。大哥叫囂：

> 你算老幾？……。你還談家法？你是什麼東西？聶家沒有你說話的份！名正言順，不是你！是我媽！[54]

人在人情在，靠山一死，從前到家裡來的那些親戚，母親給他們大包小包提出門的親戚，全湧到另一邊去了。而三歲的季陽弟弟一天在天井

---

[50]同上註，頁 53。
[51]同上註，〈一對紅帽子〉，頁 65。
[52]同上註，〈母親的自白〉，頁 27。
[53]同上註，〈一對紅帽子〉，頁 66。
[54]同上註。

玩，「倒在地上就死了」[55]。母親從此生活在兩個極端中：賭博和沉思。[56]而長女華苓從此背上母親的付託：「快點長大吧」。

聶華苓自己的愛情與婚姻之路，也走得艱辛。她第一段婚姻的丈夫，是抗戰時中央大學遷校到四川嘉陵江畔時結識的王正路。聶華苓憶及那段往事，說當時女孩子把政府發給男生的軍裝當外套，是很時髦的打扮，「我有件棉軍裝，幾年以後，給我軍裝的那個年輕人王正路，成了我的丈夫」。[57]

國共戰爭時期，華苓千辛萬苦隨夫回北平，學做北方大家庭的媳婦。新婦一早起床要上老太太房間去問候，要倒老太太尿盆，要伺候太太從炕上起身，拿臉盆倒熱水。新婦見客，奉菸之後不能陪坐。老太太規矩多，事事樣樣都不是嬌慣了聶華苓意料所及的。遷臺之後，華苓正路的婚姻更是教母親心疼：

> 你的心情，你以為我不曉得？你們結婚十三年，只有五年在一起，在一起就天天嘔氣，如今正路去了美國，也有五年了，你好像還快活一些。[58]

與王正路的一段情，除了寫那一路的逃難，聶華苓沒有太費筆墨。[59]倒是藉母親之口，可管窺兩人不合之一斑：

> 華苓，我要告訴你，你有時候太不像話了，像男人一樣大笑，太不拘形跡了。你和朋友們在房間聊天，我在這邊房裡，聽見你哈哈大笑，實在不像個有教養的女人。[60]

---

[55]同上註，頁 67。
[56]同上註，〈誰騙了我母親？〉，頁 190。
[57]同上註，〈滿江紅〉，頁 109。
[58]同上註，〈誰騙了我母親？〉，頁 193。
[59]片段敘述見《三生三世》〈滿江紅〉、〈玉門出塞〉、〈圍城〉、〈我是從沈陽來的〉，頁 108～126。
[60]同上註，〈誰騙了我母親？〉，頁 193。

不服管束，本來就是聶華苓的任真任性。《自由中國》事件之後，華苓應聘到愛荷華大學作家創作坊任顧問。翌年，接兩個與正路所生女兒到美國。兩年之後，亦即與王正路分居的第八年，正路華苓離婚。五年之後，聶華苓嫁給保羅．安格爾。

與王正路的婚姻讓聶華苓證實自己的性情是愛好自由的。所以，當安格爾懂得義無反顧地愛，懂得說：「你的腦子很性感，你的身子很聰明」[61]，縱使婚前被笑罵是「安格爾的情人」，聶華苓也甘心。[62]華苓引黎爾克的話說：「愛情的意義是兩份孤獨，相護，相撫，喜相逢。」[63]又說：

> 從 1964 年，我由臺北到愛荷華。在我們相處的二十七年中，他使我覺得我就是「我」——我是一個被愛的女人，一個不斷求新的作家，一個形影不離的伴侶，一個志同道合的同行，一個知心的朋友。無論是哪一個「我」，都叫他心喜心感。[64]

因為這樣的相知相惜，愛荷華鹿園後面的橡林墓園，有一塊圓形黑色大理石墓碑，正面用白色大字刻上安格爾（ENGLE），右下方是「保羅．漢米頓（PAU HAMILTON），1908～1991」，左下方刻著「聶華苓（HUALING NIEH），1925～」。聶華苓期待她的三生三世是：「有一天，他又會揮手迎我說：又是我先到！又是我接你！沒料到吧！」因為她相信：紅樓情事完不了。[65]

三、懷舊主題散文之二：學養與事業

（一）松林細語吹去，明日尋來是詩

---

[61]同上註，〈憶別〉，頁 340。
[62]聶華苓，〈愛，是個美麗的苦惱〉，《鹿園情事》（臺北：時報出版公司，1996 年），頁 36。
[63]同上註，〈紅樓即景〉，頁 328。
[64]同上註，〈我的家在安格爾家園〉，頁 6。
[65]聶華苓，〈憶別〉，《三生三世》，頁 344。

琦君五歲上正式由家庭教師教讀書、認方塊字。從一天認五個到認十個，越來越多，越加越快，讀書彷彿並不輕鬆。

> 而且老師故意把字顛三倒四的讓我認，認錯了就打手心。我才知道讀書原來是這麼苦的一回事，就時常裝病逃學，母親說老師性子很急，想把我一下子教成個才女。[66]

因爲老師的教條是「若藥不瞑眩，厥疾不瘳」[67]，逼得琦君想逃學，還不惜以逃到庵堂當尼姑做威脅；後來「好爲人師」，爲了教長工阿榮伯認字講故事，再因爲眼看五叔婆不會記帳，一點血汗錢都被他姪子冒領花光，「又看母親顫抖的手給父親寫信，總埋怨辭不達意，十分辛苦」，琦君才開始對讀書感興趣，並「發憤讀書，要做個『才女』，替母親爭一口氣」。[68]大塊假我以文章，琦君還把香菸洋片上印的封神故事、三國演義編上號，一一認了真。

那位「與和尚只差一口氣」的家庭老師，要求琦君實在嚴厲，但對琦君又別具啓蒙之功，他的仁民愛物深植琦君之心，也打開琦君看待世界的一個面向。

> 他叫我走路要輕輕舉步，不要亂蹦亂跳，以免踏死了螞蟻。這一點我倒非常聽話，對於螞蟻的合群互助友愛，直到現在我都非常愛惜而不忍加以作踐。老師捉到了跳蚤，就用碎紙片包好，插入木板縫中，年長日久，板壁插得風氣不過，跳蚤也被判處了無期徒刑。[69]

八歲起，她被課以四書，幸有一位肫肝叔領著看閒書，胡說笑話，提

[66]琦君，〈三更有夢書當枕——我的讀書回憶〉，《三更有夢書當枕》，頁 177。
[67]琦君，〈家庭教師〉，《琴心》，頁 50。
[68]琦君，〈讀書瑣憶〉，《青燈有味似兒時》（臺北：九歌出版社，1988 年 7 月），頁 205～206。
[69]琦君，〈家庭教師〉，《琴心》，頁 51～52。

點了琦君讀書的樂趣。另一位在上海唸大學的二堂叔，帶回新思潮和白話文學。

> 古書讀來有的鏗鏘有味，有的拗口又嚴肅，字既認多了，就想看小說。小說是老師不許看的「閒書」，當然只能偷著看，偷看小說的滋味，不用說比讀正經書好千萬倍。[70]

可是父親不喜歡琦君讀雜書、閒書、白話書。

> 父親厲聲地說：「你不要多講，我聽說過，胡適搞文學革命，要打倒孔家店，提倡白話文。可是你知道嗎？他自己古書先讀通了，卻叫年輕人不要讀。這怎麼可以？」[71]

考取杭州弘道女中之後的琦君，就游移在新與舊之間，時而迷惑。

> 我本是個不愛看理論書的人，父親恨不得我把家中藏書都讀了，我卻毫無頭緒地東翻翻西摸摸。先讀莊子，讀不懂了放下來再抽出楚辭來唸，唸著離騷和九歌時，不禁學著家庭老師淒愴的音調低聲吟誦起來，熱淚涔涔而下，覺得人生會少離多，十分悲苦。[72]

後來，是王老師將她從「痴痴呆呆的，無限虛無感、孤獨感，覺得自己是個哲人，沒有人了解我」的牛角尖裡拉出來。[73]王老師所說：「三更有夢書當枕，千里懷人月在峰」，對琦君啓迪很大。

之江大學中文系主任夏承燾對她另有一番指引。他說：讀書要「樂

---

[70]同上註，頁 206。
[71]琦君，〈懷念兩位中學老師〉，《一襲青衫萬縷情》（臺北：爾雅出版社，1991 年 7 月），頁 172。
[72]琦君，〈三更有夢書當枕——我的讀書回憶〉，《三更有夢書當枕》，頁 187。
[73]同上註，頁 188。

讀」，不要「苦讀」[74]，有時深入淺出講點禪的故事，讓琦君在日常之中體會。

> 他看我時常愁苦地緊鎖眉頭，就做了一首詩贈我：「莫學深顰與淺顰，風光一日一回新。禪機拈出憑君會，未有花時已是春。」[75]

夏承燾對士子的出處進退評定嚴格，他做〈瑞鶴仙〉以「玉環飛燕」譏諷汪精衛是「辛苦迴風舞」[76]；寫「短髮無多休落帽，長風不斷任吹衣」，表現謙沖藏拙和兀立不移的風範[77]，在在啓迪了琦君的任事原則。而他所謂的「真、精、新、輕」寫作原則，更直接影響琦君作品的簡樸與自然風格。[78]

> 他說靈感像貓，「覓時偏不得，不尋還自來」。是強求不得的。有一次傍晚，我隨他在林中散步，他吟了兩句寺：「松林細語風吹去，明日尋來盡是詩。」他說：「松林中細語，被風吹去，似了無痕跡，但心中那一剎那間美的感受，卻慢慢醞釀成為詩，成為文，絕不是勉強得來的。」這是他作詩為文的態度，也是他行雲流水似的風格。[79]

他的詞作「留予他年說夢痕，一花一木耐溫存」，則體現愚者轉境，智者轉心的格局，使琦君「有更多的勇氣與智慧，面對現實」。[80]

渡海來臺之前，琦君曾任教中學及高等法院通譯書記官，後來協助整

---

[74]同上註，頁 191。
[75]琦君，〈讀禪話偶感〉，《青燈有味似兒時》，頁 153。
[76]同上註，〈三十年點滴念恩師〉，頁 113。
[77]周芬伶，〈附錄：千里懷人月在峰——與琦君越洋筆談〉，《青燈有味似兒時》，頁 249。
[78]同上註。夏承燾對琦君創作上的啓悟，另見〈我對散文的看法〉，《燈景舊情懷》，頁 189～196。〈漫談創作〉及〈寫作技巧談片〉，《琦君小品》，頁 237～244 及 245～250。
[79]琦君，〈留予他年說夢痕（後記）〉，《煙愁》，頁 220。
[80]同上註，頁 221。

理圖書，也涉獵了文學之外有關哲學、法律的書。來臺之後，琦君在高檢處任書記官，轉任司法行政部編審科長，並任教於中國文化學院、中央大學及中興大學。

在擔任司法行政部編審科長時，琦君年近壯年，所參與獄政教化工作也卓著成效。她在對人對事的態度上得到另一種啓示：

> 曾記得一位老法官訓諭我說：要當一個夠資格的法官，必須通四理。那就是法理、文理、事理、情理。……。一位法官，要在盤根錯節的糾結中，分析事態，追究前因後果，判斷是非曲直，不僅僅需要有最大的耐心，也要有超越的智慧。所謂「智慧」應非天生，而是從虛心的自我充實與不斷經驗之累積中得來。[81]

她的寫作風格在此際有所改變，轉爲爲人生而文學，部分作品爲載道的散文。

琦君在臺灣的寫作生涯之中，除了初時是《自由中國》的基本作者群，也爲《國風》雜誌撰稿[82]，後來又加入《文學雜誌》。琦君在聶華苓編輯《自由中國》的風格裡，得到「典型的母性書寫」的空間。[83]而因應《國風》宗旨，琦君是以筆鋒常帶啓發人生的意味，並爲展現中華民國的國風而努力。1956 年創刊的《文學雜誌》，從夏濟安的保守自由主義作風出發，除了發揚中國文學傳統，也扭轉了當時閉鎖的文風，間接刺激 1960 年代「橫的移植」浪潮洗禮，這也讓琦君的文學之路走得更純粹。

退休旅居美國以後，琦君文風又變，一則變爲讀來清涼而舌本留甘的

[81]琦君，〈另一種啓示〉，《母心．佛心》（臺北：九歌出版社，1990 年 10 月），頁 141～1242。

[82]《國風》創刊於 1952 年 10 月 31 日，其宗旨在於扶持人文，正視現實，以鄉愿爲戒，意圖重建文化長城。發行人張勁清，編輯王大爲。琦君與李辰冬、謝冰瑩、宣建人、夏承楹、梁實秋、楊念慈、於梨華等，同爲主要執筆人。

[83]陳芳明，〈臺灣新文學史第十七章：女性詩人與散文家的現代轉折〉，《聯合文學》第 220 期，（2003 年 2 月），頁 150。

生活散文[84]；再者，海外遊子情，使琦君對國家與政治的磨難多一分關心。琦君在受訪時給記者留下這樣的印象：

> 在海外兩年，才知道海外有愛國心的僑胞，也有昧著良心說話的投機分子。她每逢聽到有些人對臺灣說些風涼話或做不合宜的批評時，就常常按捺不住心頭的火氣，憤怒之情也就溢於言表，一句一字駁斥他們的話。她常常說：「我不是政治家，我也不懂政治，但一個人說話總得有良心。」[85]

琦君接受這個訪問時，是在中美斷交之後，與聶華苓和安格爾在美國愛荷華大學舉辦「中國週末」時間相近。

基於上述聯想，令人頗感興味的是，琦君華苓由親而疏，碰了頭卻感慨萬端，前塵往事無從說起，或許與前事有糾葛也未可知？只得期盼有人願意現身說法，或者另待史家秉筆直書。[86]

（二）自我流放？還是放我自由？

1937 年，聶華苓甫考進湖北省一女中初中，對日抗戰就開始。母親獨個兒拖拉著兒女一群，朝三斗坪外婆家逃難去。三斗坪沒有學校唸，聶華苓耽玩了半年，母親說：「不行，你一定要上學讀書！」湖北的中學都搬到恩施了，「你一定要去恩施上學。」11 歲娃兒怎麼離開娘？

---

[84]詳見雅雲，〈盪漾著溫厚與摯誠的書——琦君的「與我同車」讀後〉，《臺灣新生報》，1979 年 4 月 20 日。

[85]吳雪雪，〈訪作家琦君〉，隱地編，《琦君的世界》（臺北：爾雅出版社，1980 年 11 月），頁 74。原載於美國《自由人》月刊，1979 年 9 月號。

[86]傅建中，〈左右不討好的聶華苓〉：「1979 年秋天聶華苓和安格爾在愛荷華大學舉辦『中國週末』（China Weekend）邀請海峽兩岸及在美的中國作家歡聚一堂，開啓了臺灣與大陸文藝界交流的先河，曾轟動一時，但也因此引起臺北有關方面的不悅，認爲聶華苓有意充當馬前卒，替中共進行『統戰』，破壞臺灣的『三不政策』。加上她在香港發表過『憶雷震』的文章，對雷案深致不滿，而 1970 年代開始美國掀起『中國熱』時，她和安格爾合作把毛澤東的詩詞譯成英文出版，凡此種種，使臺北非常耿耿。」載自《中國時報》「華府春秋」專欄，1988 年 5 月 1 日。

母親擦乾眼淚，對我斬釘截鐵地說：你捨不得媽，媽又何嘗捨得你？不捨也要捨！我就靠你們以後為我揚眉吐氣了。[87]

那最後一句話，決定了聶華苓的一生，她遂離家，進入抗戰時期省立聯合女子中學，唱起「高粱肥，大豆香，遍地黃金少災殃」的〈長城謠〉，吃著糙米、稗子、石子、沙子混雜的八寶飯。

初中畢業，華苓想從恩施搭木炭車去重慶，路上害了瘧疾，忽冷忽熱，只得聽天由命。同學設法要回鄉借錢，巧遇第六戰區司令長官陳誠要回重慶。陳誠是湖北省聯中校長，「學生搭校長的車子，天經地義！快！快收拾行李！」[88]於是，聶華苓奔赴重慶沙坪壩，進了當時全國最有名望的中央大學經濟系，謀劃將來覓得高薪工作以供養母親和弟妹。後因性向不合，轉入外文系。

抗戰勝利後，中央大學復員南京，但是國共戰爭早就病入膏肓。1948年，華苓畢業，「秧歌舞也跳起來了」，世居丕變，鄉關望斷，婚後的華苓與夫婿正路只得從南京轉北京，再離開北京，用「沈陽」路條僞做「漢陽」潛回家鄉。1949 年，提挈著母親弟妹一大家子從廣州逃到臺北，透過介紹，聶華苓進入《自由中國》負責文稿工作，不久受到雷震青睞擔任文藝編輯，隨後加入編輯委員會，成爲核心成員。

我在臺灣就碰上《自由中國》半月刊創刊，那是一九四九年十一月底。胡適是發行人，雷震是實際主持人。雷先生在一九一七年就加入了國民黨，擔任過國民政府中許多重要職位，離開大陸前是國民參政會副秘書長，幫助國民黨制定憲法，也曾代表蔣介石參加國共和談。[89]

---

[87]聶華苓，〈離別家園〉，《三生三世》，頁 77。
[88]同上註，〈打長江〉，頁 95。
[89]同上註，〈雷青天〉，頁 142。

除了雷震，《自由中國》創辦時編輯委員有十人左右，有國民黨員也有學者，如毛子水、張佛泉、戴杜衡、夏道平；有血氣方剛的理想者，如殷海光；有官員，如教育部長杭立武、臺灣銀行總經理瞿荊州等人。杭立武還讓教育部按月補貼社務經費，直到他出使泰國。在年輕的聶華苓眼中：

> 《自由中國》創辦時就是這麼一個奇怪的組合，是介乎國民黨的開明人士和自由主義知識分子之間的一個刊物。這樣一個組合所代表的意義，就是支持並督促國民黨政府走向進步，逐步改革，建立自由民主的社會，而《自由中國》對於自由民主的改革主張，也應該是國民黨政權所能容忍的，與現實權力應該不會有嚴重衝突。[90]

聶華苓初時悠遊於這種自由開明風氣之中，編輯文藝版的時候，也能隨心所欲。對於當時臺灣文壇幾乎清一色的反共八股，以及文壇被以反共作品出名的人把持的現象，十分反感。她說：「《自由中國》決不要反共八股」。[91]她就這樣漸漸深化自己的思維與堅持。

> 《自由中國》的文藝版常出現冷門作家。我們看重的，是主題、語言——形式的創造性——縱令是不成熟的藝術創造，也比「名家」陳腔濫調的八股好。[92]

所謂冷門作家，包括寫小說的司馬桑敦、彭歌和徐訏，寫散文的吳魯芹、思果、陳之藩，以及寫詩的余光中、周策縱。這些人後來在臺灣文壇上能各據一方，聶華苓功不在小。

除此，聶華苓並使一群「雖具大陸經驗，創作上卻與國族大業毫不相

[90]同上註，頁 143。亦詳見聶華苓，〈憶雷震——附雷震夫婦來信十封〉，《黑色．黑色．最美麗的顏色》，頁 35～64。

[91]同上註，頁 142。

[92]聶華苓，〈寒夜．爐火．風鈴——柏楊和他的作品〉，《黑色．黑色．最美麗的顏色》，頁 149。

干的女性作者與作品」[93]在《自由中國》開出繁花勝錦的新局[94]。張秀亞、林海音、孟瑤、童真、鍾梅音、於梨華和琦君，都在其基本作家之列。

> 聶華苓的自由主義文學觀，不僅表現她所邀請作家的多元性，而且也表現在她個人的文學思考上。[95]

雖然無法確知是否「她的自由主義傾向固然在抗拒中國大陸的思想統制，同時也在於迂迴批判國民黨的文藝政策」[96]。不過，回溯聶父之死，華苓父親作為保定軍校出身的桂系將領，與蔣介石嫡系黃埔軍校貌合神離的現實，在十歲而初初曉事的聶華苓心上，不可能全無影響：

> 幾個弔喪的父輩談論著：怒夫不該去貴州當個什麼專員。賦閒這麼多年了呀。去打共產黨嘛！打共產黨要兵呀。他是個空頭保安司令！中央把兵全調走了。一個空城。怎麼打？[97]

或許聶華苓因此於公於私而可能創開一個新領域[98]。無論如何，如今檢視 1950 年代這一份深受知識分子關注的刊物，撇去政治版面不說，《自由中國》文藝部份，在臺灣文學史上應該雄踞地位，特別因為聶華苓的學養與企圖心。應鳳凰認為《自由中國》的重要性，至少展現在兩個層面：

---

[93]應鳳凰，〈《自由中國》《文友通訊》作家群與五十年代臺灣文學史〉，《文學臺灣》第 26 期（1998 年 4 月），頁 240。

[94]詳見上註，以及陳芳明，〈臺灣新文學史第十一章：反共文學的形成及其發展〉、〈臺灣新文學史第十二章：五〇年代的文學侷限與突破〉、〈臺灣新文學史第十三章：橫的移植與現代主義之濫觴〉，分別刊在於《聯合文學》第 199、200、202 期。

[95]陳芳明，〈臺灣新文學史第十三章：橫的移植與現代主義之濫觴〉，《聯合文學》第 202 期（2001 年 8 月），頁 139。

[96]同上註。

[97]聶華苓，〈魂兮歸來〉，《三生三世》，頁 59。

[98]其綜述可參酌應鳳凰、黃恩慈，〈戰後臺灣文學風華——五〇年代女作家系列（之 3）流放與回歸——聶華苓〉，《明道文藝》第 347 期，2005 年 2 月，頁 42～47。

一是因為它的「代表性」……。不只它的在野色彩，《自由中國》文藝部分由聶華苓主編，聚集了當時一批具有自由主義傾向的大陸來臺作家。……。除了刊登最多代表性作品，從文化生產的角度來看，它作為一份「雜誌」本身的影響力，……。從讀者群的質量與角度，不失為衡量一份雜誌重要性的客觀標準。[99]

從歷史的縱深來看，《自由中國》用它的血與淚造就了一個斷代的輝煌，十一年不到，它的燦爛生命瞬即殞滅。聶華苓回憶：

編輯委員會上毛子水和殷海光總是對立的。毛子水主張平和克制，殷海光要批評，要抗議。少壯的人站在殷海光一邊。雷震起初是他們之間的協調人。有時候殷海光講到國民黨某些腐敗現象，雷先生還有些忐忑不安的樣子，彷彿兄弟不爭氣，他恨鐵不成鋼。縱令他極力克制，《自由中國》遭受的壓力越來越大了，雷先生的鬥勁也越來越大了。[100]

1960 年 9 月 4 日，《自由中國》社被抄、文件稿子都被拿走了。雷震被抓，馬之驌、劉子英、傅正也遭逮捕。殷海光、夏道平、宋文明在特務監控之中，而胡適早在 1951 年《自由中國》初次激怒當局之後，即去信堅辭發行人之職。

聶華苓呢？當所有文友替她的在劫難逃而擔心受怕，聶華苓卻意外免去牢獄之災，但是失去《自由中國》編務工作，又被原任教學校解聘，生計頓成問題。

我處於孤立狀態，我好像身在孤島中，一般人、甚至關係我的人也不敢

[99]應鳳凰，〈《自由中國》《文友通訊》作家群與五十年代臺灣文學史〉，《文學臺灣》第 26 期（1998 年 4 月），頁 238～239。
[100]聶華苓，〈雷青天〉，《三生三世》，頁 148。

跟我來往，我也怕牽連到別人，我盡量避免和人來往。大半年根本沒有見過誰。[101]

當時由林海音所主持相對開明的《聯合報》副刊，當能勉強讓聶華苓發表作品，以賺取稿費維生；美新處有些翻譯工作，稿費高，她就拚命作翻譯。1962 年，臺灣大學的臺靜農和東海大學的徐復觀，相繼聘她以教席，使華苓在蟄居兩年之緻，突現生機。1963 年，美國詩人保羅．安格爾來臺，更爲她圓了一個她母親一輩子想望不到的「再生緣」。

1964 年，聶華苓受聘爲美國愛荷華大學「作家工作坊」顧問。1967 年，和安格爾創辦「國際寫作計畫」。1971 年，和安格爾結婚。1976 年，與安格爾被三百多位各國作家推薦爲諾貝爾和平獎候選人。聶華苓在愛荷華深耕，用母語中文寫離鄉之思和故鄉之情。1979 年，舉辦「中國週末」，間接促成臺海兩岸與旅美中國文藝界的交流。[102]

聶華苓特異的行事作風，使她變成「左右不討好」。1974 年，她在香港同時向兩岸申請入境，大陸方面杳無回信，臺灣方面則讓她簽下文件，保證不參加政治活動。那年，聶華苓低調地去見了雷震一面。1978 年 5 月，聶華苓回歸了大陸；十年後，臺灣解嚴，她才得以再度踏上臺灣土地，受到相對公允的對待。

聶華苓看待前半生的歷史與政爭公案，只說：

我不是右派，也不是左派。我患政治冷感症。[103]

她自認不過是從雷震的「忠、真、憨、厚、倔」，學到作爲一個知識分子所應具備的風骨；在殷海光的身上，學會做爲一個「人」、一個中國人和

---

[101]彥火，〈海外華裔作家掠影——聶華苓的故事〉，《盟報》第 37 期，1983 年 2 月。
[102]詳見傅建中，〈左右不討好的聶華苓〉《中國時報》「華府春秋」專欄，1988 年 5 月 11 日。以及姜玉鳳，〈聶華苓重溫鄉情感受多〉，《民生報》9 版，1988 年 5 月 8 日。
[103]聶華苓，〈尋找談鳳英——五十年後〉，《三生三世》，頁 127。

一個作家。她說：「我假如要講話，並不是因爲政治，而是做一個中國知識分子所應該講的話，應該有的風格。」[104]

然而，「『人』不要政治，政治偏要纒他，擾他，整死他」[105]。就像橫陷牢獄十年之後的雷震：「十年歲月等閒渡，一生事業盡銷磨」，最後只落得「所幸健存」[106]。

爲求清淨，聶華苓於是縱身遁入了另一個時空——愛荷華。這樣看來，聶華苓究竟是自我流放？還是選擇放我自由？竟在未知之天。

四、從作家觀注的面向看懷舊主題散文的表現

有關聶華苓懷舊憶往的文章內容，可分四部份：大陸時期經驗、臺灣時期生活、愛荷華工作與婚戀，以及返臺和返大陸時期歷程。關於琦君憶往懷舊的內容表現，嚴格論之，應該只有：大陸時期經驗。因爲臺灣時期生活以及旅居美國時期，多爲現時抒發或藉以思舊回想，是以將擷取其往事部分合併討論。

其中，部分已見前述家庭婚姻與學養事業中敘說。爲了集中探討兩人的一種鄉思兩般情，本節擬藉由類似事件兩人不同之表情，以分析她們在懷舊主題散文上所呈現的面貌。

在聶華苓的寫作歷程中，有關《自由中國》經驗的懷舊散文，是她運用較大火力重點迫擊之所在。1949 年 11 月底，《自由中國》半月刊創刊。其初期，因爲雷震偏向國民黨及其保守性格，基本上，刊物與成員是開明、進步而安全的。1951 年，發生一樁高利貸金融案件，因爲臺灣省保安司令部人員設局誘出犯罪人，夏道平不顧雷震的緩衝，執筆寫下〈政府不可誘民入罪〉社論。這篇社論釀成禍端，當期《自由中國》遭扣押；後

---

[104]楊青矗，〈不是故鄉的故鄉：訪保羅．安格爾和聶華苓〉，《自立晚報》2 版，1988 年 5 月 1 日。
[105]聶華苓，〈《桑青與桃紅》流放小記〉，《桑青與桃紅》附錄（臺北：時報文化出版公司，1997 年）。
[106]錄自 1971 年 1 月雷震給人在愛荷華不得返臺的聶華苓所寫書信，轉載他獄中所做春聯。詳見聶華苓，〈雷震與胡適——附註：雷震的信〉，《三生三世》，頁 163。

來，另以〈再論經濟管制的措施〉賠罪道歉，才行平息。[107]

自此，雷震受到監控。名義發行人立即從美國函告：抗議軍事機關干涉言論自由，所以要辭去發行人名義。隔年，胡適將自美抵臺，這消息動見觀瞻，不僅因爲胡適是當時兩岸積極爭取的人物之一，《自由中國》更期待他來「撐腰，向當權者講話，甚至當面抗議」。[108]

胡適在臺灣所做第一場公開講話，是《自由中國》慶祝創社三週年，並爲他所舉辦的歡迎酒會。

> 他一開頭就說：雷先生為民主自由而奮鬥，臺灣的人應該給雷震立個銅像。那兩句開場白引起久久一片掌聲。胡適接著說：「《自由中國》雜誌用我的名字做發行人。……我很慚愧，這幾年我擔任了一個發行人的虛名，事實上我沒有負責任。」胡適最後公開聲明辭去《自由中國》發行人的名義。雷先生只有孤軍作戰了。但那時《自由中國》還沒碰到政治權力的核心，人們還有鼓掌的自由。[109]

1954 年，一篇〈搶救教育危機〉使雷震被開除黨籍；接著，《自由中國》兀自批評蔣介石當選連任總統是違憲事實。1955 年，又批評國民黨所發動「黨員自清運動」。1956 年，發行祝賀蔣介石七秩大壽專刊，抨擊其違憲的國防組織及特務機構，竟轟動一時，連出七版。

> 雷震的黨籍、官爵、人事關係，一層層像剝筍子一樣，全給剝掉了，只剩下光禿禿的筍心了，孤立在寒濕的海島上。真正的雷震挺出來了：誠，真，憨，厚，還加上個倔。[110]

---

[107]原來保安司令部除了扣押該期刊物，副司令彭孟緝已準備要逮捕編輯，因省主席兼保安司令部司令吳國禎發展而制止。詳見聶華苓，〈雷青天〉，《三生三世》，頁 145。

[108]同上註，頁 147。

[109]同上註，頁 148。

[110]同上註，頁 149。

至此，「雷震成了雷青天」，盡日接見接聽讀者投書、民眾抱怨。1960年，「雷震涉嫌判亂」。

聶華苓說：「政治在我眼中，是一場又一場的戲」。[111]她用女性細膩的心拆解其中糾葛：「《自由中國》是胡適命名的，雜誌的宗旨是他在赴美的船上寫的」，出事之後，「有人說……胡適就要擺脫《自由中國》了，以免受到牽連。既抗議了，又擺脫了——一箭雙鵰」。[112]聶華苓又說：「胡適對雷震是在鄉愿和真情之間迴盪」[113]。即使雷震身在囹圄，胡適沒有去看他。

> 一天晚上，我們去南港看胡適。他招待了我們一頓點心，一點幽默，一臉微笑。[114]

聶華苓沒有激情評論，她把這段紀錄留作歷史見證，只寫道：「真正的胡適關在他自己的心牢裡。」雷震一往情深，還替胡適向周棄子闢謠，甚至說在獄中夢見自己與胡適談論「容忍與自由」，並做自勵詩。聶華苓冷靜寫道：「雷震那首自勵詩，倒真像胡適的作風」，讀起來像〈增廣賢文〉！」[115]

聶華苓在處理這些舊事，向來以一種述而不論的方式經營。但她能借重旁人旁物映顯之，由敘及去南港見胡適之前殷海光的反應，可見其潑辣是棉裡藏的一根針：

> 有人提議去看胡適，他只是沉沉搖幾下頭，也沒說話。大家要探聽胡適對雷震案究竟是什麼態度，一起去南港看胡適。殷海光也去了，仍然不

[111]聶華苓，〈雷震與胡適〉，《三生三世》，頁156。
[112]同上註。
[113]同上註，頁159。
[114]同上註，頁160。
[115]同上註，頁161。

說話。胡適閒閒的微笑，模稜兩可的談吐，反襯出殷海光作為一個中國知識分子的深沉悲哀。[116]

當然，對一個特定時代裡的人事物，後人是無法遽下判斷或強固一個特定的視角。曾經作爲《自由中國》文藝版固定班底的琦君，對胡適便是推崇敬重的。1957 年，琦君曾與數位作家聯合以讀者投書在《自由中國》16 卷 3 期上，共同「建議推胡適先生爲諾貝爾文學獎金候選人」。後來，她在參訪胡適故居時，覺其景色頗似秦少游詞「斜陽外寒鴉數點，流水繞孤村」，發有感觸：

聽說胡先生最喜歡歐陽修的:「衣帶漸寬終不悔，為伊銷得人憔悴。」之句，如今聽我吟流水寒鴉之句，胡先生是不是「於吾心有戚戚焉」而頷首微笑呢？[117]

琦君與聶華苓在舊事記憶與時事觀點上，真有不少差異。如前述，聶華苓不受反共文學政策制約，但琦君是一個溫柔守禮的謙謙者，她對於國共戰後的局勢，採取一種喟嘆、痛惜的態度。〈油鼻子與父親的旱煙筒〉，她寫：

想起父親用竹杖牽著我，徜徉在青山綠水間，以及胡伯伯啣著翡翠嘴湘妃竹煙筒與父親閒話家常的情景，歷歷如在目前。可是河山變色，家園慘遭匪共的蹂躪。……。怎不叫人痛心。[118]

在思念業師夏承燾與師母時，她不忘：

---

[116]同上註，〈一束玫瑰花〉，頁 188。
[117]琦君，〈清明前一日訪問南港胡先生故居〉，《琦君小品》，頁 34。
[118]琦君，〈油鼻子與父親的旱煙筒〉，《琴心》，頁 31。案：胡伯伯是父親鄰村好友。

他們被關在鐵幕裡，整個的大陸都在鬧著嚴重的飢荒，恐怕他們連啜薄粥菜根而不可得，哪還有暖烘烘的肉包子可吃呢？[119]

夢裡醒覺，回望故里，夏老師又在眼前。

西子湖頭，定已是殘荷點點，滿覺壟該又是桂子飄香，草木無知，依舊是花開花謝。可是遍地腥雲，滿街狼犬，更誰有閒情逸致去荷塘泛月，慢啜蓮羹呢？[120]

憶起蘇州，不知「劫後江南」如何？念及唐伯虎點秋香的故事，她便「想當年美人嫣然含睇，留作千古佳話，可是才子佳人，都成枯骨。即使活著的話，處在今日鐵幕之內，也應『唯覺尊前笑不成』了！」[121]再憶起好友蒨因，企盼「蒨，你真會逃出鐵幕，突然來臺嗎」？「因爲自由中國的一切都已向我們的目標邁進，我相信光復山河的日子不遠，我們握手言歡之期就在眼前了」；但眼下，「我唯一可以告慰你的，就是臺灣已經準備好一切，反攻的號角一響，你們就獲得自由了」。[122]

其他還分別可見諸〈鄉思〉、〈遷居〉等。[123]這些都是溫厚的人慈悲的關懷，是琦君記人淺白而露，敘事溫存而膩的明證，但又因此琦君的真性情橫溢於言表。

琦君爲文太事事關情；聶華苓又太事事經心卻眼冷心熱。1978 年，年過半百離家三十載的聶華苓初次回鄉，故人熱烈歡迎，妹妹說她曾在電臺呼喚姐姐：

---

[119]同上註，〈一生一代一雙人〉，頁 40。
[120]同上註，〈湖天歸夢〉，頁 41。
[121]同上註，〈憶蘇州〉，頁 56。
[122]同上註，〈祝君無恙我將歸〉，分別見諸頁 63、61～62、64。
[123]同上註，頁 68、79。

> 「我大叫：我是聶華蕙，我找我的姐姐聶華苓！我是聶華蕙，我找我的姐姐聶華苓！」「現在你可找到你姐姐了！我回來了！」我和大哥、蕙妹是同父異母。我們以前在一起並不快活。[124]

聶華苓的筆，令人心驚，前文寫得熱情澎湃，結尾冷冽至極，正道出時代變化、人事滄桑，以及她沒有說出口的世態現實。

聶華苓像一個旁觀者，用小說筆法寫懷舊散文。她看事物的角度便站在一種高度，超脫當事人的記憶，只管講故事、建構畫面，至於閱聽者怎樣取角、如何解讀，她並不干涉。或許她明白所謂記憶有時夾纏著許多別人塞進來的記憶，將自誤誤人。

琦君卻用詩一般的筆觸，替許多人立碑。她爲母親樹立起一個忠貞、堅韌、與世無爭的指標性形象；卻輕輕放過那位對母親殘忍、寡情的父親，還爲他的造出慈悲爲懷的形象。

> 哥哥曾經仰著頭問：「爸爸，你為什麼不再當軍官、不再打仗、殺敵人了呢？」父親慢慢兒撥著念佛珠說：「這種軍官當得沒有意思，打的是內仗，殺的不是敵人，而是自己的同胞，這是十分不對的，所以爸爸不再當軍官了。」檀香木念佛珠的芬芳撲鼻而來，和母親經堂裡香爐中點的香一個味道，我就問：「那麼爸爸以後也唸經囉。」父親點點頭說：「哦，還有讀書、寫字。」[125]

琦君父親解甲之前，應允蔣介石在革命軍北伐時卸防其駐守地，「父親慨然答應，並深悟兄弟鬩牆對革命的阻力而毅然退休」。革命軍打軍閥是自己人打自己人，國共戰爭，豈不也是兄弟鬩牆、自相殺戮？歷史的解釋權，有時雖在父兄，不能以移子弟。只得說琦君真是慈悲，有時論而斷，

[124]聶華苓，〈月臺會親人〉，《三十年後》，頁 16～24。
[125]琦君，〈父親〉，《桂花雨》，頁 10。

以維持人性尊嚴；有時論而不斷，保存空間，以便留予他年說夢痕。若用《無量壽經》所云：菩薩「修行五眼，照真達俗。」該說琦君是：天眼通達呢？還是法眼清淨？或者慧眼見真？

相較於琦君的金針密縫，聶華苓常常涉筆成趣，她雖述而不論，但引學理檢覈之，仍可見出她的意圖，因為「人物描述總帶有研究者強烈的意識形態色彩，而研究者往往意識不到他們自身的意識形態原則。因此，作為描述所表現出來的是隱含的價值判斷。」[126]所以，聶華苓也自有她另一種表現策略，憶起往事，前瞻後顧，不免輕喟：

> 父親死後四十二年，家和國都翻天覆地變了樣。他的兩個水火不容的妻子也都去了。兩房的兒女就在那樣的平常心情中相見了。沒有尷尬，沒有怨恨。我們只是到後臺換了服裝，換月粉墨，臉上畫了皺紋，頭髮撲了白粉。再出場時，角色變了，腔調溫和了，步子沉重了，背有點兒彎了。我們唱的是一臺不同的戲了。[127]

怪哉，大哥的霸氣不見了。怪哉，兒時那個紛爭不斷，鬧聲不絕的家在哪裡？

> 這就是我們的家！大哥指著我身後說。原來正站在我家大門口！我轉過身，只見兩根石柱子，再看一眼，仍然只有那兩根石柱子。經過了半個世紀的大風大浪，我們都活過來了，現在我們一同站在三岔路口，站在兩根石柱子之間，一同尋找兒時的家。我突然明白為什麼一切的舊恨宿怨都消失了。[128]

---

[126]米克・巴爾，《敘述學：敘述理論導論》（北京：中國社會科學出版社，1995年），頁140。
[127]聶華苓，〈共飲長江水〉，《三生三世》，頁268。
[128]同上註，頁273～274。

對於舊仇宿怨，琦君不也同樣坦然？

> 自從父親去世以後，母親和姨娘反而成了患難相依的伴侶，母親早已不恨她了。我再仔細看看她，她穿著灰布棉袍，鬢邊戴著一朵白花，頸後垂著的再不是當年多采多姿的鳳凰髻或同心髻，而是一條簡簡單單的香蕉卷。[129]

如果看待齒牙齟齬可以用平常心，唇齒相依就不應端視需求而定。如前所述，琦君用以弔念聶母、寬慰華苓的〈與友人書〉，與她溫良的作風及文風誠然稍異，[130]我卻希望分別以「人情練達」來認識琦君，而以「世事洞明」來解讀聶華苓。

五、結語

平心而論，琦君南人南相，溫柔守禮，散文寫來，親切有味，如話家常；聶華苓南人北相，冰雪聰明，文行千里，能戛然收手，卻留有餘韻。

琦君運筆敏感而寬柔[131]，「時常能於筆端瀕近過度的憂傷之前，忽然援引一句古典詩詞，以蒙太奇的聲形交錯，化解幾乎逾越限度的憂傷，搶救她的文體於萬隱之間，忽然回頭，保持琦君散文的溫柔敦厚，而且更廣更博」。[132]

聶華苓幸虧遇見保羅．安格爾，讓她想一吐爲快時，便藉安格爾發爲大笑：「中國人！中國人！這就是中國人！就是大災大難，他也有逆來順受

---

[129]琦君，〈髻〉，《紅紗燈》（臺北：三民書局，1969 年 11 月），頁 35。

[130]琦君在〈與友人書〉對華苓說：「我自認是你「好友」，卻不敢說是「知己」。因爲，人與人的心靈，是永遠無法完完全全相溝通的，正如你所說的，人總是常常寂寞的。我，也是寂寞的時候居多。可是這刻骨的寂寞卻常常使我的心靈寧靜而清明，也因而懂得了溫厚。」《煙愁》，頁 195。

[131]彭歌，〈東方的寬柔〉，隱地編，《琦君的世界》，頁 143～144。原載於《聯合報》副刊，1974 年 6 月 22 日。

[132]楊牧，〈留予他年說夢痕〉，錄自琦君，《留予他年說夢痕》序文，頁 6。原載於《聯合報》副刊，1980 年 8 月 13 日。

的道理。」[133]聶華苓不去分說從歷史走來的人的癡愚愛憎，依舊是安格爾搶白：「我不懂。受了罪，挨了打，坐了牢，沒有一句怨言，還笑得這麼開心，好像談的是別人的事。」[134]

生在一個嚴酷的大時代之中，長於政策飄搖的變局之下，想要「福慧雙修」誠非易事，琦君和聶華苓雖然不能一致，其實也不必一致，她們在鄉愁之中，已經做了該做的事。

——選自李瑞騰編《永恆的溫柔：琦君及其同輩女作家學術研討會論文集》
桃園：中央大學琦君研究中心，2006 年 7 月

[133]聶華苓，〈共飲長江水〉，《三生三世》，頁 274。
[134]聶華苓，〈那條小船：莎菲女士——丁玲〉，《三生三世》，頁 296。

剪影三生
書話聶華苓

◎應鳳凰*

四月間「文學大師系列電影」在臺北熱鬧放映時，手邊正讀著聶華苓臺北版《三生三世》。一邊拿北京三聯版《三生影像》對照著看，想知道兩書之間的差別多大：除了圖片量、簡體繁體，內容是否大幅增減。看電影回來，除了為各家導演熟諳電影語言、聲光技巧一流喝采，也體會攝製「作家電影」難度很高，尤其要準確傳達作家的精神風貌更是一大挑戰。

作家生平經歷容易拍，文學精神特色難表達。電影導演在行的是鏡頭與影像，卻很難再身兼文學研究者或評論家。但是誰來提供精緻有深度，適切詮釋作家精神風貌的劇本？書房裡翻閱《三生三世》時不免想著：如果作家多提筆寫類似的文學回憶錄，精緻劇本的誕生該容易得多。

剪影三生

皇冠版《三生三世》第一頁上印著短短題句，簡單扼要將作家一生勾勒出一幅完整輪廓：

我是一棵樹。
根在大陸。
幹在臺灣。
枝葉在愛荷華。

---

*臺北教育大學臺灣文化研究所副教授。

繁體字版每一行末都加了句點，頗象徵意味地，說明她每到一地都經歷一次天翻地覆，彷彿「再世爲人」，遷移三地因此像經歷過三輩子。這也是她與《城南舊事》主角林海音不相同的地方：林先生半輩子文學事業都在臺灣也埋骨臺灣，而「臺灣時期」於聶老師，只是中間一小段。

《三生三世》清楚以時間繫年，正好隔出三個空間——1949 年以前是讀書、逃難、當流亡學生的青少年歲月，都在大陸，屬於「中國時期」。1949 年後來臺灣，至 1964 年赴美，這 15 年期間創作力最旺盛，是編雜誌、教書、寫作的「臺灣時期」。第三段「美國時期」時間最長，從 1964 年迄今，在愛荷華城開枝散葉。從事創作翻譯之外，更與詩人安格爾攜手主持「國際寫作計畫」，造福世界各地來的作家藝術家。他們珠聯璧合，對文學有共同的信仰，他們「愛河」（愛荷華河）邊上的家，留下多少世界大詩人、小說家們的吟誦與笑聲。安格爾去世前的「紅樓情事」，一本書根本寫不完。

聶華苓是小說家，回憶錄也採用小說筆法。書中有她不同時段的人生經歷，傳奇性遭遇，戲劇性片刻，接觸的種種人物，但未觸及寫作生活。書中寫她的逃難，她的學校，她的婚姻與愛情，反而很少談她的作品。把她在大陸、臺灣、美國三個空間的文學歷程貫串起來看，大陸時期尚未創作，後面兩段才有文章發表。後兩段寫作成果又可歸納出三大類：第一類「小說」，長篇短篇都有；第二類「散文」，包括遊記、自傳與回憶。第三類出版品「翻譯」，也是臺灣時期就開始了。早期英翻中，如翻譯紀德的《遣悲懷》。到美國之後，中英都翻，中翻英部分，最著名是和安格爾合譯的《毛澤東詩選》。也是譯了這部國際知名的詩選集，讓她陷入國民黨政府黑名單，久久難以塗銷也久久回不了臺灣。費了她多少力氣，靠多少文友奔走協助，才在 1980 年代末得以解禁回臺與親友相聚。

短篇小說：《翡翠貓》與《一朵小白花》

從她兩部短篇小說集都在當時最有規模的主流出版社印行，便知身兼編者作者的她，既活躍於島嶼文壇，擁有充足人脈，寫作成就更是不可小看。1959 年由明華書局出版的《翡翠貓》是她第一本短篇小說集，收入她 1950 年代發表在《文學雜誌》等各刊物的十篇小說。雖是她「創作過程初期的試作」，卻是「針對臺灣社會生活的『現實』而說的老實話」（大陸版前言）。小說裡各色人物全是從大陸流落到臺灣的小市民，因此作者 1980 年由北京出版社再版這些短篇時，書名改為《臺灣軼事》。書序寫道：「這些小市民『全是失掉根的人』，他們不但全患著思鄉『病』，也全渴望有一天回老家。」聶華苓怎能如此肯定，因為此時，她就生活在其中。

1963 年出版《一朵小白花》也是十篇，這是第二部短篇小說，由文星書店出版，香港作家徐訏寫序。徐訏出版有《風蕭蕭》、《盲戀》，本是小說行家，也是評論家兼文友知音。唯他能細膩點出聶華苓小說籠罩一股淡淡哀愁，「幾乎每篇都在寫人與人之無法真正接近調和的一種充滿哀怨的孤獨」。而這兩部短篇之所以重要，意義應該是其嚴肅不苟的寫作態度，對當時文壇而言，她重視短篇寫作技巧，嘗試引進西方經典小說手法，在往後臺灣的現代主義文學潮流發展上，不可能沒有影響。整體而言，聶華苓小說比同時期作品，接觸面更廣，重視寫作技巧，尤著重於心理刻畫。寫這些短篇的同時，作者正翻譯美國小說家亨利詹姆斯的《莫德福夫人》。也因此，與其他現代主義小說相較，聶華苓更對女性遭遇與壓抑多一分理解與同情，勇於探索女性情慾與心理掙扎。

長篇之《失去的金鈴子》

《失去的金鈴子》是聶華苓第一部長篇小說，初版於 1960 年，也是作者「臺灣時期」最後一部作品。畢業於南京中央大學外文系，1949 年帶著母親隨國民黨到臺灣的她，進入《自由中國》半月刊主編文藝欄 10 年，是她人生路途很重要一段歲月。刊物在 1950 年代臺灣知識社群頗有影響力，也因而聚集一群臺灣自由主義知識分子作家與政論家。料不到 1960 年 9 月雷震被捕，雜誌社隨之關門。失去工作的聶華苓於是在家裡寫《失去的金鈴子》，以她擅長的小說形式敘述一段成長經歷。18 歲女孩「苓子」爲第一人稱敘述者，歷經一段戀情與幻滅，也呈現周遭女性在禮教枷鎖下的壓抑與呻吟。聶華苓從舊大陸來臺，以後到新大陸開始新生活，「金鈴子」正好誕生於中間的「臺灣時期」，此書出版時作者 35 歲，正是一生創作的金色年華。

小說初發表於林海音主編的《聯合報》副刊，1960 年初版於學生書局，1964 年修訂之後改由文星出版。兩位女性主編都寫小說，都很活躍。稱得上當年一段文壇佳話吧：差不多同一時間，林海音《城南舊事》也有一部分是在聶華苓編的《自由中國》上發表，兩人各把重要作品交對方刊登，互相欣賞也互相提攜。

比起北京城南的小英子，苓子的年紀較大，對男女兩性的關係也更加好奇。少女苓子已經中學畢業，從都市來到鄉村。她對中國婚姻制度下女性悲慘命運有更多思索，不但尋覓自己情愛對象，也看見封建制度下女性的情慾壓抑與心靈扭曲。由此可知，《失去的金鈴子》不僅是成長小說，也是一部「父親缺席」的女性小說。不只苓子父親早逝，逃避感情的母親身邊沒有丈夫，連母親身邊的一代，也全是身體或心靈守寡的女人。從主題意識來看，女性角度與女性自覺簡直溢出紙面。

書籍本身也有不同的命運。1960 年代初期正逢「文星書店」多事之秋，《文星》雜誌繼《自由中國》也被查封之後，旗下書籍四散飄零，《失》書改由大林出版。後來有北京人民文學的簡體字版（1980 年），臺北林白出版社 1987 年重排再版。到了新世紀似乎全部又絕版了。於熱鬧歡迎一位作家來臺的時候，臺灣有識之士或有關單位，不妨想到另一種歡迎作家的方式——重編或再版他們的作品。讓作家的作品被更多人閱讀豈非是更有意義的致敬方式。

長篇之《桑青與桃紅》

如果《失去的金鈴子》是女性一首成長之歌，那麼《桑青與桃紅》便是動亂時代一段流亡曲。

初稿完成於美國的《桑青與桃紅》全書約十三萬字，形式與主題都很有特色。以近代中國的動亂為背景，聶華苓嘗試以戲劇手法，拼貼書信、日記、地圖等文本，講述女性的流亡故事，也揭開她心靈的隱密角落。

小說時空背景跨度很大，自 1940 年代到 1970 年代：從抗日、內戰、遷臺，直寫到美國。作者以四個場景、片段，就像一齣舞臺四幕劇，展演女性知識分子如何在動亂時代一步一步走上人格分裂的悲劇。

「桑青」「桃紅」是同一女主角的兩個名字，也代表兩種身分，更展示其人格分裂的過程。故事開始的時候她是「桑青」，一個逃家的純真少女流亡學生，到故事結尾她變成「桃紅」，一個對眼前世界毫不在乎的縱慾女人，遊蕩於美國幾個城市。桑青與桃紅既是一人的「兩種變貌」，作者便有意採用「分裂」的形式手法——桑青的故事和桃紅的故事是雙線並行的，讀者可以兩邊對照。

當初寫小說，「一本厚厚的筆記本記滿了和小說有關的細節」，材料夠用來寫五部小說，但最終只選了四個片段，像是各自獨立的故事，但主題卻有連貫性。作者有心「模仿詩的手法來捕捉人物內心的世界的真實」。這部小說除了「現實的世界」，更有一個「寓言的世界」。此書大量運用現代主義技巧：意識流，心理描寫，個人獨白，時序倒錯，並非輕鬆好讀的小說。

初稿最早在臺北《聯合報》副刊發表，從 1970 年 12 月 1 日開始連載。當時主編已經從林海音換成平鑫濤。不幸的是小說刊到一半，在 1971 年 2 月 6 日，硬生生給腰斬了。來自官方的壓力太大，主編扛不住，只能再三致歉。此時香港《明報》月刊張開歡迎的手臂：臺灣不能刊，我們能。桑書因此是在香港首次全文完整刊畢的，因而 1976 年也由香港友聯印行全球第一版。之後 1980 年由北京印行簡體字版，可惜被大刀闊斧地刪節，出來的書在各版中顯得最輕薄短小。臺灣繁體字版則出版最晚，直到 1988 年才正式成書上市。難怪作者形容這本書是一支「浪子的悲歌」——

在臺灣唱過，回到老家唱過，「在兩邊都是一支沒唱全的歌」。這是 1986 年香港版書序裡的話，作者很感謝香港讓這書最先有完整的面貌。

呈現 20 世紀中國人流離逃亡傷痛印記的這部小說，通過女性身體，心理到精神分裂，情節主題穿梭於國族論述縫隙之間。到了 1990 年代，依然是用來討論「女性主義」、「離散文學」的熱門議題。翻成英文版之後，即被美國幾家大學東亞系選做課程教材，至今未曾斷版，每隔半年作者都能收到出版社寄來的版稅支票。此書於 1990 年更得到「美國書卷獎」（American Book Award）的殊榮。

各種外文譯本不算，桑書單中版便有七種，分別在大陸、臺灣、香港等地出版。幸好 1980 年代以後出的都已是完整版：臺灣 1988 年由「漢藝色研」推出的《桑青與桃紅》由李蕭錕設計封面，花布造型封面精緻典雅，作者私下最是喜歡。1997 年推出的時報版，列爲「新人間叢書」第 2 號，長髮裸女封面是雷驤的手筆。時報版封面上形容這書：「流放海外二十餘載，像一個世紀性的漂泊者。」的確，這本書出版旅程坎坷，歷經不同方式的查禁、腰斬與刪節。而不同時間與版本變化，一本書不可思議地，反映著海峽兩岸政治的風雲變化。

在愛荷華開枝散葉

就情之所歸，追求終身幸福而言，來到美國之後的第三段人生，才是她最豐盈美滿的歲月。就寫作之路啓蒙與開展來看，讓生命樹長青的中間枝幹「臺灣段落」，也有其文學旅程首航的重要性。打開出版目錄，1953 年在「自由中國」出版第一部中篇小說《葛藤》，顯現寫作之路確是來臺之後方啓航。接著有 1959 年的《翡翠貓》，隔年長篇《失去的金鈴子》，一步一步逐漸打造其專屬的文學園林。

臺灣歲月才 15 年，是三段中最短的。外文系畢業的她，看稿寫稿兼翻譯，也曾在臺大中文系教小說創作，充分學以致用。文學原是志趣，到了臺灣時期兼以之謀生。她通過小說回憶故園，反芻大陸時期青春歲月，即使遠離家鄉，文化之根常在。回首來時路，臺灣歲月正是承先啓後的一段：坐在編輯臺也是文壇核心位置，須執筆創作文學養料才能吸收醞釀。人生之樹必須先從根部到枝幹，才終有美國時期的花果滿樹。

追尋愛情聶華苓來到美國愛荷華城，也得到人生最好的歸宿。也是來此才開枝散葉，成就工程浩大的「國際寫作計畫」（International Writing Program），造福全世界作家，讓全球各角落文學工作者有機會來到安靜明媚的愛荷華城，或交流或充電，完成各自的寫作計畫。她是這個計畫的創辦人、主持人。在美國，她更獲得三所大學頒給她榮譽博士學位，得到美國 50 州州長所頒的文學藝術傑出貢獻獎。IWP 的工作成就也使他們夫婦雙雙獲得諾貝爾和平獎的提名，這個受全球作家愛戴與懷念的工作，直忙到 1988 年才正式退休。

分享聶華苓的迷人的婚姻生活，不能遺漏這本書——1996 年時報出版的《鹿園情事》：

> 天空下，有個鹿園。一個美國男子和一個中國女子在鹿園裡，相惜相愛，生死相許。走遍天涯海角，永遠回到鹿園。

對於兩人一路走來的「情」與「事」，他們有說不完的話。書裡有對談，也有獨白與沉思。紅樓鹿園裡，他們各種姿態的生活，只有各種不同的文體才可以表達。所以這本書的文體很雜，有遊記有日記，有情書更有軼事傳記，然而，聶華苓說：我們的婚姻是我這輩子見過最美滿的婚姻。

關於「我在愛荷華」，作者早在出版鹿園的十年前，由臺北林白出版社印行一本《黑色．黑色．最美麗的黑色》；此書分兩卷，前半部「我在愛荷華」收 14 篇文章，視野開闊，更加理性；後半部「我在臺灣」，文章選自臺灣時期，「視野只限於四面環海的孤島」，比較感性。作者回顧這書，彷彿活了兩輩子，這時候她還在國民黨「黑名單」中，看著當年許多人許多事，真是鏡花水月，無蹤也無影。

臺灣這兩年女作家文學傳記接二連三上市，結成一股出版熱潮。前年由九歌出版陳若曦「七十自述」，書名《堅持・無悔》；去年天下遠見推出齊邦媛《巨流河》，書一面世即在讀書界捲起一股巨流，獲獎無數，叫好又叫座。聶老師、齊老師兩人相差一歲，陳若曦接近兩人學生輩年齡最小。巧合的是三人不是在臺大教過書便是當過學生，臺大文學院廊道上重疊著她們的腳印。三書的特色是視野開闊，文筆優美有力，三位女作家生命旅程且都橫跨大陸、臺灣、美國三地，從不同角度見證海峽兩岸新舊大陸的時代風雲。

這輩子最好的歲月

去年讀完《三生三世》即推薦給喜愛傳記的朋友，以其處處運用小說筆法，一旦翻閱即難以釋卷。此書第三部「紅樓情事」即寫愛荷華小城與詩人保羅・安格爾半生情愛以及婚姻生活種種，將保羅的性格人格寫得栩栩如生，特別迷人。最驚心動魄是讀到全書末段：夫婦兩人在飛往歐洲領獎半途上，詩人突於機場病發倒地，急救不及，讓所有讀者和作者一樣，一下子既反應不過來也不能接受——1991 年 3 月詩人於旅途上去世。

五百多頁厚的《三生影像》，不但比《三生三世》增加了三分之一的文字，更放進 284 張照片，張張她都親筆詳加解說。這部由北京三聯書店出版的書，銷路極好，出乎她的意料。

2010 年秋天來到聶老師緊靠著河邊山坡上的家，終於走進這棟收藏了無數家作家笑聲與記憶的「紅樓」。聶老師帶我們裡裡外外走了一圈，從掛著的書畫，櫃上照片、牆上成排的木雕面具，一草一木無不是她和安格爾兩人執手相看的幸福身影。當我們驚訝那麼漂亮寬闊，幾乎可坐進 30 人的大陽臺時，聶老師的回答依然是那句話：「全是 Paul 自己動手做的」。

也看到屋後一片綠茵：聶老師筆下的鹿園。但見翠綠青蔥的樹叢，枝葉搖曳卻空空盪盪看不到鹿的影子。「一直都是 Paul 在餵，他去世了，鹿也都不來了。」當我們分別走進兩人書房——紅樓原就兩人各有一間寫作的地方。最讓人感動的是，詩人去世快二十年了，聶老師仍爲丈夫書房保留他離去時的原貌。

「寫字累了，我隨時進來坐一坐，和他說兩句話。以前一直有這樣的習慣。」

詩人書房裡有他當年隨手放的一疊疊詩集，隨手塗鴉的幾疊詩稿，桌上一臺黑色古董打字機，上面還捲著當時的信紙。他旅行時常戴的鴨舌帽還瀟灑掛在架上——我們看到的，正是詩人安格爾 1991 年離家那天的「現場」，書桌上兩人的合照綻放花一般燦爛的笑容。

那日我們圍坐客廳喝茶聊天，聶老師談起當年編《自由中國》的年月，同屋殷海光的生活趣事，直到夜深了大家仍意猶未盡。我特別喜歡聽 50 年代臺灣文壇掌故的人，一路追著文壇人事，鉅細靡遺，打破砂鍋問到底，讓女主人幾度掉進時光隧道，回到臺灣歲月。連當年作家們嗜好打麻將：她和林海音都愛打之類的日常瑣事，我都聽得津津有味，欲罷不能。

回憶通常是經過腦海自動篩選的，聊起來都是快樂時光。寫信便不同了，記得聶老師給我的信上，曾提起她在臺灣「從沒快活過。大陸時代，到底年輕；一個女人最好的年代，卻在臺灣 15 年的壓抑中犧牲了」，只因爲那個時代那樣的局勢，還有局勢下個人的生活遭遇。聶老師說：我這輩子最好的歲月，是和 Paul Engle 一起在愛荷華度過的，這就是爲什麼我要守住這空洞洞的卻又內容豐富的紅樓。

想起聶華苓 1988 年出版的中國遊記，書名《三十年後——夢遊故園》。如果書是此時出版的話，夢裡故園當然是指「鹿園」。從中國、臺灣到愛荷華，別人只一世她擁有三生，引書首一句話：「回頭看看——走了好長好長一段路啊！」

——選自《文訊》第 307 期，2011 年 5 月

評《失去的金鈴子》

◎葉維廉

一

在《史提芬・希羅》（Stephen Hero）[1]一書中，詹姆士・喬義斯熱烈地討論一種表現手法：如何通過一束精細的表面事物，對抽象的意念作一明亮的呈露；他稱這種表現手法爲「顯現法」（“epiphany”），一種去認知事物在現實中突然（有時帶有神祕的靈通性的）顯示時之「真象」的方法，亦即是使事物之「原貌」從其衣裝中赤裸地躍出之感受力。做爲一個讀者，我對我所閱讀的一切作品，均非常苛求這種表現能力；我以爲要使一篇作品耐讀以至於偉大，第一要件就是在文字上有此種表現力。我堅持這種能力的原因，並非由於喬義斯曾提出此說，而是由於「顯現法」（或是同一意念之類同名詞）是一切好作品之基礎。《失去的金鈴子》的作者聶華苓女士給我的印象，正是一個對於這個原則有清澈的認識的小說家，她正能夠活用中國文字去構成相當精采、準確的意象、意念、情緒、事件。聶女士的同代作家中，有不少對於「濫詞濫意」是毫無所感的，聶女士則是一個對於語言的活力極端重視的人。要獲致語言的活力，一個作家必須通過其特具的選擇性的感受力，對意象與意象之結合作經常的思索。《失去的金鈴子》的語言表象，大致上均能藉高度的印象主義之筆觸、與「萬物有靈論」（“animist”）之神祕結合，而伸入某種心理的深處。所謂「印象主義」的筆觸，至此，我尤指印象派畫家用主觀性呈露來獲致畫家與現實間的結合

[1]是 A Portrait of the Artist as a Young Man 的草稿。

之手法。《失去的金鈴子》一書中，這種筆觸很多。作者把莊家姨婆婆的病牀看成一輛出殯的舊馬車，同時，

> 她……用手扯扯胸前的紅花洋布被子，慘白的手映著大紅的花，就像血泊裡剛放血的小雞。

這已經不是一般因襲作家所慣用的具有照相的準確性的一幅圖畫了，而是一張繪畫，一如「藍騎士」（“Blue Riders”）的油畫，把臥病的莊家姨婆婆的感受與生存的情境作了一項忠實得令人可怖的顯露。一個細心的讀者會發覺到，這張畫甚至無意之間成爲一個偉大的象徵，象徵著由一束古老的理想構成的承平社會之沒落的整個戲劇。這副畫中的氣氛，就成了現代化的一代與古老的一代各自想望的事物間的一種隱隱的衝突之氣氛。

紀德的小說中頗爲迷人的一面是：當他寫到一幅自然的景象時，他都能使之變得那樣親切，使讀者能穿過其明亮鬱鬱的意象，走入由狂喜與無聊合成的一種不可言傳的戰慄中。聶女士亦能藉「萬物有神論者」看自然事物的方法，在其段落中保持相當類似紀德的迷人處。譬如下面一段就是：

> 乍醒時候，幾乎不知道自己在哪兒。突然一陣鳥叫，好像迸濺的火星，洒滿了山野。四方小窗口，好像一小塊剪貼，貼在土牆上，藍色的發光紙黏著幾根蒼勁的枝椏，黏也沒黏牢，葉子是虛飄飄的。

我們不容易決定作者實際上要暗示何種情緒，但讀者可以感到，而且強烈地感到根深於苓子（女主人公），亦根深於我們的生命之一種不可言傳的憂愁。

同樣地，作者在處理一個情境時，亦深深的能重新將其真質推出。譬如當苓子因中日戰爭在外流浪了數年歸來，在三星寨見到她母親的時候，

作者如此寫道：

> 「媽媽！」我跑到她面前，一句話也說不出來了。
>
> 「這口袋上的花是你自己挑的呀！蠻不錯嘛？」媽媽接過我手中的麻布口袋，看著那朵死板板的荷花，彷彿那口袋比我的歸來還令她驚喜。……

中國人感情的流露與外國人大不相同，中國人是蘊藏的，外國人大都趨向爆發性。所以在上述那個場合裡，一個外國人很自然的會跑向前，緊緊把對方擁住，然後接吻；中國人則盡量抑制住欲衝出的激動的行爲或說話。當苓子的媽媽故意的接上一句不相關的話時，隱藏在這句話後面的激盪的喜悅反而更加強烈。又譬如當邱媽見到她時一直說她如何如何的棒，她大爲生氣。邱媽從小把她看大的，自小很專橫，但這些年來她獨個兒在外流浪，那容她使性子呢，所以她說：

> 「我向邱媽那麼一吆喝，倒使我感到自己是真正回到家了。」

有許多時候，往往不是你看見的人或景物會使你感覺到歸來的實在感受，而是附於某一些小動作，某一些事物之上的獨特的情感，才會喚起一個情境的原貌。

二

現在我想談談作者的戲劇手法。故事由苓子到達三星寨爲始，離開三星寨爲終：這只是她一生中的一個橫切面，但作者既把這個橫切面抽出而加以細寫，其間必有一種對苓子一生的獨特的意義。聶女士在她的一篇談《失去的金鈴子》的文字〈苓子是我嗎？〉（Am I the Heroine？）曾提及，她這本小說的主旨是寫一個女孩子的成長。假如我們跟著她的暗示去讀她這本小說，我們可以看見：一個天真的女孩子如何發現尹之舅舅與巧姨間的愛而在情感上引起某種難解的改變，以致最後獲得某種戲劇上的領悟（recognition）而真正的成長起來。光是這個「到臨—改變—領悟」的過程已經相當的具有戲劇意味。但在我看來，作者所提示的還只是片面的（大概作者不願意把心跡完全表白，以便保持它相當的複雜性）。在我看來，我們不應集中注意在上述的「戲劇動向」上。《失去的金鈴子》的「戲劇動向」應該是多重性的。該書的動向似乎與其書題「失去的金鈴子」有密切的關係。在本書之始，苓子聽見一種叫做金鈴子的蟲聲，聲音悠揚，她把那聲音描寫爲既迷人而又神祕的東西。

……忽然聽見一個聲音，若斷若續，低微清越，不知從何處飄來，好像一根金絲，一匝匝的，在田野上繞，在樹枝上繞，在我心上繞，愈繞愈長，也就愈明亮，我幾乎可以看見一縷細悠悠的金光。那聲音透著點兒什麼，也許是歡樂，但我卻聽出悲哀，不，也不是悲哀——不是一般生老病死的悲哀，而是點兒不同的東西，只要有生命，就有它存在，很深，很細，很飄忽，人會感覺到，甚至聽得到，但卻無從捉摸，令人絕望。我從沒聽到那樣動人的聲音。

金鈴子的象徵是苓子的一種想望，一種希求，或是對她而發的一種誘惑，一種愚弄人的力量。她渴求知道更多的事物，經驗更多的事物，或是感受更新異的東西。她所希望的不止是尹之舅舅的愛，而是一些不可解的東西；可能是一種更成熟的智力上的認可，也可能是所有年輕人都會遇到的某一種理想的幻滅。不管是什麼，它就像金鈴子的聲音那樣飄忽不定。但同一個象徵亦同時適用於本小說的其他人物上去。尹之舅舅有他的想望，他的希求；寡婦巧姨、丫丫、莊大爺、莊家姨婆婆，每個人都有各自的想望和希求，每個人都各自被某些飄忽的東西所迷惑，所愚弄；他們每個人最後都失望。苓子一度捉到一隻金鈴子，她很高興，然後，她隨即失去牠，一切跟著就改變，她發現尹之舅舅並不愛她：跟著一度由古舊的理想維繫的和諧美滿的家庭開始破滅，所有的角色在人生看法上均有了重大改變。

但讀者會問：幾乎任何故事都有某種類同的戲劇的領悟，在處理上，《失去的金鈴子》有何與眾不同的地方？幾乎每一個讀者都會發覺到故事中根本沒有壞人，實際上，他們都可以說是好人。如此，作者又遭到一個技術上的問題，如何在他們之間加入衝突而產生戲劇？

從小說的本身來看，我們很容易發現幾個三角關係：1.尹之舅舅、巧姨、苓子。2.丫丫、鄭連長、與指腹爲婚的丫丫的未婚夫廖春和（一直未出場）。3.新姨、黎姨、黎家姨爹之間的不安。4.莊大爺、莊家姨婆婆、及其大兒子夫婦之間的不和諧。但使本書成功的不在這些人之間的衝突，而是由於作者把衝突隱藏起來。作者在呈露角色時用著極其自然、幽默及毫不急迫的進度，而又不強調任何明顯的衝突。一切事物看來那樣靜態、那樣調和；然而，由於作者有一種捕捉氣氛的獨特能力，把思想、行爲都極其不同的兩代之間存在的氣氛呈現於讀者的感受網中，使讀者在表面詳和的生活中，意識到某種必將引起衝突的「惡兆」。所以當這個表面相當和諧的家庭開始破碎時，讀者就能深深的共感其哀，而作者東一把西一把的印象派筆觸此時都能相互的產生有效的和鳴作用，使整個悲劇的情境加深。

三

把缺點指出顯然不是件快樂的事，尤其我又頗喜此書；但我仍願指出來談談。

（一）聶女士處理她的意象的謹慎幾乎已成爲一種屬於她自己的法則，但這位對於每個細節都如此嚴謹苛求的作者卻疏忽了一件更重要的事，她忘記了本書係由一個 18 歲的少女敘述她自己成長的故事。在許多地方苓子顯得那樣天真無知，對於很普通的生活問題還不大認識的時候，而同時她竟能對於人生與人生哲理發了不少高論，對於她自己的心理、情緒，和別人的心理、情緒作了如此不凡的分析，實非 18 歲的少女可以做得到的事。作者曾刻意把改變前後的苓子的情緒作了兩個不同的造型，但整本小說塞滿了說教與分析。這個事實顯然與一個 18 歲的少女的自述不符合。

（二）在抗日時代的中國，當時社會是一個雖曾受過現代化的洗禮而顯然尚非相當開明的時代，一個舅舅對一個姪女顯然仍是一個長輩。苓子雖然曾接受過相當多的現代教育，尹之舅舅對她來說仍然是舅舅，他們之間，無論如何應該有一道「心理的牆」。但我們的女英雄竟毫無遲疑忌諱的就走入了一個舅舅的情感之中，顯非令人折服之事。

（三）由於苓子的嫉妒造成了尹之舅舅與巧姨的悲劇，當這個悲劇正要達到某種高度時，作者忽然加上了個頗具破壞性的小節：苓子爲尹之舅舅冒大風雪送信給巧姨，其間所歷風險，作者道來英勇動人。這一節在我看來只是一個補償行爲，但在此時此地加上一個補償行爲顯然不當，因爲如此就會給人一種感覺，作者只爲了不使關心自我苦掙的苓子的讀者更加難忍，所以加上補償行爲一節以安讀者。

另一極不當的一節就是作者爲黎家及莊家所安排的「完滿結局」，整個戲劇中的衝突雖然很大，但個人的痛楚並未見得很深，而來了一個反高潮的「完滿結局」。在《咆哮山莊》中的完滿結局是合理的，因爲其主人翁們經過了一段相當長的風暴似的苦掙之後，我們需要某種安詳。但三星寨這一家的情形不同，整個情境是悲劇性的，但個人的苦掙則遠不及《咆哮山莊》中任何一個角色。聶女士在其〈苓子是我嗎？〉一文中曾說：文學除供人欣賞的樂趣之外，最重要的是使人思索、使人不安、使人探究。做爲一個讀者，我不希望一個戲劇情境如此輕易的獲得解決，使得我們不能去作更多的思索、不安與探究。該書結尾時，由於苓子嫉妒所引起的變化是一個相當複雜的情境，該情境正是聶女士所謂可以「供人欣賞的樂趣，並使思索、不安、及探究」的地方；所以我們期待更細膩更微妙的處理。譬如尹之舅舅及巧姨二人經過這次突變的心理，可以通過別人的口述而寫出。（我們不能忘記該故事是由苓子敘述，故不能用尹之舅舅及巧姨自省、回憶的方式。）又如苓子的媽媽，對這件事似乎一直未有任何表示。我們期望這個情境的外貌及內貌均更繁複、更濃縮、更不易解決。但尹之舅舅入獄與出獄之間，在讀者的心中所遺下的印象，並未有心如刀攪的憂慮，莊太爺一死，萬事就解決了。這也許是時間問題。若讓該情境所引起的緊張、焦慮、不安以至尷尬持續在半個月以上（當然其間作者就得多加幾件事件了），讀者的感受網上（並非認識上）的印象就更深切。讀者讀一本小說時往往像走上一段旅程，他也在經歷書中的一切，作者必須給讀者相當的時間（心理的時間，並非機械的時間）去經歷、認知、感受該節經驗的全象，然後可以有所蛻變。《金鈴子》的結尾的變動，由變動至解決似乎不外幾天的事，一切急轉直下，而結局又完滿，即是說，讀者不再爲莊家、黎家、尹之舅舅、巧姨起先所引起的問題擔心，因爲至此，一切問題已暫告一段落。「金鈴子」的結尾必須加以更詳盡的處理。

——選自葉維廉《中國現代小說的風貌》
臺北：四季出版公司，1977 年 9 月

洶湧著的噴泉

讀聶華苓小說《失去的金鈴子》

◎向陽*

一

《失去的金鈴子》是聶華苓的第一部長篇小說，首版於 1960 年由臺北學生出版社推出，那時她 35 歲，正值寫作盛年，不過她卻自謙：「我之寫作只是要擺脫寂寞——與生命同在的那份寂寞。」並借曼絲斐兒的文字來解釋她的這種感覺：

> ……我必須承認，我感到生命中有點兒東西很悲哀，是什麼呢，很難說。我不是指一般人全部了解的那種悲哀，例如疾病、貧窮、死亡。不，是點兒不同的東西，它就在那兒，很深，很深，屬於人的一部分，宛如人的呼吸。無論我多麼努力工作，使自己疲乏，我也不得不停下，而覺得它就在那兒等待著。我常想是否每個人都有這同樣的感覺呢。誰也無法知道。然而，在它甜美、愉悅的小唱中，我所聽到的正是這種悲哀（啊，那是什麼呢？）豈不奇特麼？

這段話引自聶華苓寫完《失去的金鈴子》後的自述〈苓子是我嗎？〉一文，十足可以展現《失去的金鈴子》這部小說的基本精神。一種無奈的寂寞，以及爲了擺脫這種寂寞而「我努力工作，使自己疲乏；我停下來，

---

*本名林淇瀁，發表文章時爲《自立晚報》副刊主編，現爲臺北教育大學臺灣文化研究所副教授。

感覺到它，又開始工作」的生命感——宿命而又莊嚴。

巧合（或者預設）的是，做爲《失去的金鈴子》這部小說主要象徵的「金鈴子」，正也具有如此的特質。在曼絲斐兒筆下，把「生命中有點兒東西很悲哀」喻爲「在它甜美、愉悅的小唱中，我所聽到的正是這種悲哀（啊，那是什麼呢？）」：聶華苓則使之具象化爲「體似蟋蟀而小之」（《大漢和辭典》注）的金鈴子的鳴聲：

> 那聲音透著點兒什麼，也許是歡樂，但我卻聽出悲哀，不，也不是悲哀——不是一般生老病死的悲哀，而是點兒不同的東西，只要有生命，就有它存在，很深，很細，很飄忽，人感覺得到，甚至聽得到，但卻無從捉摸，令人絕望。我從沒聽到那樣動人的聲音。

更進一層地，又透過小說敘事觀點的主角苓子的話來點出：

> 不，不是悲哀，是點兒很深很細的東西，你感覺得到，又捉摸不到，我就叫它「絕望的寂寞」。金鈴子叫得那麼美，那麼快活，我偏偏聽出這一點。真的，只要人活著，就會感到這一點，只是很多人不肯承認罷了。

而這種對於生命之「絕望的寂寞」的無常感，乃是敏銳的青年心靈所具有的特質。聶華苓借由她母親所講的故事，寫下了一個逝去年代（1940 年代）的小城演義，也寫下了一個女孩（狂放、野性的苓子）的「莊嚴而痛苦的過程」及其「一場無可奈何的掙扎」。

也彷彿有所巧合（或者預設）的，1960 年，聶華苓出版了這部在她的文學生命中重要里程碑的小說，開始邁向文學的坦途；但天地不仁，也在這一年，她任職並投入有十年餘的《自由中國》卻慘遭封閉、主持人雷震被捕，在「我也隨時有被帶走的可能」之下，她的人生運途從此有了截然兩異的轉折。

在這之前，她離開生長的大陸，來到臺灣，進入《自由中國》雜誌擔任編輯委員和文藝主編，過著雖然寂寞卻也單純而繽紛多采的作家生活；在這之後，她先是進入臺大、東大任教，然後離開臺灣，去到美國，投入愛荷華的「作家工作坊」、「國際寫作計畫」等文化交流工作，生活雖然繽紛，卻又複雜而寂寞。在這之前，她離開舊大陸，大概很難想像有一天終究可以回到老家吧；在這之後，她前往新大陸，大概也想像不到有一天居然回不了臺灣吧——然而，這些不可能的都成了事實。1978 年，她回去過中國大陸，但截至目前爲止，她還未獲「允許」回到她深愛的臺灣。

命運弄人！這種生命中「絕望的寂寞」，這種人生「無從捉摸，令人絕望」的無常，豈不是早在二十多年前聶華苓寫下《失去的金鈴子》時就已預徵了嗎？

二

《失去的金鈴子》，寫的是 1940 年代抗戰期間發生於重慶外圍郊區三斗坪的人間情事。依聶華苓〈苓子是我嗎？〉自述，題材得之於她母親跟她閒聊時提及在三斗坪與她們住在一起的「姓方的人家」的故事，靈感則來自於她當年（13 歲）在當地生活一年的印象：

> 在回憶中，我又回到那兒，又和那些人生活在一起了，我彷彿又聞著了那地方特有的古怪氣味——火藥、霉氣、血腥、太陽、乾草混和的氣味。

也以如此印象做爲背景，聶華苓寫下了這部描繪「一個女孩子成長的過程」的小說。

小說以「我」（苓子）爲敘事觀點，故事一開頭便是「我」由重慶一上船的驚險印象：「敵機的轟炸，急流險灘，還有那些不懷好意的眼睛」，然後是來到三斗坪河壩的奇幻印象：

> 我一眼望去，看見那一抹通往鎮上的土階，上上下下的，有吊著一隻胳臂的傷兵，穿著漿硬的白布褲褂的船老闆，沉著臉的挑水伕，高談闊論、叼著旱煙袋到船上去看貨的花紗行老闆……漠然流去的長江；夏夕柔軟的風；一股血腥、泥土、陽光混合的氣味。誰都有個去處。至於我呢？

仿似詩一般的，聶華苓透過象徵的處理，帶領我們從鏡頭中感染了戰爭下人的奔波、掙扎，與尋覓。主角的「我」七七事變第二年離開了家，「那時我才十三歲。五年的流亡生活已鍛鍊出我的勇氣」，然而在三斗坪河壩特有的（緣於戰爭帶來的）古怪氣味中，四顧尋找媽媽的時候，「那迷失、落寞的感覺，我卻不能忍受了」。

接著，苓子坐上「兜子」（只是兩根長長的木桿加上三塊小木板。一塊小木板吊在木桿下，算是坐板；一塊彎彎的板子綁在後面，另一塊則吊在前下方——1980 年代臺灣的讀者恐怕已無法想像，這是何等簡陋的交通工具！）開始了她的返鄉之行，也開始了苓子的成長心路。

由三斗坪至三星寨這一路上，聶華苓也透過「我」與力伕的聊天，交代出小說中即將上場的人物及其背景：苓子的媽媽陳大姑、莊大爺一家（兩個兒子攆的攆、瘋的瘋，媳婦巧巧）以及重慶來的醫生楊尹之。在「繞了一個山頭，又是一個山頭」後，苓子忽然聽見一個聲音，「若斷若續，低微清越，不知從何處飄來」。

故事便由金鈴子那「很深，很細，很飄忽」的聲音揭開序幕。

金鈴子在故事中不僅做爲序曲，也擔負了轉接與收場的功能，同時金鈴子也象徵了苓子的生命、價值觀的改變及其尋覓、成長的過程。在討論之前，我們有必要把整個故事加以敘述——

苓子回到三星寨的家後，總算回到了媽媽的身邊，這時，尹之舅舅（楊尹之）走進了她充滿少女情懷的人生中，巧姨（巧巧）則成爲她單戀對象的情敵（杜鵑的叫聲在巧姨上場時出現）。活潑而熱情的苓子與同齡的丫丫（黎家姨媽的女兒）成爲互相交換少女心事的遊伴，「她帶著我滿山遍野亂竄，我就向她講外面的故事，講我的流浪生活」。也在「滿山遍野亂竄」中，丫丫邂逅了鄭連長，埋下日後離家的伏筆；而苓子則因著丫丫對尹之舅舅生活的描繪，對於楊尹之有了好奇的愛苗，埋下了日後因愛生妒，差點毀掉楊尹之與巧巧兩人的伏筆。丫丫自然是配角，但與苓子這條主線穿插搭配，貫穿整部小說，大概有著作者借之以喻青春力量洶湧「亂竄」的作用吧！

苓子到三星寨半個月後，與她們母女同住的黎家姨爹娶了新姨娘，黎家的秩序有了新的調整。這時苓子與尹之舅舅的接觸交談，也加深了苓子對楊尹之的戀慕，苓子「覺得自己在長大，在變複雜」。丫丫則暗中與鄭連長談起戀愛來。而苓子在某次幫尹之舅舅送《浮生六記》（這時，楊尹之送了金鈴子給苓子）給住在莊家的巧姨時，發現了楊尹之與巧巧的戀愛。

夏天過去了，「現在是黃葉滿山的秋天了」，苓子和丫丫都改變了很多，苓子也在她虛幻的戀慕中，在幾個月的山居生活裡看到了死亡、生命、愛情、慾望，「透著真情的虛僞，在動物的本性中閃著人性的火花」，並因而開始體會到了人生的複雜。

有一天，苓子獨自出外散步，無意有意中突然走到尹之舅舅與巧姨都跟她提過的「掛著虎皮的屋子」（杜鵑的叫聲在苓子心中出現），意外地發現這兒居然是楊尹之與巧巧幽會的所在——這件事對苓子的刺激頗大。到了某個晚上（丫丫在這天不告而別，隨她熱戀的鄭連長私奔了），苓子聽到尹之舅舅和生了病的巧姨的對話（談的也是楊尹之回重慶，巧巧是不是跟他走的事），巧姨提到苓子對楊尹之的戀慕，使苓子羞恨得向莊家姨爺爺揭穿了他們的戀情。

故事到此有了大轉折。巧姨被莊家姨爺爺藏了起來，楊尹之後來被栽贓「賣煙土」下獄，苓子在愧悔交加的心情中這才克服了心中的妒恨，在風雪交加中，冒著生命危險爲已入獄的楊尹之送信給巧巧。

結局是莊家姨爺爺病危，丫丫離開了鄭連長回到三星寨，巧姨決定了斷與楊尹之的戀情，莊家姨爺爺在臨終前吐露了他設計使楊尹之入獄。

苓子與三星寨的故事就如此告了段落，苓子和媽媽、丫丫一起離開了三星寨。苓子的成長就在「那一股霉濕、爛木料、枯樹葉、火藥、血腥混合的怪氣味」的老社會中獲得了新生。小說的最後一段點明了主旨，值得複述：

> 我離開三星寨的時候，我知道永遠也不會再去了。生命有一段段不同的行程，走過之後，就不會再走了，正如同我的金鈴子，失去之後，也不會再回來了。我要跳上那條大船，漂到山的那一邊，漂到太陽升起的地方，那兒也許有我的杜鵑——灰褐的身子，暗黑的嘴，黑條紋的肚子，長長的黑尾巴。

三

金鈴子的飄忽清越，杜鵑的成熟暗黑，構成了《失去的金鈴子》這部小說的兩大相對象徵。在小說中，她們的象徵與兩個主要女性的心靈、生活、個性乃至於人生都十分吻合。像金鈴子一樣的苓子，像杜鵑一樣的巧姨，她們看似相互衝突的生命，在主要男性角色尹之舅舅的矛盾性格中浮凸了出來，也在尹之舅舅的悲劇下獲得了妥貼的融合。

當然，主角苓子心路歷程的演變才是這部小說的重心。金鈴子象徵的出現，在整部小說中，配合情節演變，前後計有九次置於關鍵。第一次是在苓子回來三星寨，進入家門、與尹之舅舅照面之前；第二次是與配角丫丫爬山野遊之際（此時丫丫提及了苓子感興趣的尹之舅舅的舊事，然後邂逅了改變丫丫生命的鄭連長）；第三次是尹之舅舅送金鈴子給苓子，並請她代送書（夾信）給巧姨之時，結果苓子發現了舅舅與巧姨的戀情，有了心情失落之感；第四次是苓子自己爬山時，結果誤闖虎屋，發現舅舅與巧姨幽會的場所，產生妒意；第五次是舅舅與巧姨戀情事發後，苓子也發現了金鈴子丟失了，這時小說情節急降而下；第六次是尹之舅舅與媽媽商討與巧姨見面的事，希望苓子傳信，但苓子拒絕了；第七次是苓子幫忙入獄的尹之舅舅傳信，回到家中病倒時，對於金鈴子所象徵的「追尋的過程」的肯定；第八次是丫丫私奔的婚姻失敗回家，苓子與她暢談終宵時的回憶；最後是苓子、媽媽與丫丫重回重慶的尾章。

這九次金鈴子象徵的出現，從苓子對金鈴子本身的喜愛，到獲得尹之舅舅送金鈴子的喜悅，以及隨後而至發現舅舅另有所愛的打擊，乃至於最後丟失金鈴子的愧悔、妒恨、追尋與重新出發，前後貫穿，金鈴子這個象徵，隨著主角心路的轉化，負載起了做爲小說情節轉折的橋樑功能，也適切地成就了苓子這個少女成長心路轉化的點描作用。

與金鈴子相對的象徵，即是杜鵑。杜鵑這個象徵的出場則配合著巧姨的身分（寡婦）、個性（沉穩）、心情（悲戚）來處理。小說第三章，巧姨初次在苓子面前出現時：

> 不知為什麼，房裡的空氣突然沉下來了。天色也沉下來了。破舊的花布門帘幽幽地蕩著。忽然聽見一聲杜鵑叫，很遙遠，但很清晰。在什麼地方叫呢？也許在一個鬼氣森森的原始森林裡吧，就只有那麼一隻杜鵑——灰褐的身子，暗黑的嘴，黑條紋的肚子，長長的黑尾巴，棲在盤根錯節的老樹上，嘔心泣血傾出那動人的叫聲。巧姨坐在床沿，又是那副專心、滿足的神態，搥著那條細瘦的腿，一下下的，單調，有節奏；是的，單調，有節奏，在出殯的舊馬車裡，在昏黯的暮色中——那就是她的生活！

同樣的象徵形容出現於第 14 章，苓子發現尹之舅舅與巧姨幽會的「掛虎皮的屋子」時，這裡的杜鵑成爲苓子心目中「尋找」的對象，結果是發現了「巧姨頭上的白絨線花和尹之舅舅的背影」。杜鵑第三次出現時，是與金鈴子（第七次出現）同時浮現在苓子病中的思慮中，這時的杜鵑和金鈴子的象徵意義已成爲同位格，「金鈴子和杜鵑本身並沒意義。有意義的是追尋的過程」。到了小說結尾之際，苓子對失去了的金鈴子不再抱怨，苓子要「漂到太陽升起的地方，那兒也許有我的杜鵑」，杜鵑從而成爲她生命成長的下一個目標。

兩相比對分析，我們不難發現，聶華苓妥善地運用了象徵技巧來搭建《失去的金鈴子》的有機結構，她通過小說中主要角色的多重衝突與矛盾，經由象徵的巧妙處理，將之轉化於諧和，使她所希望在這部小說中達成的意旨：「成長是一段莊嚴而痛苦的過程，是一場無可奈何的掙扎」整個落實下來，在各種角色的多重衝突中、在情節的轉化逆變下，作者所期望於小說的「使人思索，使人不安，使人探究」乃就獲得了情理中的效果，給了我們對於生命之「勢之必然」以更深沉的啓示！

《失去的金鈴子》另一個值得一提的特質是，與本文引用內文一般，聶華苓在小說場景的鋪設、心理的描繪上，都有相當可觀的表現。1960 年代在臺灣活躍的傑出小說家及他們的傑作，之所以擁有於今不減的魅力，一半也來自於他們駕馭文字、營造氣氛的才華。幾位傑出的小說家，如白先勇、陳映真、黃春明、王禎和、七等生……等，在這方面都有著獨樹一格，別具典範的才能。聶華苓的《失去的金鈴子》亦復如此，特別的是，這是一部更需要結構、布局的長篇，而仍能在文字、氣氛上掌握得宜，尤屬不易。隨手摭拾，如第六章起首一段，寫黎家姨爹迎娶小妾當日廳堂的場景，以及「新來的姨娘」的造像：

> 一個令人難忘的日子。堂屋裏滿堂紅，附近的人也全趕來看熱鬧。黎氏祖宗牌位前面的八仙桌，鋪著猩紅的氈毯，一對大紅燭竄著長長椎形的火焰，天井裡吊著的長鞭爆出清脆紅色的小火花。孩子們透著畏畏縮縮的快樂，尋找著未燃的鞭屑。天已黑了。燭光反映的人影在牆壁上跳躍，奇形怪狀，或高或低，彷彿是煉獄裡一群幽靈，熬受著苦刑，追求暫時的歡樂。就在那幢幢魅影中，新來的姨娘在紅毯上跪下去，向黎氏

> 祖宗磕頭，搭著眼睛，緩緩地，水紅印度綢的衣服隨著身子的線條蕩下去，裹著渾圓堅實的腰，撐在地上的手臂卻是纖瘦、顫抖的。她站起來的時候，怯生生地瞥了黎家姨爹一眼。她鼓鼓的胸脯，鼓鼓的臉腮，微微翹起的嘴唇，露出一顆鑲銀的牙，皮膚白裡透光，流動的水光。身子裡蕩著水吧，我想。

幾乎就是一段絕佳的詩作。在這一段以紅色為主要色彩象徵的文字中，作者把婚宴堂屋的喜氣，透過不同程度的紅（猩紅、大紅、清脆紅、水紅）細緻地刻繪出來——相對的是，隨即使用反諷，借著「天黑了」的雙重歧義，順勢推舟，毫無勉強地以燭光的閃動來暗示這場婚姻是「熬受著苦刑」、「暫時的歡樂」。詩的張力於是飽滿起來。而對於「在那幢幢魅影中」的「新來的姨娘」，作者則經由「水紅」的印度綢衣服，以聯想來鋪陳「水」、「紅」的兩種反諷象徵，強烈地表現了姨娘的角色，比諸詩家，毫無遜色。

他如第九章起首一段寫三斗坪印象，就是一篇絕佳寫景小品；第 19 章寫苓子夜闖大風雪，為尹之舅舅送信的一幕，彷彿就是一闋動人心魄的命運交響曲……凡此種種，在在顯示出當年 35 歲的聶華苓在小說創作上驚人的稟賦及其殊異於人的獨特風格。

以聶華苓這種寫作技巧高標獨步的表現來看，如果我們譽之為 1950、1960 年代臺灣小說界的重鎮之一，想必也不是過譽之辭吧！

四

但更重要的是，《失去的金鈴子》這部小說的本質，乃在於透過主角苓子的自我生命的追尋，以及她所接觸的角色，迸散出來的無可阻遏的生命的力量。誠如聶華苓在完成這部小說後所寫〈苓子是我嗎？〉一文所引法國文學批評家諦波岱所說：

> 真正的小說家用他自己生活可能性中無盡的方面去創造他的人物；冒牌小說家只按現實生活中唯一的途徑去創造人物。小說的天才不在使現實復活，而在賦可能性以生命。

這種生命的力量，來自於創造，而「創造」的最佳解釋，大概也可以用聶華苓一句簡單扼要的話來涵括才是，那就是「走自己的路」。

在《失去的金鈴子》中，聶華苓就是「用她自己生活可能性中無盡的方面去創造她的人物」。透過少女苓子的追尋，她寫下了戰爭時代中一個小街鎮上人們的平凡故事。戰爭就在咫尺之外，但人仍須在現實中生活；故事就發生在一個單純而熱情的少女身上，但生命的尊嚴依然放光放亮。這個故事如此細碎，人物卻是生氣蓬勃。苓子、巧姨的個性顯然是兩個不同典範，介於兩位女性間的尹之舅舅則兼有兩種生命的質素，再加上副線上與苓子身分相等而個性相對的村姑丫丫、與巧姨身分相等而個性相對的寡婦玉蘭姊，以及莊家與黎家兩個不同家族、殊異人物的鮮明對照，都使得人物的可能性大為寬闊。

就在這一群被創造出來的人物群像中，他們的衝突、矛盾，他們生命中的愛恨悲喜相互交纏，反過來使我們面對了生活的實在與生命的莊嚴。像苓子如此年輕的生命，既天真而又熱情，固然是「一縷細悠悠的金光」也似的青春之泉；那被揪在現實中的寡婦巧姨，她的「單調，有節奏，在出殯的舊馬車裡，在昏黯的暮色中」、「嘔心泣血傾出那動人的叫聲」的「杜鵑生活」，何嘗不也是洶湧著的、蓄勢待發的噴泉？就連舊社會的老人物莊家姨爺爺在無力堅守舊道德（長子娶了寡婦被他攆出家門，次子因抽鴉片逃避緝捕成瘋致死，媳婦巧巧又與醫生楊尹之幾至私奔）之後，垂死一刻的懺悔，死後搭著牀沿僵硬、枯皺的手，「能說那不是再生嗎」？這也難怪聶華苓會借用苓子的眼睛寫下如此的心情：「我望著那隻死人的手，感到生命在身子裡洶湧著，像一道噴泉」。

是的，生命不只是清越激揚的熱，也有悲涼沉鬱的冷。生與死、愛與慾、追求與幻滅、逝去與未來，共同組成了複雜的生活的內容，也共同形成了單純的生命的本質。金鈴子失去了，杜鵑還在；杜鵑失去了，還有生命的噴泉，超越生死，一逕地洶湧著……

——原刊《自立晚報》副刊，1987 年 4 月 25～26 日

——選自向陽《迎向眾聲——八〇年代臺灣文化情境觀察》
臺北：三民書局，1993 年 11 月

世紀性的漂泊者

重讀《桑青與桃紅》

◎白先勇*

20 世紀有一個獨特的現象，歐洲、亞洲以及中南美，有不少國家，每隔一些時期，就會出現巨大的流亡潮，人數之眾，往往達數百萬，爭先恐後，逃往自由地區。這些周期性的流亡潮，跟本世紀的極權政治運動，當然息息相關。國際共產主義以及納粹法西斯政權的興起，這兩股極左極右的極權勢力，正是促使世界流亡潮的淵藪。納粹運動雖然因德國戰敗而消褪，但共產主義自從 1917 年俄國革命成功驅使大批白俄奔走天涯，直到最近數萬東德人逃往西德，東歐共產國家紛起骨牌效應，這七十多年間，歐亞大陸，逃離共產政權的流亡潮一直不絕如縷。流亡人士中，當然也有為數相當可觀的作家，事實上這些作家，已經形成了一個流亡文學的傳統，在西方文學中，占有一席之地，二次大戰逃離納粹的有湯瑪斯．曼、赫塞、布萊希特，逃離共產國家的，俄國早年有布寧（Ivan Bunin）、納布可夫，近期有索忍尼辛以及布洛斯基（Joseph Brodsky），當然還有東歐一大群作家，如卡內提、米瓦許、昆德拉，這些都是最著名的，且有多位是諾貝爾文學獎得主。如果加起次要作家，這份名單就非常長了。這群流亡作家，身處異域，心懷故土，其心也危，其情也哀。他們思想深刻，下筆沉鬱，有意無意間，總流露出一股流放心靈徬徨無依的痛楚，他們的文學往往感人至深。

中國人是個鄉土觀念特別重的民族，去國離鄉，一向被視為人生一大

---

*發表文章時為美國加州大學聖塔巴巴拉分校教授，現為臺灣大學文學院特聘教授。

悲哀，而中國文學傳統中，從遠古開始，詩經〈采薇〉、〈東山〉，楚辭〈哀郢〉、〈離騷〉，逐臣遷客，遊子戍人，一直是我們詩歌中的重要人物。我們悠久而又多難的歷史過程，幾次民族大遷徙大流離，西晉東遷，宋人南渡，都曾激勵無數文人寫下震古鑠今的華章，把我們民族離鄉背井亡國喪邦的哀痛，記錄下來。然而那幾次的大動盪，無論如何劇烈，人民流徙的範圍，總還不出中國大陸本土，其間只有明末鄭成功率眾渡海赴臺，中國人民才算首次因避亂而脫離大陸母體。可是本世紀中期，由於共產主義在中國興起，共產黨在大陸成功的奪取了政權，中國人民的流亡潮，從 1949 年開始，人數以百萬計，紛紛逃離中國大陸，到香港、到臺灣、到世界各個角落，規模之大，散布之廣，流亡時間之悠長，皆是史無前例的。而這次中國人的流亡，從整個歷史看來，亦是 20 世紀世界流亡潮的另一章，而流亡在外的中國作家，當然也就創造了中國式的流亡文學，一方面繼續了自屈原〈離騷〉以來感時憂國的中國傳統，另一方面，也加入了 20 世紀中國人受了西方影響的文學感性。早期隨著國民政府有大批作家到了臺灣，中間間或也有個別作家零星逃離大陸，如張愛玲，而到最近「六四」北京屠城，又有爲數可觀的中國大陸作家羈身海外，一夕間變成了有家歸不得的流浪者，以詩人北島等人爲首，最近甚至組織了「中國流亡作家聯盟」。

可以想見，中國 20 世紀流亡文學又將有了新的面貌。1970 年代初，聶華苓的長篇小說《桑青與桃紅》問世，可說是道道地地屬於中國流亡文學這個傳統的，因爲這本小說的主旨，就在描述 20 世紀中國人因避秦亂，浪跡天涯的複雜過程。我在 1974 年的一篇論文〈流浪的中國人——臺灣小說的放逐主題〉[1]中曾如此評論過這本小說：

> 《桑青與桃紅》以近中國政治動亂的時代為背景，敘述主角人格分裂的悲劇，「桑青」、「桃紅」其實同為女主角的名字，代表她兩種身分，整個

[1]原文爲英文，周兆祥譯。

> 故事正是她人格上分裂蛻變的經過。故事開始時她是桑青，一個中國內地的女孩子，一片純真，到故事結尾時她變成了桃紅，一個不折不扣的縱慾狂人，由美國中西部遊蕩至紐約。聶華苓並非單是刻畫一個性狂態者的病歷身世，這篇小說不是只宜作心理病理學臨床個案研究，作者其實以此寓言近代中國的悲慘情況，說明中國政治上的精神分裂正像瘋者混亂的世界。在紐約桃紅所住的房子中，牆上塗著一些標語：
>
> 「誰怕蔣介石？
>
> 誰怕毛澤東？
>
> Who is Afraid of Virginia Woolf（誰怕吳爾芙？）」
>
> 旁邊還有一幅超現實主義式的淫畫，中有巨大陽物矗立地上，作為桑青的墓碑，紀念她象徵式的死亡。表面看來這可謂荒誕不經，但那標語卻包括了全篇小說所要指出的事實：毛與蔣不用說各執一端政治理論，成為近代中國分裂之源，這半個世紀的政治理論鬥爭，撕裂了中國人的內心，令他精神破碎，精力頹竭，無路可逃，只好躲進荒謬者的世界，也只有在那裡，政治教條才失去意義。

《桑青與桃紅》的出版過程相當崎嶇複雜。1971 年在臺灣報上連載時，遭到腰斬的命運，據說是因為政治原因。後來這本書在中國大陸出版時，蒐集了前三章，第四章卻被刪去，因為這一部分太「黃」，1980 年代初大陸的出版尺度吃不消。《桑青與桃紅》可說是本相當惹事的書，左右不逢源。然而如果我們仔細認真的研讀一下《桑青與桃紅》，「政治」與「色情」其實並不足以構成此書遭受杯葛的原因。首先《桑青與桃紅》並不是一本政治小說，政治小說，起碼應該有一個政治理念或者政治意圖做為後盾，例如歐威爾的《一九八四》是反極權的政治小說，杜斯妥也夫斯基的《群魔》是反俄國虛無黨的政治小說，甚至矛盾的《子夜》也可以說是一本反資本主義的政治小說，但《桑青與桃紅》並沒有政治企圖，反對任何主義。的確，書中描寫到主角桑青逃共產黨，逃國民黨，但她也逃日本人、逃美國人，事實上桑青的命運相當能夠反映大半個世紀以來，許多中國普通老百姓的遭遇——經常在逃難，逃完日本人，又要逃共產黨，有些人跟國民黨搞不好又逃到美國去，即使到了美國，還不一定過得了聯邦調查局的關。

「六四」以後，大批中國留學生為了留在美國，就像桑青一樣，又得絞盡腦汁跟美國移民局鬥法了。世紀的漂泊者，這就是流亡海外中國人的命運，也就是桑青的命運。當然，這本書犯忌的地方是有的，譬如第二部寫大陸淪陷前夕，北平兵臨城下，人心惶惶。又如第三部寫桑青一家人在臺灣被通緝，讓人感到警特四布，隔牆有耳。這本書不是自傳體小說，但作者的經歷卻必然會影響到她創作時的感受。聶華苓曾擔任《自由中國》文藝欄編輯，《自由中國》當然是 1950 年代臺灣最有力的反對聲音，雷震一案，聶華苓也受到波及，家中曾遭警總搜查。這種「恐怖經驗」，當然也會有形無形滲入了小說中，增加了小說的真實感。1980 年代末，臺灣門戶大開，已經百無禁忌，因此，現在來看這本小說，政治因素實已不值大驚小怪了。

至於色情部分，倒是有些人看滑了邊。文學中的色情，本來就很難下定義，大約能稱為色情文學的，其中有關性愛部分，總有煽情作用吧。而且色情文學，也可能是藝術成就很高的作品。《金瓶梅》和《查泰萊夫人的情人》都是色情小說，但卻是偉大的文學作品。《桑青與桃紅》中有關性的描寫，我想作者有其特別企圖的，她想藉主角的人格分裂，桑青漸漸變成桃紅——一個放浪形骸，道德破產的女人，來反映中國傳統社會價值崩潰的亂象。因此，我們看到主角（桃紅）最後生張熟魏，人盡可夫，不僅不會感到色情的挑逗，而且還生一股不寒而慄的悲哀。《桑青與桃紅》事實上是一部相當悲觀的作品，甚至帶有虛無色彩。寫到 20 世紀中國人漂泊的命運，恐怕也很難樂觀得起來。

其實這本書的小說形式，恐怕倒是比較容易引起爭議的地方。《桑青與桃紅》時空的跨度異常遼闊，由抗日、內戰、遷臺，一直寫到美國，大概有四分之一世紀，而小說四部分的背景則分別爲四川瞿塘峽、北平、臺北，以及美洲新大陸。這樣複雜的內容如果用傳統史詩的形式，可能寫成一部上千頁的流亡四部曲。但聶華苓完全放棄了編年體的敘述方式，而採用印象式（impressionistic）的速寫，每一部只集中在一個歷史轉捩點上，抗戰勝利前夕、北平淪陷的一刻等等，以濃縮時間，來加強戲劇效果。而小說的情節也沒有連貫性，作者對於主題的闡述，無疑大量借重了象徵。前三部，每部都有一個中心意象：「瞿塘峽」是一艘逆流而上的船舟，作者花了大量篇幅描寫逆水行舟的艱辛，如果這段險象環生的旅程，不深一層暗示中國國運步履維艱，那麼這本小說只是一本浮面描寫的自然主義的作品了，這顯然不是作者的企圖。第二部——「北平」中，那堵搖搖欲墜的九龍碑，當然象徵著舊社會的全面崩潰瓦解。至於第三部中的「閣樓」，可能歧義較多：臺灣 1950 年代風雨飄搖像一座危樓，歐威爾式的隔牆有耳等等都有可能。聶華苓顯然選擇了一種不太容易討好的小說形式來寫《桑青與桃紅》，然而習慣於閱讀西方現代主義文學作品的讀者，對於《桑青與桃紅》中比較晦澀的部分，應該不會感到困難吧。

《桑青與桃紅》近年來譯成了英文以及其他歐洲語文版。據說東歐人反應比較熱烈，這很自然，因爲東歐的流亡潮方興未艾。西方的文評，左派認爲這本小說不夠「政治」，女性主義者認爲此書對女權運動貢獻不大，可見這本書在國外也是容易引起爭議的。1988 年，《桑青與桃紅》終能在臺灣以全貌問世，重讀這本小說，「六四」以後，桑青——桃紅的漂泊命運，似乎又有了新的意義。

——1989 年 12 月《九十年代》

1990 年 1 月 9 日《中國時報》

——選自白先勇《樹猶如此》

臺北：天下遠見出版公司，2008 年 9 月

重劃《桑青與桃紅》的地圖

◎李歐梵[*]

《桑青與桃紅》第一部首頁附有一張美國中西部的地圖，是桃紅寫給移民局的第一封信的說明：

> 我就在地圖上那些地方逛。要追你就來追吧。反正我不是桑青。……到了一站又一站，沒有一定的地方。我永遠在路上。

這幾句話所顯示的當然是流放（exile）的主題。當我初讀此書的時候，大概是在 1970 年代吧，滿腦子都是流放和疏離意識，以及由此而生的自我認同的困擾。讀完此書後，我感慨萬千，覺得自己又是桑青，又是桃紅，但又與兩者不盡相同（我畢竟還是男人）。我也是一個因留學而「自我放逐」在美國的中國人，雖生在大陸，但並不能認同大陸的中國，而對臺灣的情結仍然是千絲萬縷，後來拿到學位在美國教書的時候，竟然也發生了居留問題，心裡無數次想寫信給移民局官員解釋並抗議，最後還是在一氣之下，一走了之，到香港教書去了。（後來又重回美國，那是後話。）記得在整理行裝的時候，找到了幾張美國地圖，我那時還不會開車，每次搭朋友的順風車去各地旅遊時，都自充看地圖的嚮導，也就和地圖結下了不解緣。因看美國地圖而引起的疏離和無根感，與桃紅的心態頗有些相似之處。

然而我當時畢竟太年輕，心目中並沒有繪出桑青的地圖——「祖國」

---

[*]發表文章時爲哈佛大學中文系教授，現爲香港中文大學人文學科教授。

的千山萬水，大好河山，我雖有動亂時抗戰逃難的記憶，但覺得它是夢魘，不願意多想，卻反而因「無根」而故意去研究美國文化，這是一種頗爲矛盾的心理。看完了《桑青與桃紅》，使我心中頓時又充實了很多，桃紅雖在逃亡，後面還有想像中的追兵（移民局官員），但她也帶回一個「她者」——桑青，因爲這兩個人物本是「雙重性格」的同一人。我感到桃紅的虛空是「虛」的，甚至是虛構的，而她的前半生——桑青的經歷，才是紮紮實實的歷史，是 20 世紀中國知識分子顛沛流離的真實的見證。所以，我當時認爲桃紅向移民局交代的證據——桑青的日記——其實就是中國近代史。而移民局又有哪個官員真正懂得中文，更遑論對中國近代史有興趣？

於是，我似乎又從桃紅轉向桑青，從小說走回歷史，開始研究中國了。然而，我又不能像大部分保釣運動的領袖一樣，爲了對臺灣的不滿而認同中共，作紅色的夢。（我想桃紅也可能走向這條路）。於是，我的另一個「認同危機」又應運而生了。

以上這些瑣碎的回憶，只是爲《桑青與桃紅》作個見證，因爲它爲我這一代，和較早一代的留學生勾繪出一個動人的心路歷程。那張美國地圖，其實是有象徵作用的，它表面上所標誌的是美國的中西部，但是背後所顯示的卻是流亡美國的中國知識分子心目中的中國：它既是歷史，也是神話。這一種從心理或文化角度對地理和空間的描述，目前文學理論家常用一個字來形容：「remapping」——重新繪製心目中的「地圖」，也就是對原來的情境作一個新的解釋。

真沒有想到，《桑青與桃紅》這本書也歷盡滄桑，每次出版，似乎都引起一陣風波，而這本書的意義，也隨時代的變遷而不同。因此，我也數次作詮釋上的調整，不停的作「remapping」。1970 年代初出版的時候，它的意義是政治性的。（在《聯合報》連載的中途被禁）。在藝術上是「先鋒」性的，因爲它的敘事技巧和心理分剖方法，都和我們當時所讀的西洋小說和文學理論不謀而合。對留學生讀者而言，它又是「認同混淆」的見證和考驗。到了 1980 年代，女權和女性主義抬頭，這本小說又被視作探討女性心理的開山之作。我記得讀過一篇書評，是一位美國女權主義的學者寫的，她批評「這本小說的思想還不夠前進」，而女主角的「雙重人格」心理問題，到了 1980 年代反而認爲是老調了，當然，在這篇書評中，對於中國近代史隻字不提，更談不到知識分子的認同問題。然而，不知不覺之中，這本書仍然在冥冥之中牽引著我，使我認識它的作者聶華苓女士，而且在 1980 年代末期，竟然變成了她的女婿。記得我時常在週末從芝加哥開車到愛荷華，車上也帶了地圖，但開慣了，那條 80 號公路，我瞭如指掌，哪裡可以停車加油，哪裡有麥當勞漢堡可吃，哪裡有好風景可看，我都記得清清楚楚。從芝加哥開車向西走，開始時路上有走不完的人和開不完的車，快過愛荷華邊界時，人和車都少多了，四周的田野廣闊無比，「一道又一道的地平線在後面闔上了。一道又一道的地平線在前面升起來了。」我雖沒有像桃紅一樣把車速開到每小時一百里，但心情卻迥然不同，非但不感到失落，而且還頗爲「落實」。也許，正如我對這段路的地圖瞭如指掌一樣，我對美國這塊土地——特別是中西部，也開始有相當程度上的認同，而華苓似乎更是如此，她在 1980 年代所寫的《千山外水長流》，就和《桑青與桃紅》大異其趣。我們都在下意識之間作了另一次的「remapping」。

到了 1990 年代，使我最料想不到的是：幾乎不約而同的，幾位在美國大學教中國文學的教授朋友都採用這本小說作教科書，而研究亞美（Asian-American）文學的學者，最後也「發掘」了這本小說並肯定它的價值。這一次，《桑青與桃紅》又從「女性主義」走入所謂「Diaspora」研究的領域。這個字原指猶太人流散移居到其他國家，目前的用法，似乎泛指從原籍國移居他國的移民。這個現象，在 20 世紀末期更形顯著，移民潮一波又一波，就美國而言，近二十年移民來的亞洲美國人，都變成了「Diaspora」的成員。這些新移民與過去不同的是：他們與原來「祖國」的關係並沒有隔斷，而且來往頻繁，因此，他們也都是「雙語」和「雙重文化」的實踐者。於是，《桑青與桃紅》又被視爲這一方面的始作俑者，因爲早在 1970 年代這本小說就在探討移民問題了，而且，它所代表的正是「雙重個性」所涵蘊的雙重文化和語言。從散居移民的立場再來詮釋這本小說，我再次領悟到桃紅給移民局官員的信的特別意義：她是在向所在國解釋爲什麼要從祖國離散。桃紅寫到第四封信時，又附了一張地圖，但仍然無法解決她的認同和歸宿問題，地圖愈詳盡，她愈失落。「到了一站又一站，沒有一定的地方。」

然而，到了 20 世紀末，離散和移民已成了常態，大家的身邊和心裡都攜帶了好幾張地圖，而且，交通方便，來來往往走多了，路也熟了，並不感到失落。如果桑青／桃紅還活著，我想她也不至於感到隔絕了吧？說不定早已變成美國公民，在中、西部都買了房子定居，成家立業，也不需要再向移民局官員寫信了，倒是會時常寫信給大陸離散已久的親戚朋友。

在這個世界性的移民大地圖中，我們都是桑青與桃紅的子孫。值得我們慶幸的是，這本小說終能經得起時代的考驗而永垂不朽。

——1997 年 4 月 1 日，寫於波士頓大雪之夜

——選自聶華苓《桑青與桃紅》

臺北：時報文化出版公司，1997 年 5 月

「喪」青與「逃」紅？
試論聶華苓《桑青與桃紅》／國族認同

◎郭淑雅[*]

一、引言

1949 年，甫從大陸來臺的聶華苓在《自由中國》覓得一份管文稿的工作，三年後，她加入了《自由中國》的編輯委員會，負責編輯審核在《自由中國》刊登的文章；與《自由中國》在 1960 年因雷震案而結束而相始終的聶華苓[1]，可說她在臺灣的十多年間，有三分之二以上的時間是浸淫在《自由中國》所營造的追求自由民主的風氣中深受影響，並且與當時臺灣主張自由最力的自由主義者雷震、殷海光、傅正等人相交亦深。以一個在蔣政權威權體制下言論自由並不開放的環境下，《自由中國》針砭監督政府的舉動如今看來毋寧是十分具有時代性和前瞻性的。而身處在一群充滿理想與勇氣的男性成員中及一個在中期之後與蔣政權關係愈趨緊張的政論集團裡，聶華苓女性身分的存在，顯然相當特出。她不但在政治立場上與《自由中國》的主張相唱和，另一方面，她對文學的看法更是因其自由思考的立足點而有別於當時制式的戰鬥氣息濃厚的反共八股文學。因此不論在政治抑或文學見解上，聶華苓自由自主性格與思考能力皆可在其時《自由中國》雜誌社中的作爲窺見。

1964 年，聶華苓離開臺灣前往美國定居，1970 年寫成《桑青與桃紅》一書，書出在臺灣連載未完即因政治因素被禁，此後此書的命運一如書中

---

[*]發表文章時爲靜宜大學中國文學研究所碩士生，現爲嘉南藥理科技大學兼任講師。

[1]參考聶華苓，〈憶雷震〉，《聶華苓札記集》（高雄：讀者文化出版社，1991 年 10 月）。

書寫的主題一般，輾轉「流亡」甚久，直到 1997 年才在臺灣重新出版。《桑青與桃紅》一書藉由桑青與桃紅這因精神錯亂而分裂爲二的同「一」人，歷經廣大時空的移位交錯，一路吟唱「流亡」這一曲調，而此書目前也引起「離散」論述的注目。然而離散論述背後追求的尋找認同心理，在聶華苓這本風格獨特的書中似乎又可另作它解。筆者將以聶華苓身爲一女性及其置身於《自由中國》雜誌社中深受自由主義思想浸染薰陶的經歷，再加上《桑青與桃紅》中型構的「流亡」心理，來論述聶華苓在《桑青與桃紅》中流露的國族認同（之虛無）。

二、認同歸零

儘管如今已是 1990 年代的尾聲，但回頭重新審視聶華苓在 1970 年代所寫的《桑青與桃紅》，其呈現方式無異仍是相當特別。藉由主體的精神分裂而成桑青與桃紅這同一人，聶華苓描摹出時空經緯交錯的兩條軸線，敘述從 1940 年代中國抗日戰爭至國共內戰後國民黨撤退來臺：桑青從四川瞿塘峽至北京至臺北到最後在美國廣大的領土上到處流亡的過程。書中桑青的命運幾乎是隨中國對外對內的戰爭而起伏。聶華苓在一開始即鋪陳桑青一行人被困在四川瞿塘峽險灘上，正面臨不論大至中國對日抗爭渾沌不明的局勢，或小至桑青一行人的生命正處於極度危險的狀態，然而這些人卻釋放出一種類似「黑色嘉年華」般的亢奮與狂歡氣氛來瓦解戰爭、船難予人國家前途、個人生命的凝重、壓迫感；傳統將國家興亡繫於個人責任式的觀點在四川瞿塘峽上的這些人身上反轉，他們流露出的反而是一種極度天真爛漫的情緒，而全然置近處的湍流險灘及遠處的戰火砲聲隆隆不顧。於此，聶華苓著實已透露了她對「國家」這個概念令人玩味之處。

而前文曾提及，聶華苓在臺灣期間與《自由中國》雜誌社的淵源，《自由中國》集團是一群同是隨國民黨政權撤退來臺，具有共同的反共、追求民主自由理念的人士所組成。《自由中國》可說是臺灣戰後反對運動的濫觴，而他們所傳下的自由主義的火種，也一直影響著日後臺灣的民主運動。聶華苓從《自由中國》創刊的 1949 年到因雷震被捕而結束 1960 年間，一直在其中扮演編輯的中堅角色；她曾在〈憶雷震〉一文中提及自己在《自由中國》當編輯時的狀況：

> 那時臺灣文壇幾乎是清一色的「反共」八股，很難看到一篇「反共」框框以外的純作品，有些以「反共」作品出名的作家把持臺灣文壇；非「反共」作品很難找到發表的地方。《自由中國》就歡迎這樣的作家，「反共」八股決不要！郭衣洞的第一篇諷刺小說就是在《自由中國》登出來的。他以柏楊的雜文而出名還是多年以後的事。那時的臺灣有人叫做「文化沙漠」，寫作的人一下子和三、四十年代的中國文學傳統切斷了，新的一代還沒有開始摸索，成熟的文藝作品很難得。有時收到清新可喜但有瑕疵的作品，我就和作者一再通信討論，一同將稿子修改潤飾登出；目前臺灣有幾位有名作家就是那樣子開始發表作品的。[2]

自 1942 年毛澤東發表的〈在延安文藝座談會上的講話〉之後，國民黨也開始進行一連串與共產黨競賽的文藝政策，及至國民政府撤退來臺，以張道藩爲首的「中國文藝協會」官僚系統更是結合政治與作家，揭櫫〈中國文藝協會動員公約〉，以政治干預作家的創作自由。鄭明娳在其〈當代臺灣文藝政策的發展、影響與檢討〉一文中曾對此公約作出評論：

> 以上公約全文充分暴露五〇年代臺灣政治的嚴峻氣氛，作家的集團採取向當局主動表態的模式彼此規約，內容無非是因應當時的國民黨內外交迫的情勢，進行效忠、守份的宣示；文藝協會的公約雖然只是一個全國性人民組織的內部條例，並不具備法律上的制裁力，但是當時文藝協會成員已達千人，號稱「自由中國的文藝工作者，十九均已參加本會」，其

[2]聶華苓，〈憶雷震〉，《聶華苓札記集》（高雄：讀者文化出版社，1991 年 10 月），頁 107。

> 中要角並且擔任《中央日報副刊》、《新生報副刊》、《民族晚報副刊》、《公論報副刊》、《新生報南部版副刊》等當時最具影響力報紙和《文藝創作》等文藝雜誌的主編，幾乎掌握了所有文學發表的管道；換言之，五〇年代任何一個作家一旦被文藝協會所摒棄的結果，正是被放逐在臺灣文壇之外。[3]

以此對照當時政治情勢，國民黨基於反共政策的施行而下達、動員的一連串「文藝政策」，以軟硬兼施的手法將文壇包圍籠罩於國家政策之下，使文學淪爲政治的附庸，而被一片「反共文學」、「戰鬥文藝」的口號包裝、改造，並且當時作家也散發盲目跟從的狂熱，《自由中國》的主旨裡雖有「擁蔣、反共」信條，但在此舉世皆然的濤濤洪流中，《自由中國》與聶華苓卻能以理性判斷、洞悉這些政策扭曲個人、扭曲文學的悖理之處，並一秉其雜誌社追求自由自主、勇於抗衡強權及不合理制度的精神，替當時文壇保留一處不同流合污的發表園地；並從《自由中國》幾乎不刊登與其立場相違背的文章[4]及聶華苓回憶彼時負責編審文稿的謹慎小心情形[5]，則可推論聶華苓在《自由中國》耳濡目染之下，涵泳自由主義論述的精髓，並繼之影響其對國族看法的與眾不同。

自由主義是一強調個人、個體性的思考體系，它否定身分概念，追求一種普遍性，主張個體具有自主性及個體之所以爲個體的價值。以此出發，則自由主義對國家認同的概念是強調重視制度，並不重視族裔或文化背景，而其他個體或集體（社會、國家）必須對個體價值予以尊重，不能動輒以大我之名侵犯或要求其犧牲奉獻。國家的存在若不是爲了更有效保障個人原當享有的權利，則不會有正當性。江宜樺曾論證「文化認同」在

---

[3]鄭明娳，〈當代臺灣文藝政策的發展、影響與檢討〉，收於《當代臺灣政治文學論》（臺北：時報文化出版公司，1994 年 7 月），頁 29。

[4]薛化元，〈戰後臺灣自由主義與民族主義互動的一個考察——以雷震及《自由中國》的國家定位爲中心〉，《當代》第 141 期（1999 年 5 月），頁 38。

[5]聶華苓，〈憶雷震〉，《聶華苓札記集》，頁 110。

自由主義的國家認同中所扮演的角色：

> 自由主義在方法論上深受近代契約論的影響，認為國家之所以成立乃是個別締約者為了脫離自然狀態，追求自然權利的更佳保障而來。這個設想與古典哲學傾向有機論全體主義的設想完全相反，因為有機論認為國家出現乃是必然的，個人之於國家並非選擇或創造的關係，而是發現或證成。「共同的歷史文化」或「集體記憶」對有機論是理所當然，但是個體主義的契約論並不以此為先決條件，因此文化認同並不是自由主義重視的要素，反而一個主權政府能提供個人權利的適當保障才是要點。而後者正是制度認同的精髓。從另一角度來看，個人自由權利的範圍不僅包括人身、思想言論、集會結社等等，也包括個人有權利擺脫族群、宗教、或階級等集體認同的拘束。[6]

以此觀點來看，則在《桑青與桃紅》中正逢國難當前、政局變幻莫測時刻，桑青 他們儘管困頓在一艘木船之上，四川瞿塘峽上卻揚溢著一股彷如世紀末頹廢偏執色彩的尋歡作樂，那種不分性別男女、年紀老少地沉緬在一種漠視傳統禮教、文明的氛圍中盡情享樂，且又散發一股如同烏托邦式的純真浪漫，在追逐玩樂、高歌、賭博、跳舞乃至於做愛中湮沒了家國對他們的限制，隱隱中也意味著文化約束、集團記憶的消散。而當聶華苓描寫到桑青在國共內戰裡前往已快淪陷的北京投靠其未婚夫沈家綱時，北京城裡瀰漫的一股國將易主的恐慌卻傳播不到沈家大宅院裡；不論是萬家老太爺 60 歲壽之際仍將迎娶沈家小丫頭春喜，或是流亡學生苦中作樂地殺狗嘻笑鬧洞房，抑或桑青家綱近乎鬧劇似的婚禮等等……，政局的變動、禮教的崩壞、通貨的膨脹……一切制度的毀壞，似乎都無染於這些人在戰火蔓延時特異的行徑與思考：

[6]江宜樺，《自由主義、民族主義與國家認同》（臺北：揚智文化公司，1998 年 5 月），頁 107。

「青青，昨天我夢見妳在天壇。」

「家綱，我從沒去過天壇。」

「不去也罷，天壇、中南海、太廟、孔廟、雍和宮，全住上四面八方逃來的難民。往日的聖地神廟全污瀆了，我夢見的天壇可還有一小塊乾淨的地方。」

「你知道，天壇是明清兩代皇帝祭天和祈禱豐年的神廟。四周是望不到邊的老柏樹。天壇有祈年殿、皇穹宇、圜丘。祈年殿是帝王祈禱五穀豐收的地方。是一座三層重簷圓形大殿，金色龍鳳花紋殿頂，青色琉璃瓦，沒有大樑長檁，三層重簷完全靠二十八根大柱子支持。皇穹宇是供皇天上帝牌位的地方，是一座小圓殿，金頂、藍瓦、紅牆、琉璃門。圜兵是帝王祭天的地方，是漢白玉石砌成的三層圓壇。壇心是一塊圓石。圓心外有九環。每環的石塊都是九的倍數。一環一環水波一樣散開。人站在那裡好像真的挨著天了。人在壇心說話，可以聽到很大的回音。」

「我夢見的天壇，景象完全不同了。祈年殿、皇穹宇、圜丘到處是難民的草蓆、褥子、單子。漢白玉石欄桿晾著破褲子。皇天上帝的牌位扔在地上，祈穀壇上到處是大便。」

「老柏樹一棵也沒有了。」

「只有圜丘的壇面還是乾乾淨淨的漢白玉石。只有壇面上的天空還是乾乾淨淨的藍。青青，我就夢見妳躺在壇心，一絲不掛，望著天。妳太乾淨了！我非對妳撒野不可！我們在壇面上打著滾，叫著。天地之間到處是妳我的叫聲。天地之間只有妳我兩個赤條條的身子纏在一起。」[7]

想像在象徵國家的權柄的神聖殿堂裡做愛，此無疑是徹底顛覆了代表整個國家典儀及其背後繁複幽微的文化系統，這種毀滅群眾的「想像的共同體」之精神寄託，的確宣告了聶華苓自由主義思考中共同的歷史文化及

[7]聶華苓，《桑青與桃紅》（臺北：時報文化出版公司，1997 年），頁 95～96。

集體記憶在民族主義裡所占分量的微乎其微；宮闕與難民，漢白玉石與破褲子，皇族牌位與大便，如此並置文化系統中的崇高與卑賤，也逆轉了國家與個體的地位。白先勇在其〈世紀性的漂泊者——重讀《桑青與桃紅》〉中認為聶華苓藉由性的描寫與桑青的精神分裂變成一個放浪形骸、道德破產的女人來表現中國傳統社會價值崩潰的亂象。[8]這種說法其實仍是著重於重塑民族文化為國之大鼐的立場，以一理所當然國家命運等同個人存在的觀點而理所當然地忽略漠視聶華苓所顯現的對國家棄絕式的思考，一種稀釋掉對國家文化、歷史記憶成分的自由主義觀點與民族主義信仰的扞格。

薛化元在其〈戰後臺灣自由主義與民族主義互動的一個考察——以雷震及《自由中國》的國家定位為中心〉的研究中曾指出，自 1959 年美國參議院提出所謂的「康隆報告」（“Cohen Note”）後，引發了《自由中國》從原先堅定的「一個中國」主張漸次轉移到「兩個中國」的聲明，而其所隱含的寓意則是《自由中國》確立了將個人自由置於國家自由之上的「國家工具論」的說法。[9]在此之前的《自由中國》也有一段思索國家與個人自由如何定位的時間，雖然《自由中國》雜誌社一直有個人自由不能被國家自由掩蓋的認知，但此主張的真正塵埃落定卻直到了 1954 年第 10 卷第 3 期刊出的社論〈自由日談真自由〉一文，《自由中國》才不再嘗試調和國家自由與個人自由的拉拒，而達成一致的共識，即強調個人自由，批評國家自由。[10]而「國家工具論」可以洛克為代表，其思想凸顯國家的工具性格，即國家的存在的正當性只為保障個人的「自然權利」（“Nature right”）而已。如此則以下桑青的一段日記就不難理解：

……我又聽見李寶山用細細的娘娘腔唱小調了。我騎在他肩上去看猴把戲我們在曠野地上走一個乞丐提著破籃子在垃圾堆裡撿煤渣。……礦地

---

[8]聶華苓，《桑青與桃紅》，頁 278。
[9]薛化元，〈戰後臺灣自由主義與民族主義互動的一個考察——以雷震及《自由中國》的國家定位為中心〉，《當代》第 141 期，頁 32～54。
[10]同前註，頁 42。

前面圍了一大群人李寶山突然不唱了指著前面說小青咱們去看槍斃人吧。我問槍斃好人還是壞人李寶山說槍斃共產黨。我問共產黨是好人還是壞人李寶山說誰給老百姓飯吃就是好人誰叫老百姓挨餓誰就是壞人。……[11]

「誰給老百姓飯吃就是好人誰叫老百姓挨餓誰就是壞人」，只要人民生存的權利受保障，則政權的遞嬗、國家的重組似乎皆是無關痛癢的事。以《自由中國》對國家角色認知的轉變來印證《桑青與桃紅》中處處存在的視國家前途如無物及對國族認同的虛無飄渺，以及置個人主體於國家之上的「國家工具論」觀點，當國家已無法正常運作其制度系統、國家機器停擺，而人民權利受損，則所謂國家便如同虛設，人民當然就沒有擁護、支持其存在的必要。可以說也是因爲自由主義高度個人主體性的思考，才使得聶華苓在《桑》流露出一股對文化、國家認同毫不在乎的原因。

三、永遠的異鄉人

（一）離散

「我是亞洲來的猶太人。」[12]

《桑青與桃紅》中，已流亡到美國的桑青（也是桃紅）一句玩笑式的話語，宣示了此書的離散主體。「離散」（“diaspora”）一辭原本是指西元前六世紀猶太人的逃亡，如今也用來指涉那些從第三世界移民到第一世界的人。儘管「離散」從最初是一種被迫離開的過程到現今也可用來代表那些出於自願的移民者，然而終究因爲是一種「離開、拋棄、驅逐、逃亡」的過程，是故離散族裔總是銘刻著一種悲情的印記，跟隨著他們漂泊天涯各

[11]聶華苓，《桑青與桃紅》，頁 277。
[12]同前註，頁 144。

地。因此「離散」族裔最能引起研究的莫過於其因擁有雙重主體而導致個人身分認同的混亂、迷失。而如果是身爲女性的離散族裔，則無可避免地承受著更多的壓力，亞裔的鄭明河（Trinh T.Minhha）就認爲亞裔女性移民者在美國不但是父權社會自然的被壓迫者，她同時也是第三世界的本土人，因而又不隸屬於第一世界，因而也是自動的他者。[13]

如此則《桑青與桃紅》中身爲第三世界到第一世界的女性身分的桑青是否也可以「自動的他者」來指涉呢？若以史書美論述離散族裔的認同時的看法：

> 國家主義並強加國界的概念在主體身上，因而移民者不能再回屬原先的國家，也不能溶入新的國家。國家主義因而也是一種僵化的、排斥他人的、被運用為武器宰制的、壓迫的意識形態，使移民者名副其實的分離散失於國家主體之外，而無法獲得任何從屬感。女性主義的離散主體因而只能在無法擁有從屬感的境況中生存。[14]

以一追求、確認身分認同的離散族裔立場，史的概念因此仍是將國家置於個人之上，是「國家」選擇「個人」，而非「個人」召喚「國家」；只有「國家」含納「個人」，沒有「個人」棄絕「國家」的能力。以前面所論證聶華苓所屬《自由中國》集團後來萌生堅定的「國家工具論」的轉變，則《桑青與桃紅》中桑青的精神分裂與桃紅不斷的移動，斷不是因爲此種追求不著認同所帶來的苦痛，因此個人是一主體，國家才是「他者」。從一開始美國移民局要調查桑青時，桃紅便瀟灑的說：

> 我是開天闢地在山谷裡生出來的，女媧從山崖上扯了一枝野花向地上一

[13]此處轉引自史書美，〈離散文化的女性主義書寫〉，收於簡瑛瑛主編，《當代文化論述：認同、差異、主體性——從女性主義到後殖民文化想像》（臺北：立緒文化出版公司，1997年11月）。
[14]同前註，頁102。

揮，野花落下的地方就跳出了人。我就是那樣子跳出來的。你們是從娘胎裡生出來的。我那兒都是個外鄉人。但我很快活。這個世界有趣的事可多啦！我也不是什麼精靈鬼怪。那一套虛無的東西我全不相信。我只相信我可以聞到、摸到、聽到、看到的東西。[15]

不相信虛無的東西，認爲自己到哪裡都是一個「外鄉人」，但卻很「快活」，而「認同」是無足輕重的事，這種離散族裔的心理也許可以有另一種詮釋，移民澳洲的華裔印尼人 Ien Ang 就有不同的看法：

事實上，由於散居族裔在地域上跨越國界，並結合本土與全球，此處與它處，過去與現在，因此，它有絕佳的潛力去撼動深植在地理及文化中靜止的、本質的、極權的「國家文化」或「國家認同」概念。

轉化流亡、逃離、離開及移民予以人時空的錯置、文化的差異、人事的變化所帶來的不適應或排斥或抗拒，如今「離散」被賦予更積極、主動、活潑的自我選擇去「重新建構」自己的認同，因之民族主義的羈絆、集團記憶的召喚，都不再是離散族裔強烈尋求救贖的起源。於是桃紅在宣稱自己是亞洲來的猶太人的時刻，其實也解消了「猶太人」這名詞所隱喻的流離失所及苦痛的命運。桃紅在美國境內到處遊走移位，隨時準備重新開放自己生命、徹底揚棄過去（是以她以桑青爲仇），這種不背負過去歷史的離散，一如蕭瑞莆所言：

流散族裔主體可以主動的選擇並與他者發展一種相聯性的關係，也就是一種交流、結合的動態過程，而非一種靜態、被動的、先天本質的身份（identity）。[16]

[15]聶華苓，《桑青與桃紅》，頁 9。
[16]蕭瑞莆，〈尋找視框外的身分認同：談艾騰．伊格言《月曆》中多元視觀的創造力〉，《中外文

如此，則可以理解在以一「國家工具論」下國家存在的必然性並不絕對的思考狀態下，結合離散族裔在一異質文化中以主動的姿態來「選擇」、「創造」認同，則聶華苓的《桑青與桃紅》所顯現的國族認同是一種自主性的棄絕，是個人並不需要依附於國家彰顯、肯定其存在的思考，它脫離了傳統離散族裔自憐式的感傷及頻頻回首的感時憂國，甚至還隱隱宣揚著「不認同」的自由。

（二）流亡／空間／女人

《桑青與桃紅》中桑青的流亡是經過多次遷徙的路線，與離散主體不斷在尋找新認同的潮流而言，則桑青以一女性的身分遊走帝國之間的姿態彷彿給予「流亡」另一種詮釋。「流亡」的意義在追求認同者，常常在不斷遷徙的過程中加深加重了對「原鄉」的眷戀傾慕，故鄉的渺遠不可得反而愈在其心中形成一偉岸巨大的形象，如影隨行地提醒這些流亡者身處異地的悲哀。這也是傳統離散論述所呈現出的掙扎、失落、徬徨之所在。但另一種流亡的面相卻是因為個人在不斷移走的過程中形成了一種「去國界」、「去邊境」的心態，家國愈遠則其所挾帶的約束便愈形減低，置身於他文化之中則愈洗滌了自身本有的文化特質，於是心靈形成一可含納接受差異的開放空間；這種心態的背後無形中解放了民族主義於個人種種束縛的捆綁，不至於因離鄉背景而心懷認同失落的危機感。桑青的流亡地圖所呈現的便是一種對國族認同的疏離反應，她的流亡並不是因為國家戰亂的逼使，反而常是個人因素的選擇：在四川瞿塘峽上欲往重慶去並不是為了響應國民政府抗日戰爭的號召，而只是為了逃離與家中母親情感的不合；國共內戰大家紛紛往南京逃去時，只有她逆向操作從南京往快淪為匪區的北京飛去，目的在追尋愛情；從北京逃往臺灣則是為了保存沈家香火；而從臺灣逃往美國則是為了躲避通緝。儘管是如此範圍廣大的遷徙，但聶華苓刻劃的桑青的流亡並沒有迫於無奈或悲情的成分，反而隱隱含著一種輕

學》第25卷第12期（1997年），頁95。

謔、玩笑、遊戲式的目的。這也是《桑青與桃紅》中所呈現的在流亡當中的「去政治」現象，女性在不斷逃亡顛沛流離過程裡，似乎更無法感受到民族主義的熱情，反倒是剝落了民族認同及加附於其上的道德、文化、禮教、傳統、倫理……的約束。桑青的流亡旅途，幾乎就是一直在進行「揚棄」這個動作，不論是大至國家民族，小至家庭親情，甚至到最後，桑青也揚棄了她自己。沒有認同、沒有歸屬、也沒有主體，是以我們看到桑青在每一段「旅途」中，彷彿唯有「性」才能證明她的存在，到最後她變成一個性解放甚至是性縱慾的女人，與男性流亡者往往沉緬於追慕故鄉／國族圖騰之中不可自拔的情形相比，則桑青這種「解放、縱慾」，不啻是對民族主義及其文化性格的最大叛離與挑戰。

《桑青與桃紅》的出版曾引起女性主義論者認爲此書對女權的維護作用不大的批判[17]，然而不但是以傅柯所宣示的「空間是任何公共生活形式的基礎。空間是任何權力運作的基礎。」[18]，「知識只有以區域、範疇、嵌插、置換、移位等空間概念來分析，才能掌握知識的過程、掌握知識如何成爲一種權力形式、知識如何散播權力的效應」[19]；或是以昂希・列斐伏爾（Henri Lefebvre）所認爲：

> 但是如今看起來空間是政治的。空間並不是某種意識形態和政治保持著遙遠距離的科學對象（scientific objects）。相反地，它永遠是政治性和策略性的。……空間一向是被各種歷史的、自然的元素模塑鑄造，但這個過程是一個政治過程。空間是政治的、意識形態的。它真正是一種充斥

[17]聶華苓，〈桑青與桃紅流放小記〉，《桑青與桃紅》，頁 272。
[18]保羅・雷比諾（Paul Rabinow）著，陳志梧譯，〈空間、知識、權力——與米歇爾・傅柯對談〉，1982 年。收於夏鑄九、王志弘編譯，《空間的文化形式與社會理論讀本》，臺北：明文書局，1993 年 3 月。
[19]Foucault, Michel. “Power/Knowledge: Selected Interviews and Other Writings” 1972-1977. 此段文字轉引至楊麗中，〈傅柯與後殖民論述：現代情境的問題〉，收於《中外文學》第 22 卷第 3 期，頁 59。

著各種意識形態的產物。[20]

如此不論是傅柯的知識／空間等同於權力論，或是昂希以爲空間等同於政治的／意識形態的觀點，若以桑青自由移動於各個政治角力不同的空間裡，且在移動的過程裡解構掉「中心」的概念（國家、倫理、文化等等），不斷去除掉種種有形無形的束縛，則桑青無異也瓦解空間所代表的意識形態、政治性、及權力，無視空間／權力／政治對女性的制約，甚至鬆動了傳統父權思考裡以空間／大地隱喻女人的不動／靜止／被宰制，而用移動／遊走／跨越，來宣告了女人抗拒／抵抗／反宰制的能力；這形同是寓喻了《桑青與桃紅》女性主義的思考，以一種方向歸零般自由自在行走遷移的過程一一打破了父權文化及其背後政治權力／國族主義糾結的堅牢城牆。是以聶華苓不僅以其自由主義思考，也以其女性主義思考驅逐了國族主義無所不在的魑魅陰影。

（三）地圖

《桑青與桃紅》裡桃紅曾經寫了四封信給移民局官員，其中有三封信附了桃紅正在「遊走」的美國地圖。李歐梵曾言及「那張美國地圖，其實是有象徵作用的，它表面上所標誌的是美國的中西部，但是背後所顯示的卻是流亡美國的中國知識分子心目中的中國，它既是歷史，也是神話。」[21]李歐梵並且提出一個名詞：「remapping」——重繪心目中的地圖。[22]亦即意味著在個人心中重構對國族效忠的貞節牌坊。這完全是一種以男性／民族主義出發的思維，此種論述忽略／視而不見桑青流亡中不斷地「去國界、去邊境」的動作，反而又以一種「象徵作用」、「歷史」式的大敘述將桑青的流亡兜進一個遙遠虛幻的國族想像中。一如傅柯所言：「因爲正當化

[20]昂希．列裴伏爾（Henri Lefebvre）著，陳志梧譯，〈空間政治學的反思〉，1977 年。收於夏鑄九、王志弘編譯，《空間的文化形式與社會理論讀本》（臺北：明文書局，1993 年 3 月）。
[21]李歐梵，〈重劃《桑青與桃紅》的地圖〉，《桑青與桃紅》，頁 281。
[22]同前註。

了邊境的地理學論述，不就是民族主義（nationalism）論述嗎？」[23]

而桃紅以一種遊戲式的姿態將自己流亡的路徑展示給要追蹤她的移民局，又是怎樣的心態？用 Benedic Anderson 對地圖的看法：

> 從這些變遷之中產生了地圖兩種最後的化身（avatars）（兩者均為晚期的殖民政府所訂）；他們是二十世紀東南亞的官方民族主義的直接先驅。……這就說明了何以被設計以新的制圖論（cartographic discourse）來證明特定的，被緊密地劃出界線的領土單元之「古老性的歷史地圖」會特別在十九世紀晚期出現。透過這類地圖依年代先後安排的列序，這塊領土的某重政治的——傳記的敘述就此出現，而且有時這個敘述還帶著巨大的歷史深度。[24]

另一方面，丹尼斯．渥德（Denis Wood）在其著作《地圖權力學》中亦言及地圖與權力之間：

> 必須堅持的是，這主要並非無關利益的製圖活動，而是我們先前提到的政治與地圖製作盤根錯節的結果，這是國家要長治久安的必要活動。也就是說，以非常重要的意義而論，地圖不僅記錄與顯示，同時也要求和證明了對於土地管轄的轉變，以科學及文明之名，國家及人類進步之名，而予以占用。……製作地圖的社會……延伸出去，當然並不是為了製作更完整（更不是更真實）的地圖，而是為了要開展這些地圖的成長與發展所協助發動的動態過程。在此同時，他們極盡所能地將一切遇到的東西（勞動力及他們所遇到的其他文化）歸併進來。如此一來他們的成長獲得了滋養，他們的發展不僅由內部，也從外部（亦即藉由征服、

---

[23]同註 18。

[24]班納迪克．安德生（Benedic Anderson），《想像的共同體——民族主義的起源與散布》（臺北：時報文化出版公司，1999 年 5 月），頁 192。

占用及引誘）來推動。從其中所剝奪……搶奪的，不僅是他們的地盤，他們的能源，他們對動植物的知識，還有他們的語言、神話、儀式、習俗及製品。並不只有探險者、傳教士、士兵、奴隸販子、捕獸者、礦工、伐木者及殖民者侵占了這些民族的土地，人類學家及其先驅亦然。[25]

由此，則我們不難理解李歐梵對地圖男性中心式的詮釋，是藉由一種想像式的召喚來塑造國族主義的凝聚、強化。不論是隱含著政治的或歷史的深度，或者延伸至侵犯它國領土，地圖所代表的意義並未若其表面的單純。地圖其實正寄生於權力之中，並且掌有建構世界的慾望，以及自然化種種不合理的利益及侵占的圖謀。而地圖的存在則是更明顯的一種權力的宣示，意喻著對領土／空間的擁有主權，地圖是比空間更具宰制力量的權柄代表，它可藉由跨空間／邊界／國境來進行一個主權國對另一個主權國的征服，因此它也是殖民／被殖民的象徵。《桑青與桃紅》中桃紅幾次挑釁式的語言就頗耐人尋味，在她寫給移民局的第一封信中，她說到：

我就在地圖上的那些地方逛。要追你就來追吧。……到了一站又一站。沒有一定的地方。我永遠在路上。路上有走不完的人，有看不完的風景。一道又一道的地平線在後面闔上了。一道又一道的地平線在前面升起來了。[26]

而第四封信裡，她又說到：

我又上路了。我就在地圖上那些地方跑。[27]

---

[25]丹尼斯．渥得（Denis Wood），《地圖權力學》（臺北：時報文化出版公司，1996 年 11 月），頁 67。
[26]聶華苓，《桑青與桃紅》，頁 13。
[27]同前註，頁 198。

用「逛」、「跑」這種機動、輕佻性的方式，用「沒有一定的地方」這種毫無計畫的方向，典型殖民者以爲掌握了精確的地圖即等於掌控了一個領土及其人民的想法，卻在桃紅的「明示」其隨心所欲流亡路線作法下被輕易顛覆。不斷升起的地平線喻告了在桃紅心目中空間是無邊無際的，邊界、國境的存在則更彷若虛設，地圖在此只是形成一嘲諷姿態，沒有殖民與被殖民者的宰制界線，象徵其背後隱含的主權宣示／殖民霸權於桃紅而言根本不存在，也解構了第三世界人民在第一世界裡失落主體的刻板印象，這也同樣再印證了桃紅（桑青）的離散已不再是被殖民式的離散，擺脫東／西，男／女，文明／野蠻，強／弱等二元對立型塑於認同上的陰影，桑青逸散的認同反而使她得以沒有包袱，海闊天空地悠遊：

> 尤有進者，三幅斷裂的地圖因而打破地圖／國家的統一性，說明桃紅對國族認同或國家意識之棄絕。[28]
>
> 桃紅不但逃離中國、臺灣，她也鄙棄美國；桃紅最後變身為帝王鳥，「永遠在路上」，出發點及抵達點對她來說都沒有意義，因之流亡、漂泊、離散……。[29]

忘卻了國界所劃分的個人身分的歸屬，地圖在此代表的是國家於個人的管制被架空，所謂認同不再牽引個人局限於一個框框之中，是以桃紅打破有形無形的界線而「永遠在路上」，已不是爲了追求而是爲了捨棄，因之流亡、漂泊、離散……，因之桑青桃紅將是永遠的異鄉人。

四、結語

維吉妮亞．吳爾芙說：「身爲一個女人，我沒有國家。」那麼，對於一

---

[28]梁一萍，〈女性／地圖／帝國：聶華苓、綢仔絲、玳咪圖文跨界〉，《中外文學》第 27 卷第 5 期（1998 年 10 月）。

[29]同前註。

個不停移走的女人，整個世界、整個空間就是她的國家。身爲中國人的桑青與桃紅，對於近代史上分裂中國的兩個政權，「青色」國民政府與「紅色」中共政府所持的認同，既是「喪」失，也是「逃」避。棄絕與其切身關聯的出生，擺脫女性身分所賦予的干擾，桑青桃紅行走於廣闊的空間之上，瓦解了無形地圖的界線，也跨越了權力與宰制，將認同最大化也最小化。在《桑》書中，我們看到了聶華苓在《自由中國》裡所涵養的自由主義理念的發揚，也看到她對國家民族層面的女性主義思考，若相較於《桑》書中主角的流亡，聶本身傳奇的逃亡經歷亦不遑多讓。如此以自由主義、女性主義思考及離散論述對民族主義、國族認同的進出交相辯證，則聶華苓《桑青與桃紅》中消佚的、虛無的國族認同，無異是一曲永不彈唱的輓歌。

參考書目：

1.聶華苓，《聶華苓札記集》，高雄：讀者文化出版，1991 年 10 月。

聶華苓，《桑青與桃紅》，臺北：時報文化出版公司，1997 年 5 月。

2.江宜樺，《自由主義、民族主義與國家認同》，臺北：揚智文化公司，1998 年 5 月。

3.夏鑄九、王志弘編譯，《空間的文化形式與社會理論讀本》，臺北：明文書局，1993 年 3 月。

4.鄭明娳主編，《當代臺灣政治文學論》，臺北：時報文化出版公司，1994 年 7 月。

5.約翰·洛克，《政府論次講》，臺北：唐山出版社，1986 年 7 月。

6.班納迪克·安德生，《想像的共同體——民族主義的起源與散布》，臺北：時報文化出版公司，1999 年 5 月。

7.丹尼斯·渥得，《地圖權力學》，臺北：時報文化出版公司，1996 年 11 月。

8.薛化元，〈戰後臺灣自由主義與民族主義互動的一個考察——以雷震及《自由中國》的國家定位爲中心〉，《當代》，第 141 期，1999 年 5 月。

9.李歐梵，〈重劃《桑青與桃紅》的地圖〉，收於《桑青與桃紅》，臺北：時報文化出版公司，1997 年 5 月。

10.史書美，〈離散文化的女性主義書寫〉，收於簡瑛瑛主編《當代文化論述：認同、差異、主體性——從女性主義到後殖民文化想像》，臺北：立緒文化出版公司，1997年11月。

11.楊麗中，〈傅柯與後殖民論述：現代情境的問題〉，收於《中外文學》，第22卷第3期。

12.蕭瑞莆，〈尋找視框外的身分認同：談艾騰．伊格言《月曆》中多元視觀的創造力〉，《中外文學》，第25卷第12期，1997年。

13.梁一萍，〈女性／地圖／帝國：聶華苓、綢仔絲、玳咪圖文跨界〉，《中外文學》，第27卷第5期，1998年10月。

14.Ien Ang 著，施以明譯，〈不會說中國話——論散居族裔之身份認同與後現代之種族性〉，《中外文學》，第21卷第7期，1992年12月。

15.米歇爾．傅柯（Michel Foucault）著，王志弘譯，〈地理學問題〉，1980年。收於夏鑄九、王志弘編譯，《空間的文化形式與社會理論讀本》，臺北：明文書局，1993年3月。

16.昂希．列裴伏爾（Henri Lefebvre）著，陳志梧譯，〈空間政治學的反思〉，1997年。收於夏鑄九、王志弘編譯，《空間的文化形式與社會理論讀本》，臺北：明文書局，1993年3月。

17.保羅．雷比諾（Paul Rabinow）著，陳志梧譯，〈空間、知識、權力——與米歇爾．傅柯對談〉，1982年。收於夏鑄九、王志弘編譯，《空間的文化形式與社會理論讀本》，臺北：明文書局，1993年3月。

——選自《文學臺灣》第32期，1999年10月

《桑青與桃紅》
1970 年代前衛女性身體書寫

◎曾珍珍*

《桑青與桃紅》這部小說的在臺出版史，表面看來，恰似小說中的主角桑青流離失所，從 1970 年代初次問世，連載於《中國時報》「人間副刊」遭到腰斬，到 1988 年解嚴前夕，隨著作者聶華苓終於獲准返臺，應運由漢藝色研正式出版（聶因曾與夫婿，愛荷華國際寫作班主任 Paul Engel，合作英譯毛澤東詩作，於 1972 年在美結集出版，被國民黨政府長期列入黑名單，禁止入境），至 1997 年再由時報文化出第二版，其中轉折，套句作者自己的話：「反映了海峽兩岸政治的風雲變化。」

不過，這部小說以完整原貌問世之後，在港臺備受矚目，1989 年英譯本出版隔年，更獲頒美國書卷獎，其多重論述位置涵蓋了女性主義、少數族裔作品與易位跨界文學，被學界譽爲華美文學複雜性的指標之一，經典地位儼然成形，與桃紅之淪爲社會邊緣人流放天涯乏人聞問的際遇，大相逕庭。以蹺家（抗戰勝利前夕的瞿塘峽），逃離（大陸淪陷前的北京），離散（1950 年代白色恐怖當道的臺北），流放（1960 年代越戰方酣的美國）循序展開的空間位移爲經，女性的情慾書寫爲緯（從天真浪漫的少女桑青蛻變爲嗜性成癮的蕩婦桃紅），藉由印象式的速寫片斷交織成仿／反史詩的宏圖巨構，看似寓言式地再現了 20 世紀中國知識分子政治立場上的精神分裂，實則以女性的觀點聚焦於華人族群的流放經驗，在解構父權社會單一的國族認同之同時，進而釋放了女性身體的顛覆動能，以文學的想像在各

*發表文章時爲東華大學英美語文學系副教授，現爲東華大學英美語文學系教授。

具象徵意義的歷史中心位置披露、刻勒存在的荒野經驗，爲從父權的宰制掙脫而出的女性情慾繪製去中心去邊界的空間地圖，對投射自傳統男尊女卑位階分明的家庭與世界圖像進行全面改寫。這部小說如今之所以能躋身於現代小說經典之林，在兩岸三地和北美大陸的文學版圖游走自如，與其書寫策略處處透露出敏銳的空間政治批判和前衛的女性主義思維息息相關。聶華苓以 1970 年代的小說創作先聲奪人地呼應了 1980、1990 年代女性主義性別與空間論述，是這部小說受到評論界青睞的主因。

然而，晚進女性主義者談論女性情慾，其基調是歡愉自在的身體歌吟與舞蹈，聶華苓放膽寫性卻仍然不免複製出 19 世紀以降自然主義小說常見的嘲弄與荒謬，殘存著向男性閹割焦慮學舌的餘緒，這是女性流放文學悲情牢結的作祟還是時代局限造成的差異，堪人玩味。

小說的第三部，由桑青蛻變而成的桃紅漂泊在北美中西部草原和移民局官員捉迷藏，其間邂逅了一位來自波蘭的猶太人，兩人隨緣同居在田野裡一座印地安人時代留下的水塔，與世隔絕，似乎擺脫了人間法律的束縛。從這裡，她寄出了給移民官的第三封信，並附上了桑青在臺伴隨畏罪潛逃的丈夫家綱躲避通緝，匿居於父輩友人蔡叔叔家中閣樓三年所寫日記。法網恢恢，日記就中斷在因女兒桑娃受媽媽鼓勵出到閣樓外，無意間洩漏家人行蹤，導致夫婦倆被捕的剎那。

就空間而言，北美大草原的化外之地與 1950 年代特務林立、警網密布的臺北街弄形成鮮明的對比；就人物而言，因幼年遭馬戲團的虎獸嚙咬而立志殺虎的砍樹人，他「靠著泥土作個自然人」的生活方式也分別反襯出家綱與蔡叔叔的自私與懦弱，前者憑仗父權社會賦予丈夫與父親的優勢地位，即使自己淪爲轄制妻女慾望的牢籠仍不自知；後者雖是倡導自由選舉的民主鬥士，其萎瑣與懦弱卻在馬戲團狗熊與玉女表演節目中暴露無遺。與這兩位男性角色相比，在戒嚴時代風聲鶴唳的政治氛圍與保守虛僞的社會風氣裡，敢於爲了個人基本的欲求突破禁忌、挑戰禮法的是女子桑青。可以這麼說，自我放逐的桃紅其棄世叛逃的女性主體是桑青在這段困居閣樓的歲月中隨其自主意識的萌發磋磨出來的。

作者在楔子與跋中挪借刑天舞干戚和帝女雀塡海的神話，可視爲臺北時期桑青抗議精神的最佳註腳。因對抗天帝被斬首，刑天的命運形同法國女性主義批評家西蘇筆下，取典於孫子兵法，那群被君權以砍頭威嚇終於服從軍紀的后妃，只是刑天以身體代替頭腦頑強抗爭，聶華苓拿他來與不認命的桑青／桃紅作類比，凸顯女人身體反制父權的顛覆能量。西蘇呼籲覺醒的新女性以身體書寫，開創全新的女性慾望語言，讓被父權壓伏偃臥的女體，學會站立、行走、跳舞，甚至飛翔，這也正是聶華苓在《桑青與桃紅》的第三部精心著墨的母題之一。

從開頭躺臥在閣樓內榻榻米上因警覺屋頂有人監視而幻想身體各部位遭到老鼠啃咬的桑青；因屍體被謠傳爲吃人殭屍而被開棺焚燬的妓女潘金嬌；到偷渡失敗後，爲了報恩，重拾勇氣走回街頭到醫院看顧蔡嬸嬸的桑青；以及在日記中幻想自己變成飛鳥與游龍，在媽媽的催促下終於走出閣樓，站在院子裡辨識草木蟲獸光影天象的桑娃；一具具被凌遲、污衊、拘禁的女體終於勇敢地走出囚牢去頂天立地在光天化日之下。聶華苓讓桑青與桑娃這對生命雖有交集卻各自獨立的母女以日記體的書寫爲自己爭取身體自主的生命經歷留下紀錄，其中除了桑娃的神話變形想像之外，最值得討論的是桑青對於臺灣一則鄉野傳聞之中國男性觀點的揶揄與改寫。

在楔子裡，桃紅塗鴉了以下的句子在公寓的牆壁上：

誰怕蔣介石

誰怕毛澤東

Who is afraid of Virginia Woolf

Virginia Woolf 所代表的正是女性身體書寫足以顛覆男性政治霸權不容忽視的力量。桑青是從蔡叔叔家的男性訪客口中聽見殭屍吃人這則傳聞：「他們說著上海話。京片子。南京話。湖南話。不同的人聲。不同的方言。談的是一件事。」外來的大陸男性聚攏閒聊發生在臺灣鄉下妓女變成殭屍的謠傳，優越感十足的發言位置與聲色流露出中國男人對臺灣女子族群與性別的雙重壓迫，桑青在日記中的轉述，以女性同情女性的筆調抹除了自己與傳聞中那位不幸女子的族群差異，甚至以借屍還魂的方式假借妓女潘金嬌的屍體出聲，在控訴焚屍的凶殘手段之同時，將男性潛意識裡的夢魘攤在陽光下，充分暴露了男性對女體的原始恐懼，從而揭顯女體反撲父權無法以理性扼抑的爆發力。

聶華苓個人對臺灣本土文化的認同與了解容或有所局限，在這則改寫中倒也嘗試跨越了本身族群的固定位置，留下了一篇臺灣女性鄉土小說的模擬作品。

參考書目：

1.白先勇，〈世紀性的漂泊者——重讀《桑青與桃紅》〉，收入《桑青與桃紅》，臺北：時報文化出版公司，1997 年，頁 274～279。

2.李歐梵，〈重劃《桑青與桃紅》的地圖〉，收入《桑青與桃紅》，臺北：時報文化出版公司，1997 年，頁 280～284。

3.梁一萍，〈女性／地圖／帝國：聶華苓、綢仔絲、玳咪圖文跨界〉，《中外文學》第 27 卷第 5 期（1998 年 10 月），頁 63～98。

4.郭淑雅，〈「喪」青與「逃」紅？——試論聶華苓《桑青與桃紅》／國族認同〉，《文學臺灣》第 32 期（1999 年 10 月），頁 253～275。

5.Wong, Cynthia S. L. “Chinese American Literature” *An Interethnic Companion to Asian American Literature* Edited by Cheung King-kok. Cambridge: Cambridge UP, 1997. p39-61.

6.Cixous, Helene. “Castration or Decapitation?” *Out there: Marginalization and Contemporary Cultures* Edited by Russell Ferguson et al. Cambridge, Massachusetts: Tie MIT Press, 1990. p345-356.

7.Benstock, Shari, “Expatriate Modernism: Writing on the Cultural Rim.” *Women's Writing in Exile*. Edited by Mary Lynn Broe and Angela Ingram. Chapel Hill: The U of North Carolina

P, 1989. p19-40.

──選自《文學臺灣》第 37 期，2001 年 1 月

撕破地圖、遊走帝國

聶華苓的《桑青與桃紅》(節錄)

◎梁一萍*

聶華苓於 1970 年初次完稿，1976 年修正由香港友聯以中文出版的《桑青與桃紅》，其英文版分別於 1981、1986 年在紐約、倫敦出版，1990 年獲得美國書卷獎，1998 年由柏克萊大學第三女人出版社再版。歷經這輾長的出版歷程，如聶在書末〈桑青與桃紅流放小記〉[1]所言：「二十幾年了，這小說竟陰魂不散，到處流浪」。在 1990 年代美國則被用爲流放文學、少數民族文學、女性文學、比較文學的教材課本。如聶所言：「這小說東兜西轉，歷盡滄桑」，其小說之出版歷程亦可以輿圖譬喻之。

由張敬玨主編的《亞美文學族群手冊》[2]其中黃少玲撰寫的〈華美文學〉[3]一章，將《桑青與桃紅》列入亞美文學版圖，並說明如下：「待美國評論風氣轉向女性主義、非西方作品及易位跨界文學（literatures of displacements and border-crossing）……此書之多重論述位置乃華美文學複雜性的指標之一」[4]。至此《桑青與桃紅》在 1997 年「回到初生的地方〔臺灣〕」[5]，又在同年「歸宗」亞美文學，在兩個文學世譜得到認可，與其說《桑青》流放，不如言其「易位跨界」、來去自如。

《桑青》的故事貫穿三地，以中國近代動亂爲導，敘述內陸女子桑青

---

*發表文章時爲淡江大學英文學系副教授，現爲臺灣師範大學英語學系教授。

1 聶華苓，《桑青與桃紅》（臺北：時報文化出版公司，1997 年），頁 271～273。

2 Cheung King-kok, ed *An Interethnic Companion to Asian American Literature* Cambridge University Press, 1997.

3 Wong, Cynthia S.L, ”Chinese American Literature”，同前註，頁 39～61。

4 同前註，頁 50。

5 聶華苓，《桑青與桃紅》，頁 273。

如何在時代洪流中，逃離日本人侵戰，擺脫共產黨政權，躲避國民黨特務、周旋移民局盤查；小說分四部，由中國四川瞿塘峽，歷經北平、南轉臺北、再赴北美。時間上由 1945 年（中日戰爭末期）到 1970 年，共計 25 年。

小說敘述有桑青、桃紅二線交錯。若以桃紅之線爲準，則以 1970 年 1 月到 3 月之間，桃紅爲應付移民局追查所寄出四封信簡爲主，此爲傳統線型敘述；但每封書簡之間夾寄桑青日記，分別記敘中日戰爭、國共對峙、臺北戒嚴及北美遊走四段歷程，而此四段日記夾在四封信函之間，形成現在／過去混雜，而又雙線進行。最有趣的是第四本日記之尾則爲第一封信簡之始，形成一巧妙現在／過去迴流。因之這本書之敘事結構頗富巧思，以現在夾帶過去，又兩線同步平行，可謂與眾不同，極富野心。

在敘事聲音上，桑青婉約、桃紅奔放；桑青隱忍，桃紅無忌，二線並行無礙，如長江黃河，互不相讓。故事啓始桃紅以專斷的聲音宣布「桑青已經死了」[6]。而整個敘述可以看成桑青之死、桃紅之生，而兩人實爲一人。用佛洛伊德角度觀之，桃紅乃本我（id），桑青乃超我（super-ego），故事的發展由象徵原慾動能的本我殺死象徵道德教化的超我。用克莉斯蒂娃的說法這是母性符號空間的勝利，因爲桃紅所代表的就是前伊底帕斯階段被重新開啓釋放的母性動能，「其場域偏重口腔、聲音、頭韻、節奏等素質……以鬆動威權、僵固的象徵法則」[7]。用依希迦黑的角度來看，則桃紅的新生／聲表明一種女性語言的流體力學：「在女性語言中，『她』往所有的方向出發，以致『他』找不到任何統合的意義。」[8]

而這種「連續的、可壓縮的……會擴散的」「液態」敘述文體[9]和桃紅的遊走路線提供了有趣的互文空間。桃紅書簡最特別的一點就是其附在第

---

[6]聶華苓，《桑青與桃紅》，頁 4。
[7]劉毓秀，〈精神分析女性主義〉，收入顧燕翎編《女性主義理論與流派》（臺北：女書文化公司，1996 年），頁 153。
[8]同前註，頁 167～168。
[9]同前註，頁 170。

一、二、四封信首的地圖。從寄信的角度而言，桃紅寫信給移民局，其所欲溝通對象乃移民局官員，然其挑釁態度躍然紙上。在〈桃紅給移民局的第一封信〉，她開首即言：「移民局先生：我就在地圖上那些地方逛。要追你就來追吧。」[10]；其時桃紅在 70 號公路上，搭便車從聖路易去華盛頓參加反死亡大遊行，一路上目睹了 1970 年代美國青年反文化反越戰的學潮種種[11]。

所附地圖以美國中西部肯塔基州、田納西州爲主，上及印地安納，下達阿拉巴馬，東至北卡，西及密蘇里。地圖中所描繪的美國市鎮、高速公路，一方面似乎明指桃紅的遊行路線，一方面又由於地圖的局部性及斷裂性暗陳一個無法地圖化的離散空間——森森蕪蕪，若有實無。（中文版本之地圖沒有周界描邊，更增加一種不可確定感。）地圖的可信度變得可疑，而地圖的方向性亦變得可慮，地圖的傳統功用被質疑反挫，明明是官兵捉強盜的角本，卻演成強盜耍官兵，你看得到，卻追不到，地圖至此，何圖之有？

第二封信桃紅在 80 號公路上，由懷俄明州去加州唐勒湖，延續其（搭）便車漫遊天涯之旅。桃紅敘及 19 世紀唐勒隊拓荒西征的故事，1846 年唐勒先生領隊百餘人，由內華達州西去加州墾荒，途中風雪困山六月，糧食殆盡，雪封山路，只得人吃獸，獸盡吃人，從十月到隔年四月，唐勒隊只剩一半活口。對照地圖依舊撲朔迷離、茫茫霧水；明爲現形告知，卻是蒼茫一片，看有實無，何處可尋？

第三封信沒有附地圖，桃紅簡述碰到砍樹人，二人索性住在一水塔中，水塔乃昔時印地安原住民供應戰士飲水之用。這砍樹人是波蘭猶太裔，父母親在納粹奧斯維奇集中營因細菌實驗而死，他從集中營逃出來後，到處流浪[12]。桃紅和砍樹人自稱外國人：「這是個外國人的世紀，人四

[10]聶華苓，《桑青與桃紅》，頁 13。
[11]同前註，頁 13～15。
[12]聶華苓，《桑青與桃紅》，頁 145。

面八方的向外流」[13]；桃紅又自稱爲「亞洲來的猶太人」[14]。

第四封信又附上地圖：「我又上路了。我就在地圖上那些地方跑」[15]。桃紅告別砍樹人，其人西去唐勒湖，桃紅東向要爲「我的孩子找一個出生的地方，我將出生一個有血有肉的小生命」[16]。離開水塔前，桃紅模仿太空人登陸月球立牌爲記：「一個來自不知名星球的女人……我對全人類是懷著和平而來的」[17]。

這四封書簡透露出桑青死、桃紅生之變化（後者不斷強調新生命的重要），一方面借用美國歷史（反越戰遊行、西部拓荒、原住民水塔、登陸月球），一方面改寫美國文學「上路」傳統[18]。黃少玲在《解讀亞美文學》中探討亞美行動政治[19]。黃指出對白人主流文化而言，行動是可能的、正面的，不但成就個人，又能光宗耀祖，從早期的《皮襪故事》（*Leather-Stocking Tales*）、《白鯨記》（*Moby-Dick*）到克魯埃特（Jack Kerouac）的《上路》（*On the Road*），不斷強調行動之積極煥發英雄氣質[20]。路易斯（R. W. B. Lewis）遂言，美國英雄乃「空間英雄」（hero in space）[21]。但對亞美族群而言，有異於主流人士的落地生根（at-homeness，rotedness）[22]，行動是必須的、被迫的、離心的。黃舉菲裔美籍作家布洛桑（Carlos Bulosan）爲例，說明其行動之無法地圖化（impossible map）[23]。

而桃紅上路則具有反諷意味[24]：「我永遠在路上。路上有走不完的人。

---

[13]同前註。
[14]聶華苓，《桑青與桃紅》，頁 144。
[15]聶華苓，《桑青與桃紅》，頁 199。
[16]同前註。
[17]同前註。
[18]在此我修正有關桃紅上路的討論，並謝謝廖咸浩教授的問題。
[19]Wong, Cynthia S. L.,"The Politics of Mobility" *Reading Asian American Literature: from Necessity to Extravagance* Princeton: Princeton UP, 1993, p118～165。
[20]同前註，頁 119。
[21]同前註。
[22]同前註，頁 122。
[23]同前註，頁 113。
[24]同前註，頁 127。

有看不完的風景。一道又一道的地平線在後面闔上了。一道又一道的地平線在前面升起了」[25]，其「上路」途徑有如布洛桑一樣無法地圖化。其所附三幅地圖，第一偏「中西」以肯塔基州爲主；第二偏「遠西」以懷俄明州爲主；第三偏「中北」以達科他州爲主；但三幅地圖不相關連，且皆局部片面，其斷裂因而打破地圖之整體性，方向座標如「中西」、「遠西」或「中北」也因而失去中心方向性。其地圖之斷裂，其中心之消失，不但使「上路」無法地圖化，並且呼應依希迦黑的女性語言流體力學：「在女性語言中，『她』往所有的方向出發，以致『他』找不到任何統合的意義」，桃紅「上路」因而表明一種遊走地圖的空間關係。[26]

吉布森・葛蘭漢姆（Gibson-Graham, Julie Kathy）在〈後現代形成〉[27]一文中探討女性和空間的關係，可藉以說明此無法地圖化之遊走（nomadism）。她們認爲由於女性在知識語言系統中的空無、缺乏、負面（absence或lack），必須等待男性以語言意符填滿空無、給予意義。她們把這種女空／男滿的關係對應到異性戀女陰道／男陰莖之器官關係，而將女性以「強暴空間」概念之。易言之，文藝復興德國畫家阿爾布雷西特・杜勒（Albrect Dürer, 1471～1528）的木刻版畫「製圖員圖繪裸女」[28]可用吉布森・葛蘭漢姆的觀念解釋成一女性的「強暴空間」，亦即男性視權對女性身體在知識、權力、視覺、再現等諸層面的掌控，造成女性身體等待由男性發現（discovered）、測量（measured）、記錄（recorded）、書寫（written about）、填滿（filled with），而給予意義的「強暴空間」，女性因此在知識、語言、視覺、輿圖再現中被強暴了。

吉布森・葛蘭漢姆並認爲「強暴空間」說明了現代主義時期女性的城市經驗。無論在家庭、商業區、生產區或郊區，女性都以一空無之隱喻

---

[25]聶華苓，《桑青與桃紅》，頁 13。
[26]桃紅和布洛桑的差異在於前者以遊走佔據抗殖民位置，而後者之遊走乃被殖民之結果。
[27]Gilbson-Graham, Julie Kathy, “Postmodern Becomings: From the Space of Form to the Space of Potentiality”, Benko, 1997, p306-323.
[28]Albrect Dϋrer, 1471-1528, A D

（lack或emptiness），等待男性陽具的填滿，因此女性占據的空間乃是「男性陽具理體性別論述的強暴空間」[29]。但在後現代主義時期，她們用德勒茲（Deleuze and Guattari）的觀念解放女性和空間的關係。德勒茲不再推崇現代主義的城市經驗，而將注意力放到街道（streets），不再用經緯方格（grids）定位空間，而用開放四散（rhi-zomedness）解放空間，因此對他來說方格座標不重要，遊走（nomad或nomadism）才是後現代空間的絕美姿態[30]。

吉布森．葛蘭漢姆／德勒茲的後現代女性空間概念可以解釋桃紅的「上路」:「我又上路了。我就在地圖上那些地方跑」[31]；「我永遠在路上」[32]。如果地圖——如吉布森．葛蘭漢姆所言——呈現一種女性的「強暴空間」，亦即男性視權對女性在知識、權力、再現諸層面的掌控，「上路」遊走則是顛覆「強暴空間」的策略之一。這種空間極似依希迦黑所言之「液態」敘述文體：由於「她」「往所有的方向出發」，「他」「找不到任何統合的意義」，地圖方格之間的縫隙開始解構，（有如拉崗之）意符鏈開始滑動脫落，遂能打破男性在知識、權力、視權、輿圖再現等層面的掌控，撕裂方格座標，走出地圖疆界。

尤有進者，三幅斷裂的地圖因而打破地圖／國家的統一性，說明桃紅對國族認同或國家意識之棄絕。她在四封書簡中一再透露其對新生命的堅持和對未來的追尋，在第四封信中她說要爲「我的孩子找一個出生的地方，我將生出一個有血有肉的小生命」[33]，而此「有血有肉的小生命」不爲別人，正是桃紅。如聶所言，《桑青與桃紅》乃寫「『人』的命運——不止是中國人的命運」[34]，因之以國族認同依歸的空間關係——如流亡、放

---

[29]Gilbson-Graham, Julie Kathy, “Postmodern Becomings: From the Space of Form to the Space of Potentiality”，頁 311。
[30]同前註，頁 314～315。
[31]聶華苓，《桑青與桃紅》，頁 199。
[32]聶華苓，《桑青與桃紅》，頁 13。
[33]聶華苓，《桑青與桃紅》，頁 199。
[34]聶華苓，《桑青與桃紅》，頁 272。

逐或移民——於桃紅皆失去其意義。[35]

《桑青與桃紅》卷末之〈跋〉，聶華苓用帝女雀填海說明女性之新生：太陽神炎帝女兒不甘溺水亡於東海，變身爲鳥，喚帝女雀，日日銜石塡平東海，「直到今天，帝女雀還在那兒來回飛著」[36]。帝女雀的象徵意義有二：其一以象徵女性新生，其二以說明德勒茲以空氣代替土地之空間概念，亦即相對於土地的根固性（rootedness），女性空間不可定位，沒有原鄉，沒有目的地，也沒有鄉愁；如同普蘭得蓋斯特以《身體地圖》顛覆地圖／帝國，桃紅「上路」——不停的上路、遊走、「來回飛著」——說明女性新生於後現代空間——撕破地圖、遊走帝國。[37]

——選自《中外文學》第 27 卷第 5 期，1998 年 10 月

[35]從移民法的角度，更可看出聶對國家之棄絕。劉麗莎在《殖民法》（*The Immigrant Acts*，1996 年）一書中析論移民法之於亞美族群之限制，她認爲移民法與移民行爲乃亞美社群形成之重要不可或缺因素，因爲在美國歷史中沒有其他移民族群遭受同樣限制，其中尤以華人爲著，而其主要原因乃在經濟、工作競爭。而桃紅對移民局的不敬，爲其對移民局和移民局所象徵之律法規條（如國籍認可）之挑戰。小說中移民局官員「黑西裝，灰底黑領帶，大陰天也戴著墨鏡」（聶華苓，《桑青與桃紅》，頁 4）的形象，清楚表現桃紅對其之不滿。

[36]聶華苓，《桑青與桃紅》，頁 270。

[37]桃紅之撕破地圖和吉兒曼（Charlotte Perkins Gilman）之撕破黃壁紙（“The Yellow Wallpaper”，1892 年）有異曲同工之妙。

移民女作家的困與逃
張愛玲〈浮花浪蕊〉與聶華苓《桑青與桃紅》的離散書寫與空間隱喻

◎周芬伶*

前言

張愛玲與聶華苓分別在 1950 年代與 1960 年代移居美國，前者以〈浮花浪蕊〉記錄女性逃難的落魄歷程，後者以《桑青與桃紅》描寫女性在不斷逃離中的分裂心靈，空間在其中成爲紛亂與真空的狀態，且成爲隱形的主角。海外移居女作家所面臨的寫作困境，使這兩篇作品的創作與發表、出版格外艱辛。聶華苓自稱在移居美國之後寫不出任何東西，[1]六年後方寫成《桑青與桃紅》，在出版的過程中亦發生被禁被刪改的命運，並倍受爭議，直至 1990 年英文版才受肯定，獲得「美國書卷獎」，臺灣遲至 1997 年才出版；張愛玲的〈浮花浪蕊〉初稿完成於 1950 年代，經過多年的擱置，直至 1970 年代才出版，出版後受到的注意甚少。這兩篇具有自傳性質的小說，放在性別與空間理論中，更可看出移民女性的困境，與空間隱喻。討論《桑青與桃紅》的研究多重視其「逃」的政治意識及文化意涵，如郭淑雅〈「喪」青與「逃」紅——試論聶華苓《桑青與桃紅》／國族認同〉，著重其逃亡意識表現在國族認同上的空無，然這只是作品的表象，將流放文學放置在國族網絡之中必然扞挌不入；又如梁一萍〈女性／地圖／帝國—

---

*發表文章時爲東海大學中國文學系副教授，現爲東海大學中國文學系教授。

[1]見《桑青與桃紅》中作者書後語〈桑青與桃紅流放小記〉。《桑青與桃紅》（臺北：時報文化出版公司，1997 年），頁 271～273。

—聶華苓、綢仔絲、玳咪圖文跨界〉以地圖隱喻帝國，重點式描繪作家撕破地圖的意念，卻不能說明女性書寫的銘刻意義；再如蔡祝青〈當賤斥轉換恐懼——論《桑青與桃紅》中分裂主體的生成與內涵〉，從精神分析的角度引用克里斯蒂娃（Julia Kristeva）女性話語與賤斥理論，說明作者的主體與分裂，頗能抓住女性話語的精神，卻不能說明美學上的震撼力。然女性移民作家不只是描寫流放中「逃」的意識，也有「困」的痛苦，如張愛玲中晚期作品〈浮花浪蕊〉至今仍少有人討論，連她也從 1950 年代延宕至 1970 年代才發表，大約也因其不合正統而猶豫，其中的離散意識更顯幽微。將這兩篇發表時間相當的作品加以比較，更能顯示女性離散書寫的複雜性與多元性，它們擴充女性文學的深度與廣度，文學作品終需回歸文學與美學探討，此亦爲本文致力之目標。

一、奔逃者——被邊緣化的多重劣勢者

女性或因逃難、逃家、移民成爲奔逃者，她們是鄭明河所說的「自動的他者」，[2]表面上她們似乎獲得暫時的自由，事實上落入另一種困境，成爲被邊緣化的多重弱勢者，內部的圈外人，只能在境界邊緣遊走，如桑青先被困於船中，繼而被困於圍城，再被困於閣樓，桃紅在美國中西部流竄，被移民局逮捕；而〈浮花浪蕊〉中的洛貞被困在毛姆小說的船行世界中，女性移民在文化認同上，她們並非單方面的同化於接待社會，或是一味地固守原生文化，而是把接待社會與原生社會雙方的文化都當成一種「生存的利用手段」，也就是保持距離，以策安全，並透過不斷的解構與重構來定義自我。這種在兩種文化疏離的結果是成爲無時間性無空間性的「真空人」，桑青的逃亡路線，從前方到後方，從大陸到臺灣，再從臺灣到美國，從帝國中心到邊緣，空間所代表的意識形態、政治性、及權力無所

[2]原出自 Trinh Minh-Ha Thi, *Woman, Native, Other: Writing Postcoloniality and Feminism*, Bloomington; Indianapolis: Indiana University Press, 1989，引自朱耀偉，《當代西方批評論述的中國圖象》（臺北：駱駝出版社，1996 年）第 5 章，頁 112～119。

不在，桑青的逃是被迫的，桃紅的逃卻是主動的，她逃離一切政治、父權所規定的時空，男性把空間／土地等同於女性的被動／靜止／被宰制，而桑青用主動／移動／越界，表現女性顛覆／抵抗／反宰制的努力。桑青的逃亡從 1945 年到 1970 年，時經 25 年，她從桑青變成桃紅，再從桃紅變成永無停止、屈抑填海的帝女雀，她跨越歷史時間進入永恆的神話時間，桑青的逃亡空間接從四川瞿塘峽→北平→臺北→北美，最後是茫茫大海，她亦從被壓迫的空間跨越至自由無止境的空間。

桑青與桃紅，一個壓抑，一個奔放，桑青是自卑的，桃紅則是超越的。前者代表的是理性世界，後者代表的是非理性世界，在敘述上，桑青、桃紅兩線交錯，桑青以日記體的文雅，細膩、多情的女性聲音訴說苦難的往事，桃紅以書信與地圖挑釁、潑辣、粗野的母性聲音，向移民官員喊話：「我就在地圖上那些地方逛，要追你就來追吧！反正我不是桑青，我有時搭旅行人的車子，有時搭灰狗車，到了一站又一站，沒有一定的地方，我永遠在路上……」，以母性超越女性，這正是克里斯多娃所言母性符號空間的勝利，如果桑青代表屈抑的女性，桃紅代表的是無畏的母性，為前伊底帕斯階段被重新開啓的母性動能，她是自由奔放，像水般流動不已，最後終將歸於茫茫無盡的大海。母性的敘述文如胡笳十八拍，迴迴環環，層層疊疊，訴說著離亂，也訴說著狂亂。

作者塑造的瘋婦，與張愛玲訴說的瘋狂不同，桃紅是外放的，洛貞卻是往內縮的。她從上海逃至香港，再從香港航行至日本，她的空間越來越逼仄，越來越狹小，她本是有業有家的洋行職業婦女，寄居在姊姊家，雖是寄人籬下，總有自己悠游的空間，逃到香港住只有幾尺見方，席地而居，與大蟑螂奮戰，而後困在郵輪中，最後把自己關在狹小的船艙，把苦難關在外頭，也把天涯海角關在外頭。怪不得她會嫉妒姊姊的朋友范妮，看她過得多闊綽，住的房子多大，又有僕人侍候，大家都落難後，范妮跟小孩逃至香港，丈夫留在上海不甚安分，洛貞知道這狀告不得，她還是告了，把范妮激得中風暴斃，洛貞闖大禍，在航行的路上，這如針尖般的記憶不斷回來，讓她自絕於這個世界。洛貞代表的是屈抑的女性，被驅趕於無邊界無定點的海上，她被無極的時空困住了，像一個蝴蝶標本被釘在船上。她失去她的語言與行動力，只有嘔吐的聲音追隨著她。

張愛玲擅於書寫女性被困的瘋狂，如〈金鎖記〉中被困在閣樓的曹七巧「一級一級，走進沒有光的所在」；[3]她囚禁自己也囚禁女兒長安，爲此讓她休學，逼退向她求婚的男子；〈紅玫瑰與白玫瑰〉中的煙鸝將自己囚禁於浴室，看著自己蒼白的肚子發呆，還嗑了一地花生；[4]《半生緣》中被自己姊姊囚禁的曼楨，也被姊夫強暴，直到生下孩子，人都呆了；[5]洛貞自囚於船艙中，這些自願或非自願囚禁的女人，因爲抗拒父權社會定位，反而被限制行動，困在小而沒有光的斗室，那是死神的所在，是墳墓也是棺材的象徵，也是無語言無在場的真空地帶。女性藉此扼殺自己的生命，但也藉此逃遁至無人之處。

女性的逃，可以取得發聲權，最終獲得人身與寫作的自由，女性的困，是一步走向消聲匿跡，一步步走向枯萎凋零，如浮花浪蕊般消失無蹤。

二、作家自身的逃與困

這兩篇自傳性色彩濃厚的小說，似乎也預示著女作家的未來，聶華苓與夫婿安格爾（Paul Engle）主持的愛荷華大學「國際寫作計畫」，跨越種族性別，將各式各樣的作家齊聚一堂，可以說發揮了相當影響力，她的作品也成爲亞美文學研究的教本，在她的自傳《三生三世》中她寫到：

> 我這輩子恍如三生三世——大陸、臺灣、愛荷華，幾乎全是在水上度過的。長江、嘉陵江、愛荷華河，Paul和我各自經歷了人世滄桑，浮沉得

[3]張愛玲，〈金鎖記〉，《張愛玲短篇小說集》（臺北：皇冠文化出版公司，1976年），頁150～202。
[4]張愛玲，〈紅玫瑰與白玫瑰〉，《張愛玲篇小說集》（臺北：皇冠文化出版公司，1976 年），頁 50～108。
[5]張愛玲，《半生緣》（臺北：皇冠文化出版公司，1995年）。

失，在這鹿園的紅樓中，對失去的有深情的回憶，對眼前無限好的夕陽有說不盡的留戀。[6]

聶華苓的潛逃可謂成功，她終於找到安定且甜蜜的生活，這本傳記她自謂用一輩子的時間才寫成，「也是死裡求生掙扎過來的」，[7]她的逃永無止境，她的書寫也是永無止境。相對的，張愛玲在賴雅死後，過著幾近自囚的生活，從 1971 年離開南加大，就避不見人，二十幾年輾轉流徙於汽車旅館與小公寓之間，她最後住的房子像一間囚室，只有一張行軍床，一個充作桌子的紙箱，其他空無一物，令人想到洛貞「大家走過房門口，都往裡看看，看見洛貞坐在草席上，日用什物像擺地攤一樣，這可搬進難民來了，房子要貶值了。她自己席地而坐很得意，簡化生活成功」，她的難民意識與生活形態似乎根深柢固，從她逃出大陸，一直不斷簡化生活直至如囚犯般生活。

1938 年聶華苓與母親弟妹一家五口坐船從武漢逃到重慶，船行艱險如過鬼門關，途中的險象如同桑青自述的瞿塘峽，不同的是同伴改爲流亡學生，1948 年逃到北平，1949 年逃到臺灣，同年進入《自由中國》工作，1960 年因雷震案牽連受偵察未逮捕，1964 年逃至美國。她的逃亡路線和桑青一致，皆是四川→北平→臺灣→美國，1970 年寫成《桑青與桃紅》書在臺灣連載未完即因政治因素被禁，1976 年由香港友聯出版，英文版在 1981 年在美國出版，1986 年在英國出版，1990 年得美國書卷獎，1997 年在臺灣出版，1998 年由柏克萊大學第三女人出版社再版，經歷這一波三折的出版歷程，如同作者桑青的流放歷程，是另一種文化地圖，然而這本書還沒被真正了解，作者自言：「褒貶不一，女性運動者說它維護女權說服力不夠，西方左派說它太『黃』，有的說根本看不懂。」，[8]看不懂的原因是可以

[6]聶華苓，《三生三世》（臺北：皇冠文化出版公司，2003 年），頁 259。
[7]聶華苓，《三生三世》〈跋〉，頁 349。
[8]聶華苓，《桑青與桃紅》，頁 272。

想見的，因爲理論和時代跟不上。必須要放在流放文學的脈絡中，才能看清楚它的原貌。其中被認爲太「黃」的部分，放在當今情色書寫中，只能說是小巫見大巫，女作家的解構與解放，勢必要牽涉到性別、國族、語言的解構與解放，張愛玲在國民黨時代被打爲文化漢奸，之後一直無法在中國去除這污名，縱使她改筆名發表作品，或改寫劇本，亦遭到無情抨擊，這使得她以完成港大學位爲名逃至香港，但她一直沒去上課，如果根據〈浮花浪蕊〉的描寫，她曾到日本找工作，當時炎櫻在日本，可能謀職不順，她以難民身分申請到美國，本想像林語堂一樣，以英文寫作揚名世界，然她的作品屢遭退回，1960 年代後期，重回中文世界，受到臺灣讀者的推崇與喜愛，她的美國夢是破碎了。論者皆以爲她後期的作品遠不如前期，尤其〈浮花浪蕊〉一篇更是受到忽視，論者認爲這篇作品，傳記上的意義大於文學的意識。女作家心靈不往外放而往內縮，是創作無法突破的主要原因。女性自囚於父權社會的結果，是生命力萎縮，作品魅力盡失。在這點上張愛玲的文學姿態毋寧是較保守的。

保守歸保守，移民女作家的邊緣化，所出現的離散書寫或逃或困皆有一定的意義，逃者反叛，困者退縮，表現爲前者的畢竟較多，如叢甦的《癲婦日記》，描寫女性在婚姻中找不到歸屬而精神分裂，她分裂爲好幾個人格，在不同地方不同跟不同男人鬼混，又如於梨華的《考驗》中的女主角因單調的婚姻生活，與中年危機，愛上小男生，逃家與情人同居，女性移民作家出現的叛逃主題，可說是離散書寫中重要的現象。相對的，張愛玲在移民之後出現「困」的主題，可說是耐人尋味，這或許是最邊緣最離散的寫照，她無處可逃，到哪裡都是困境，都是囚牢。她到美國之後改寫的《金鎖記》、《半生緣》都是「困」的主題，她把她的生活困境與寫作困境表現在這些作品當中，如果說《桑青與桃紅》令我們感到痛快淋漓，〈浮花浪蕊〉則令我們感到心酸。

三、囚禁者——船行的陷阱

「船」看起來是逃到自由的交通工具，事實上包藏禍心，桑青在瞿塘峽的船行上遭流亡學生強暴，失去貞操而成爲她日後婚姻的致命傷；洛貞在航行海上十天，難民的自賤意識使她自囚在孤絕的情境中，旅行是療傷最好的藥方，可也不斷被不堪的際遇折磨，一個逃離的「老處女」，在邊境遭受陌生的男子的性騷擾，向接濟她的范妮告狀，暗示她的丈夫不忠，導致姊姊的好友范妮暴斃，她卻在喪禮上癡笑，而被視爲神經失常，航行的女人被視爲不正常的女人，就像在毛姆（Somerset Maugham）小說〈旅行〉中所描述的惹人厭的老處女瑞德小姐，喜歡單獨到處旅行，而且多話多嘴，醫生開給她的藥方是「男人」，船上的男人避之唯恐不及，電報員被迫當她的小情人，這下子老處女沉浸在愛的甜蜜中，安靜得不得了，每天若有所思。[9]男人爲讓女人不闖入他們的世界，爲讓她閉嘴，不惜使用種種詭計，航行從來是男人的，不是女人的，一個獨自在海外航行的女人，她會被驅逐到邊緣的邊緣，變成他者的他者。洛貞所進入毛姆的世界，是男性的世界，在這裡說話的權利屬於男性，輿論也由男性構成，船長和醫生代表著男性仲裁力量，他們要女性閉嘴，不惜欺騙她的感情，女性在這裡除了情欲，其他一無所有。遊女總是被視爲異類，羅素（Mary Russell）如此描述男性眼中的遊女：

> 我們輕易地可以把遊女視為異類——實際上她們就是——把她們貶為到處追逐獵物的獵人、自由落下的潛水者、或確實是三教九流女性作家等。我們不能否認她們的存在，但她們所處那奇怪而不舒適的世界遠在我們的日常經驗之外，我們可以那樣告訴自己，那根本與我們無關。[10]

[9]毛姆，《毛姆小說集》（臺北：巨鷹文化公司，1979年），頁68。
[10]Mary Russell, *The Blessings of a God Thick Skirt: Women Travellers and Their World*, London , Collins 1986, p. 13。

既是異類，「她」成爲被眼神入侵的客體，無論是船上的西崽、北歐水手、或乘客、盯梢的男人、伸出魔掌的男人，甚而日本小島上的「倭寇」，都把洛貞視爲動物園中的觀賞動物：

> 有一個長挑身材三十來歲的，臉黃黃的，戴著細黑框眼鏡，十分面熟，來到洛貞窗前，與她眼睜睜對看了半晌。
> 「我倒成了動物園的野獸了。」她想。
>
> ——頁 64

女性爲逃離父權所規定的安靜無語無爲的地位，她必須叛逃，然她又會落入男性設計的大圈套中，那是一個男尊女卑，男動女靜的世界，深深困在其中。如同最後洛貞把自己關在船艙中，聽隔房日本人嘔吐：

> 船小浪大，她倚著那小白銅臉盆站著，腳下地震似的傾斜拱動，一時竟不知身在何所。還在大吐——怕聽那種聲音。聽著痛苦，但是還好不大覺得。漂泊流落的恐怖關在門外了，咫尺天涯，很遠很渺茫。
>
> ——頁 66

洛貞藉著航行才能忘掉一切不如意，當她搬弄范妮丈夫的是非，把范妮氣得暴斃，還在她的葬禮上發笑，連傭人也不禁感到驚異激憤「有這樣的人！還笑！太太待她不錯」，洛貞一時天良發現，「激動得神經錯亂起來」，她藉著這次航行療傷，作者寫著：

> 上了船，隔了海洋，有時空間與時間一樣使人淡忘，怪不得外國小說上醫生動不動就開一張「旅行」的方子，海行更是外國人蔘，一劑昂貴的萬靈藥。
>
> ——頁 63

洛貞真的被治療了嗎？她沉浸在不堪的往事中，越來越退縮，連交朋友的欲望也沒有，李察蓀先生帶著太太拜訪她，她不想回拜，令對方十分不快，但她覺得「不過太珍視這一段真空管過道，無牽無掛，舒服得飄飄然」，她的安適是逃避後的麻木狀態。

而《桑青與桃紅》中的桑青航行在瞿塘峽中的船上，那是個游離於現實的原始世界，那亦是男人以膂力操縱的世界，作者雖然安排一個敢於挑戰傳統的桃花女，她敢於裸露，也敢愛敢恨，更是蘊育生命哺乳中的母親，可以說是桃紅的前身，如果桑青是超我（super-ego）的化身，桃紅是原我（id）的化身，桃花女則是自我（ego）的化身，她是具有現實感也最有適應現實的力量，她的丈夫丟下她不管，她帶著孩子去找他，只為弄清事實，她說：

> 我是他老婆，我從小就過門了，我把他帶大的，他小我七歲。他去重慶讀，我就在家侍候婆婆，養兒子，在田上作活，織布。摘茶葉，打柴，我過什麼日子都可以，婆婆的打罵我也受得了，只要他好好的，重慶有人回來說他在外頭有人了！這可不行，我對婆婆說我要到重慶去，她不肯放我走，連街也不准我上，我就抱著兒子，帶了幾件衣服跑出來了。我只聽說我男人在長壽國立十二中讀書，到了長壽我就到他學校去找他，見面，他好，一輩子的夫妻！他不好，他走他的陽關大道，我過我的獨木橋。
>
> ——頁 44

好個爽朗明快的女子，這是桑青與桃紅逆轉中的過渡人物，而純潔善良的桑青，所踏上的是情色之旅，也是性啓蒙之旅，當他們在船上玩骰子，桑青輸了，把玉（欲）拿給流亡學生，玉避邪從她的手中掉出來摔成兩半，這時一場性狂歡就展開了：

我（桑青）、老史、桃花女三個人把流亡學生的衣服剝了，只剩下一條內褲。我想起他在甲板上赤條條的樣子，他壓在我身上，頭吊在我肩，我腿上濕濡濡的，那兒有點痛，我不住地摸他的身子，就像太陽裡一塊好石頭，光光的，暖暖的，硬硬的，男人的身子原來是那麼好法！我希望那樣子摸他一輩子！可是他用力擠進我身子的時候，那滋味並不好受。桃花女居然天天晚上和她男人睡覺，還可生出一個娃娃！不知她是如何熬過來的？

——頁 75

這時的桑青已變成桃紅，她是性的主動者，可她馬上對性幻滅了，船上的性嘉年華，帶給桑青嚴重的後果，當她與家綱結婚時，洞房夜丈夫發現她不是處女，咬咬牙說他要倒楣一輩子，一直到死仍沒原諒她，不斷抱怨他娶了一個破罐子，他對桑青幻滅，也對全世界的人幻滅，這是桑青悲劇的開始，她先被困在船上，再被困在閣樓中，也被困在女性貞操的緊箍咒中。

船是冒險的交通工具，也是想像力的象徵，全書寫得最明朗的地方應數瞿塘峽這一段，之後越來越晦暗，越淒厲，個性溫婉保守的桑青一步一步走向死亡。作者在這裡指出女人常被困在性的牢獄中，所以她必須逃，悲逃不可！

四、真空地帶——無父無君的城邦

移民女作家的離散書寫，在逃與困中出現「真空地帶」，我們可以視爲母體文化與移民文化的過渡階段，也就是雙方失連的狀態，它是無政府無國界的混亂地帶，像〈浮花浪蕊〉所描寫：

南中國海上的貨輪，古怪的貨船乘客，一九二〇、三〇的氣氛，以至於那恭順的老西崽——這是毛姆的國土。出了大陸，怎麼走進毛姆的領域？有怪異之感。恍惚通過一個旅館甬道，保養得很好的舊樓，地毯吃沒了足音，靜悄悄的密不通風——時間旅行的圓筒形隧道。

——頁 39

令人想到母體的產道，她被重新生出來，但還未真正生出，卡在產道上。在這個時間旅行的圓筒形隧道中，過往的記憶像潮水般地湧進來，也像潮水般流失，什麼都沒有，什麼都抓不住，洛貞在船上遇到的奇形異狀的雜種人，向她索吻的北歐船員，及只有三尺高穿白長衫的西崽，邊境電影中長著鬍子的蘇聯女人，令她有「世界末日前夕」的感覺，這個雜種世界是具體而微的被殖民世界。就好像「船」這個載體，常以女性為名，被男性所操控，而所謂「毛姆」的世界，指的是過去的傳統父權社會，它是過去式，而非現在式，女性在其中極其疏離，她死於過去式，但真正的我（主體）尚未誕生，必須通過一個密不通風無時間性的真空地帶；然而洛貞飲啖如常，因為她知道真空地帶只是過渡，不久她將得到新生。張愛玲把邊界稱為「陰陽界」，這一頭是生，另一頭是死，這一頭是今生，下一頭是後世。就像聶華苓每待過一個地方即為一世，她待過三個國度，故以「三生三世」概括自己的一生。

《桑青與桃紅》中亦有真空人的描寫，那是桑青懷了江一波的孩子，因他是有婦之夫，妻子貝蒂不放過她，她稱江一波是「真空人」，這裡意指的是自由，她給丈夫自由真空的生活。為阻止他跟桑青在一起，貝蒂把桑青的信提供給移民局的人。結果桑青死了，貝蒂也死了，這時出現類似甬道的描寫和精神病患似的語言：

我打開門戴墨鏡的人站在房門口他背後是一條很長的窄走道。他要我在下午一點鐘到警察局去談一談我請他進屋談他說他要利用警察局的設備。他要用測謊器嗎他要用刑罰嗎他要把我關在牢裡嗎？

——頁 235

就在這瘋狂與恐懼中桑青死了，桃紅出現，桃紅對桑青說：「你死了！桑青！我就活了。」桑青與桃紅的轉介是透過江一波（真空人）貝蒂（死亡），桃紅因此獲得真正的自由，她重新被挖出來。以下以表說明流放者在固著與移動之間存在著真空地帶，移民者的意識層面出現的轉變：

固著	真空	移動
原生社會	過渡時期	接待社會
桑青（原我）	桃花女（自我）	桃紅（超我）
洛貞（原我）	洛貞（自我）	洛貞（超我）
包容	流浪	賤斥
純真	轉化	分裂
開放的房子	隧道（船）	密閉的房子
定局	休息	逃或困
有業	尋找出路	失業
被保護（家人）	獨身	被性侵犯（陌生人）
食欲	致命的打擊	嘔吐
正常	被壓迫	瘋狂

亦即女性從原生社會到接待社會，中間存在著過渡時期，這蛻變時期以隧道的形態展現，在這裡她往往孤立無援，並遭受到致命的打擊，嚴重的壓迫，而導致人格分裂，使她採取逃走或把自己關起來，無論困與逃，皆與原生社會，接待社會脫節，在邊緣遊走，而且越走越遠，終至消失或遁形。移民女作家的離散書寫，或慘酷或慘淡，皆說明她們的處境是如何不堪。

五、地圖與帝國中心——被踐踏的女體

在《桑青與桃紅》中一再出現美國中西部地圖，以及桃紅（逃紅）逃走路線，她寫信給移民局：「移民局先生：我在地圖上那些地方逛，要追你來追吧！」附上的地圖以美國中西部肯他基州、田納西州為主，上及印地安納，下至阿拉巴馬，東至北斷裂的卡及密蘇里。地圖所呈現的是不完整的美國，疆域不明顯的離散空間，地圖為帝國與女體的隱喻，她複製地圖／身體／帝國，一切卻加速崩潰瓦解，如果地圖是呈現的是女性的「強暴空間」，如同男性凝視下的處女地，那麼強暴與殺戮將隨之而來，女性在男性知識系統中成為游標，她企圖瓦解逸出，她無所不在，也無所在，意義的系統崩潰，她打破地圖／國家的統一性，說明桃紅對國族認同或國家意識之棄絕，她尚且要生出一個小孩，在最後一封信中，她說：「我要為孩子找一個出生的地方，我將出生一個有血有肉的小生命」，這個小生命如同〈跋〉中的帝女，她是太陽神炎帝的女兒，不甘溺水亡於東海，死後化為鳥，喚帝女雀，日日銜石填平東海，她是女性的新生，也掌有永恆不朽的生命。

然而單獨旅行的女性成為男性的獵物，似乎是無所逃於天地之間，純真的桑青在船上被強暴，嫁給家綱被嫌是破瓦罐，逃到美國之後又跟江一波發生不倫之戀而懷孕，在無路可逃之下她變成桃紅，她想生下孩子，嫁給逃亡中善待他的小鄧，但她不想讓小鄧娶一個「死了」的女人，不管怎麼逃，總逃不開男歡女愛的輪迴，男人帶給女人無窮的痛苦，於是桃紅在牆壁上圖寫著：

花非花
我即花
霧非霧
我即霧

我即萬物
女生鬚
男生子
天下太平矣

這裡女生鬚，男生子，顛倒性別，即顛覆帝國，撕破地圖的動作。桃紅在帝國的中心，一次又一次被撕裂，一次又一次被驅逐，當她退到無可退時只有反擊，扭轉乾坤，倒寫帝國，粉碎地圖，她以自己畫的三張圖取代三張地圖：[11]

赤裸的刑天斷了頭，兩個乳頭是眼睛，凸出的肚臍是嘴巴，一隻手拿著一把大斧頭向天亂砍，另一隻手在地上摸索，旁邊有一座裂口的黑山，裂口邊上有個人頭。一個高大的人端端正正坐在太師椅上。金錢豹的臉：金額，金鼻子，金髖骨，黑臉膛，黑眼睛，白眉毛，額頭描著紅白黑三色花紋，他打著赤膊露出胸膛，胸膛是個有柵欄的神龕。神龕裡有一尊千手佛，所有的佛手向欄外抓，佛身還是在神龕裡。
一個赤裸裸閉著眼的女人，腰間繫了個黑色大蝴蝶結，兩條縋子拖到地上，四周灑著玫瑰花，一條小北京狗蹲在旁邊，昂頭看著蝴蝶結上吊著的卡片：桑青千古。

——頁 5~8

這三個圖象，第一個代表父性世界的崩毀，相傳刑天與炎帝激戰，炎帝砍掉他的頭，刑天仍奮戰不已，炎帝只好把他的頭藏起來。這裡父親的死亡恰是女性的誕生，奮戰不已的炎帝被刑天被砍下頭，猶如被閹割的男人，或被砍傷的祖國。第二個代表西方世界帝國的力量，它的體型高大，

[11] 三張地圖分別附在第 1、2、4 封信前。《桑青與桃紅》，頁 12、80、197。

長相半人半獸，半白半黃，似乎是雜種的神人，他將東方世界的力量困在其中，但鎮壓不住，仍不斷地掙扎；第三個是桃紅宣告桑青的死亡，也就是母親宣告女兒的死亡，這是桃紅以圖宣告自我的歷程，從祖國的死亡，到東方的死亡，到自我的死亡，而桃紅皆不在其中，她已潛逃成功。

地圖往往被視爲殖民地與女體的象徵，桃紅展示地圖，那是帝國無所不在的威權威嚇，但她反其道而行，以肉身的死亡，宣告自己的不在性，也是永存性。〈浮花浪蕊〉中的洛貞，在邊界羅湖，彷彿越過陰陽界獲得新生，逃出邊界的女性，遊走在無時間無空間性的真空地帶，她的生命被分成好幾截，在今生追憶著前世，前世彷如浮花浪蕊那般不真實。她逃過邊界，在南中國海上遊走。她仍逃不開父權社會的陰魂不散，她做了一件違背良心的事，對父權社會作了一些破壞，她賤斥自己，也被賤斥，如同克里斯蒂娃所言，主體與他者的分裂，他者形成頑強的卑賤物：

> 他不斷地與這個卑賤物（the abject）分離，對他而言，卑賤物是一塊被遺忘的領地，同時又是一塊時時被回憶起來的領地。在被抹除、遮蔽的時間裡，卑賤物一定是貪婪的磁極，但是被遺忘的灰燼現在樹立成一座屏風，並且映照出厭惡、反感的過去。清潔平整變成了骯髒，珍品成了廢物，魅力成了恥辱。這時，被遺忘的時間突然迸出，聚合成一道閃電，照亮一種活動，我們可將這活動想成相斥兩極的一起迸發，發出閃光，就如同雷電交加的釋放。賤斥的時間（the time of abjection）是雙重的：遺忘的時間和雷電的時間，朦朧的綿延無期和真相大白的那一刻。
>
> ——（Kristeva, 1982:8）

洛貞越遠離原生社會，不堪的回憶不斷回來糾纏她，在這被賤斥的時間中，映照著厭惡、反感的過去，遺忘的時間和雷電時間相交，真相顯露了，她已找到安全，雖然四周人事物如此不安全。

六、深層心理傷痕描寫——大膽實驗手法

同樣在 1970 年代發表的作品，張愛玲的小說手法比聶華苓保守許多，她採用的是意識流的寫法，事件紛繁，時空錯亂，心理隱微，她在 1978 年 11 月 26 日寫給夏志清提到這篇小說的技巧：

> 〈浮花浪蕊〉是用社會小說的結構——當然需要modified——寫短篇小說的一個實驗，裡面暗示女主角在日本找不到事，她在香港找事倒彷彿很有辦法，回香港船錢到底有限，不會流落在日本。[12]

所謂社會小說的結構，是指繼承《儒林外史》以降的小說手法，其特徵如魯迅所言「雖云長篇，頗同短制」「頭緒紛繁，角度複雜」「記事輒與一人俱起，亦即與其人俱訖」，因此往往無法顧及小說的統一性，張在〈談看書〉一文中也提到：

> 社會小說，似乎是二〇年代才有，是指從《儒林外史》到《官場現形記》一脈相承下來的，內容看上去都是紀實，結構本來也就鬆散，散漫到一個程度，連主題的統一性也不要了，也是一種自然的驅勢。[13]

表面上她的小說繼承傳統，然更深入人物的深層意識，導致時空轉換十分自由，事件也堆疊至無法辨識。這是對寫實傳統的反抗，可以說是極具現代意義的。

寫實主義是 19 世紀至 20 世紀上葉的小說主流，對應著早期資本主義，也對應著帝國主義，在中國五四運動引進而成爲文學主流，結合著國家民族主義，形成所爲史詩般的大河小說，如三部曲、四部曲似的聯鎖結

---

[12]夏志清，〈張愛玲給我的信件〉，《聯合文學》第 14 卷第 9 期（1998 年 8 月）。
[13]張愛玲，〈談看書〉，《張看》（臺北：皇冠文化出版公司，1976 年），頁 215。

構。張愛玲也寫過這類小說如《赤地之戀》、《秧歌》，移民至海外之後，她的書寫轉向心理小說與同志書寫，[14]創作姿態更爲前衛，但評價皆以爲不及前期小說。然張在美國的創作不斷受到退稿而至精神崩潰，[15]被迫保持沉寂十幾年，這可說是女性移民作家同樣的命運，就如同聶華苓逃難至美國也沉默了六年，一直到能寫時自然要寫不一樣的：

> 1964 年從臺灣來到愛荷華，好幾年寫不出一個字，只知不知自己的根究竟在哪兒，一枝筆也在中文和英文之間漂盪，沒有著落。那幾年，我讀書，我生活，我體驗，我思考，我探索。當我發覺只有用中文寫中國人、中國事，我才如魚得水，自由自在。我才知道，我的母言就是我的根，中國是我的原鄉，愛荷華是我的家。[16]

在文字中尋根的結果是更叛逆更開放，聶華苓早期小說技巧亦相當保守，亦不脫離寫實主義的範疇，在《桑青與桃紅》中她跨入後現代書寫，出現割裂、瘋狂、認同錯亂的作品，在美學的意義上，它似乎比〈浮花浪蕊〉前衛，事實上這兩篇創作年代不同的作品，恰可看出女性在 1950 年代的離散書寫手法與 1970 年代有所不同，相同的是文體自由流動，時空片段切割，夾雜著圖象與文字及非文字素材，在移民女作家的作品中非文字素材似乎也是敘述策略之一，如韓國移民作家車學敬的作品《聽寫》（Dictee），就由文字的斷片、照片、圖象、書法等不同的藝術媒體組成，而其文字又包括詩歌、散文、神話、歷史等多種不同的元素，[17]又如張純如寫的報導文學《被遺忘的大屠殺》等被歸類爲歷史的著作，[18]其書寫分

---

[14]如〈相見歡〉，〈同學少年皆不賤〉，前者發表於 1970 年代，後者直至 2004 年始由《皇冠》發表。

[15]周芬伶，《豔異——張愛玲與中國文學》（臺北：元尊文化公司，1999 年），頁 115。

[16]聶華苓，〈桑青與桃紅流放小記〉，《桑青與桃紅》，頁 271。

[17]史書美，〈離散文化的女性主義書寫〉，收入簡瑛瑛編，《當代文化論述：認同．差異．主體——從女性主義到後殖民文化想像》（臺北：立緒文化出版公司，1997 年），頁 95。

[18]張純如，《被遺忘的大屠殺——一九三七南京浩劫》（*The Rape of Nanking: The Forgotten Holocaust*

裂自我的意圖也相當強烈，她藉著重構歷史，重構祖國／家園／主體，一張又一張破碎的肢體／主體一再被割裂，她因而發出憤怒的控訴與指責「有問題的不是那個民族，有問題的是那個政府！」照片在其中扮演著相當重要的地位，它除了還原歷史現場，還有訴說文字無法表達的深層意識的作用，看那些支離破碎的屍身，不正反映著女性支離破碎的自我？1994年張純如第一次看到南京大屠殺的照片激動不已，她說：「忘掉屠殺即第二度屠殺。」圖片在這裡扮演著更直接的真實，它挑起記憶，並為歷史作見證。

出現在《桑青與桃紅》中的文字夾雜著書信、日記與神話、沙字扶乩等不同文類的越界書寫，圖象有地圖、牆上的圖畫；出現在〈浮花浪蕊〉中有相簿，這些富於「物質感」的東西，是在蒼白的文字上加入肉體的層面，以捕捉殖民主義入侵者的血腥，也表現女性在發聲的困難下，顯現的語言障礙，那些喑啞的圖象不正是女人失去言語／舌頭的寫照嗎？正如車學敬所說：

> 意義是一個工具，而記憶戳穿了皮膚、刺穿了血、血的流量、血的實質的物體成為衡量的標準，變為記錄、變為文件……，那些沒有受刺於相同的壓迫的國家者，即不曾目睹，也不能了解。敵人、暴行、征服、背叛、侵略、破壞等僅僅深奧的文字和名詞……不夠有物質感。[19]

在這文字充斥的年代，文字相對也貶值，它變成深奧的名詞，冷冰冰的符號，莫怪女性移民作家使用非文字媒介表達難以表達的憂憤。令人更憂憤的是車學敬在 31 歲被姦殺，張純如因寫作的壓力飲彈自盡，得年才36。她們書寫被帝國殘殺血一般的歷史，也以自己的血肉書寫歷史，這痛苦豈是單薄的文字所能表達？

---

of World War II）（臺北：天下遠見出版公司，1997 年）。

[19]張愛玲，〈談看書〉，《張看》，頁 97～98。

女性的書寫誠如伊麗葛瑞（Irigaray Luce）所言，女性語言和她們身體一樣，不是以一為中心，而是雙數的、複雜的、散發性的，可以說比較散漫而不集中，不是以理智為中心，而是比較感性的，因此只有女性語言才足以表達女性經驗。[20]張愛玲的女性書寫擅以細節隱喻女性深層心理，並創造富於女性意義的意象，改寫名言與神話，[21]在 1940 年代已大放異彩，而聶華苓擅於描寫女性的分裂，童真與淫蕩，理性與瘋狂，早在 1950 年代即以《失去的金鈴子》奠定基調。她們的崛起聶比張晚十年，卻在 1970 年代有了共同的焦點，同樣是離散書寫，也同樣改寫男性小說，張改寫毛姆的小說，以女性的觀點看旅途上的男人與女人，聶改寫英雄神話，如刑天，又改寫美國公路小說或電影，女性猶如警察追緝的逃犯，在邊境上逃竄。改寫使得作品呈現乾坤挪移的世界，其外在是混亂、怪誕、突梯，內在則是自由奔放的。女性書寫基於獨特的女性美學，出發點容或不同，目標確是殊途同歸，同樣以邊緣性的話語抵制中心性的話語，抵制性越強，離心力越大，因此女性的聲音是二重性，它既反映父系社會結構性的殘缺，又隱隱傳出遺落的女性呼聲，它本身具有反闡釋力，可作為父系文學的補充，移民女作家的女性書寫，更為邊緣，其多元性，複雜性、散發性更勝於國內女作家。如果要問她們為什麼把小說寫得如此難讀，不如問她們遭到如何不堪的際遇。

結語

本文討論這兩部小說，看起來不相關，張愛玲成名在國內，聶華苓出名在海外，在國內所受到的注意太少，相比之下張所受的注意又太多了。很少人以女性美學的觀點比較她們在海外完成的作品，離散書寫與空間隱喻在她倆之間搭起橋樑，而富於物質感的非文字素材顯得複雜晦澀，她們

[20]馬奇洪姆（Maggie Humm）著，成令方譯，〈女性文學批評〉，《聯合文學》第 4 卷第 12 期（1988 年 10 月），頁 24～29。

[21]周芬伶，《豔異——張愛玲與中國文學》，頁 267～290。

的作品因而受到忽視，我們對她們的關注還是不夠多，於梨華、張純如、車學敬……，我們在急於建構女性文學史中，往往遺落她們，而她們的作品是如此激烈如此難懂，不是現在的文學理論能充分解釋，創作於上個世紀 1970 年代的作品，直至舊世紀末新世紀初才有批評文字出現，她們的創作路途格外艱辛，生活更是如此，移民文學牽涉諸多問題，政治的、社會的、心理的、文化的、美學的……可謂跨領域的研究，是正典文學遺落的聲音，當臺灣亟急建構文學史時，可作為一參考系統，在華文世界中，移民文學將占有重要的地位，女性移民作家無家可歸，作品如浮花浪蕊的問題，應獲解決，方不負她們以血淚寫成的作品。

參考資料

- Janet Wolff 著，黃筱茵譯，〈重新上路——文化批評中的旅行隱喻〉（"On the Road Again: Metaphors of Travel in Cultural Criticism"），《中外文學》第 27 卷第 12 期，1999 年，頁 29～49。
- Julia Kristeva, *About Chinese Women*, Anita Barrows trans., New York; London: M. Boyars, 1986.
- Mike Crang 著，王志弘、余佳玲、方淑惠譯，《文化地理學》（*Cultural Geography*）（臺北：巨流圖書公司，2004 年）。
- Sara Mill 著，張惠慈譯，〈女性主義批評中的女遊書寫〉，《中外文學》第 27 卷第 12 期，1999 年 5 月，頁 7～28。
- Trinh Minh-Ha Thi, *Woman, Native, Other: Writing Postcoloniality and Feminism*, Bloomington; Indianapolis: Indiana University Press, 1989.
- 丹尼斯・渥德（Denis Wood）著，王志弘等譯，《地圖權力學》（*The Power of Maps*）（臺北：時報文化出版公司，1996 年）。
- 毛姆（William Somerset Maugham）著，沉櫻譯，《毛姆小說集》（臺北：巨鷹文化公司，1979 年）。
- 王志弘，《性別化流動的政治與詩學》（臺北：田園城市文化公司，2000 年）。

- 史書美，〈離散文化的女性主義書寫〉，收入簡瑛瑛編，《當代文化論述：認同、差異、主體性——從女性主義到後殖民文化想像》（臺北：立緒文化出版公司，1997年）。
- 朱莉婭・克里斯蒂娃（Julia Kristeva）著，張新木譯，《恐怖的權力：論卑賤》（*Pouvoirs de l'horreur: Essai sur l'abjection*），北京：生活・讀書・新知三聯，2001年。
- 朱耀偉，《當代西方批評論述的中國圖象》（臺北：駱駝出版社，1996 年）。
- 李歐梵，〈重劃《桑青與桃紅》地圖〉，收入聶華苓，《桑青與桃紅》（臺北：時報文化出版公司，1997 年）。
- 周芬伶，《豔異——張愛玲與中國文學》（臺北：元尊文化公司，1999 年）。
- 於梨華，《考驗》（臺北：皇冠文化出版公司，1991 年）。
- 邱淑雯，《性別與移動——日本與臺灣的亞洲新孃》（臺北：時英出版社，2003 年）
- 范銘如，〈來來來・去去去——六、七〇年代海外女性小說〉，《眾裡尋她——臺灣女性小說綜論》（臺北：麥田出版公司，2002 年）。
- 張純如（Iris Chang）著，蕭富元譯，《被遺忘的大屠殺——一九三七南京浩劫》（*The Rape of Nanking: The Forgotten Holocaust of World War II*）（臺北：天下遠見出版公司，1997 年）。
- 張愛玲，《張愛玲短篇小說集》（臺北：皇冠文化出版公司，1967 年）。
- 張愛玲，《惘然記》（臺北：皇冠文化出版公司，1983 年）。
- 張愛玲，《同學少年都不賤》（臺北：皇冠文化出版公司，2004 年）。
- 梁一萍，〈女性／地圖／帝國——聶華苓、綢仔絲、瑳咪圖文跨界〉，《中外文學》第 27 卷第 5 期，1998 年 10 月，頁 63～98。
- 郭淑雅，〈「喪」青與「逃」紅——試論聶華苓《桑青與桃紅》／國族認同〉，《文學臺灣》第 32 期，1999 年 10 月，頁 252～275。
- 蔡祝青，〈當賤斥轉換恐懼——論《桑青與桃紅》中分裂主體的生成與內涵〉，《文化研究月報》第 27 期，2003 年。
- 叢甦，《想飛》（臺北：聯經出版公司，1977 年）。

・簡瑛瑛編，《當代文化論述：認同、差異、主體性——從女性主義到後殖民文化想像》（臺北：立緒文化出版公司，1997 年）。

・聶華苓，《桑青與桃紅》（臺北：時報文化出版公司，1997 年）。

・聶華苓，《三生三世》（臺北：皇冠文化出版公司，2004 年）。

——選自周芬伶《芳香的祕教：性別、愛欲、自傳書寫論述》

臺北：麥田出版公司，2006 年 12 月

輯五◎

研究評論資料目錄

作家生平、作品評論專書與學位論文

專書

1. 聶華苓　　黑色．黑色．最美麗的顏色　臺北　林白出版社　1983年6月　335頁

本書爲作者自述遊居臺灣與愛荷華兩地的生命經驗與創作歷程。全書分2部分：1.我在愛荷華；2.我在臺灣。正文前有〈前言〉、〈聶華苓小傳〉，正文後附有〈聶華苓的著作〉。

2. 李愷玲，諶宗恕編　　聶華苓研究專集　武漢　湖北教育出版社　1990年11月　587頁

本書爲聶華苓研究專書。全書共5章：1.聶華苓的生平；2.聶華苓談創作；3.評論文章選輯；4.聶華苓作品系年；5.評論文章目錄索引（國內）。正文前有茅盾〈序〉、《中國當代文學研究資料叢書》編委會〈前言〉，正文後附有〈本書所收海外評論文章部分作者簡介〉。

3. 夢花編　　聶華苓自傳：最美麗的顏色　南京　江蘇文藝出版社　2000年1月　356頁

本書爲作者聶華苓自述遊居各地的生命經驗與創作歷程。全書共6章：1.小傳；2.在故國；3.在臺灣；4.在愛荷華；5.和大陸作家在一起；6.談創作。正文後附錄〈聶華苓主要著譯目錄〉。

4. 聶華苓　　三生三世　臺北　皇冠文化出版公司　2004年2月　349頁

本書爲聶華苓自述1925—1991年間，從中國、臺灣到美國的生活及生命歷程。全書共3部分：1.故園春秋（1925—1949）；2.生死哀樂（1949—1964）；3.紅樓情事（1964—1991）。正文後有〈跋〉。

5. 聶華苓　　三生影像　香港　明報出版社　2007年9月　597頁

本書爲《三生三世》增補修改而成，乃聶華苓自述1925—1991年間，從中國、臺灣到美國的生活及生命歷程。全書共3部分：1.故園（1925—1949）；2.綠島小夜曲（1949—1964）；3.紅樓情事（1964—1991）。正文前有〈序〉，正文後有〈跋〉，附錄〈聶華苓作品及其他〉、〈中文作家——愛荷華大學「國際寫作計畫」和「作家工作坊」（1961—2007）〉。

6. 聶華苓　　三生影像　北京　三聯書店　2008 年 6 月　557 頁

本書爲《三生影像》簡體字版，章節目次見前書。

7. 聶華苓　　三輩子　臺北　聯經出版公司　2011 年 5 月　636 頁

本書內容同《三生影像》，章節目次見前書。正文前增加〈三生浪跡〉，正文後附錄增加姚嘉爲〈放眼世界文學心——專訪名作家聶華苓女士〉、劉俊〈中國歷史．美國愛情．世界文學——聶華苓印象記〉、向陽〈蒼勁美麗，有情的樹——評聶華苓自傳文集《三生三世》〉、聶華苓〈個人創作與世界文學〉。

學位論文

8. 郭淑雅　　國族的魅影，自由的天梯——《自由中國》與聶華苓文學　靜宜大學中國文學系　碩士論文　陳芳明教授指導　2001 年 7 月　226 頁

本論文以《自由中國》爲主要場域，探討自由主義文學在戰後臺灣發展的歷程，及其在聶華苓文學中所形成的塊壘。全文共 7 章：1.緒論；2.《自由中國》文藝欄的時代意義；3.文藝欄的「寫實」作品；4.寫在家國以內／外；5.在界線之上，與邊緣之中；6.「喪」青與「逃」紅？；7.結論。

9. 林翠真　　臺灣文學中的離散主題——以聶華苓及於梨華爲考察對象　靜宜大學中國文學系　碩士論文　邱貴芬教授指導　2002 年 7 月　118 頁

本文以離散理論探討聶華苓與於梨華小說文本的交互作用，且以放逐主題討論文學史書寫中族群問題，及寫實傳統與現代主義對立的問題。全文共 5 章：1.緒論；2.從臺灣文學主體性的空白頁看聶華苓及於梨華如何介入臺灣文學場域；3.顛躓於記憶離散的想像空間：《又見棕櫚又見棕櫚》的離散閱讀；4.《桑青與桃紅》的女性離散美學；5.結論。

10. 馮睿玲　　聶華苓之《桑青與桃紅》中的空間與認同（Space and Identity in Hualing Nieh's Mulberry and Peach）　臺灣師範大學英語學系　碩士論文　莊坤良教授指導　2002 年　109 頁

本論文探討《桑青與桃紅》一書中所呈現出空間與認同紛雜糾葛的議題。全文共 5 章：1.Introduction，簡述小說的歷史脈絡和本文的主要論點；2.Imagining Home（land），討論地方、認同和國家間錯綜複雜的關係；3.Crossing the borders，探究因易位（跨越邊界）獲得力量的可能性，並闡述聶華苓顛覆性的寫作手法不但彰顯傳統文類的侷限且質疑界線的宰制；4.Interstitial Identities，檢視易位族群處於文化縫隙的狀態與此一邊緣位置所隱含的顛覆力量；5.Conclusion，簡述小說中所呈現出流動的意象並重述本論文的主題。

11. 蔡淑芬　　解嚴前後臺灣女性作家的吶喊和救贖——以郭良蕙、聶華苓、李昂、平路作品爲例　成功大學歷史學系　碩士論文　林瑞明教授指導　**2003** 年 **7** 月　**208** 頁

本論文比較白色恐怖餘威籠罩下的 60 年代與解嚴後百家爭鳴的 80 年代，以瞭解女性書寫或議題如何隨著時代波動、轉折。郭良蕙的《心鎖》與聶華苓的《桑青與桃紅》在當時皆遭遇到代表「政治正確」的黨政軍保守勢力的圍剿和壓抑，可作爲解釋「威權體制」壓抑文化表述空間的象徵，進一步理解個人際遇、作家想像世界及其所處社會環境的互動關係。全文共 7 章：1.緒論；2.郭良蕙與《心鎖》；3.聶華苓與《桑青與桃紅》；4.郭良蕙與聶華苓作品討論比較；5.李昂《自傳の小說》與平路《行道天涯》；6.解嚴前後女性作家的吶喊與不平；7.結論——性、文學與政治。正文後附錄〈郭良蕙、聶華苓與李昂、平路對照年表〉、〈郭良蕙年表〉。

12. 林怡君　　重繪移民女性：聶華苓與嚴歌苓作品中的華裔美國移動論述（**Reimagining Immigrant Women: Chinese American Mobility Discourses in Nieh Hualing and Yan Geling's Writings**）　交通大學語言與文化研究所　碩士論文　馮品佳教授指導　**2004** 年　**86** 頁

本文以亞美研究學者黃秀玲（Sau-ling C. Wong）的雙向移動理論探討聶華苓的《桑青與桃紅》中，女主角藉著移動力量產生不同的空間意識，以抵抗宰制並建立新主體性，以及嚴歌苓故事中的華裔移民女性則較關切異國生存問題。在《無出路咖啡館》、〈少女小漁〉、〈處女阿曼達〉裡，她們表現出對垂直式移動的矛盾感受，同時也抗拒著主流文化的再現。全文共 4 章：1. Introduction；2. Mulberry and Peach；3. No Exit Calacute: "Siao Yu" and "The Virgin Amanda"；4. Chinese American Mobility Discourse—Always on the Road。

13. 黃志杰　　對生命本質的執著追求——論聶華苓的小說創作　南京師範大學比較文學與世界文學所　碩士論文　李志教授指導　**2006** 年　**58** 頁

本論文以聶華苓的文學作品爲中心，並兼述聶華苓的文學主張，進而討論其小說創作中體現出來的主題內涵及藝術審美式樣等問題。全文共 3 章：1.以「人」爲核心和本位的創作旨歸；2.嚴肅的文本創作蘊藏著厚重的文學內涵；3.人生積淀中獨特的藝術審美。

14. 吳孟琳　　流放者的認同研究——以聶華苓、於梨華、白先勇、劉大任、張系

國爲研究對象　清華大學中國文學系　碩士論文　呂正惠　**2008**年**1**月　**113**頁

本論文以聶華苓、於梨華、白先勇、劉大任、張系國五位 1949 年自大陸來臺，又留學於美國的作家爲中心，對於他們的家國認同問題作整理縱論。全文共 5 章：1.緒論；2.流亡曲；3.放逐之歌；4.尋根熱；5.結語：多重認同的問題。

15. 陳涵婷　　詭奇現象：從心理分析觀點論聶華苓《桑青與桃紅》中的女性與國家　中興大學外國語文學系所　碩士論文　陳淑卿教授指導　**2009**年**1**月　**103**頁

本論文根據佛洛伊德的「詭奇現象」，自精神分析的角度論述《桑青與桃紅》中女性與國家、父權的關係。全書共 6 章：1.Introduction；2.Chapter One: Theories on the Uncanny；3.Chapter Two: Woman, Nation and Subjugation；4.Chapter Three: Woman, Nation and Autonomy；5.Conclusion；6.Works Cited。

16. 倪若嵐　　創傷記憶與敘事治療——《桑青與桃紅》和《人寰》的離散書寫　中央大學中國文學系碩士在職專班　碩士論文　莊宜文教授指導　**2009**年**6**月　**128**頁

本論文以聶華苓與嚴歌苓兩位女作家的代表作爲文本，以創傷記憶與敘事治療爲題，試圖梳理兩文本中的女性離散書寫。全文共 5 章：1.緒論；2.《桑青與桃紅》：女人鬼神的創傷記憶；3.《人寰》：來自赤幕女子的病誌；4.《桑青與桃紅》和《人寰》比較；5.結論。

17. 周秀紋　　聶華苓自傳性小說研究——從《失去的金鈴子》、《桑青與桃紅》、《千山外・水長流》出發　政治大學國文教學碩士在職專班　碩士論文　陳芳明教授指導　**2010**年**5**月　**295**頁

本論文以聶華苓的自傳性小說爲文本，剖析文本中的女性人物，藉此探究作者心中理想的女性形象，藉由分析其中的男性角色，探討作者對於男性的定位，並論述其主題意識及藝術價值。全文共 6 章：1.緒論；2.聶華苓小說中的女性意識；3.聶華苓的男性視角；4.小說主題的自傳性色彩；5.小說的藝術性；6.結論。正文後附錄〈參考書目〉、〈聶華苓大事紀〉、〈寓言統計表〉。

18. 李如凰　　認同與性別意識——聶華苓長篇小說研究　中正大學臺灣文學所　碩士論文　江寶釵教授指導　**2010**年**7**月　**113**頁

本論文以《失去的金鈴子》、《桑青與桃紅》、《千山外・水長流》三本長篇小說爲文本，分析小說中的人物，探究其自我認同，藉由文本中對於貞節、婚姻等書寫，探討其社會認同，與寫作觀點以析論其國族認同。全文共 5 章：1.緒論；2.《失去的金鈴子》之認同與性別意識；3.《桑青與桃紅》之認同與性別意識；4.《千山外，水長流》之認同與性別意識；5.結論。

19. 黃湘玲　國家暴力下的女性移動敘事：以聶華苓《桑青與桃紅》、朱天心〈古都〉、施叔青《風前塵埃》爲論述場域　中興大學臺灣文學研究所　碩士論文　楊翠教授指導　2011 年　96 頁

本論文以聶華苓的《桑青與桃紅》、朱天心〈古都〉、施叔青《風前塵埃》三部文本爲對象，探討女性作家如何反映其歷史場域對於文本主角個體的影響，並且藉由其中的「移動」敘事，討論國家暴力的執行過程中如何以移動的方式協商、抵抗。全文共 5 章：1.緒論；2.歷史記憶立／力場的辯證；3.權力地圖化：國家權力與身分構築之關係圖譜；4.家／國權力結構中的性別論述；5.結論。正文後附錄〈參考書目〉、〈臺灣戰後三大非常法制〉、〈聶華苓的遷移過程與其歷史背景之比對表〉、〈佐久間左馬太總督任期記事（1906—1915）、〈「動員戡亂時期」中國民族主義」的內容〉。

20. 柯愷瑜　Performativity of Sex in Hualing Nieh's Mulberry and Peach: Two Women of China（聶華苓之《桑青與桃紅》中的性展演）　高雄師範大學英語學系　碩士論文　朱雯娟教授指導　2011 年　86 頁

本論文以桑青／桃紅之性展演爲主軸，探究其人生階段中的蛻變。全文共 5 章：1. Introduction; 2. Performativity of sex within rhythmicity; 3. Performativity of sex within spatiality; 4. Performativity of sex within authority; 5. Conclusion — Beyond performativity of sex.

作家生平資料篇目

自述

21. 聶華苓　苓子是我嗎？　聯合報　1961 年 12 月 20 日　6 版
22. 聶華苓　苓子是我嗎？　失去的金鈴子　臺北　文星書店　1964 年 8 月　頁 233—239
23. 聶華苓　苓子是我嗎？　夢谷集　臺北　仙人掌出版社　1970 年 1 月　頁

99—105

24. 聶華苓　苓子是我嗎？　失去的金鈴子　臺北　大林出版社　1981 年 12 月　頁 235—241

25. 聶華苓　苓子是我嗎？　現代文學論（聯副三十年文學大系・評論卷 3）　臺北　聯經出版公司　1981 年 12 月　頁 673—679

26. 聶華苓　苓子是我嗎？　黑色・黑色・最美麗的顏色　臺北　林白出版社　1986 年 9 月　頁 287—293

27. 聶華苓　苓子是我嗎？（代序）　失去的金鈴子　臺北　林白出版社　1987 年 4 月　頁 3—9

28. 聶華苓　苓子是我嗎？　聶華苓研究專集　武漢　湖北教育出版社　1990 年 11 月　頁 264—267

29. 聶華苓　《失去的金鈴子》再版序　文星　第 82 期　1964 年 8 月　頁 67

30. 聶華苓　再版序　失去的金鈴子　臺北　文星書店　1964 年 8 月　頁 1—2

31. 聶華苓　再版序　失去的金鈴子　臺北　大林出版社　1980 年 2 月　頁 1—2

32. 聶華苓　寫在前面　臺灣軼事：聶華苓短篇小說集　北京　北京出版社　1980 年 3 月　〔1〕頁

33. 聶華苓　寫在前面　聶華苓研究專集　武漢　湖北教育出版社　1990 年 11 月　頁 273

34. 聶華苓　前言[1]　三十年後——歸人札記　武漢　湖北人民出版社　1980 年 12 月　〔1〕頁

35. 聶華苓　序　愛荷華札記——三十年後　香港　三聯書店　1981 年 6 月　頁 3

36. 聶華苓　序　三十年後——夢遊故園　臺北　漢藝色研文化公司　1988 年 12 月　頁 7—14

37. 聶華苓　關於改編《桑青與桃紅》　文匯月刊　1981 年第 4 期　1981 年 4

[1]本文後改篇名為〈序〉。

月　頁56

38. 聶華苓　關於改編《桑青與桃紅》　聶華苓研究專集　武漢　湖北教育出版社　1990年11月　頁310—312

39. 聶華苓　前言　黑色，黑色，最美麗的顏色　香港　三聯書店　1983年9月　頁1—2

40. 聶華苓　前言　黑色・黑色・最美麗的顏色　臺北　林白出版社　1986年9月　頁7—8

41. 聶華苓　《桑青與桃紅》流放小記　中國時報　1988年5月22日　18版

42. 聶華苓　《桑青與桃紅》流放小記（代序）　桑青與桃紅　臺北　漢藝色研文化公司　1988年8月　〔2〕頁

43. 聶華苓　後記　桑青與桃紅　北京　華夏出版社　1996年1月　頁210—211

44. 聶華苓　《桑青與桃紅》流放小記　桑青與桃紅　臺北　時報文化出版公司　1997年5月　頁271—273

45. 聶華苓　臨別依依——臺北印象　中國時報　1988年5月23日　18版

46. 聶華苓　三十年的鄉愁——《三十年後》後記　三十年後——夢遊故園　臺北　漢藝色研文化公司　1988年12月　頁316—321

47. 聶華苓　聶華苓小傳　聶華苓研究專集　武漢　湖北教育出版社　1990年11月　頁14—16

48. 聶華苓　剪輯的自傳[2]　聶華苓研究專集　武漢　湖北教育出版社　1990年11月　頁17—95

49. 聶華苓　聶華苓答本書編者問　聶華苓研究專集　武漢　湖北教育出版社　1990年11月　頁215—217

50. 聶華苓　永遠活在安格爾家園　聯合報　1991年3月27日　25版

51. 聶華苓　附言　千山外，水長流　石家莊　河北教育出版社　1996年4月　頁385—386

[2]本文為作者自述一生片段，從中國到臺灣，再到美國愛荷華的生命記憶。

52. 聶華苓　失去金鈴子的年代　聯合文學　第159期　1998年1月　頁104—105

53. 聶華苓　再走上另一段旅程　九十年代　第340期　1998年5月　頁92—93

54. 聶華苓　小說的實與虛——以《桑青與桃紅》爲例　明報月刊　第427期　2001年7月　頁43—45

55. 聶華苓　《桑青與桃紅》和《三生三世》　上海文學　2006年第9期　2006年9月　頁108

56. 聶華苓　廢址——戰爭歲月　明報月刊　第494期　2007年2月　頁19—21

57. 聶華苓　今天，我回來了[3]　印刻文學生活誌　第75期　2009年11月　頁30—31

58. 聶華苓　三生影像[4]　印刻文學生活誌　第75期　2009年11月　頁32—53

59. 聶華苓　個人創作與世界文學[5]　三輩子　臺北　聯經出版公司　2011年5月　頁626—632

他述

60. 林海音　中國作家在美國（3）〔聶華苓部分〕　中華日報　1966年3月4日　6版

61. 陳天式　記聶華苓　創作　第111期　1971年10月　頁152—157

62. 張葆莘　聶華苓二三事　上海文學　1979年第3期　1979年3月　頁34

63. 張葆辛　聶華苓二三事　臺灣軼事：聶華苓短篇小說集　北京　北京出版社　1980年3月　頁145

64. 阮日宣　愛荷華——接觸——臺、港、旅美與大陸作家能談些什麼？（上、下）〔聶華苓部分〕　臺灣日報　1979年9月5—6日　2版

---

[3]本文爲聶華苓2009年8月17日於授勳典禮上的致辭

[4]本文作者以回憶的筆觸書寫年少時所遭遇的時代動盪。全文共6小節：1.松花江上；2.也是微雲；3.在太行山上；4.嘉陵江上；5.玉門出塞；6.五十年後話當年——尋找談鳳英。

[5]本文爲作者接受香港浸會大學榮譽博士座談會致辭。

65. 高　纓　和聶華苓、安格爾相處的日子　新觀察　1980年第2期　1980年1月　頁24
66. 高　纓　和聶華苓、安格爾相處的日子　聶華苓研究專集　武漢　湖北教育出版社　1990年11月　頁165—170
67. 碧　光　作家與良知〔聶華苓部分〕　臺灣日報　1980年4月7日　12版
68. 寶　慈　聶華苓「國際寫作計劃」、中國周末　光明日報　1980年4月11日　3版
69. 古　丁　吹氣泡學鳥叫的詩人作家〔聶華苓部分〕　秋水詩刊　第26期　1980年4月　頁5—7
70. 蕭　乾　湖北人聶華苓　人民日報（海外版）　1980年4月19日　5版
71. 蕭　乾　湖北人聶華苓　聶華苓研究專集　武漢　湖北教育出版社　1990年11月　頁171—177
72. 陶　然　名作家．IWP部主持人．聶華苓　芒種　1980年第4期　1980年4月　頁32
73. 〔中國時報〕　聶華苓　中國時報　1980年6月8日　27版
74. 何　達　在聶華苓家裡[6]　芙蓉　1980年第2期　1980年6月　頁170—176
75. 黎　明　保爾．安格爾和聶華苓夫婦在文學講習廳　青春　1980年第9期　1980年9月　頁36
76. 章　重　盛譽海外的湖北女作家——聶華苓　湖北青年　1980年第11期　1980年11月　頁28
77. 〔編輯部〕　作者簡介　愛荷華札記——三十年後　香港　三聯書店　1981年6月　〔2〕頁
78. 曾令甫　聶華苓小傳　武漢師範學院學報　1982年第5期　1982年9月　頁80，28
79. 彥　火　海外華裔作家掠影——聶華苓的故事[7]　中報月刊　第37期　1983

[6]本文作者敘述因「國際寫作計劃」與聶華苓結識的過程以及與各國作家交流的情況，同時也懷念聶華苓一家的好客和熱情。

年2月　頁23—24

80. 彥　火　　聶華苓的故事　特區文學　1983年第3期　1983年9月　頁144

81. 彥　火　　聶華苓的故事　聶華苓研究專集　武漢　湖北教育出版社　1990年11月　頁198—214

82. 王晉民，鄺白曼　　聶華苓　臺灣與海外華人作家小傳　福州　福建人民出版社　1983年9月　頁243—247

83. 〔編輯部〕　　聶華苓小傳[8]　黑色，黑色，最美麗的顏色　香港　三聯書店　1983年9月　頁3

84. 〔編輯部〕　　聶華苓小傳　千山外，水長流　成都　四川人民出版社　1984年12月　頁463

85. 〔編輯部〕　　聶華苓小傳[9]　黑色·黑色·最美麗的顏色　臺北　林白出版社　1986年9月　頁9—10

86. 〔編輯部〕　　小傳　桑青與桃紅　臺北　漢藝色研文化公司　1988年8月〔2〕頁

87. 〔編輯部〕　　小傳　三十年後——夢遊故園　臺北　漢藝色研文化公司　1988年12月　頁322—323

88. 葉石濤　　七〇年代臺灣文學的回顧〔聶華苓部分〕　民眾日報　1984年4月16—18日　8版

89. 葉石濤　　七〇年代臺灣文學的回顧〔聶華苓部分〕　葉石濤全集·隨筆卷二　臺南，高雄　國立臺灣文學館，高雄市文化局　2008年3月　頁42

90. 丁往道　　「我的根在中國」——記聶華苓訪問北外　外國文學　1984年第8期　1984年8月　頁65

91. 范寶慈　　聶華苓三走「娘家」　新觀察　第18期　1984年9月　頁30—31

---

[7]本文後改篇名爲〈聶華苓的故事〉。
[8]本文後改篇名爲〈小傳〉。
[9]本文爲〈聶華苓小傳〉《黑色，黑色，最美麗的顏色》（香港：三聯書店）之增補版本。

92. 美　齡　　聶華苓水繞千山　自立晚報　1985年11月13日　10版

93. 宋敬新　　一個「根」在湖北的東西南北人——記海外女作家聶華苓　春秋　1986年第2期　1986年4月　頁17

94. 關　飛　　王晉民副教授談白先勇和聶華苓　特區工人報　1987年1月10日　2版

95. 傅建中　　左右不討好的聶華苓　中國時報　1988年5月1日　2版

96. 褚鈺泉　　海峽兩岸的文化使者——記美籍華裔作家聶華苓女士　文匯報　1988年5月28日　2版

97. 梁實秋　　致聶華苓（二十一封信）　文匯月刊　1988年第10期　1988年10月　頁60

98. 李愷玲　　她活過三輩子　文匯月刊　1989年第7期　1989年7月　頁53—55

99.〔編輯部〕　〔小傳〕　Mulberry and Peach：two women of China　Boston　Beacon Press　1989年　〔1〕頁

100. 葉振富　　聶華苓　中國時報　1990年6月9日　27版

101. 李愷玲　　聶華苓其人其作　聶華苓研究專集　武漢　湖北教育出版社　1990年11月　頁3—13

102. 丁　玲　　我看到的美國（節選）　聶華苓研究專集　武漢　湖北教育出版社　1990年11月　頁178—186

103.〔編輯部〕　美國女作聶華苓簡介　聶華苓札記集　高雄　讀者文化出版公司　1991年10月　〔1〕頁

104. 拾　蝶　　到山坡林作家木屋前——小記安格爾和聶華苓　中時晚報　1993年3月21日　15版

105.〔華文文學〕　聶華苓參加第三屆世界華文女作家會議　華文文學　1994年第1期　1994年1月　頁55

106.〔趙紅英，張秀明編〕　國際文化交流的架橋人聶華苓　海外華人婦女名人風采錄　北京　中國華僑出版社　1995年6月　頁249—253

107. 澹台惠敏　傑出的旅美華人作家聶華苓　文史雜誌　1995 年第 4 期　1995 年 7 月　頁 29

108. 〔編輯部〕　〔小傳〕　桑青與桃紅　北京　華夏出版社　1996 年 1 月　〔1〕頁

109. 陳文芬　聶華苓走出黑名單的憂鬱　中國時報　1998 年 1 月 9 日　23 版

110. 羊憶玫　聶華苓以智慧透析人性，以深情欣賞人生　中華日報　1998 年 1 月 22 日　16 版

111. 周邦貞　理察・麥卡錫（Richard Mccarlhy）談三個朋友——張愛玲、聶華苓和陳若曦（上、下）　臺灣新生報　1999 年 4 月 7—8 日　17 版

112. 王琰如　遙念聶華苓　文友畫像及其他續編　臺北　詩藝文出版社　1999 年 11 月　頁 65—69

113. 王景山　聶華苓　臺港澳暨海外華文作家辭典　北京　人民文學出版社　2003 年 7 月　頁 447—449

114. 應鳳凰，黃恩慈　戰後臺灣文學風華——五〇年代女作家系列（三）——流放與回歸——聶華苓[10]　明道文藝　第 347 期　2005 年 2 月　頁 42—47

115. 應鳳凰　聶華苓——難忘鹿園情事　文學風華：戰後初期 13 著名女作家　臺北　秀威資訊科技公司　2007 年 5 月　頁 27—33

116. 劉　俊　承載歷史，享受愛情，耕耘文學——聶華苓的三生三世[11]　跨界整合——世界華文文學綜論　北京　新星出版社　2005 年 9 月　頁 198—202

117. 劉　俊　中國歷史・美國愛情・世界文學——聶華苓印象記　香港文學　第 306 期　2010 年 6 月　頁 16—19

118. 劉　俊　中國歷史・美國愛情・世界文學——聶華苓印象記　三輩子　臺

[10]本文後改篇名爲〈聶華苓——難忘鹿園情事〉。
[11]本文後改篇名爲〈中國歷史・美國愛情・世界文學——聶華苓印象記〉。

北 聯經出版公司 2011年5月 頁616—623

119. 彭 歌 走過飄浪的年代——寫聶華苓[12] 文訊雜誌 第257期 2007年3月 頁62—64

120. 彭 歌 走過飄浪的年代——寫聶華苓 憶春臺舊友 臺北 九歌出版社 2009年12月 頁99—110

121. 趙麗杰 愛荷華「國際寫作計劃」 世界文化 2008年第4期 2008年4月 頁48—49

122. 童小南，韓漪 重返現代——白先勇、《現代文學》與現代主義國際研討會——現代文學與鄉土文學〔聶華苓部分〕 聯合文學 第284期 2008年6月 頁114

123. 〔封德屏主編〕 聶華苓 2007臺灣作家作品目錄 臺南 國立臺灣文學館 2008年7月 頁1393—1394

124. 李向東 她讓丁玲觸摸美國——聶華苓與丁玲的交往 書城 2008年第8期 2008年8月 頁37—43

125. 駱以軍 懷念（上、下） 人間福報 2008年9月18—19日 15版

126. 張昌華 聶華苓印象 故紙風雪：文化名人的背影 臺北 秀威資訊科技公司 2008年9月 頁281—286

127. 遲子建 一個人和三個時代 讀書 2009年第1期 2009年1月 頁121—131

128. 遲子建 一個人和三個時代 香港文學 第291期 2009年3月 頁11—17

129. 賀 坤 聶華苓的三生情緣 青島畫報 2009年第6期 2009年6月 頁78—81

130. 姚雪琴 聶華苓：三生三世 語文世界 20009年第9期 2009年9月 頁14—17

131. 〔編輯部〕 那些華麗的人生鈴鈴聲 印刻文學生活誌 第75期 2009年

[12]本文綜述聶華苓於文學刊物出版、創作與學術上的貢獻，並附有聶華苓寫給作者的書信手稿。

11 月　頁 28

132. 蔣　勳　華苓的笑聲——一九八一年愛荷華記事[13]　印刻文學生活誌　第 75 期　2009 年 11 月　頁 65—68

133. 林欣誼　愛荷華寫作計畫推手．聶華苓 5 月返臺　中國時報　2011 年 4 月 23 日　B3 版

134. 陳啓民　她的溫柔與反叛——不斷流浪和衝撞的聶華苓[14]　那一刻，我們改變了世界：31 個實現自我、把握機會、創造人生的故事　臺北　遠流出版公司　2011 年 4 月　頁 157—167

135. 李怡芸　聶華苓，終獲歷史公平的定位　旺報　2011 年 5 月 17 日　A17 版

136. 林欣誼　愛荷華開枝散葉．向聶華苓致敬　中國時報　2011 年 5 月 18 日　A11 版

137. 郭士榛　愛荷華人才輩出．向聶華苓致敬　人間福報　2011 年 5 月 20 日　7 版

138. 李怡芸　三生三世．上百作家致敬聶華苓　旺報　2011 年 5 月 20 日　A19 版

139. 陳宛茜　白先勇、蔣勳齊聚，向聶華苓致敬　聯合報　2011 年 5 月 20 日　A18 版

140. 李　渝　重獲金鈴子——向聶華苓老師致敬　中國時報　2011 年 5 月 24 日　E4 版

141. 林麗如　聶華苓：凝聚世界之心的文學城市　文訊雜誌　第 307 期　2011 年 5 月　頁 106

142. 向　陽　慈悲喜捨的樹——聶華苓與 IWP　文訊雜誌　第 309 期　2011 年 7 月　頁 16—18

143. 王德威講；曾秀萍記　王德威：喧嘩與孤寂：小說百年的省思〔聶華苓部分〕　文訊雜誌　第 309 期　2011 年 7 月　頁 51

---

[13]本文作者敘述 1981 年前往愛荷華參與國際寫作計畫時和聶華苓相處的回憶。

[14]本文描述聶華苓的生命及文學歷程。全文共 5 小節：1.流離的生命；2.飄遊的學生歲月；3.反抗傳統婚姻；4.《自由中國》最年輕的編輯；5.創辦愛荷華國際作家寫作室。

144. 陳若曦　揚名國際的女作家——聶華苓　誰領風騷一百年：女作家　臺北　天下遠見出版公司　2011年7月　頁122—126

訪談、對談

145. 〔幼獅文藝〕　聶華苓女士訪問記　幼獅文藝　第156期　1966年12月　頁23—24
146. 殷允芃　雪中旅人　皇冠　第158期　1967年4月　頁34—38
147. 殷允芃　雪中旅人——聶華苓　中國人的光輝及其他：當代名人訪問錄　臺北　志文出版社　1971年6月　頁93—99頁
148. 殷允芃　雪中旅人　中國人的光輝及其他：當代名人訪問錄　臺北　志文出版社　1977年8月　頁93—99頁
149. 王慶麟　聶華苓訪問記——介紹「國際作家工作室」　幼獅文藝　第169期　1968年1月　頁28—36
150. 司馬桑敦　聶華苓在愛荷華　明報月刊　第66期　1971年6月　頁70—73
151. 瘂弦訪；張泠記　訪聶華苓——談愛荷華中國文學前途討論會　聯合報　1979年8月22日　8版
152. 寶　書　根生土長——訪美籍華人女作家聶華苓　中國婦女　1980年第7期　1980年7月　頁18
153. 〔舞蹈〕　夏夜訪聶華苓一家　舞蹈　1980年第4期　1980年12月　4版
154. 彼得・納扎雷塞　聶華苓訪問記　編譯參考　1981年第11期　1981年11月　頁106
155. 聶華苓，比德・乃才瑞士　聶華苓和非洲作家談小說創作　明報月刊　第213期　1983年9月　頁45—48
156. 聶華苓，比德・乃才瑞士　聶華苓與非洲作家談《桑青與桃紅》[15]（上）　明報月刊　第216期　1984年1月　頁102—105
157. 聶華苓，比德・乃才瑞士　聶華苓與非洲作家談《桑青與桃紅》（下）　明

---

[15]本文連載於《明報月刊》第216、217期。

報月刊　第217期　1984年2月　頁88—91
158. 比德·乃才瑞士，聶華苓　聶華苓和非洲作家的對話（一）——談小說創作　聶華苓研究專集　武漢　湖北教育出版社　1990年11月　頁96—114
159. 比德·乃才瑞士，聶華苓　聶華苓和非洲作家的對話（二）——談《桑青與桃紅》　聶華苓研究專集　武漢　湖北教育出版社　1990年11月　頁115—132
160. 張　敏　海峽兩岸橋樑的建築師——美籍華人女作家聶華苓訪問記　工人日報　1984年6月17日　4版
161. 鍾　鳳　聶華苓——實現文學國際合作夢想的建築師　世界經濟導報　1985年8月26日　11版
162. 鍾　鳳　文學國際合作大師聶華苓　人民日報（海外版）　1985年9月8日　8版
163. 楊青矗　不是故鄉的故鄉——訪保羅·安格爾和聶華苓　楊青矗與國際作家對話——愛荷華國際作家縱橫談　1986年4月15日　頁383—416
164. 楊青矗　不是故鄉的故鄉——訪保羅·安格爾和聶華苓　自立晚報　1986年6月6—7日　10版
165. 焦　桐　活過三輩子——回臺前夕越洋訪聶華苓　中國時報　1988年5月1日　18版
166. 焦　桐　活過三輩子——回臺前夕越洋訪聶華苓　聶華苓研究專集　武漢　湖北教育出版社　1990年11月　頁247—253
167. 李　怡　美國的中國作家之旅——訪退休前的作家聶華苓　中國時報　1988年5月2日　18版
168. 阿　栓　文學的聯合國——聶華苓和愛荷華「國際寫作計劃」　中時晚報　1988年5月3日　7版
169. 莫昭平　筆耕數十載，結緣海內外——聶華苓偕夫來訪，文藝界喜迎故舊

中國時報 1988年5月4日 3版

170. 姜玉鳳 聶華苓重溫鄉情感受多 民生報 1988年5月8日 9版

171. 何 倩 聶華苓縱談兩岸文化 文匯讀書周報 1988年6月4日 1版

172. 萬 鍾 聶華苓感慨深 民生報 1990年8月13日 14版

173. 彥 火 聶華苓談《千山外，水長流》的創作 聶華苓研究專集 武漢 湖北教育出版社 1990年11月 頁313—323

174. 王潤華 踏著秋葉探訪 聯合報 1997年1月4日 37版

175. 周立民 白先勇聶華苓互評小說 明報月刊 第427期 2001年7月 頁45—46

176. 聶華苓等[16] 華文寫作的前景 明報月刊 第427期 2001年7月 頁47

177. 廖玉蕙 逃與困——聶華苓女士訪談錄（上、下） 自由時報 2003年1月13—14日 35，39版

178. 廖玉蕙 逃與困——聶華苓 打開作家的瓶中稿：再訪捕蝶人 臺北 九歌出版社 2004年5月 頁49—67

179. 陳希林 聶華苓如今隨興、隨意、隨緣 中國時報 2004年3月7日 C8版

180. 公 仲 愛荷華的鹿園小語——訪聶華苓有感 文訊雜誌 第224期 2004年6月 頁8—10

181. 姚嘉爲 放眼世界文學心——專訪聶華苓[17] 文訊雜誌 第283期 2009年5月 頁20—29

182. 姚嘉爲 文學橋樑——專訪名作家聶華苓女士 香港文學 第306期 2010年6月 頁11—15

183. 姚嘉爲 放眼世界文學心——專訪名作家聶華苓女士 三輩子 臺北 聯

---

[16]與會者：聶華苓、鄭愁予、劉再復、瘂弦、楊牧；紀錄整理：周立民。

[17]本文專訪聶華苓，描述其生平遭遇與文學歷程。全文共 9 小節：1.《自由中國》半月刊；2.最好的文藝編輯；3.五〇年代的文壇身影；4.穿旗袍教西洋文學；5.創辦國際寫作計畫；6.時空環境與政治解讀；7.創作求新求變；8.寫作與翻譯；9.異鄉與故鄉。後另改篇名〈文學橋樑——專訪名作家聶華苓女士〉、〈放眼世界文學心——專訪名作家聶華苓女士〉、〈放眼世界文學心——文學橋樑聶華苓〉。

經出版公司　2011年5月　頁605—615

184. 姚嘉爲　放眼世界文學心——文學橋樑聶華苓　在寫作中還鄉——北美的天空下　臺北　允晨文化公司　2011年10月　頁127—152

185. 駱以軍，聶華苓對談；鄭伊庭整理　桑青化成桃紅——駱以軍愛荷華對談聶華苓　印刻文學生活誌　第75期　2009年11月　頁54—64

186. 聶華苓等[18]　聶華苓與愛荷華國際寫作計畫　文訊雜誌　第309期　2011年7月　頁82—87

年表

187. 蔡淑芬　郭良蕙、聶華苓與李昂、平路對照年表　解嚴前後臺灣女性作家的吶喊和救贖——以郭良蕙、聶華苓、李昂、平路作品爲例　成功大學歷史學系　碩士論文　林瑞明教授指導　2003年7月　頁133—192

188. 應鳳凰　聶華苓年表　文學風華：戰後初期13著名女作家　臺北　秀威資訊科技公司　2007年5月　頁34—36

其他

189. 李　瑋　聶華苓夫婦在美分獲文學大獎　中國時報　1980年6月2日　31版

190. 茹志鵑　我從那條路上來——給聶華苓的信　文匯報　1984年4月29日　4版

191. 葉振富　聶華苓祭掃母墳　中國時報　1988年5月8日　18版

192. 〔中國時報〕　聶華苓忠烈祠弔祭父靈　中國時報　1988年5月19日　19版

193. 江　兒　聶華苓與夫婿同獲「美國國家書卷獎」　文訊雜誌　第57期　1990年7月　頁34—42

194. 愛　歌　聶華苓獲頒波蘭「文化貢獻獎」　聯合報　1992年8月31日　25

[18]與會者：聶華苓、NATAŠA ĎUROVIČOVÁ、向陽、李渝、李銳、林懷民、格非、尉天驄、楊青矗、瘂弦、董啓章、管管、蔣韻、鄭愁予、駱以軍；主持人：向陽；記錄者：馬翊航。

版

195. 賴素鈴　安格爾、聶華苓成就多少文壇人物　民生報　1998 年 1 月 15 日 33 版

196. 龔萬輝　聶華苓獲頒世界華文文學大獎　文訊雜誌　第 288 期　2009 年 10 月　頁 137

作品評論篇目

綜論

197. 葉維廉　側論聶華苓[19]　從流動出發　臺中　普天出版社　1972 年 1 月　頁 127—144

198. 葉維廉　突入一瞬的蛻變裡——側論聶華苓　中國現代作家論　臺北　聯經出版公司　1979 年 7 月　頁 343—365

199. 葉維廉　突入一瞬的蛻變裡——側論聶華苓　聶華苓研究專集　武漢　湖北教育出版社　1990 年 11 月　頁 462—474

200. 楊昌年　聶華苓　近代小說研究　臺北　蘭臺書局　1976 年 1 月　頁 580

201. 張葆莘　旅居海外的臺灣作家〔聶華苓部分〕　新文學論叢　1980 年第 1 期　1980 年 3 月　頁 195—197

202. 王晉民　論聶華苓的創作　文學評論　1981 年第 6 期　1981 年 11 月　頁 50—57

203. 王晉民　論聶華苓的創作　聶華苓研究專集　武漢　湖北教育出版社 1990 年 11 月　頁 327—342

204. 陸士清，王錦園　試論聶華苓創作思想的發展　復旦學報　1982 年第 2 期 1982 年 3 月　頁 89—93，113

205. 陸士清，王錦園　試論聶華苓創作思想的發展　聶華苓研究專集　武漢 湖北教育出版社　1990 年 11 月　頁 349—359

206. 陸士清，王錦園　試論聶華苓創作思想的發展　臺灣文學新論　上海　復

[19]本文後改篇名爲〈突入一瞬的蛻變裡——側論聶華苓〉。

旦大學出版社　1993 年 6 月　頁 174—184

207. 封祖盛　臺灣現代派小說——聶華苓、於梨華、白先勇創作　臺灣小說主要流派初探　福州　福建人民出版社　1983 年 10 月　頁 252—272

208. 閻純德　聶華苓及其作品　作家的足跡　北京　知識出版社　1983 年 10 月　頁 420—453

209. 閻純德　小說家聶華苓[20]　花城　1984 年第 1 期　1984 年 1 月　頁 167—178

210. 閻純德　小說家聶華苓　聶華苓研究專集　武漢　湖北教育出版社　1990 年 11 月　頁 218—241

211. 閻純德　聶華苓：文學理想的建築師　二十世紀中國女作家研究　北京　北京語言文化大學出版社　2000 年 1 月　頁 396—418

212. 李愷玲　「真空」中的探索——淺論聶華苓的創作道路（上、下）[21]　武漢師範學院學報　1984 年第 5—6 期　1984 年 9，11 月　頁 19—25，49—56

213. 李愷玲　聶華苓的生活和創作道路　文藝論叢　1986 年第 2 期　1986 年 12 月　頁 479—498

214. 李愷玲　「真空」中的探索——淺論聶華苓的創作道路　聶華苓研究專集　武漢　湖北教育出版社　1990 年 11 月　頁 387—412

215. 唐金海　「浪子的悲歌回到老家來唱了」——評聶華苓近年來在國內出版的幾部小說　當代作家評論　1985 年第 1 期　1985 年 2 月　頁 121—127

216. 唐金海　「浪子的悲歌回到老家來唱了」——評聶華苓近年來在國內出版的幾部小說　聶華苓研究專集　武漢　湖北教育出版社　1990 年 11 月　頁 413—426

---

[20]本文後改篇名爲〈聶華苓：文學理想的建築師〉。
[21]本文後改篇名爲〈聶華苓的生活和創作道路〉。

217. 葉石濤　七〇年代的臺灣文學——人性乎？鄉土乎？——作家作品〔聶華苓部分〕　文學界　第15期　1985年8月　頁196—197

218. 葉石濤　七〇年代的臺灣文學——鄉土乎？人性乎？——作家作品〔聶華苓部分〕　臺灣文學史綱　高雄　文學界雜誌社　1991年9月　頁163

219. 葉石濤　臺灣文學史綱——七〇年代的臺灣文學——鄉土乎？人性乎？〔聶華苓部分〕　葉石濤全集·評論卷五　臺南，高雄　國立臺灣文學館，高雄市文化局　2008年3月　頁181

220. 黃萬華　聶華苓和象徵主義　牡丹江師院學報　1985年第1期　1985年　頁18

221. 古　劍　聶華苓的中國情意結——關於大陸、臺灣、香港文學的對話　臺港文學選刊　1986年第3期　1986年3月　頁92—94

222. 何　慧　被記憶纏繞的世界：聶華苓的中國情意結　廣東社會科學　1986年第4期　1986年12月　頁142—148

223. 葉石濤　談聶華苓的小說和散文　民眾日報　1987年7月24日　11版

224. 葉石濤　談聶華苓的小說和散文　走向臺灣文學　臺北　自立晚報社　1990年3月　頁194—196

225. 葉石濤　談聶華苓的小說和散文　葉石濤全集·評論卷四　臺南，高雄　國立臺灣文學館，高雄市文化局　2008年3月　頁25—26

226. 劉　洁　試論聶華苓的小說創作　西北學院學報　1987年第4期　1987年10月　頁49—55

227. 劉　洁　試論聶華苓的小說創作　聶華苓研究專集　武漢　湖北教育出版社　1990年11月　頁427—440

228. 李獻文　聶華苓[22]　現代臺灣文學史　瀋陽　遼寧大學出版社　1987年12月　頁347—371

---

[22]本文共5小節：1.生平和創作；2.短篇小說；3.《失去的金鈴子》；4.《桑青與桃紅》；5.《千山外，水長流》。

229. 林　韻　　聶華苓的小說與思索　文匯讀書周報　1988年1月9日　3版
230. 汪景壽　　聶華苓[23]　臺灣小說作家論　北京　北京大學出版社　1988年5月　頁235—268
231. 汪景壽　　聶華苓論　四海——港臺海外華文文學　第6期　1990年12月　頁102—112
232. 汪景壽　　略論聶華苓的小說創作　臺灣香港與海外華文文學論文選（三）　福州　海峽文藝出版社　1988年9月　頁273—280
233. 古繼堂　　臺灣現代派小說作家群的崛起〔聶華苓部分〕　臺灣小說發展史　臺北　文史哲出版社　1989年7月　頁238—244
234. 公仲，汪義生　　五十年代後期及六十年代臺灣文學（下）〔聶華苓部分〕　臺灣新文學史初編　南昌　江西人民出版社　1989年8月　頁154—159
235. 彥　火　　聶華苓與《三十年後》　聶華苓研究專集　武漢　湖北教育出版社　1990年11月　頁187—197
236. 彭瑞金　　埋頭深耕的年代（1960—1969）——失根的流浪文學〔聶華苓部分〕　臺灣新文學運動40年　臺北　自立晚報社　1991年3月　頁135—136
237. 古繼堂等　　唱「浪子」悲歌的聶華苓[24]　臺灣新文學概觀（上）　廈門　鷺江出版社　1991年6月　頁121—134
238. 古繼堂等　　唱「浪子」悲歌的聶華苓　臺灣新文學概觀　臺北　稻禾出版社　1992年3月　頁128—142
239. 賴伯疆　　美洲華文文學方興未艾——美國華文文學〔聶華苓部分〕　海外華文文學概觀　廣州　花城出版社　1991年7月　頁170—172
240. 王淑秧　　根脈相連血相通——海峽兩岸的「尋根文學」比較〔聶華苓部分〕　臺灣地區文學透視　西安　陝西人民教育出版社　1991年

[23]本文從聶華苓的生命經驗來分析其作品風格與結構；後另改篇名爲〈聶華苓論〉。
[24]本文探討聶華苓小說的內容及藝術特色。

7月　頁168

241. 陳天慶，張超　「說老實話」的三種藝術境界——聶華苓長篇小說漫論（摘錄）　臺港與海外華文文學評論和研究　1991年第2期　1991年9月　頁73—74

242. 陳天慶，張超　「說老實話」的三種藝術境界——聶華苓長篇小說漫論　福建論壇　1992年第1期　1992年2月　頁17—24

243. 陳天慶，張超　「說老實話」的三種藝術境界——聶華苓長篇小說漫論　臺灣香港澳門暨海外華文文學論文選（五）　福州　海峽文藝出版社　1993年3月　頁393—396

244. 林　青　聶華苓小說的自然觀　中文自學指導　1991年第5期　1991年　頁19—21

245. 葉石濤　聶華苓的復活　臺灣文學的困境　高雄　派色文化出版社　1992年7月　頁205—206

246. 葉石濤　聶華苓的復活　葉石濤全集・隨筆卷二　臺南，高雄　國立臺灣文學館，高雄市文化局　2008年3月　頁339—340

247. 蘇必揚　傳統與現代的融合——評聶華苓小說技巧　臺港與海外華文文學評論和研究　1992年第2期　1992年10月　頁34—38

248. 黃重添　聶華苓的小說創作　臺灣文學史（下）　福州　海峽文藝出版社　1993年1月　頁256—264

249. 黎湘萍　陳映真與三代臺灣作家——兼論臺灣小說敘事模式之演變（下）〔聶華苓部分〕　臺灣研究集刊　1993年第1期　1993年2月　頁95

250. 陳劍暉　聶華苓的小說　海外華文文學史初編　廈門　鷺江出版社　1993年10月　頁603—618

251. 王晉民　聶華苓的小說　臺灣當代文學史　南寧　廣西人民教育出版社　1994年2月　頁179—211

252. 宋劍華　聶華苓——放逐者的心靈悲歌　海南師院學報　1994年第1期

1994 年 3 月　頁 73—78

253. 王晉民　美國華文小說概論〔聶華苓部分〕　走向新世紀：第六屆世界文學國際學術研討會論文集　北京　人民文學出版社　1994 年 11 月　頁 115—116，119

254. 盛　英　聶華苓及其文學創作　二十世紀女性文學史　天津　天津人民出版社　1995 年 6 月　頁 1046—1050

255. 江寶釵　臺灣現代派女性小說創作特色〔聶華苓部分〕　臺灣文學發展現象：五十年來臺灣文學研討會文集（二）　臺北　行政院文建會　1996 年 6 月　頁 152—154

256. 李獻文　根深幹直葉茂——聶華苓的路　四海——港臺海外華文文學　第 40 期　1996 年 7 月　頁 72—86

257. 夢　花　聶華苓創作中的女性形象　世紀之交的世界華文文學　南京　臺港與海外華文文學評論與研究編輯部　1996 年 9 月　頁 241—245

258. 劉紅林　現代的傳統作家——談聶華苓、於梨華、白先勇的小說創作　世紀之交的世界華文文學　南京　臺港與海外華文文學評論與研究編輯部　1996 年 9 月　頁 250—253

259. 古繼堂　臺灣當代小說創作——「留學生文學」和聶華苓、於梨華、趙淑俠等小說家　中華文學通史・當代文學編（9）　北京　華藝出版社　1997 年 9 月　頁 468—469

260. 皮述民　從反共小說到現代小說〔聶華苓部分〕　二十世紀中國新文學史　臺北　駱駝出版社　1997 年 10 月　頁 324

261. 梁一萍　女性／地圖／帝國——聶華苓、綢仔絲、玳咪圖文跨界[25]　第 22 屆全國比較文學會議　臺北　臺灣師範大學主辦　1998 年 5 月 23—24 日

[25]本文以地圖爲文本及意象，探討其符號形制和性別政治的關係，女性與地圖、帝國之間的連結。全文共 7 小節：1.杜勒：方格地圖、男性視權；2.普蘭德蓋斯特：「身體／土地再地圖化」；3.「第三世界」女人地圖；4.聶華苓：撕破地圖，遊走帝國；5.玳咪：臥倒地圖、帝國肉身；6.綢仔絲：不見地圖、帝國再現；7.結論：後現代「旅行」：女性／地圖／帝國。

262. 梁一萍　女性／地圖／帝國：聶華苓、綢仔絲、玳咪　中外文學　第 27 卷 第 5 期　1998 年 10 月　頁 71—76

263. 梁一萍　女性／地圖／帝國——聶華苓、綢仔絲、玳咪圖文跨界　他者之域：文化身分與再現策略　臺北　麥田出版公司　2001 年 3 月　頁 337—370

264. 宋　剛　聶華苓　中國文學通典・小說通典　北京　解放軍文藝出版社　1999 年 1 月　頁 1019—1020

265. 鄭雅文　流浪者之歌——聶華苓和於梨華的異鄉客演繹　戰後臺灣女性成長小說研究——從反共文學到鄉土文學　中央大學中國文學系碩士論文　康來新教授指導　2000 年 6 月　頁 105—116

266. 樊洛平　聶華苓——浪子悲歌的生命吟唱[26]　臺港澳文學教程　上海　漢語大辭典出版社　2000 年 10 月　頁 104—107

267. 樊洛平　聶華苓——走遍天涯的浪子悲歌　當代臺灣女性小說史論　鄭州　河南人民出版社　2005 年 2 月　頁 201—211

268. 樊洛平　聶華苓——走遍天涯的浪子悲歌　當代臺灣女性小說史論　臺北　臺灣商務印書館　2006 年 4 月　頁 224—235

269. 廖四平　臺灣現代派小說與西方影響〔聶華苓部分〕　臺灣研究集刊　2001 年第 1 期　2001 年 2 月　頁 97—101

270. 蔡雅薰　六、七〇年代臺灣重要旅美作家作品論——聶華苓[27]　臺灣旅美作家之留學生小說及移民小說研究（1960—1999）　高雄師範大學國文學系　博士論文　何淑貞教授指導　2001 年 6 月　頁 238—239

271. 蔡雅薰　六、七〇年代臺灣重要旅美作家作品論——聶華苓、彭歌——聶華苓及其小說簡介　從留學生到移民：臺灣旅美作家之小說析論　臺北　萬卷樓圖書公司　2001 年 12 月　頁 277—278

[26]本文後改篇名為〈聶華苓——走遍天涯的浪子悲歌〉。

[27]本文後編修為〈六、七〇年代臺灣重要旅美作家作品論——聶華苓、彭歌——聶華苓及其小說簡介〉一文。

272. 陳芳明　　橫的移植與現代主義之濫觴：聶華苓與《自由中國》文藝欄　聯合文學　第 202 期　2001 年 8 月　頁 137—140

273. 張小弟　　美國華文文學——聶華苓的小說創作　五洲華人文學概況　太原　山西教育出版社　2001 年 10 月　頁 225—228

274. 王　敏　　臺灣現代派小說群的崛起——聶華苓、於梨華、陳若曦　簡明臺灣文學史　北京　時事出版社　2002 年 6 月　頁 319—324

275. 朱嘉雯　　漢有游女——聶華苓(1925—)　亂離中的自由——五四自由傳統與臺灣女性渡海書寫　中央大學中國文學系　博士論文　康來新，李瑞騰教授指導　2002 年 7 月　頁 129—146

276. 朱嘉雯　　漢有游女——聶華苓　追尋，漂泊的靈魂：女作家的離散文學　臺北　秀威資訊科技公司　2009 年 2 月　頁 121—144

277. 袁園，江合友　　自我的敘述與敘述的自我——試析聶華苓小說的逃亡主題[28]　世界華文文學論壇　2003 年第 2 期　2003 年 6 月　頁 53—56

278. 袁　園　　試論聶華苓小說的逃亡主題　岳陽職業技術學院學報　第 18 卷第 3 期　2003 年 9 月　頁 47—50

279. 江合友　　試論聶華苓小說的自傳性　株州師範高等專科學學報　2003 年第 6 期　2003 年 12 月　頁 27—31

280. 潭光輝，何希凡　　當代臺灣尋根小說的文化觀察〔聶華苓部分〕　西南民族大學學報　2004 年第 4 期　2004 年 4 月　頁 70—71

281. 王小華　　聶華苓:「逃與困」語境中的原鄉寓言　放逐與追尋——論「無根一代」作家群的原鄉敘事　浙江師範大學中國現當代文學所　碩士論文　范家進教授指導　2004 年　頁 22—30

282. 壽清涼　　聶華苓:「逃與困」語境中的原鄉寓言　語文學刊　2005 年第 5 期　2005 年 5 月　頁 16—17

283. 古遠清　　自我放逐的旅外作家——聶華苓　分裂的臺灣文學　臺北　海峽學術出版社　2005 年 7 月　頁 71—72

[28]本文後改篇名爲〈試論聶華苓小說的逃亡主題〉，作者屬名袁園。

284. 黃志杰，錢如玉　聶華苓小說的比喻藝術　社會科學論壇　2006 年第 1 期　2006 年 1 月　頁 148—151

285. 黃萬華　臺灣文學——小說（下）〔聶華苓部分〕　中國現當代文學・第 1 卷（五四—1960 年代）　濟南　山東文藝出版社　2006 年 3 月　頁 476—480

286. 王勛鴻　「千山外，水長流」——聶華苓作品中的原鄉書寫　現代語文　2006 年第 4 期　2006 年 4 月　頁 51—53

287. 黃志杰，錢如玉　聶華苓小說的意象運用　世界華文文學論壇　2006 年第 2 期　2006 年 6 月　頁 19—23

288. 曾萍萍　一種鄉思兩般情——論琦君與聶華苓的懷舊主題散文　永恆的溫柔：琦君及其同輩女作家學術研討會論文集　桃園　中央大學中文系琦君研究中心　2006 年 7 月　頁 171—202

289. 朱立立　在美國想象與中國想象之間——冷戰時期臺灣旅美作家群的認同問題初論〔聶華苓部分〕　文學評論　2006 年第 6 期　2006 年 11 月　頁 186—192

290. 劉　俊　第一代美國華人文學的多重面向——以白先勇、聶華苓、嚴歌苓、哈金爲例　常州工學院學報　第 24 卷第 6 期　2006 年 12 月　頁 15—20

291. 陶德宗　評臺灣文學和海外華文文學中的巴蜀文化書寫〔聶華苓部分〕　當代文壇　2007 年第 6 期　2007 年 11 月　頁 90—93

292. 郝譽翔　橫的移植？——六〇年代的現代主義文學——代表作家與作品——聶華苓、白先勇、王文興　文學　臺灣：11 位新銳臺灣文學研究者帶你認識臺灣文學　臺南　國立臺灣文學館　2008 年 9 月　頁 160—162

293. 周聚群　在歷史的追憶中追尋未來——論白先勇、於梨華和聶華苓的文革題材小說　江淮論壇　第 233 期　2009 年 2 月　頁 185—188

294. 林佳，肖向東　邊緣生存的言說——聶華苓與嚴歌苓移民小說中的文化認

同　大眾文藝　2009 年第 10 期　2009 年 5 月　頁 109—110

295. 周倩鳳　跨國追尋身分認同的邊緣人——聶華苓與叢甦[29]　七〇年代臺灣留學生小說的國／家認同——以外省籍留美青年爲例　臺灣師範大學臺灣文化及語言文學研究所　碩士論文　林芳玫教授指導　2009 年 8 月　頁 51—74

296. 伍晉巧　淺論聶華苓小說創作中的常與變　當代小說　2009 年第 10 期　2009 年 10 月　頁 4—5

297. 張重崗　在流放中救贖：聶華苓對文學的詮釋　香港文學　第 306 期　2010 年 6 月　頁 20—26

298. 陶德宗　評三峽作家對臺灣文學和海外華文文學的傑出貢獻〔聶華苓部分〕　長江師範學院學報　第 26 卷第 6 期　2010 年 11 月　頁 175—179

299. 應鳳凰　剪影三生——書話聶華苓　文訊雜誌　第 307 期　2011 年 5 月　頁 107—113

分論

◆單行本作品

散文

《三十年後——歸人札記》

300. 李劍虹　赤子之心，躍然紙上——讀聶華苓《三十年後——歸人札記》　長江日報　1981 年 10 月 24 日　3 版

《鹿園情事》

---

[29]本文觀察白先勇、於梨華、聶華苓、叢甦、劉大任、張系國六位作家於七〇年代的留學生小說中，探討其對留學生國家認同之書寫。全文共 5 章：1.緒論；2.文化束縛下的失根情感——白先勇與於梨華；3.跨國追尋身分認同的邊緣人——聶華苓與叢甦；4.國／家認同的雙重性格——張系國與劉大任；5.結論。

301. 陳文芬　聶華苓深情寫下《鹿園情事》　中國時報　1996年7月5日　24版

302. 王基倫　《鹿園情事》的文學深情　文訊雜誌　第131期　1996年9月　頁18—19

303. 林安蓮　談不完的情愛——關於聶華苓的《鹿園情事》　自由時報　1996年11月18日　34版

304. 鹿憶鹿　異國情緣，文學愛侶——讀《鹿園情事》　走看臺灣九〇年代的散文　臺北　臺灣學生書局　1998年4月　頁1—3

305. 司麗娟　鹿園之戀　意林　第93期　2008年4月　頁15

《三生三世》

306. 向　陽　蒼勁美麗，有情的樹[30]　中國時報　2004年4月12日　E2版

307. 向　陽　蒼勁美麗，有情的樹——評聶華苓自傳文集《三生三世》　三輩子　臺北　聯經出版公司　2011年5月　頁624—625

308. 李歐梵　遊魂再生——淺談聶華苓的《三生三世》(上、下)[31]　聯合報　2004年5月26—27日　E7版

309. 李歐梵　淺論聶華苓的《三生三世》　香港文學　第237期　2004年9月　頁66—68

310. 尉天驄　愴然的回望——聶華苓《三生三世》讀後斷想(上、下)[32]　香港文學　第239—240期　2004年11—12月　頁49—56，48—55

311. 尉天驄　愴然的回望：聶華苓《三生三世》讀後的斷想　歲月　上海　上海人民出版社　2009年7月　頁212—237

312. 尉天驄　愴然的回望——聶華苓《三生三世》的回想　印刻文學生活誌　第94期　2011年6月　頁116—137

[30]本文評論聶華苓自傳文集《三生三世》。後改篇名為〈蒼勁美麗，有情的樹——評聶華苓自傳文集《三生三世》〉。

[31]本文後改篇名為〈淺論聶華苓的《三生三世》〉。

[32]本文藉由聶華苓的作品敘述其經歷的時代環境及生命歷程，並將之與同時代的女性作家比較以突顯其特別之處，且闡述《三生三世》一書的歷史價值。後改篇名為〈愴然的回望：聶華苓《三生三世》讀後的斷想〉、〈愴然的回望——聶華苓《三生三世》的回想〉。

313. 王曉漁　　三生三世二分愁　社會觀察　2004 年第 11 期　2004 年 11 月　頁 62—63

314. 朱介凡　　聶華苓的文學生涯——《三生三世》家國鄉土天下情　中外雜誌 第 454 期　2004 年 12 月　頁 44—48

315. 李歐梵　　三生事，費思量　讀書　2004 年第 6 期　2004 年　頁 59—64

316. 高艷芳　　融會中西文化，致力傳統更新——論聶華苓《三生三世》中的文化心理　三峽文化研究　2006 年第 6 期　2006 年　頁 193—199

317. 高豔芳　　融會中西文化，致力傳統更新——論聶華苓《三生三世》中的文化心理　湖北經濟學院學報　第 4 卷第 1 期　2007 年 1 月　頁 129—130

318. 李麗華　　持續不斷的出走：聶華苓《三生三世》[33]　再現的自我與自我的再現——臺灣解嚴後的女性自傳研究　東海大學中國文學系　博士論文　彭錦堂教授指導　2007 年 5 月　頁 144—173

《三生影像》

319. 公民 1776　　《三生影像》：也是微雲，過後月明光　大江周刊（焦點）2008 年第 10 期　2008 年 10 月　頁 58

320. 童翠萍　　聶華苓的《三生影像》　山東圖書館學刊　2009 年第 1 期　2009 年 2 月　頁 107—108

321. 解璽璋　　《三生影像》用生命見證歷史　鄉音　2009 年第 5 期　2009 年 5 月　頁 39

《楓落小樓冷》

322. 梁曉鳳　　談聶華苓《楓落小樓冷》的女性視角　三峽文化研究　2011 年第 11 期　2011 年　頁 478—484

《三輩子》

323. 張瑞芬　　愛荷華秋深了——我讀聶華苓《三輩子》　文訊雜誌　第 309 期

---

[33]本文爬梳《三生三世》中的出走與流亡主題，論述聶華苓對於自由的感悟與企求。全文分 3 小節：1.深情留戀的離散書寫；2.追求自由的女性意識與政治立場；3.小結：一個東南西北人。

2011年7月　頁126—128

324. 凌性傑　只有今生今世——讀聶華苓《三輩子》　書香兩岸　第34期　2011年8月　頁78—79

小說

《翡翠貓》

325. 彭　歌　短篇小說的深度與廣度——聶華苓女士短篇小說集《翡翠貓》書後[34]　文學雜誌　第6卷第2期　1959年4月20日　頁26—32

326. 彭　歌　《翡翠貓》序　聶華苓研究專集　武漢　湖北教育出版社　1990年11月　頁441—449

327. 王敬羲　評介聶華苓《翡翠貓》　大學生活　第5卷第15期　1959年12月　頁35—36

328. 李　經　《翡翠貓》的世界　聶華苓研究專集　武漢　湖北教育出版社　1990年11月　頁450—454

《失去的金鈴子》

329. 葉維廉　聶華苓《失去的金鈴子》之討論[35]　現代文學　第17期　1963年6月　頁54—63

330. 葉維廉　《失去的金鈴子》之討論　失去的金鈴子　臺北　文星書店　1964年8月　頁241—256

331. 葉維廉　評《失去的金鈴子》　中國現代小說的風貌　臺北　四季出版公司　1977年9月　頁123—132

332. 葉維廉　聶華苓《失去的金鈴子》之討論　失去的金鈴子　臺北　大林出版社　1980年2月　頁243—258

333. 葉維廉　評《失去的金鈴子》　新文學論叢　1980年第4期　1980年12月　頁194—197

334. 葉維廉　《失去的金鈴子》之討論　聶華苓研究專集　武漢　湖北教育出

[34]本文後改篇名爲〈《翡翠貓》序〉。
[35]本文後改篇名爲〈評《失去的金鈴子》〉。

版社　1990 年 11 月　頁 475—487

335. 葉維廉　評《失去的金鈴子》　從現象到表現：葉維廉早期文集　臺北　東大圖書公司　1994 年 6 月　頁 555—563

336. 向　陽　洶湧著的噴泉——讀聶華苓小說《失去的金鈴子》　自立晚報　1987 年 4 月 25—26 日　10 版

337. 向　陽　洶湧著的噴泉——讀聶華苓小說《失去的金鈴子》　失去的金鈴子　臺北　林白出版社　1987 年 4 月　頁 265—279

338. 向　陽　洶湧著的噴泉——讀聶華苓小說《失去的金鈴子》　迎向眾聲：八〇年代臺灣文化情境觀察　臺北　三民書局　1993 年 11 月　頁 157—172

339. 李獻文，吳桂森　略論《失去的金鈴子》的審美價值　衡陽師專學報　1987 年第 2 期　1987 年 4 月　頁 70

340. 黃重添　故園在他們夢裡重現〔《失去的金鈴子》部分〕　臺灣長篇小說論　福州　海峽文藝出版社　1990 年 5 月　頁 115—128

341. 陳世驤　關於《失去的金鈴子》　聶華苓研究專集　武漢　湖北教育出版社　1990 年 11 月　頁 488—490

342. 子　春　您一定喜歡它《失去的金鈴子》　聶華苓研究專集　武漢　湖北教育出版社　1990 年 11 月　頁 491—494

343. 李愷玲　三星寨的憂傷——評聶華苓的小說《失去的金鈴子》　聶華苓研究專集　武漢　湖北教育出版社　1990 年 11 月　頁 495—509

344. 馮秋紅　生命的掙扎與美麗——淺析《失去的金鈴子》　臺港與海外華文文學評論和研究　1993 年第 1 期　1993 年 3 月　頁 66—63

345. 周素鳳　苦澀的成長：細讀《失去的金鈴子》[36]　臺北技術學院學報　第 28 卷第 1 期　1995 年 3 月　頁 533—569

[36]本文分析《失去的金鈴子》的敘述模式，探討作家如何探索女性的成長歷程，並爬梳女性成長小說於傳統以男性成長小說爲中心的文學史意義。全文共 7 小節：1.Famale Bildungsroman；2.The Lost Golden Bell；3.Naturistic Epiphany；4.Love and Fantasy；5.Sex Roles；6.Life and Death；7.Conclusion。

346. 林菁菁　女性／鄉土書寫——重讀五〇年代聶華苓《失去的金鈴子》　第四屆文學與文化學術研討會　臺北　淡江大學中國文學研究所　2000年5月18—19日

347. 胡德才　三斗坪的故事——論聶華苓的長篇小說《失去的金鈴子》　三峽大學學報　2003年第2期　2003年3月　頁50—54，63

348. 施英美　從漂浪之旅到落地生根的女作家〔《失去的金鈴子》部分〕《聯合報》副刊時期（1953—1963）的林海音研究　靜宜大學中國文學系　碩士論文　陳芳明，胡森永教授指導　2003年6月　頁160—161

349. 莊文福　聶華苓《失去的金鈴子》　大陸旅臺作家懷鄉小說研究　中國文化大學中國文學系　博士論文　邱燮友教授指導　2003年　頁156—163

350. 樊洛平　臺灣懷鄉文學的女性書寫——從《城南舊事》、《失去的金鈴子》、《夢回青河》談起　海南師範學院學報　2005年第3期　2005年5月　頁82—85

351. 王志謀　寂寞・懷舊・超越——《失去的金鈴子》的情感表達與聶華苓的創作姿態論　三峽文化研究　2006年第6期　2006年　頁166—174

352. 應鳳凰　「反共＋現代」：右翼自由主義思潮文學版——五〇年代臺灣小說——書寫女性成長的三部長篇——聶華苓《失去的金鈴子》　臺灣小說史論　臺北　麥田出版公司　2007年3月　頁181—184

353. 應鳳凰　聶華苓與她《失去的金鈴子》　文訊雜誌　第287期　2009年9月　頁12—15

354. 應鳳凰，傅月庵　聶華苓——《失去的金鈴子》　冊頁流轉——臺灣文學書入門108　臺北　印刻文學生活雜誌出版公司　2011年3月　頁56—57

《一朵小白花》

355. 徐　訏　　序聶華苓的《一朵小白花》　文星　第 71 期　1963 年 9 月　頁 56—57

356. 徐　訏　　序　一朵小白花　臺北　文星書店　1963 年 9 月　頁 1—6

357. 徐　訏　　序　一朵小白花　臺北　大林出版社　1980 年 6 月　頁 1—6

358. 徐　訏　　序　一朵小白花　臺北　水牛圖書出版公司　1993 年 2 月　頁 1—6

359. 王宗法　　細節描寫的魅力——讀《一朵小白花》　臺港文學觀察　合肥　安徽教育出版社　2000 年 8 月　頁 224—230

《桑青與桃紅》

360. 白先勇　　流浪的中國人——臺灣小說的放逐主題〔《桑青與桃紅》部分〕　明報月刊　第 121 期　1976 年 1 月　頁 154—155

361. 白先勇著；周兆祥譯　　流浪的中國人——臺灣小說的放逐主題〔《桑青與桃紅》部分〕　聶華苓研究專集　武漢　湖北教育出版社　1990 年 11 月　頁 510—513

362. 白先勇著；周兆祥譯　　流浪的中國人——臺灣小說的放逐主題〔《桑青與桃紅》部分〕　第六隻手指　臺北　爾雅出版社　1995 年 11 月　頁 116—120

363. 白先勇　　流浪的中國人——臺灣小說的放逐主題〔《桑青與桃紅》部分〕　白先勇作品集·第六隻手指　臺北　天下遠見出版公司　2008 年 9 月　頁 300—303

364. 陳子伶　　《桑青與桃紅》　讀書　1981 年第 10 期　1981 年 10 月　頁 75—76

365. 錢沉海　　桑青，你在哪裡？讀《桑青與桃紅》　世界圖書　1982 年第 3 期　1982 年 3 月　頁 14

366. 陸士清，王錦園　　論桑青[37]　臺灣香港文學論文選　福州　福建人民出版社　1983 年 10 月　頁 99—111

[37]本文後改篇名為〈論桑青（桃紅）〉。

367. 陸士清，王錦園　論桑青（桃紅）　聶華苓研究專集　武漢　湖北教育出版社　1990年11月　頁522—534

368. 陸士清，王錦園　論桑青　臺灣文學新論　上海　復旦大學出版社　1993年6月　頁185—197

369. 〔民生報〕　失根的蘭花——小評《桑青與桃紅》　民生報　1988年10月3日　14版

370. 康萬成　談聶華苓《桑青與桃紅》的象徵意蘊　語文學刊　1988年第1期　1988年　頁33

371. 白先勇　世紀性的漂泊者——重讀《桑青與桃紅》[38]　九十年代　第239期　1989年12月　頁93—95

372. 白先勇　20世紀世界流亡潮的另一章　中國時報　1990年1月9日　27版

373. 白先勇　世紀性的漂泊者——重讀《桑青與桃紅》　第六隻手指　臺北　爾雅出版社　1995年11月　頁215—223

374. 白先勇　世紀性的漂泊者——重讀《桑青與桃紅》　桑青與桃紅　臺北　時報文化出版公司　1997年5月　頁274—279

375. 白先勇　世紀性的漂泊者——重讀《桑青與桃紅》　白先勇作品集・樹猶如此　臺北　天下遠見出版公司　2008年9月　頁249—256

376. 劉紹銘　自由的滋味——初讀《桑青與桃紅》　聶華苓研究專集　武漢　湖北教育出版社　1990年11月　頁514—519

377. 蕭　乾　流亡者的悲歌　聶華苓研究專集　武漢　湖北教育出版社　1990年11月　頁520—521

378. 古繼堂　在世界主義的陡坡上——臺灣現代小說的表現藝術〔《桑青與桃紅》部分〕　臺灣地區文學透視　西安　陝西人民教育出版社　1991年7月　頁36

379. 徐國綸，王春榮　聶華苓的《桑青與桃紅》　二十世紀中國兩岸文學史（續編）　瀋陽　遼寧大學出版社　1993年12月　頁214—219

---

[38]本文後改篇名爲〈20世紀世界流亡潮的另一章〉。

380. 李紅雨　《桑青與桃紅》作品鑒賞　臺港小說鑒賞辭典　北京　中央民族學院出版社　1994 年 1 月　頁 137—139

381. 董之林　漂泊者悸動的靈魂：《桑青與桃紅》淺析　小說評論　1995 年第 1 期　1995 年 1 月　頁 78—81

382. 李歐梵　四十年來的海外文學〔《桑青與桃紅》部分〕　四十年來中國文學　臺北　聯合文學出版社　1995 年 6 月　頁 59—66

383. 李歐梵　重劃《桑青與桃紅》的地圖　桑青與桃紅　臺北　時報文化出版公司　1997 年 5 月　頁 280—284

384. 陳克華　《桑青與桃紅》一點靈明與八方非議　中央日報　1997 年 8 月 20 日　21 版

385. 周素鳳　分裂與轉變——《桑青與桃紅》中的雙面夏娃　臺北技術學院學報　第 30 卷第 2 期　1997 年 9 月　頁 351—382

386. 楊　明　聶華苓《桑青與桃紅》——七〇年代被副刊腰斬的小說　文訊雜誌　第 146 期　1997 年 12 月　頁 32—33

387. Sau-ling Cynthia Wong　Afterword[39]　MULBERRY AND PEACH-Two Women Of China　New York　The Feminist Press at The City University of New York　1998 年 3 月　頁 209—226

388. 彭志恆　如果意義缺失——聶華苓的《桑青與桃紅》　世界華文文學論壇　1998 年第 2 期　1998 年 6 月　頁 69—71

389. 高廣方　宿命與漂流：王安憶《安尼》與聶華苓《桑青與桃紅》內涵比較　鹽城師範學院學報　1998 年第 3 期　1998 年 7 月　頁 19—21

390. 宋　剛　《桑青與桃紅》作品解析　中國文學通典・小說通典　北京　解放軍文藝出版社　1999 年 1 月　頁 1021

391. 郭淑雅　「喪」青與「逃」紅？——試論聶華苓《桑青與桃紅》／國族認同　文學臺灣　第 32 期　1999 年 10 月　頁 252—275

392. 楊曉黎　情動於中而行於言——《桑青與桃紅》用詞藝術談片　世界華文

[39]本文從女性主義、歷史敘事、身體書寫等文化研究觀點來評論《桑青與桃紅》。

文學論壇　1999 年第 4 期　1999 年 12 月　頁 53—56

393. 陳佳妏　論《桑青與桃紅》中的女性意識與歷史書寫　中文研究學報　第 3 期　2000 年 6 月　頁 147—163

394. 曾珍珍　《桑青與桃紅》——七十年代前衛女性身體書寫　文學臺灣　第 37 期　2001 年 1 月　頁 63—68

395. 曾珍珍　《桑青與桃紅》導讀　日據以來臺灣女作家小說選讀（上）　臺北　女書文化公司　2001 年 7 月　頁 219—224

396. 蔡雅薰　臺灣旅美作家小說之主題論——雙元文化的碰撞與交融〔《桑青與桃紅》部分〕　從留學生到移民：臺灣旅美作家之小說論析　臺北　萬卷樓圖書公司　2001 年 12 月　頁 191

397. 范銘如　來來來・去去去——六、七〇年代海外女性小說〔《桑青與桃紅》部分〕　眾裡尋她：臺灣女性小說縱論　臺北　麥田出版公司　2002 年 3 月　頁 143—144

398. 范銘如　來來來・去去去——六、七〇年代海外女性小說〔《桑青與桃紅》部分〕　眾裡尋她：臺灣女性小說縱論　臺北　麥田・城邦文化出版　2008 年 9 月　頁 143—144

399. 蔡雅薰　前現代遊記，後現代旅行——從「遊」的觀點看臺灣旅美作家的遊記體小說〔《桑青與桃紅》部分〕　世界華文文學新世界　臺北　世界華文作家協會　2003 年 3 月　頁 47—65

400. 黎湘萍　時代的遊魂：「放逐」母題〔《桑青與桃紅》部分〕　文學臺灣——臺灣知識者的文化敘事與理論想像　北京　人民文學出版社　2003 年 3 月　頁 70

401. 林翠真　女性主義的離散美學閱讀——以《桑青與桃紅》爲例　霜後的燦爛——林海音及其同輩女作家學術研討會論文集　臺南　國立文化資產保存研究中心籌備處　2003 年 5 月　頁 427—446

402. 邱貴芬　落後的時間與臺灣歷史敘述——試探現代主義時期女作家創作裡另類時間的救贖可能〔《桑青與桃紅》部分〕　後殖民及其外

臺北　麥田出版公司　2003 年 9 月　頁 93—96

403. 王宗法　聶華苓的《桑青與桃紅》　20 世紀中國文學通史　上海　東方出版中心　2003 年 9 月　頁 610—612

404. 楊佳嫻　探討人的存在困境——《桑青與桃紅》　文訊雜誌　第 221 期　2004 年 3 月　頁 66

405. 李　麗　一曲「浪子的悲歌」——讀聶華苓的《桑青與桃紅》　華文文學　2004 年第 4 期　2004 年 4 月　頁 75—77

406. 朱嘉雯　聶華苓《桑青與桃紅》　離心的辯證：世華小說評析　臺北　唐山出版社　2004 年 5 月　頁 13—18

407. 黃　河　試論 20 世紀留學生文學中的女性書寫〔《桑青與桃紅》部分〕　綏遠師專學報　第 24 卷第 2 期　2004 年 5 月　頁 76

408. 黃冠儀　鄉關何處——論《桑青與桃紅》的陰性書寫與離散文化[40]　政大中文學報　第 1 期　2004 年 6 月　頁 269—302

409. 宗培玉　關於《桑青與桃紅》的詩學分析　湖州職業技術學院學報　2005 年第 1 期　2005 年 3 月　頁 29—32，36

410. 李靜玫　越界、去界與流動——論《桑青與桃紅》中女性主體的重建　臺北師範學院臺灣文學研究所——第二屆研究生學術研討會　臺北　臺北師範學院臺灣文學研究所　2005 年 5 月 14 日　頁 101—117

411. 徐　學　天涯浪漫　悅讀臺北女　廈門　廈門大學出版社　2005 年 5 月　頁 39—41

412. 徐　學　天涯浪漫　地母與瘋婦：臺灣女性半世紀　臺北　秀威資訊科技公司　2011 年 8 月　頁 45—46

413. 張雪媃　編選前言〔《桑青與桃紅》部分〕　眾花深處：二十世紀華文女作家小說選　臺北　正中書局　2005 年 7 月　頁 15—16

[40]本文援引法國女性主義，探索作家如何形構「桑青」與「桃紅」兩個主體認同。全文共 5 小節：1.前言；2.五四新文化話語與女性出走；3.儒家父權話語與性別政治；4.陰性書寫與主體建構；5.結論。

414. 馮品佳　鄉關何處？:《桑青與桃紅》中的離散想像與跨國移徙[41]　中外文學　第34卷第4期　2005年9月　頁87—109

415. 馮品佳　鄉關何處？:《桑青與桃紅》中的離散想像與跨國移徙　離散與家國想像——文學與文化研究集稿　臺北　允晨文化公司　2010年6月　頁503—536

416. 黃素卿　華裔離散族群意識及華裔移民認同:《桑青與桃紅》和《千金》　中外文學　第34卷第9期　2006年2月　頁234—264

417. 周芬伶　移民女作家的困與逃——張愛玲〈浮花浪蕊〉與聶華苓《桑青與桃紅》的離散書寫與空間隱喻　臺灣文學研究學報　第2期　2006年4月　頁95—114

418. 周芬伶　移民女作家的困與逃——張愛玲〈浮花浪蕊〉與聶華苓《桑青與桃紅》的離散書寫與空間隱喻　芳香的祕教:性別、愛欲、自傳書寫論述　臺北　城邦文化公司　2006年12月　頁113—144

419. 朱立立　女性話語・國族寓言・華人文化英雄——從文化研究視角重讀當代華語經典《桑青與桃紅》　臺灣研究集刊　2006年第3期　2006年9月　頁84—91

420. 邱貴芬　翻譯驅動力下的臺灣文學生產——1960—1980現代派與鄉土文學的辯證——臺灣現代派小說的特色〔《桑青與桃紅》部分〕　臺灣小說史論　臺北　麥田出版公司　2007年3月　頁228—229

421. 李　潔　流浪兒的心曲——讀聶華苓的《桑青與桃紅》　麗水學院學報　2007年第6期　2007年12月　頁49—51，65

422. 王　健　《桑青與桃紅》:認同切入下的真實性　今日南國　2008年第1期　2008年1月　頁57—58

423. 蔡景春　無根的苦悶——留學生文學的創作主題——以《又見棕櫚，又見棕櫚》、《桑青與桃紅》爲例　時代人物　2008年第5期　2008年

[41]本文以《桑青與桃紅》爲文本，將之定位爲美國華文文學的前提下，由關照文本的時間敘述與空間的再現，探討文本中跨國女性人物的形成。全文共2小節：1.漂泊離散中的家的政治；2.再現跨國移徙。

5月　頁231—232

424. 何　平　《桑青與桃紅》中象徵手法的運用　河南農業　2008 年第 16 期　2008年8月　頁50—51

425. 師彥靈　對抗的遷徙——聶華苓《桑青與桃紅》中的女性身體遷徙　甘肅社會科學　2011年第2期　2011年2月　頁35—37

426. 應鳳凰　聶華苓小說《桑青與桃紅》　印刻文學生活誌　第93期　2011年5月　頁190—192

427. 朱雙一　70 年代鄉土文學的創作主題和實績——留學生文學的演變〔《桑青與桃紅》部分〕　臺灣文學創作思潮簡史　臺北　人間出版社　2011年5月　頁337—338

《臺灣軼事：聶華苓短篇小說集》

428. 蔣翠林　聶華苓和《臺灣軼事》[42]　中國青年報　1980年4月12日　4版

429. 蔣翠林　《臺灣軼事》的藝術特色　人民日報（海外版）　1980 年 6 月 11 日　5版

430. 蔣翠林　《臺灣軼事》的藝術特色　聶華苓研究專集　武漢　湖北教育出版社　1990年11月　頁459—461

431. 包恆新　隔海多少盼歸人——讀聶華苓的《臺灣軼事》　福建日報　1980年7月20日　4版

《王大年的幾件喜事》

432. 陳世驤　從《王大年的幾件喜事》談起　聶華苓研究專集　武漢　湖北教育出版社　1990年11月　頁455—458

《千山外・水長流》

433. 聞　友　聶華苓的長篇小說《千山外・水長流》　華聲報　1984 年 8 月 19 日　4版

434. 蕭　乾　聶華苓的歷史感——《千山外・水長流》讀後　人民日報（海外版）　1985年7月15日　7版

[42]本文後改篇名爲〈《臺灣軼事》的藝術特色〉。

435. 蕭　乾　聶華苓的歷史感——《千山外・水長流》讀後　文藝報　1985 年 8 月 19 日　2 版

436. 蕭　乾　聶華苓的歷史感——《千山外，水長流》讀後　聶華苓研究專集　武漢　湖北教育出版社　1990 年 11 月　頁 558—560

437. 思　嘉　突破與不足——談聶華苓的《千山外・水長流》　深圳特區報　1986 年 1 月 20 日　4 版

438. 李愷玲　「帝女雀」的歌——評聶華苓新作《千山外，水長流》　聶華苓研究專集　武漢　湖北教育出版社　1990 年 11 月　頁 535—550

439. 周良沛　《千山外，水長流》讀後隨想　聶華苓研究專集　武漢　湖北教育出版社　1990 年 11 月　頁 551—557

440. 戴　天　讀聶華苓新作　聶華苓研究專集　武漢　湖北教育出版社　1990 年 11 月　頁 561—562

441. 顧月華　又一朵沉毅的花——聶華苓新作《千山外，水長流》　聶華苓研究專集　武漢　湖北教育出版社　1990 年 11 月　頁 563—566

442. 王　韜　一個漂泊的靈魂——評析《千山外・水長流》的主人公形象　世界華文文學論壇　2001 年第 4 期　2001 年 12 月　頁 38—40

443. 李　蓉　漫漫尋親路，悠悠尋根情——評析《千山外・水長流》主人公的美國之旅特殊內涵　安徽工業大學學報（社會科學版）　第 19 卷第 2 期　2002 年 6 月　頁 86—87

444. 蔡雅薰　聶華苓《千山外・水長流》的隱喻美學[43]　中國現代文學　第 1 期　2004 年 3 月　頁 29—48

445. 王智明　「美」「華」之間：《千山外水長流》裏的文化跨越與間際想像[44]　中外文學　第 34 卷第 4 期　2005 年 9 月　頁 111—141

446. 張國玲　「和而不同」的雙音合奏——《千山外・水長流》的文化構想

[43]本文探討《千山外・水長流》之隱喻美學。全文共 5 小節：1.勇於嘗試的「不安份」旅美作家；2.詞畫水石的隱喻功能；3.文化的隱喻背景；4.尋父尋母的隱喻理解；5.結論。

[44]本文以《千山外・水長流》爲文本，釐清美華文學的定義，並由批判角度探討美華文學中跨文化的政治、想像以及未來發展。全文共 4 小節：1.「美華」爲什麼？；2.「世界」裡有什麼；3.跨過六十年代：悔／憶文革；4.遠距閱讀「美」「華」之間。

世界華文文學論壇　2006年第1期　2006年3月　頁42—44
447. 李曉鷗　五四傳統的奇妙上演——當臺灣「無根的一代」作家表述文革　華文文學　第105期　2011年8月　頁35—40

◆多部作品

《失去的金鈴子》、《臺灣軼事：聶華苓短篇小說集》、《桑青與桃紅》

448. 高　纓　談聶華苓的三部小說[45]　文匯月刊　1981年第4期　1981年4月　頁54
449. 高　纓　淺談聶華苓的三部小說　聶華苓研究專集　武漢　湖北教育出版社　1990年11月　頁343—348
450. 章子仲　思鄉的情懷・離奇的世相——初讀聶華苓的幾本小說　武漢師範學院學報　1982年第5期　1982年9月　頁74—79
451. 章子仲　思鄉的情懷・離奇的世相——初讀聶華苓的幾本小說　聶華苓研究專集　武漢　湖北教育出版社　1990年11月　頁360—370

《失去的金鈴子》、《桑青與桃紅》

452. 李洁容　走自己的路——試評聶華苓的兩部長篇小說　暨南學報　1984年第2期　1984年4月　頁89—98
453. 李洁容　走自己的道路——試評聶華苓的兩部長篇小說　聶華苓研究專集　武漢　湖北教育出版社　1990年11月　頁371—386
454. 朱雙一　臺灣文學中的中國南方各區域文化色彩——川鄂籍作家筆下的荊楚、巴蜀文化色彩〔《桑青與桃紅》、《失去的金鈴子》部分〕　臺灣文學與中華地域文化　廈門　鷺江出版社　2008年9月　頁266—276
455. 朱雙一　極端政治化的「反共文藝」——鄉野傳奇：臺灣文學的多元地域文化色澤〔《桑青與桃紅》、《失去的金鈴子》部分〕　臺灣文學

[45]本文後改篇名為〈淺談聶華苓的三部小說〉。

創作思潮簡史　臺北　人間出版社　2011 年 5 月　頁 234

《桑青與桃紅》、《千山外・水長流》

456. 翁光宇　《千山外・水長流》與《桑青與桃紅》文體比較　暨南學報　1992 年第 1 期　1992 年 1 月　頁 79—87

457. 王晉民　論世界華文文學的主要特徵〔《桑青與桃紅》、《千山外・水長流》部分〕　中華文學的現在和未來——兩岸暨港澳文學交流研討會論文集　香港　鑪峰學會　1994 年 6 月　頁 35—40

458. 朱邦蔚　從根的失落到根的回歸——《桑青與桃紅》和《千山外・水長流》聶華苓小說尋根意識的發展　世界華文文學論壇　1999 年第 2 期　1999 年 6 月　頁 39—42

459. 張雪媃　流：聶華苓筆下的中國歷史長河——解讀《桑青與桃紅》及《千山外・水長流》　天地之女：二十世紀華文女作家心靈圖像　臺北　正中書局　2005 年 2 月　頁 160—202

《桑青與桃紅》、〈華人心情〉

460. 蔡雅薰　臺灣旅美作家小說之主題論——漂泊與鄉愁〔《桑青與桃紅》、〈華人心情〉部分〕　從留學生到移民：臺灣旅美作家之小說論析　臺北　萬卷樓圖書公司　2001 年 12 月　頁 157，159—160

《三十年後——歸人札記》、《千山外・水長流》、《桑青與桃紅》

461. 蔡雅薰　臺灣旅美作家小說之主題論——尋根與回歸〔《三十年後——歸人札記》、《千山外・水長流》、《桑青與桃紅》部分〕　從留學生到移民：臺灣旅美作家之小說論析　臺北　萬卷樓圖書公司　2001 年 12 月　頁 178—179

《失去的金鈴子》、《桑青與桃紅》、《千山外・水長流》

462. 侯芮文　成長、流浪與歸宿——試析聶華苓三部長篇小說的發展軌跡　美與時代　2005 年第 1 期　2005 年 1 月　頁 85—86

《失去的金鈴子》、《千山外・水長流》

463. 閆書鋒　聶華苓小說的生命意識——從《失去的金鈴子》和《千山外・水

長流》談起　河南工程學院學報　第 23 卷第 2 期　2008 年 6 月　頁 88—90

《桑青與桃紅》、《三生三世》、《三生影像》

464. 吳婉筠　聶華苓與女遊書寫——從《桑青與桃紅》到《三生三世》[46]　差異的美學——女遊書寫、女書與女性譜系書寫策略研究　輔仁大學比較文學研究所　博士論文　簡瑛瑛教授指導　2010 年 3 月　頁 49—68

單篇作品

465. 陳世驤　談〈王大年的幾件喜事〉　作品　第 19 期　1970 年 7 月　頁 102—104

466. 郭　冬　被社會扭曲了的靈魂——評〈人，又少了一個！〉的隱蔽的心理描寫手法　名作欣賞　1985 年第 3 期　1985 年 5 月　頁 40

467. 卞　權　〈人，又少了一個〉賞析　臺灣散文鑑賞辭典　太原　北岳文藝出版社　1991 年 12 月　頁 366—368

468. 守　拙　樸拙厚重含蓄蘊藉——讀〈人，又少了一個〉　語文月刊　1993 年第 8 期　1993 年 8 月　頁 18

469. 施修蓉　知識女性——乞丐的變異軌跡呈現——聶華苓〈人，又少了一個！〉賞析　閱讀與寫作　1994 年第 9 期　1994 年 9 月　頁 13—14

470. 曹津源　多重對比，由表及裡——〈人，又少了一個〉賞讀　中學課程輔導（九年級）　2003 年第 11 期　2003 年 11 月　頁 8

471. 曹津源　〈人，又少了一個〉的解剖力度　作文成功之路　2004 年第 11 期　2004 年 11 月　頁 12—13

472. 吳衛新　同情‧祝福‧唾棄——〈人，又少了一個〉情感賞析　語文天地　2004 年第 24 期　2004 年 12 月　頁 11—12

---

[46] 本文研究聶華苓文學作品《桑青與桃紅》、《三生三世》及《三生影像》，從他者話語及文化敘事剖析其美學意識與生命觀。

473. 王晉民　聶華苓及其〈珊珊，你在哪兒？〉　文學知識　1985 年第 6 期　1985 年 6 月　頁 8—10

474. 郭　冬　令人回味的「藝術空白」從〈珊珊，你在哪兒？〉談起　寫作　1985 年第 10 期　1985 年 10 月　頁 15

475. 劉小波　〈珊珊，你在哪兒〉創作特色淺析　河南商業高等專科學校學報　2000 年第 4 期　2000 年 7 月　53—54

476. 梁若梅　令人震顫的鄉情——讀〈春風歲歲還來否〉　文學　1985 年第 9 期　1985 年 9 月　頁 65

477. 封祖盛　〈月光・枯井・三腳貓〉評析　臺灣現代派小說評析　福州　海峽文藝出版社　1986 年 5 月　頁 17—25

478. 常　征　進入內心世界的審美層次——淺論〈一捻紅〉中人物自身靈魂的格鬥　新疆大學學報　1988 年第 1 期　1988 年 3 月　頁 73—76

479. 卞　權　〈懷念梁實秋先生〉賞析　臺灣散文鑑賞辭典　太原　北岳文藝出版社　1991 年 12 月　頁 374—376

480. 趙　朕　〈尋家司補破網——悼念楊逵先生〉賞析　臺灣散文鑑賞辭典　太原　北岳文藝出版社　1991 年 12 月　頁 382—383

481. 應鳳凰　《自由中國》《文友通訊》作家群與五〇年代臺灣文學史〔〈晚餐〉部分〕　文藝理論與通俗文化（上）　臺北　中研院文哲所　2004 年 12 月　頁 125—126

482. 尉天驄　聶華苓〈一束玫瑰花〉故事的背後　總是無法忘卻　臺北　圓神出版社　2005 年 3 月　頁 193

483. 向　陽　導讀：聶華苓〈一束玫瑰花〉　二十世紀臺灣文學金典：散文卷（第一部）　臺北　聯合文學出版社　2006 年 5 月　頁 251

484. 陳　卉　美麗地描寫悲哀——以〈親愛的爸爸媽媽〉為例談文學作品的化悲為美　語文建設　2007 年第 11 期　2007 年 11 月　頁 29—31

485. 賴小珍　悲劇美教學初探——以〈親愛的爸爸媽媽〉為例　現代語文　2011 年第 1 期　2011 年 1 月　頁 55—56

486. 張俐璇　冷戰結構與戒嚴體制下的潮騷——《文星》雜誌的「五四」接受觀察〔〈中根舅媽〉部份〕　第七屆全國臺灣文學研究生學術論文研討會　臺南　國立臺灣文學館主辦　2010年10月2—3日

487. 張俐璇　冷戰結構與戒嚴體制下的潮騷——《文星》雜誌對「五四」的接受觀察〔〈中根舅媽〉部份〕　第七屆全國臺灣文學研究生學術論文研討會論文集　臺南　國立臺灣文學館　2010年11月　頁355

多篇作品

488. 王淑秧　鄉土與尋根〔〈一捻紅〉、〈寂寞〉部分〕　揚子江與阿里山的對話——海峽兩岸文學比較　上海　上海文藝出版社　1995年12月　頁172

489. 賀仲明　現代主義文學中的鄉土作家群——論臺灣六十年代鄉土文學發展與嬗變〔〈高老太太的周末〉、〈寂寞〉、〈一捻紅〉部分〕　世界華文文學論壇　第24期　1998年9月　頁68

490. 郭淑雅　《自由中國》文藝欄的寫實作品——五〇年代大陸來臺人士流／寓生態〔〈愛國獎券〉、〈晚餐〉部分〕　第七屆府城文學獎得獎作品專集　臺南　臺南市立圖書館　2001年12月　頁446—480

其他

491. 聶華苓　《沒有點亮的燈》序　聶華苓研究專集　武漢　湖北教育出版社　1990年11月　頁274—285

492. 林燿德　《中國現代文學大系》　錦囊開卷　臺北　國家文藝基金管理委員會　1993年6月　頁103—105

493. 唐玉純　聶華苓與《自由中國》文藝欄　反共時期的女性書寫策略——以「臺灣省婦女寫作協會」爲中心　暨南大學中國語文學系　碩士論文　陳芳明教授指導　2004年6月　頁67—75

494. 徐筱薇　聶華苓與《自由中國》文藝欄　戰後臺灣現代主義思潮之出發——以《自由中國》、《文學雜誌》爲分析場域　成功大學臺灣文學

系 碩士論文 應鳳凰教授指導 2004年7月 頁27—63

495. 顏安秀 聶華苓與文藝欄[47] 《自由中國》文學性研究：以「文藝欄」小說爲探討對象 臺北師範學院臺灣文學研究所 碩士論文 許俊雅教授指導 2005年6月 頁36—53

496. 應鳳凰 「反共＋現代」：右翼自由主義思潮文學版——五〇年代臺灣小說——五〇年代文學生態與主導文化〔《自由中國》部分〕 臺灣小說史論 臺北 麥田出版公司 2007年3月 頁135—136

497. 應鳳凰 聶華苓主編的《自由中國》文藝欄 五〇年代臺灣文學論集 高雄 春暉出版社 2007年3月 頁115—140

[47]本文探討聶華苓擔任《自由中國》文藝欄編輯時，如何定位文藝欄的文學性。全文共 3 小節：1. 聶華苓傳略（1925—）；2.「文藝欄」女性編輯聶華苓；3.「文藝欄」中的聶華苓。

國家圖書館出版品預行編目資料

臺灣現當代作家研究資料彙編. 23, 聶華苓 / 應鳳凰
編選. -- 初版. -- 臺南市 : 臺灣文學館, 2012.03
面 ; 公分
ISBN 978-986-03-2108-1(平裝)

1.聶華苓 2.傳記 3.文學評論

863.4 101004857

【臺灣現當代作家研究資料彙編】23

聶華苓

發 行 人／ 李瑞騰
指導單位／ 行政院文化建設委員會
出版單位／ 國立台灣文學館
地址／70041 台南市中西區中正路 1 號
電話／06-2217201 傳真／06-2218952
網址／www.nmtl.gov.tw 電子信箱／pba@nmtl.gov.tw

總 策 畫／ 封德屏
顧 問／ 林淇瀁 張恆豪 許俊雅 陳信元 陳義芝 須文蔚 應鳳凰
工作小組／ 王雅嫺 杜秀卿 翁智琦 陳欣怡 陳恬逸 黃寁婷 詹宇霈 羅巧琳
編 選／ 應鳳凰
責任編輯／ 羅巧琳
校 對／ 王雅嫺 翁智琦 陳逸凡 黃敏琪 詹宇霈 趙慶華 潘佳君 羅巧琳
計畫團隊／ 財團法人台灣文學發展基金會
美術設計／ 翁國鈞・不倒翁視覺創意
印 刷／ 松霖彩色印刷事業有限公司

經銷展售／ 國家書店松江門市（02-25180207）
國立台灣文學館－雪芙瑞文學咖啡坊（06-2214632）
文建會員工消費合作社（02-23434168）
南天書局（02-23620190） 唐山出版社（02-23633072）
府城舊冊店（06-2763093） 台灣的店（02-23625799）
啓發文化（02-29586713） 三民書局（02-23617511）
草祭二手書店（06-2216872） 五南文化廣場（04-22260330）

初版一刷／2012 年 3 月
定 價／新臺幣 380 元整
第一階段 15 冊新臺幣 5500 元整 第二階段 12 冊新臺幣 4500 元整
GPN／1010100537（單本）
1010000407（套）
ISBN／978-986-03-2108-1（單本）
978-986-02-7266-6（套）

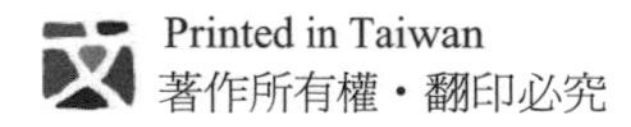